HarperCollins ya!

Adrienne Young

Das Herz der Kämpferin

Roman

Aus dem Amerikanischen von
Sylvia Bieker und Henriette Zeltner

HarperCollins | ya!

HarperCollins YA!®

1. Auflage: Oktober 2018
Deutsche Erstausgabe

Originaltitel: »Sky in the Deep«
erschienen bei: Wednesday Books, New York

Published by arrangement with the author,
c/o BAROR INTERNATIONAL, INC., Armonk, New York, U. S. A.

Umschlaggestaltung: HarperCollins Germany / Birgit Tonn,
Artwork Wednesday Books, New York
Umschlagabbildung: Illustration via Larry Rostant / Bernstein & Andriulli
Lektorat: Anne Schünemann
Satz: GGP Media GmbH, Pößneck
Printed in Germany
Dieses Buch wurde auf FSC®-zertifiziertem Papier gedruckt.
ISBN 978-3-95967-248-1

www.harpercollins.de

Für Joel,
der nie versucht hat,
mein wildes Herz zu zähmen.

1. KAPITEL

»Sie kommen.«

Ich schaute hinab zur Reihe der Aska, die sich aneinandergekauert hinter den schlammigen Hügel duckten. Nebel hing wie ein Schleier über dem Feld, aber wir konnten sie hören. Die Klingen der Schwerter und Äxte, die an den Brustpanzern schleiften. Schnelle Schritte im schmatzenden Lehm. Im gleichen Rhythmus schlug mein Herz, ich holte tief Luft, hielt einen Moment inne und atmete erst dann wieder aus.

Der raue Pfiff meines Vaters drang von der anderen Seite unserer Front an mein Ohr, und ich suchte die dreckverschmierten Gesichter ab, bis ich das auf mich gerichtete Paar strahlend blauer Augen fand. Der von grauen Strähnen durchzogene Bart hing ihm geflochten bis auf die Brust. Mit seiner riesigen Faust umklammerte er eine Streitaxt. Er deutete mit dem Kinn auf mich, und ich erwiderte den Pfiff – das war unsere Art, einander zur Vorsicht zu mahnen. Zu versuchen, nicht zu sterben.

Mýra legte mir den langen Zopf über die Schulter und deutete mit einem Kopfnicken aufs Schlachtfeld. »Gemeinsam?«

»Immer.« Ich blickte hinter uns, wo die Gefährten unseres Clans standen. Schulter an Schulter in einem Meer aus rotem Leder und Bronze warteten sie alle auf den Schlachtruf. Mýra und ich hatten uns den Platz an vorderster Front erkämpft.

»Pass auf deine linke Seite auf.« Ihre pechschwarz umrandeten Augen blickten zu der Stelle, wo die gebrochenen Rippen hinter meinem Brustpanzer lagen.

»Denen geht's gut.« Gekränkt sah ich sie an. »Aber falls du dir Sorgen machst, kämpf mit jemand anderem zusammen.«

Sie schüttelte abwehrend den Kopf, bevor sie aufstand, um meine Rüstung ein letztes Mal zu überprüfen. Ich versuchte, nicht zu zucken, als sie die Riemen festzurrte, die ich absichtlich etwas lockerer gelassen hatte. Sie tat so, als bemerke sie es nicht, doch ich registrierte ihren Blick.

»Hör auf, dir Sorgen um mich zu machen.« Ich fuhr mit der Hand über die rechte Seite meines Kopfs, wo das Haar unter dem Zopf bis auf die Haut kurz geschoren war.

Dann zog ich ihre Hand zu mir, um, ohne nachzudenken, die Riemen des Schilds um ihren Arm festzuzurren. Wir waren seit fünf Jahren Kampfgefährtinnen, und ich kannte jedes Stück ihrer Rüstung so genau wie sie jeden schlecht verheilten Knochen in meinem Körper.

»Ich mache mir keine Sorgen«, meinte sie grinsend, »aber ich verwette mein Mittagessen darauf, dass ich heute mehr Riki töten werde als du.« Damit warf sie mir meine Axt zu.

Ich zog mit der Rechten das Schwert hervor und fing die Axt mit der Linken. *»Vegr yfir fjor.«*

Sie hob den Arm mit dem Schild hoch über ihren Kopf, um ihn zu dehnen, bevor sie für mich wiederholte: *»Vegr yfir fjor.«*

Ehre vor Leben.

Der erste Pfiff durchschnitt rechts von uns die Luft und rief uns auf, sofort bereitzustehen. Ich schloss die Augen und spürte den festen Grund unter meinen Füßen. Die Kampfgeräusche rauschten auf uns zu und vermischten sich zu einem einzigen Laut, während die kehligen Gebete meiner Clangefährten um uns wie Rauch von einem Lagerfeuer aufstiegen. Ich sprach leise die Worte, mit denen ich Sigr um Schutz bat. Um Hilfe beim Bezwingen seiner Feinde.

»Los!«

Ich holte aus und schwang meine Axt, bevor ich sie tief in den Boden stieß und mich dann daran hoch und über den Hügel schwang. Meine Füße berührten die Erde, und ich rannte auf die Nebelwand zu, die über dem Schlachtfeld schwebte, wobei meine Stiefel Löcher in den weichen Untergrund bohrten. Aus dem Augenwinkel behielt ich Mýra im Blick, während der Nebel uns verschluckte und sich eisige Wassertropfen auf uns legten, bis in der verschwommenen Ferne dunkle Gestalten auftauchten.

Die Riki.

Die Feinde unseres Gottes stürmten als Schwarm aus Pelz und Eisen auf uns zu. Haare flatterten im Wind. Die Sonne glitzerte auf Klingen. Als ich sie sah, erhöhte ich mein Tempo, packte das Schwert fester und rannte den anderen ein Stück voraus.

Gleichzeitig ließ ich das Knurren in mir aufsteigen, aus der Tiefe, die in der Schlacht zum Leben erwacht. Schreiend fasste ich einen kleinen Mann mit fuchsfarbenen Fellen um die Schultern vorn in ihrer Linie ins Auge. Ich pfiff Mýra zu und lehnte mich gegen den Wind, während ich direkt auf ihn zusteuerte. Während wir immer näher kamen, wich ich zur Seite aus und zählte die Schritte, plante meinen Weg bis zu dem Geräusch, das ertönen würde, wenn schwere Körper aufeinanderprallten.

Ich bremste abrupt, als ich meinen Gegner erreicht hatte, und bleckte die Zähne. Mit geducktem Körper holte ich mit dem Schwert aus und schwang es auf seine Kehle zu.

Er hob seinen Schild gerade noch rechtzeitig und warf sich nach links, von wo aus er mich mit seiner Klinge traf. Schwarze Flecken explodierten vor meinen Augen, und meine Lunge pfiff hinter den verletzten Rippen. Es verschlug mir den Atem. Stolpernd versuchte ich, auf den Beinen zu bleiben, bevor ich doch stürzte. Aber ich ignorierte den an meiner Flanke aufblühenden Schmerz und holte mit der Axt aus. Sein Schwert traf die Klinge über seinem Kopf, stieß sie zurück, doch das genügte mir schon.

Seine Flanke war völlig offen.

Ich stieß mein Schwert hinein und traf den Saum seiner Panzerweste. Sein Kopf flog zurück, der Mund zum Schrei geöffnet, als Mýras Schwert in einer geschmeidigen Bewegung zu seinem Hals fuhr und Muskeln wie Sehnen durchtrennte. Ich riss meine Klinge heraus, und heißes Blut regnete auf mein Gesicht. Mýra stieß den Mann mit dem Absatz ihres Stiefels noch beiseite, da tauchte hinter ihr im Nebel schon ein weiterer Schatten auf.

»Runter!«, schrie ich und ließ meine Axt fliegen.

Sie duckte sich zu Boden, und die Klinge grub sich in die Brust eines Riki, der sogleich auf die Knie fiel. Sein riesiger Körper begrub sie im Dreck. Das aus seinem Mund sprudelnde Blut färbte ihre blasse Haut leuchtend rot.

Ich rannte zu ihr, griff mit den Fingern von der anderen Seite in seine Panzerweste und zerrte ihn mit dem Gewicht meines Körpers von ihr herunter. Sobald sie befreit war, sprang sie auf die Füße, griff wieder nach ihrem Schwert und blickte um sich. Ich zerrte meine Streitaxt mit Mühe aus den Knochen seiner Brust.

Der Nebel begann sich im warmen Schein der Morgensonne zu lichten. Vom Hügel bis hinunter zum Fluss war das Gelände voller kämpfender Clangefährten, die alle zum Wasser hinabdrängten. Ein Stück weiter weg auf dem Schlachtfeld stieß mein Vater sein Schwert erst nach hinten in den Bauch eines Riki, dann nach vorn ins Gesicht eines anderen. In seinen Augen stand Kampfeslust, und aus seiner Brust drang donnerndes Kriegsgeschrei.

»Komm mit!«, rief ich Mýra hinter mir zu, während ich über gefallene Körper sprang und Richtung Flussufer rannte, wo heftiger gekämpft wurde.

Ich traf einen Riki in der Kniekehle und brachte ihn so im Vorbeilaufen zu Fall. Bei einem zweiten machte ich es genauso, hinterließ sie aber ansonsten jemand anderem.

»Eelyn!« Mýra rief meinen Namen, gerade als ich gegen einen anderen Körper stieß und kräftige Arme mich so fest umklammerten, dass mir das Schwert aus den Fingern glitt. Grunzend versuchte ich, mich freizustrampeln, doch er war zu stark. Ich biss in seinen Arm, bis ich Blut schmeckte und seine Hände mich zu Boden stießen. Der harte Aufprall ließ mich nach Luft ringen, während ich mich auf den Rücken rollte und nach meiner Axt griff. Doch das Schwert des Riki sauste bereits auf mich nieder. Ich rollte weiter und tastete nach dem Messer an meinem Gürtel. Ich fand es und stand wieder auf den Füßen ihm gegenüber. Unser Atem schwebte in weißen Wolken zwischen uns.

Hinter mir kämpfte Mýra im Nebel. »Eelyn!«

Er stürzte sich mit gezücktem Schwert auf mich, und ich fiel wieder nach hinten. Der Hieb zerschnitt meinen Ärmel und den kräftigen Muskel darunter. Da schleuderte ich mein Messer, und er duckte seinen Kopf zur Seite. Ich verpasste ihn knapp, streifte nur sein Ohr. Er starrte mich aus feurigen Augen an.

Rückwärts krabbelnd versuchte ich, mich wieder aufzurichten, während er sein Schwert aufhob. Mein Blick fiel auf das vergossene Aska-Blut auf seiner Brust und seinen Armen, als er auf mich zumarschierte. Mein Schwert und meine Axt lagen hinter ihm auf dem Boden.

»Mýra!«, schrie ich, doch sie war jetzt ganz außer Sichtweite.

Ich blickte mich um und spürte etwas in mir aufflammen, was ich während einer Schlacht nur selten verspürte – lähmende Angst. Es war keine Waffe in Reichweite, und dass ich ihn mit bloßen Händen erledigen könnte, war ausgeschlossen. Mit zusammengebissenen Zähnen kam er immer näher und stapfte dabei wie ein Bär durchs hohe Gras.

Ich dachte an meinen Vater. An seine von Erde verdreckten Hände. An seine tiefe, dröhnende Stimme. Und an mein Zuhause. An das in der Dunkelheit flackernde Feuer. An den Morgenfrost auf der Lichtung.

Ich stand nur da, presste die Finger in die brennende Wunde an meinem Arm und sprach leise Sigrs Namen, bat ihn, mich aufzunehmen. Mich willkommen zu heißen. Meinen Vater zu beschützen. *»Vegr yfir fjor«*, flüsterte ich.

Mein Feind verlangsamte seine Schritte, schien auf die Bewegung meiner Lippen zu achten.

Der Pelz unter seiner Panzerweste wehte in der feuchten Brise gegen sein kantiges Kinn. Blinzelnd presste er die Lippen zu einem geraden Strich zusammen, als er die letzten Schritte auf mich zuging und ich nicht floh. Ich würde mich nicht durch eine Klinge im Rücken zur Strecke bringen lassen.

Der Stahl funkelte, als er das Schwert über seinen Kopf hob, bereit, es niederzustoßen. Ich schloss die Augen. Ich atmete. Trotzdem sah ich den grauen Himmel, der sich im Fjord spiegelte. Die Weide blühte am Berghang. Der Wind wehte durch mein Haar. Ich lauschte den Geräuschen meiner wütenden Clangefährten. Der Schlacht in einiger Entfernung.

»Fiske!« Eine tiefe, erstickte Stimme drang durch den Nebel, fand zu mir, und ich riss die Augen auf.

Der Riki vor mir erstarrte. Sein Blick ging zur Seite, von wo die Stimme kam.

Schnell.

»Nein!« Eine zerzauste wilde, blonde Mähne prallte gegen ihn, sodass ihm das Schwert aus der Hand geschlagen wurde. »Fiske, nicht.« Er packte den Mann an seiner Panzerweste und hielt ihn fest: *»Nicht.«*

Ich begriff nicht, das Blut in meinen Adern stockte, mein Herz blieb stehen.

»Was machst du da?« Der Riki riss sich los, hob sein Schwert vom Boden auf und wollte sich an ihm vorbei erneut auf mich stürzen.

Der andere wirbelte herum, warf die Arme um den Riki und riss ihn zurück.

Da sah ich es – sein Gesicht.

Und ich erstarrte. Ich wurde zum Eis auf dem Fluss. Zum Schnee am Berghang.

»Iri.« Es war nur der Geist eines Wortes, das ich hauchte.

Sie hörten auf zu kämpfen, starrten mich beide mit weit aufgerissenen Augen an, und es drang noch tiefer in mein Bewusstsein. Was ich da sah. *Wen* ich sah.

»Iri?« Mit zitternden Händen umklammerte ich meine Panzerweste, und Tränen traten mir in die Augen. Der Sturm in meinem Inneren war das glühende Zentrum des uns umgebenden Chaos.

Der Mann mit dem Schwert sah mich an, musterte mein Gesicht und hatte sichtlich Mühe zu begreifen. Doch ich hatte nur Augen für Iri. Für den Schwung seines Kinns. Sein Haar – das wie Stroh in der fahlen Sonne leuchtete. Das an seinem Hals verschmierte Blut. Hände wie die meines Vaters.

»Was soll das, Iri?« Der Riki umklammerte sein Schwert, an dessen Klinge immer noch mein Blut klebte.

Ich konnte ihn kaum hören, konnte kaum denken. Alles wurde von der Flut dieses Anblicks fortgerissen.

Iri kam langsam auf mich zu und sah mich dabei unverwandt an. Mein Atem stockte, als er die Hände an mein Gesicht legte und sich so nah zu mir beugte, dass ich seinen Atem an meiner Stirn fühlte.

»Lauf, Eelyn.«

Er ließ mich gehen, und meine Lungen tobten, flehten nach Luft. Ich drehte mich um und hielt in dem Nebel nach Mýra Ausschau. Ich wollte meinen Vater rufen, doch ich konnte nicht atmen.

Er war verschwunden, vom Nebel verschluckt, und der Riki mit ihm.

Als wären sie Geister.

Als wären sie nie da gewesen.

Und das konnten sie doch auch nicht gewesen sein. Denn das war *Iri*, den ich zuletzt vor fünf Jahren gesehen hatte. Damals lag er tot im Schnee.

2. KAPITEL

Ich brach durch den Nebel und rannte, so schnell meine Füße mich trugen, zum Fluss. Mýra folgte mir, ihr Schwert schwingend, auf den Fersen. Mein Blick war auf die Bäume gerichtet, dorthin, wo Iri verschwunden war. Meine Augen sprangen von Schatten zu Schatten und hielten nach flachsblonden Strähnen im Dunkel des Waldes Ausschau.

Eine Frau sprang aus dem Schutz der Bäume hervor, doch ihr Schrei erstarb, als Mýra von der Seite ein Messer in sie stieß. Sie zog es durch die Kehle und ließ den Körper sogleich fallen, um mit mir im Rennen Schritt zu halten.

Da ertönte der Pfiff zum Rückzug für die Riki, und die noch im Kampf umschlungenen Körper lösten sich voneinander. Zurück blieb die von Toten rot gefärbte grüne Wiese. Ich lief zwischen den sich zurückziehenden Riki hindurch, blieb aber bei jedem blonden Mann stehen, um ihm ins Gesicht zu blicken.

»Was tust du da?« Mýra riss mich zurück, und Verwirrung stand in ihr scharf gezeichnetes Gesicht geschrieben.

Die Letzten verschwanden zwischen den Bäumen hinter ihr. Ich drehte mich um und suchte nach der blauen Wolltunika, die mein Vater unter seiner Rüstung trug. »Aghi!«

Die Köpfe vieler Aska auf dem Schlachtfeld wandten sich zu mir.

Mýra bekam meinen Arm zu fassen und presste den Handballen auf die Wunde, um die Blutung zu stoppen. »Eelyn.« Sie zog mich an sich. »Was ist denn? Was ist los?«

Während der Nebel sich wie eine aufsteigende Wolke vom Boden löste, erspähte ich in einiger Entfernung das Gesicht meines Vaters.

»Aghi!« Mit rauer Stimme rief ich seinen Namen.

Er hob das Kinn bei dem erstickten Laut und ließ den Blick über die mit Körpern übersäte Fläche streifen. Als er mich entdeckte, verwandelte sich sein sorgenvoller Ausdruck in Furcht. Er ließ seinen Schild fallen und rannte zu mir.

Ich sank auf die Knie, mein Verstand schien zu schwimmen, mir war schwindelig. Er ließ sich neben mir fallen, strich mit den Händen über meinen Körper, fuhr mit den Fingern über die von Blut und Schweiß getränkte Haut. Sorgsam betrachtete er mich von oben bis unten, und Kummer stand ihm ins Gesicht geschrieben.

Ich packte ihn bei seinem Brustpanzer und zwang ihn so, mir in die Augen zu sehen. »Da war Iri.« Den Worten folgte ein Schluchzen.

Ich sah ihn immer noch vor mir. Seine hellen Augen. Die Finger, die mein Gesicht berührten.

Der Blick meines Vaters ging zu Mýra, bevor er mit dem zuvor angehaltenen Atem seufzend seine Angst ausstieß. Er nahm mein Gesicht in seine Hände und sah mich an. »Was ist geschehen?« Dann fiel sein Blick auf das Blut, das immer noch aus meinem Arm sickerte. Er ließ mich los und zückte sein Messer, um damit ein Stück von der Tunika eines toten Riki, der neben uns lag, abzuschneiden.

»Ich habe ihn gesehen. Ich habe Iri gesehen.«

Er band den Stofffetzen um meinen Arm und zog ihn fest. »Was redest du da?«

Ich stieß weinend seine Hände weg. »Hör mich an! Iri war *hier*! Ich habe ihn gesehen!«

Seine Hände ruhten endlich, sein Blick zeugte von Verwirrung.

»Ich habe mit einem Mann gekämpft. Er wollte mich gerade …« Ich erschauerte, weil ich mich daran erinnerte, wie nah ich dem Tode gekommen war – näher als je zuvor. »Iri erschien aus dem Nebel und hat mich gerettet. Er gehörte zu den Riki.« Ich stand auf, ergriff seine Hand und zog ihn in Richtung der Bäume. »Wir müssen ihn finden!«

Doch mein Vater blieb wie angewurzelt stehen. Er richtete das Gesicht gen Himmel und blinzelte ins Sonnenlicht.

»Hörst du nicht? Iri lebt!«, schrie ich und presste mit der anderen Hand meinen verletzten Arm an mich, um den gewaltig pochenden Schmerz der Wunde zu dämpfen.

Er richtete seinen Blick wieder auf mich, voller Tränen, die wie kleine weiße Flammen aussahen, in den Augenwinkeln. »Sigr. Er hat Iris Seele geschickt, um dich zu retten, Eelyn.«

»Was? Nein.«

»Iri hat es nach *Sólbjǫrg* geschafft.« Seine Worte waren furchterregend zärtlich und verrieten eine Seite meines Vaters, die er sonst nie zeigte. Er trat auf mich zu und sah mir lächelnd in die Augen. »Sigr hat dich auserwählt, Eelyn.«

Mýra stand hinter ihm und riss unter ihren zerzausten rotbraunen Zöpfen die grünen Augen weit auf.

»Aber …«, würgte ich hervor. »Ich habe ihn *gesehen.*«

»Das hast du.« Eine einzelne Träne rollte über die raue Wange meines Vaters und verschwand in seinem Bart. Er zog mich an sich, nahm mich fest in seine Arme, und ich schloss die Augen. Der Schmerz in meinem Arm war inzwischen so stark, dass ich meine Hand kaum noch spürte.

Ich blinzelte und versuchte zu verstehen. Ich hatte ihn *gesehen*. Er war da gewesen.

»Wir werden heute Abend ein Opfer bringen.« Er ließ mich los und presste dann die Hände noch mal an mein Gesicht. »Ich glaube, ich habe dich noch nie so nach mir schreien gehört. Du hast mir Angst gemacht, *Sváss.*« Ein Lachen drang tief aus seiner Brust.

»Tut mir leid«, murmelte ich. »Ich … ich dachte nur …«

Er wartete, bis ich ihm wieder in die Augen sah. »Seine Seele hat ihren Frieden gefunden. Dein Bruder hat dir heute das Leben gerettet. Freu dich.« Er schlug mit der Hand so fest gegen meinen gesunden Arm, dass ich fast umkippte.

Ich wischte mir mit der Hand über die feuchten Wangen und wandte mich von den Gesichtern der anderen ab, die mich beobachteten. Nur ganz selten weinte ich vor den Angehörigen meines Clans. Ich fühlte mich dadurch klein, schwach, wie das Gras des frühen Winters unter unseren Stiefeln.

Nachdem ich die Tränen runtergeschluckt und meine Miene wieder unter Kontrolle gebracht hatte, nickte mein Vater wohlwollend. Das hatte er mich gelehrt – stark zu sein. Mich zu stählen. Er wandte sich wieder dem Schlachtfeld zu, kehrte an die Arbeit zurück, und ich folgte ihm zusammen mit Mýra, während ich versuchte, meine durch das Schluchzen noch stockende Atmung zu beruhigen. Die in meinem Kopf wogenden Wellen zu besänftigen. Wir marschierten zu unserem Lager und sammelten unterwegs die Waffen gefallener Aska-Krieger ein. Ich beobachtete meinen Vater aus dem Augenwinkel, und Iris Gesicht ging mir dabei nicht aus dem Kopf.

Am Rand eines kleinen Tümpels blieb ich stehen und betrachtete mein Spiegelbild. Auf Gesicht und Hals hatte ich Schmutzflecken, in den langen goldblonden, geflochtenen Zöpfen klebte getrocknetes Blut. Meine Augen waren so eisblau wie die von Iri. Ich holte tief Luft, schaute zu den zarten weißen Wolken hinauf, die über den Himmel trieben, und versuchte, nicht schon wieder zu weinen.

»Hier«, rief Mýra mir zu, die gerade über einer Aska-Frau kauerte. Sie lag mit offenen Augen auf der Seite und hatte die Arme ausgebreitet, als strecke sie sie nach uns aus.

Sorgsam löste ich ihren Gürtel und die Schwertscheide und legte sie zu den anderen, bevor ich mich an ihrer Panzerweste zu schaffen machte. »Kanntest du sie?«

»Ein wenig.« Mýra schloss mit den Fingerspitzen die Augen der Frau. Sie strich ihr noch behutsam das Haar aus dem Gesicht, bevor sie leise zu sprechen begann: »Aska, du bist am Ende deiner Reise angelangt.«

Im nächsten Atemzug fiel ich in die rituellen Worte ein, die wir auswendig kannten. »Wir bitten Sigr, deine Seele in *Sólbjǫrg* willkommen zu heißen, wo die lange Reihe der Angehörigen unseres Volkes den dunklen Pfad mit Fackeln erhellt.«

Ich verstummte und ließ Mýra als Erste sprechen: »Richte meinem Vater und meiner Schwester meine Liebe aus. Bitte sie, über mich zu wachen. Sag ihnen, meine Seele wird dir folgen.«

Ich schloss die Augen und sagte den mir so vertrauten Wunsch: »Richte meiner Mutter und meinem Bruder meine Liebe aus. Bitte sie, über mich zu wachen. Sag ihnen, meine Seele wird dir folgen.«

Ich schluckte den Kloß in meinem Hals hinunter, bevor ich die Augen wieder aufschlug und noch einmal in das friedliche Gesicht der Frau blickte. Über Iris Körper hatte ich diese Worte nicht sprechen können, nicht wie damals, als meine Mutter gestorben war, aber Sigr hatte ihn trotzdem aufgenommen.

»Hast du so etwas jemals gesehen?«, flüsterte ich. »Etwas, das nicht wirklich ist?«

Mýra blinzelte. »Es war wirklich. Iris Seele ist wirklich.«

»Aber er war älter – schon ein Mann. Er hat mit mir gesprochen. Er hat mich *berührt*, Mýra.«

Sie stand auf und warf sich einen Armvoll Äxte über die Schulter. »Ich war an jenem Tag dabei, Eelyn. Iri ist gestorben. Ich habe es mit meinen eigenen Augen gesehen. *Das* war wirklich.« Es war dieselbe Schlacht, in der auch Mýras Schwester fiel. Vor jenem Tag waren wir schon befreundet gewesen, aber wir hatten einander bis dahin nicht so dringend gebraucht.

Ich erinnerte mich so deutlich … sein Bild, wie eine Spiegelung im Eis. Iris lebloser Körper in dem Graben. Er lag auf dem makellos weißen Schnee, Blut sickerte aus ihm heraus und bildete eine Lache. Ich konnte immer noch sein um den Kopf ausgebreitetes blondes Haar sehen und die leeren, weit aufgerissenen Augen, die ins Nichts starrten.

»Ich weiß.«

Mýra streckte die Hand aus und drückte meine Schulter. »Dann weißt du auch, dass es nicht Iri war – nicht aus Fleisch und Blut.«

Ich nickte und schluckte schwer. Jeden Tag betete ich für Iris Seele. Wenn Sigr ihn geschickt hatte, um mich zu beschützen, dann war er tatsächlich in *Sólbjǫrg* – dem Jenseits unseres Volkes. »Ich wusste, dass er es schaffen würde.« Mühsam atmete ich gegen den Kloß in meinem Hals an.

»Das wussten wir alle.« Ein zaghaftes Lächeln umspielte ihre Lippen.

Ich blickte ein letztes Mal auf die Frau hinab, die zwischen uns lag. Wir würden sie hier so zurücklassen, wie sie gestorben war – ehrenhaft. Wie wir es mit all unseren gefallenen Kriegerinnen und Kriegern taten.

So, wie wir Iri zurückgelassen hatten.

»Sah er noch so gut aus wie früher?« Mýra grinste mich an und suchte meinen Blick.

»Er war wunderschön«, flüsterte ich.

3. KAPITEL

Ich biss auf den dicken Lederriemen meiner Schwertscheide, während die Heilerin den Schnitt in meinem Arm nähte. Der war tiefer, als ich zugeben wollte.

Was auch immer Kalda dachte, ihre Miene verriet es nicht. »Ich kann immer noch kämpfen«, sagte ich. Das war keine Frage. Und sie hatte mich schon oft genug nach Schlachten behandelt, um das zu wissen.

Mýra seufzte neben mir, obwohl es so aussah, als amüsiere sie sich auch ein wenig. Ich funkelte sie an, bevor sie etwas sagen konnte.

»Das ist deine Entscheidung.« Kalda blickte mich unter ihren dunklen Wimpern hervor an.

Es war nicht das erste Mal, dass sie mich zusammenflickte, und würde nicht das letzte Mal sein. Aber nur einmal, als ich mir zwei Rippen gebrochen hatte, erklärte sie mir, ich sei kampfunfähig. Ich hatte fünf Jahre gewartet, um Iri in meiner zweiten Saison als Kriegerin zu rächen, und dann saß ich einen Monat lang im Lager, putzte Waffen und kochte vor Wut, während mein Vater und Mýra ohne mich in die Schlacht zogen.

»Es wird nicht heilen, wenn du deine Streitaxt benutzt.« Kalda ließ die Nadeln in eine Schale neben ihr fallen und wischte sich die Hände an ihrer blutbefleckten Schürze ab.

Ich starrte sie an. »Aber ich muss meine Axt benutzen.«

»Nimm einen Schild in die Hand«, meinte Mýra finster und deutete auf meinen Arm.

»Ich benutze keinen Schild«, erwiderte ich schnippisch. »Ich kämpfe mit einem Schwert in der Rechten und einer Axt in der Linken, wie du weißt.« Die Art zu ändern, wie ich kämpfte, würde mich nur töten.

Kalda seufzte. »Dann musst du eben wiederkommen, damit ich es noch mal zunähe, wenn du es wieder aufreißt.«

»Schön.« Ich stand auf und zog den Ärmel über meinen geschwollenen Arm hinunter, wobei ich versuchte, mir den Schmerz nicht ansehen zu lassen.

Der Aska, der hinter uns gewartet hatte, setzte sich auf den Schemel, und Kalda begann, den Riss in seiner Wange zu versorgen. »Ich habe gehört, dass Sigr dich heute ausgezeichnet hat.« Er war ein Freund meines Vaters. Wie eigentlich alle.

»Das hat er«, bestätigte Mýra und grinste hinterhältig. Sie liebte es, mich verlegen zu sehen.

Ich wusste nicht, was ich sagen sollte.

Er streckte eine Faust aus und klopfte damit gegen meine unversehrte Schulter, während ich es mit seiner Schulter ebenso machte.

Dann verließen wir das übel riechende Zelt und schlenderten durch das Lager, während die untergehende Sonne den Himmel in warmes Licht tauchte und mein Magen vom Duft des über den Feuern gekochten Abendessens zu knurren begann.

»Ich sehe dich morgen früh.« Mýra drückte meine Hand, bevor sie sich abwandte.

»Vielleicht«, sagte ich und sah ihr nach, wie sie auf ihr Zelt zuging. Ich war mir nämlich nicht sicher, ob die Riki nicht schon vor Sonnenaufgang zurück sein würden.

Mein Vater stand mit vor der Brust verschränkten Armen da und starrte ins Feuer. Hände und Gesicht hatte er sich gewaschen, aber ansonsten war er noch voller Blut- und Dreckspritzer.

»Wurdest du versorgt?« Er zog die buschigen Brauen in die Höhe.

Ich nickte und hob das Schwertfutteral über den Kopf. Er schnallte mir die Axtscheide vom Rücken und nahm meinen Arm in seine Hände, um ihn zu untersuchen.

»Das geht schon«, sagte ich. Er machte sich nicht oft Sorgen um mich, aber wenn er es tat, konnte ich es ihm ansehen.

Er strich mir die widerspenstigen Strähnen aus dem Gesicht. Ich war eine Aska-Kriegerin, aber immer noch auch seine Tochter. »Du ähnelst deiner Mutter mit jedem Tag mehr. Bist du bereit?«

Ich lächelte ihn erschöpft an. Wenn mein Vater glaubte, Sigr habe mir Iris Seele geschickt, konnte ich es auch glauben. Jeder andere mögliche Gedanke machte mir zu viel Angst. »Bereit.«

Wir durchquerten das Lager Seite an Seite. Ich spürte die Blicke aller auf mir, doch mein Vater schenkte niemandem Beachtung, was meine Anspannung verringerte. Das Versammlungszelt, das wir auch für unsere Riten nutzten, befand sich am Ende des Lagerplatzes. Weißer Rauch stieg aus seiner Mitte in den Abendhimmel. Espen stand wie eine riesige Statue im Eingang, der Tala neben ihm. Der Anführer unseres Clans war unser großartigster Kämpfer und der älteste Aska-Anführer seit drei Generationen. Er reckte das Kinn und kraulte seinen langen Bart.

»Aghi«, rief er meinem Vater zu.

Der holte drei Münzen aus seiner Weste und gab sie mir. Dann schritt er auf die beiden zu und packte Espen zur Begrüßung an der Schulter. Espen tat das Gleiche, bevor er das Wort ergriff. Ich konnte nicht hören, was er sagte, aber hinter der Schulter meines Vaters traf sein Blick meinen. Plötzlich fühlte ich mich unsicher.

»Eelyn.«

Ich zuckte zusammen. Hemming wartete schon am Tor zum Gehege.

Ich legte die Münzen in seine ausgestreckte Hand, und sogleich ließ er sie in die schwere Lederbörse fallen, die an seinem Gürtel hing.

Er lächelte mich an. Ihm fehlte ein Schneidezahn, nachdem ein Pferd ihn vor zwei Wintern getreten hatte. »Ich habe gehört, was geschehen ist.« Er kletterte über den Zaun des Geheges und packte eine hellgraue Ziege bei den Hörnern. »Ist die hier gut?«

Ich ging in die Hocke, um das Tier genau zu betrachten. »Dreh sie um.« Hemming tat genau das, doch ich schüttelte den Kopf. »Was ist mit ihm?« Ich zeigte auf einen großen weißen Bock in der Ecke.

»Der kostet vier Penningr.« Hemming hatte Mühe, die graue Ziege festzuhalten.

Eine schwere Hand legte sich auf meine Schulter, und als ich hochschaute, stand mein Vater neben mir. »Was ist los?«

Hemming ließ das Tier frei und richtete sich unter dem Blick meines Vaters gerade auf. »Der kostet vier Penningr.«

»Ist er der Beste?«

»Ja, Aghi.« Hemming nickte. »Der Beste.«

»Dann eben vier Penningr.« Er holte eine weitere Münze hervor und warf sie Hemming zu.

Ich stieg in das Gehege, um dem Jungen zu helfen, den Bock zum Tor zu bringen. Mein Vater fasste ein Horn und ich das andere, als wir ihn zum Altar in der Mitte des Versammlungszelts führten. Das Feuer brannte schon heftig. Die lodernden Flammen wärmten mich durch meine Rüstung hindurch.

»Darf ich mich euch anschließen?«, ertönte Espens Stimme hinter uns.

Mein Vater drehte sich um und machte große Augen, bevor er nickte.

Der Tala folgte ihm und betrachtete mich. »Du hast Sigr Ehre gemacht, indem du seine Feinde vernichtet hast, Eelyn. Dafür hat er dich ausgezeichnet.«

Ich nickte nervös und biss mir auf die Unterlippe. Noch nie zuvor hatte der Tala mich direkt angesprochen. Als Kind hatte ich mich vor ihm gefürchtet und mich bei Opferungen und anderen Zeremonien im Ritualhaus immer hinter Iri versteckt. Die Vorstellung von einem Menschen, der den Willen der Götter aussprach, gefiel mir nicht. Ich hatte Angst davor, was er in mir, in meiner Zukunft sehen könnte.

Espen trat an meine Seite, und gemeinsam führten wir das Tier zu der großen Mulde vor dem prasselnden Feuer. Mein Vater holte das kleine hölzerne Abbild meiner Mutter aus seiner Weste und reichte es mir. Ich nahm das von Iri aus meiner und stellte sie nebeneinander auf den Stein vor uns. Bei Opferungen musste ich immer an meine Mutter denken. Sie pflegte immer die Geschichte vom Riki-Gott Thora zu erzählen, der in Gestalt von Feuer und Flammen aus dem Berg brach und bis zum Fjord herunterkam. Sigr hatte sich aus dem Meer erhoben, um sein Volk zu beschützen. Und so zogen wir alle fünf Jahre in den Kampf, um seine Ehre zu verteidigen, getrieben von der Blutfehde zwischen uns.

Ich erinnerte mich nicht mehr an viel, was meine Mutter betraf, doch die Nacht, in der sie starb, war mir noch klar im Gedächtnis. Ich erinnerte mich an die stumme Flut der Herja, die mitten in der Nacht in unser Dorf geströmt war. Ihre Schwerter hatten im Mondlicht geblitzt, und ihre Gesichter hatten zwischen den dicken Pelzen, die sie um die Schultern trugen, totenbleich geleuchtet. Ich wusste noch, wie meine Mutter ausgesehen hatte, als sie am Ufer lag und ihr Blick brach. Mein Vater war von ihrem Blut bedeckt gewesen.

Ich saß nur da und hielt den noch warmen Leichnam meiner Mutter, während die Aska die Herja ins winterkalte Meer verfolgten, wo sie wie Dämonen in dem dunklen Wasser verschwanden. Wir hatten auch zuvor schon Überfälle erlebt, doch einen solchen noch nie. Sie waren nicht gekommen, um zu rauben, nur, um zu töten. Wen sie verschleppten, opferten sie ihrem Gott. Und keiner wusste, wo sie herkamen und ob sie überhaupt Menschen waren. Espen hatte einen ihrer getöteten Kämpfer in einen Baum am Eingang unseres Dorfes gehängt. Seine Knochen waren noch immer dort und klapperten im Wind. Seit damals hatten wir die Herja nicht wiedergesehen. Welcher Gott auch immer sie geschickt hatte, mochte ihren Zorn inzwischen vielleicht besänftigt haben. Trotzdem gefror uns schon bei ihrer Erwähnung noch immer das Blut in den Adern.

Iri und ich hatten während des Opfers geweint, das mein Vater am nächsten Morgen dargebracht hatte, um Sigr dafür zu danken, dass die Leben seiner Kinder verschont geblieben waren. Nur wenige Jahre später hatte er erneut geopfert – nachdem Iri gestorben war.

»Zück dein Messer, Eelyn«, befahl mein Vater und packte beide Hörner des Bocks.

Verwundert starrte ich ihn an. Bislang hatte ich immer nur hinter ihm gestanden, während mein Vater ein Opfer darbrachte.

»Das ist dein Opfer, *Sváss*. Zück dein Messer.«

Der Tala neben ihm nickte.

Also zog ich das Messer aus meinem Gürtel und sah, wie sich der Feuerschein in den Buchstaben meines Namens spiegelte, die in die glatte Klinge, direkt über dem Griff, eingraviert waren. Dieses Messer hatte mein Vater mir vor meiner ersten Kampfsaison vor fünf Jahren geschenkt. Seit damals hatte es mehr Leben beendet, als ich noch zählen könnte.

Ich kauerte mich neben den Bock, umfing seinen Leib mit meinen Armen und suchte mit den Fingern nach der pulsierenden Schlagader an seinem Hals. Dann setzte ich mein Messer an und holte tief Luft, bevor ich rezitierte: »Wir ehren dich, Sigr, mit diesem unbefleckten Opfer.« Das waren die Worte, die ich schon mein ganzes Leben lang aus dem Mund meines Vaters und seiner Clangenossen gehört hatte. »Wir danken dir für deine Fürsorge und deine Gnade. Wir bitten dich, folge uns, beschütze uns, bis zu dem Tag, wenn wir zur letzten Ruhe *Sólbjǫrg* erreichen.«

Ich zog die Klinge rasch über das weiche Fleisch des Bocks und hielt ihn mit dem anderen Arm fest, während er zappelte. Die Stiche an meinem Arm zogen, und der Schmerz strahlte bis in die Hand aus. Sein warmes Blut quoll über meine Hände in die Mulde, und ich presste das Gesicht in sein weißes Fell, bis er sich nicht mehr rührte.

Schweigend lauschten wir dem plätschernden Blut, und ich richtete den Blick auf die Abbilder meiner Mutter und meines Bruders auf dem Stein. Im warmen Schein leuchteten sie, während gleichzeitig Schatten über ihre geschnitzten Gesichter huschten.

Die Abwesenheit meiner Mutter hatte ich schon in dem Augenblick gespürt, als sie aufhörte zu atmen. Als habe mit dem letzten Atemzug auch ihre Seele den Körper verlassen. Bei Iri war es nie so gewesen. Ich spürte seine Gegenwart nach wie vor. Und vielleicht würde das immer so bleiben.

4. KAPITEL

Wir wachten mitten in der Nacht vom Warnpfiff auf. Vor unserem Zelt stampften die Pferde nervös, und mein Vater war schon auf den Beinen, noch bevor ich auch nur die Augen aufgeschlagen hatte.

»Auf, Eelyn.« Er war nur ein Schatten in der Dunkelheit. »Du hattest recht.«

Ich erhob mich, griff nach dem Schwert neben meiner Liege und versuchte, den brennend scharfen, geradezu wütenden Schmerz in meinem Arm wegzuatmen. Dann mühte ich mich mit meinen Stiefeln ab und zog mir die Panzerweste an, die mein Vater für mich schloss. Er zog mir auch den Riemen mit dem Schwertfutteral über Kopf und Brust, danach meine Axtscheide. Zum Zeichen, dass ich fertig sei, klopfte er mir schließlich auf den Rücken. Ich nahm das Abbild meiner Mutter von dem Platz neben seiner Liege und presste es an meine Lippen, bevor ich es ihm gab. Er verwahrte es in seiner Weste, während ich das von Iri einsteckte.

Dann glitten wir hinaus in die Dunkelheit und hinunter zum Ufer des Flusses, der eine Seite unseres Lagers begrenzte. Der sternenlose Himmel verschmolz mit dem hinter den Feuern pechschwarzen Umhang, der sich über das Land gelegt zu haben schien. Ich konnte sie dort draußen spüren.

Die Riki.

Donner grollte über uns, und der Wind roch eindeutig nach Sturm. Mein Vater drückte mir einen Kuss auf den Scheitel. *»Vegr yfir fjor.«* Dann schob er mich ans andere Ende der Reihe, wo ich Mýra finden würde.

Mýra zog mich an sich, nahm die Axt aus dem Futteral auf meinem Rücken und reichte sie mir. Ich zog den Verband um meinen Arm noch mal fest und bemühte mich, das Taubheitsgefühl aus der Hand zu schütteln. Diesmal sagte sie es nicht, aber ich wusste, was sie dachte, weil ich das Gleiche dachte. Meine linke Seite war jetzt fast nutzlos. Ich hatte auch schon früher in der Dunkelheit mit meinem Clan gekämpft, aber noch nie so schwer verletzt. Der Gedanke verursachte mir Unbehagen.

»Bleib dicht bei mir.« Sie wartete, bis ich zustimmend nickte, bevor sie bis zur vordersten Front vorausging.

Der Kampf brach los, noch bevor wir an Ort und Stelle waren. Links von uns, nah am Wasser, begann das Geschrei, während es bei uns noch still war. Ich sprach meine Gebete und suchte mit den Augen unsere Umgebung auf verdächtige Bewegungen ab, als es anfing zu regnen. Neben mir hatte Mýra die Augen geschlossen und murmelte die uralten Worte.

Der nächste Pfiff klang wie der leise Ruf eines Vogels, und wir marschierten los, wobei wir uns leise als eine Einheit durch die Dunkelheit bewegten. Ich legte eine Hand auf den Rücken des Aska vor mir und spürte die warme Hand des Kriegers hinter mir. Im Gleichschritt zertraten unsere Stiefel die dünne Eisschicht auf dem Gras. Links war schon der Fluss zu hören, rechts lag der Wald still da, als dazwischen plötzlich vertraute Schlachtgeräusche zu hören waren.

Geräuschlos wie Fische tauchten vor uns die Riki auf.

Wir gingen vorwärts, bis ich sie hören konnte und Mýra mich mit dem Ellbogen anstieß, um mir zu verstehen zu geben, dass auch sie sie wahrgenommen hatte. Ich schnalzte mit der Zunge, und die Clangenossen um mich herum wiederholten das Geräusch, um die Nachricht so unter uns zu verbreiten. Sie waren nah. Mýra hob ihren Schild an, und ich drückte mich enger an sie. Wir beschleunigten unsere Schritte. Unter der Weste schlug mein Herz unregelmäßig und ließ meine schmerzenden Rippen zucken.

Gurgelndes Geheul neben uns kündigte an, dass die Riki jetzt auch unser Ende der Kampflinie erreicht hatten. Sobald ich eine Bewegung vor uns bemerkte, holte ich mit dem Schwert aus und traf auf die harte Oberfläche eines Schilds. Die Gestalt stieß Mýra zu Boden, doch da machte ich schon den nächsten Satz nach vorn, holte mit dem Schwert nach oben und zur Seite aus, bevor ich es niedersausen ließ. Diesmal hörte ich Knochen unter meiner Klinge knirschen. Ich trat nach dem Klumpen, riss mein Schwert heraus, und wir drängten weiter vorwärts. Der Regen wurde stärker. Gleichzeitig gaben die Wolken gerade so viel vom Mond frei, dass etwas Licht auf uns herabfiel.

Ich konnte nicht anders: Meine Augen streiften sogleich durch die Reihen der Riki auf dem Feld. Suchend.

Blitze zuckten über den Nachthimmel und die sich wie Insekten bewegenden zahllosen Kämpfer. Sie schienen über den Boden zu krabbeln, während alles immer wieder kurzzeitig weiß erleuchtet wurde. Der Donner schien um uns herum zu explodieren und ließ den Erdboden erzittern.

Mýra erwischte mit ihrem Dolch einen Mann am Oberschenkel und stieß ihn dann mit ihrem Schild um. Ich stürzte mich sogleich mit meiner Axt auf ihn und knurrte gegen den brennenden Schmerz in meinem Arm an. Mýra fing mich auf, als ich fiel, zog mich hoch und stieß mich vorwärts. Mit aller Kraft umklammerte ich den Stiel meiner Axt, während wir über seine Leiche sprangen und die Silhouette einer schreienden Frau sich mir von links näherte. Ich holte erneut aus und traf sie an der Seite. Sie ging zu Boden und fiel platschend in den Schlamm. Stolpernd versuchte ich, nicht das Gleichgewicht zu verlieren.

»Eelyn!«, rief Mýra nach mir, die schon in ein neues Gefecht verwickelt war, während ich noch nach meiner Axt suchte.

Ich fuhr mit den Fingern durch das Gras, bis ich den Stiel zu fassen bekam. »Hier bin ich!«, schrie ich und rannte in Richtung ihrer Stimme.

Wieder fuhr ein Blitz über den Himmel. Ich meinte, dazu ein Heulen und Zischen zu hören. Schließlich fand ich sie über einem weiteren toten Körper.

Wir hielten auf die Bäume zu, und mein Blick glitt über die Gestalten vor mir. Eine nach der anderen fällten wir sie, ahnten gegenseitig die Bewegungen des anderen, bis unser Weg frei war. Mýra legte sich mehr ins Zeug, um meine Schwäche wegen des Arms und der Rippen auszugleichen. Ich biss die Zähne zusammen, umklammerte mein Schwert nur noch fester und versuchte, mit den anderen mitzuhalten.

Und dann sah ich sie. Aus dem Augenwinkel – eine helle Flamme, die sich zwischen den Bäumen bewegte.

Ich blieb abrupt stehen, schlitterte noch ein Stückchen durch den Schlamm, und das Herz schlug mir bis zum Hals. »Iri.«

Ich rannte los, folgte ihm mit den Augen und wich Riki-Kämpfern aus, während ich auf den Waldsaum zulief. Er schwang seine Axt, schlug sie in einen Aska, riss sie wieder heraus und schlug einen anderen damit nieder. Neben ihm schwang ein Riki sein Schwert und fällte links und rechts von sich meine Clangefährten. Es war der Riki, der mir fast das Leben genommen hätte.

Immer leiser hörte ich Mýra hinter mir meinen Namen rufen. Doch ich folgte ihnen, während sie sich tiefer in den Wald zurückzogen.

Ich sprang über die Leichen auf dem Waldboden und duckte mich in den Schutz der Bäume. Schließlich schob ich mein Schwert zurück in sein Futteral und blieb so dicht wie möglich über dem Boden, während ich beim Laufen die Axt vor mir ausgestreckt hielt. Mein Magen zog sich zusammen, denn ich wusste, ich hätte stehen bleiben oder zu Mýra zurückkehren sollen.

Stattdessen folgte ich der vertrauten Gestalt tiefer in die Dunkelheit. Immer wieder zuckten Blitze durch die Nacht, und der Regen trommelte aufs Blätterdach über uns. Als eine Hand mich packte, riss ich den Arm zurück und schwang meine Axt. Die Finger umklammerten mein Handgelenk jedoch so unnachgiebig, dass ich sie schließlich fallen ließ. Ich stürzte rücklings zu

Boden, da bekam die Hand meinen Stiefel zu fassen und zerrte mich in die entgegengesetzte Richtung. Vergeblich versuchte ich, nach den Bäumen zu greifen oder mich an etwas anderem festzuhalten, das an mir vorbeiglitt, während ich über den nassen Untergrund geschleift wurde und meine Rippen höllisch schmerzten.

Irgendwann packte der Schatten zu, zerrte mich auf die Beine und stieß mich gegen einen Baum.

Der Riki, der seine Klinge in meinen Arm gehauen hatte, starrte auf mich herab. Das Blau seiner Augen glitzerte wie feuriger Stahl in der Dunkelheit. Haare, die sich aus seinem Knoten gelöst hatten, umrahmten sein Gesicht. Seine breite Gestalt ragte bedrohlich über mir auf, und er krallte die Finger in meine Panzerweste, um mich festzuhalten.

»Hör auf, uns zu folgen.« Seine Stimme übertönte das Prasseln des Regens.

Ich tastete nach dem Messer in meinem Gürtel. »Wo ist er?«

Er gab mir einen Stoß, bevor er mich laufen ließ und mit großen Schritten zwischen den Bäumen verschwinden wollte.

Ich rannte ihm nach.

Plötzlich wandte er sich um und hob den Stiel seiner Axt, mit dem er mich an der Schulter traf. »Geh zurück. Jetzt«, knurrte er.

»Wo ist Iri?«, schrie ich.

Er stieß mich wieder zurück, sodass ich gegen einen anderen Baum prallte. Die Rinde kratzte an meiner Weste, während ich am Stamm entlang zu Boden rutschte.

Kaum war ich wieder auf den Beinen, folgte ich ihm erneut. »Wo ist er?« Ich versuchte, das Zittern in meiner Stimme zu unterdrücken.

Als er sich wieder umdrehte, riss er meinen verletzten Arm hoch und bohrte den Daumen in die frische Wunde, die er mir am Vortag zugefügt hatte. Schreiend fiel ich auf die Knie und spürte, wie die Fäden der Naht meine Haut durchrissen. Lichtblitze zuckten vor meinen Augen, und der Magen drehte sich mir um, als befände ich mich auf Wasser.

Er stand über mir, das Gesicht im Dunkeln verborgen. »Du wirst noch dafür sorgen, dass man uns tötet. Halte dich von Iri fern.«

Ich öffnete den Mund, um zu sprechen, da drückte er noch fester zu, bis alles vor meinen Augen verschwamm. Ich würde gleich das Bewusstsein verlieren. Seine Stimme hallte noch in meinem Kopf wider, als ich in weiter Ferne den Pfiff der Aska zum Rückzug hörte.

»Fiske.« Iris Stimme kam von irgendwo hinter uns – eine Stimme, die ich durch und durch kannte.

Er stand, eine Axt in jeder Hand, hinter uns. »Lass uns verschwinden.« Er deutete mit dem Kopf auf den Waldsaum und mied meinen Blick.

»Warte!« Taumelnd kam ich auf die Beine, aber er lief bereits fort. »Iri!«

»Geh zurück, Eelyn, bevor dich jemand sieht.« Wie schwer ihm diese Worte fielen, war hinter der Härte seines Gesichtsausdrucks kaum zu erkennen.

Sein Gesicht.

Vor Staunen sprachlos, betrachtete ich ihn. Er war so blond wie ich und unsere Mutter, sah aber ansonsten aus wie unser Vater. Seine Augen und die breiten Schultern waren genau die gleichen. Er war kein Junge mehr, aber er war es. Das war mein Bruder.

»Du bist es wirklich«, stieß ich mit rauer Stimme atemlos hervor. Ich schob die Axt in das Futteral auf meinem Rücken und sah ihn nur an.

»Iri«, warnte der Riki ihn.

»Geh.« Iri wandte mir erneut seinen Rücken zu. »Vergiss, dass du mich gesehen hast.«

Ich lehnte mich an den Baumstamm und kniff kurz die Augen zusammen, um gegen den Schmerz in meinem Arm anzukämpfen. Und gegen den Schmerz in meiner Brust. Denn Iri war am Leben. Und dass er lebendig war, bedeutete Schreckliches. Etwas viel Schlimmeres, als ihn zu verlieren.

»Iri?« Eine andere Stimme schallte durch den Wald, und meine Füße rutschten in dem Matsch einfach unter mir weg.

Iri blieb wie angewurzelt stehen, drehte sich langsam um, und sein Blick wanderte suchend zu den uns umgebenden Bäumen.

Vor ihm trat ein hochgewachsener Mann zwischen den Bäumen hervor an eine Stelle, die vom Mondlicht erhellt wurde. »Fiske?«

Die drei sahen einander an, und die Luft um mich herum wurde eiskalt. Meine Sinne waren hellwach. Ich zückte mein Messer und blickte Richtung Fluss. Ich war zwar nicht stärker als sie, aber selbst verletzt wahrscheinlich schneller als sie alle drei.

Ich konnte es schaffen.

Iri biss die Zähne zusammen, und irgendwas schien in ihm zu arbeiten, bevor er Fiske ansah. Er nickte kaum merklich, bevor er die Augen senkte und es mir den Atem verschlug.

Fiske stürzte bereits auf mich zu.

Ich stieß mich von dem Baumstamm ab, doch er fing mich und riss mich zurück. Seine Finger legten sich um meinen Hals, und er drückte mit den Daumen auf meine Schlagader. Ich trat, versuchte, mich loszureißen, doch sein Griff war so fest, dass ich keine Luft bekam. Ich grub meine Fingernägel in seine Hände, während mein Gesichtsfeld immer kleiner wurde. Hinter ihm stierte Iri weiter zu Boden.

Fiskes Blick bohrte sich dagegen in meine Augen, und seine Hände waren wie Eisenklammern. Mein Puls wurde schwächer und mein Körper mit jedem Atemzug, der mir fehlte, schwerer.

Ich blinzelte und richtete die Augen gen Himmel, wo jetzt zwischen den Baumwipfeln die Sterne glitzerten. Das Hämmern meines Herzens dröhnte mir in den Ohren. Ein Schlag. Ein weiterer.

Dann nur noch Dunkelheit.

5. KAPITEL

Vom krachenden Lärmen hölzerner Räder, die sich durch steinigen Schlamm mühten, und dem Wechsel von Licht und Schatten vor meinen geschlossenen Augenlidern kam ich zu mir. Ich versuchte, den Geruch zuzuordnen.

Winter. Harz und Holzrauch. Ich öffnete die Augen einen Spaltbreit und sah klaren blauen Himmel über mir. Das Hufgetrampel von Pferden. Ein sich bewegender Wagen.

Ich warf meinen Oberkörper nach vorne, setzte mich aufrecht hin und kämpfte, um auf die Füße zu kommen. Doch dann fiel ich wieder auf den Rücken. Ich war an den Handgelenken gefesselt, und die Wunde an meinem Arm blutete frisch durch den Stoff am Ärmel. Um mich herum ritten Riki, und einige von ihnen schauten zu mir. Ich riss die Augen auf und versuchte, etwas zu erkennen.

Wir befanden uns im Ost-Tal. Bewegten uns in Richtung Gebirge. Auf Thoras Berg zu.

Vor und hinter mir marschierten Riki in großer Zahl.

Mein Herz pochte wild, mein Atem ging schnell und stieß Nebelwolken in die Kälte aus. Ich duckte mich und betrachtete den Saum des Waldes zu meiner Rechten.

Gerade als ich mich an der äußeren Kante des Wagens festkrallte, um mich auf einen verzweifelten Absprung vorzubereiten, tauchte er in meinem Blickfeld auf, und ich erstarrte. Iri ritt hinter mir auf einem silbergrauen Pferd, und angespannt bohrten sich seine Augen in meine. Mit einem unmerklichen Kopfschütteln gab er mir zu verstehen, nach vorne zu schauen. Ich wandte den Kopf und sah eine Reihe Bogenschützen, die Seite an Seite ritten. Auf ihren Rücken einsatzbereit die Bögen und auf Kniehöhe Köcher voller Pfeile, die mit gepunkteten Federn geschmückt waren.

Ich schätzte ab, wie weit es von mir bis zu den Bäumen war.

Bevor ich es in Deckung geschafft haben würde, hätte ich wohl fünf oder sechs Pfeile im Rücken. Wenn mich nicht zuvor schon einer der Männer mit seinem Pferd erwischte.

Ich versuchte nachzudenken. Aus der Wunde an meinem Arm sickerte immer noch Blut, und die Schwellung in meinem Gesicht pochte. Ich leckte mir die Lippen und schmeckte getrocknetes Blut. In dem Wagen vor mir lagen zwei Männer auf dem Rücken, einem fehlte ein Bein, und das Gesicht des anderen war von blutigen Verbänden verdeckt. Ich setzte mich und zog die Knie an die Brust.

Iri beobachtete mich nach wie vor aufmerksam. Das dunkle Leder seiner Panzerweste ließ sein langes Haar wie einen eingefrorenen Wasserfall blutgetränkter Zöpfe wirken. Sein dreckverkrustetes Gesicht mit den markanten Wangenknochen und den runden blauen Augen.

Augen, die ich bereits mein ganzes Leben kannte.

Ich drückte die Handflächen gegen die Stirn und dachte daran, wie ich ihn vor fünf Jahren zuletzt gesehen hatte. In jeder Hand eine Axt, kämpfte er an meiner Seite auf einer schneebedeckten Lichtung. Schneeflocken in seinem Haar. Blut an seinen Händen. Er war mit einem jungen Riki in einen Kampf verwickelt gewesen, bevor beide über die Kante in eine tiefe Erdspalte gefallen waren. Ich konnte immer noch innerlich meinen eigenen Schrei hören, als ich Iri verschwinden sah. Auf Händen und Knien war ich damals an die Kante gekrochen, und der Boden hatte unter mir fast nachgegeben. Iri hatte auf dem Rücken gelegen, und aus einer klaffenden Wunde waren seine Eingeweide hervorgetreten. Seine Augen waren bereits leblos gewesen und hatten leer in den Himmel gestarrt. Und der Riki-Junge neben ihm war halb vom Schnee verschluckt.

Ich sah auf, und für einen weiteren stillen Atemzug fixierte mich Iris Blick, als würde auch er sich in diesem Augenblick an den gleichen Moment erinnern. Und dann trieb er sein Pferd an, durchschnitt die Gruppe von Riki zu meiner Linken und verschwand.

Vor mir über dem Tal wurde der Berg größer. Dunkles Schiefergebirge verschmolz nach und nach mit dem grünen Wald unterhalb des schneebedeckten Gipfels. Fern des Fjords. Weg von zu Hause.

Ich wusste nicht, wo die Riki lebten, aber wir mussten uns auf dem Weg zu einem ihrer Dörfer befinden. Und bis zur Schneeschmelze würde kein Weg zurück ins Tal führen. Wenn ich mich jetzt befreien könnte, würde ich es noch zurück zum Fjord schaffen.

Der Wagen rumpelte auf einmal und hielt im gleichen Moment an, als ich auf die Beine kam. Die Riki waren in den Wald hineingefahren, dort, wo sich ein Fluss zwischen den dichten Bäumen hindurchschlängelte. Sie hatten angehalten, um die Pferde zu tränken. Ich konnte Iris Hinterkopf ausmachen, der immer mal zwischen den anderen auftauchte.

Auf dem Weg zum Fluss ging eine Riki-Frau an mir vorbei, und ihr zorniger Blick traf mich. Sie hatten mich noch nicht getötet, und ich hatte schon lange genug gegen die Riki gekämpft, um zu wissen, warum. Für eine gefangene Aska gab es nicht viel Verwendung. Entweder würden sie aus mir eine Dýr machen oder mich an einen anderen Clan verkaufen, der das übernahm. Beides würde mich *Sólbjǫrg* kosten.

Eine Hand schlug mich fest auf den Hinterkopf, und der Mann, der den Wagen gelenkt hatte, grunzte und spuckte vor mir auf den Boden, bevor er zurück zu seinem Pferd ging. »Setz dich, oder ich werde dir die Füße zusammenbinden und dich hinterherschleifen.«

Ich gehorchte und schaute über die Seite des Wagens zu den Bäumen. Iri und sein Pferd standen im Schatten des Waldes. Auf dem Rücken trug er zwei überkreuzte Axt-Futterale, aber – anders als die anderen – kein Schwert. Genau so, wie er es schon getan hatte, als wir noch Kinder waren. Iris Blick war erst auf die Baumgrenze, dann auf Fiske gerichtet, doch schließlich wanderten seine Augen wieder zu mir. Dort blieben sie nur einen kurzen Moment, bevor er sich seinem Pferd widmete, das Zaumzeug prüfte und mit den Händen über das silbern gefleckte Fell strich. Im Wagen stöhnte vor mir der Mann auf, dem ein Bein fehlte.

Als der Wagenlenker wieder auf sein Pferd stieg, schaukelte der Karren, und er rief laut, als einer der Bogenschützen aus dem Wald trat. Dieser kam mit einem ledernen Wasserbeutel in der Hand über die Lichtung auf uns zu, und sein Pferd schlenderte hinter ihm her. Das lange rote Haar des Schützen hatte die gleiche Farbe wie sein Bart, der in drei verschieden dicke Zöpfe geflochten war.

Er hob zum Gruß die Hand, als er sich dem Wagenlenker näherte, und reichte ihm daraufhin das Wasser. Mit tauben Fingern krallte ich mich an die Kante der Wagenseite, beobachtete, wie sich die beiden Männer unterhielten, während das Pferd des Bogenschützen um den Wagen ging. Mein Herz machte einen Satz, und meine Augen huschten von dem Pferd zu seinem Reiter. Der Köcher mit den Pfeilen hing immer noch am Sattel.

Ich setzte mich gerade genug auf, um über die Seitenwand zu blicken. Die meisten Riki befanden sich nicht auf ihren Pferden.

Ich kratzte etwas von dem Heu unter mir zusammen und schob meine Hand durch die Latten der Wagenseite, um dem Pferd ohne Reiter das Futter anzubieten. Es bemerkte es, bewegte den Kopf und ging einen Schritt auf mich zu.

Als ich nach den Zügeln griff, sprachen die Männer immer noch miteinander. Ich schloss die Augen und murmelte atemlos ein Gebet. Ein letztes Mal schaute ich zu Iri, und als könnte er dies spüren, flog sein Blick zu mir. Seine Augen wurden riesig, während ich aufsprang und mich über die Seitenwand direkt in den Sattel schwang. Ich rutschte ab, mein Körper sackte zu einer Seite, aber ich fing mich, als das Pferd sich aufbäumte.

»Aska!«, brüllte der Wagenlenker.

Ich trat dem Pferd mit dem Absatz meines Stiefels fest in die Seite, stellte mich in die Steigbügel und beugte mich weit vor, um meinen Körper möglichst flach zu halten, während auf der Lichtung das Chaos ausbrach. Rechts rannten in einiger Entfernung bereits viele Riki mit gezogenen Waffen in den Wald, um mir den Weg abzuschneiden. Das war meine einzige Chance. Wenn ich es nicht zu den Bäumen schaffte, würden mich die Bogenschützen erwischen.

Ich schrie, um das Pferd anzutreiben.

Aufgeschreckt von dem Tumult, rannte Iris Pferd vor mir, allerdings ohne Reiter. Iri selbst stand mit hängenden Armen wild um sich blickend am Waldrand. Hinter ihm sprang Fiske auf sein Pferd und galoppierte in die gleiche Richtung los, in die ich unterwegs war.

Die Spitze eines Pfeils sauste an mir vorbei, landete in einem Baumstamm, und die Splitter flogen durch die Luft, als ich daran vorbeiritt. Ich versuchte, mich noch flacher an den Rücken des Pferdes zu schmiegen. Die Riki rauschten wie Geröll über steilen Boden und kamen mit den gleichen Mienen auf mich zugerannt, wie ich es am Tag zuvor auf dem Schlachtfeld erlebt hatte. Mit stampfenden Schritten. Ihre Waffen schwingend.

Ich erreichte den Waldsaum, wurde von der kühlen Luft des Waldes umhüllt und blickte mich um.

Als ich mich zum Fluss umdrehte, war Fiske schon in meinem Blickfeld. Er ritt schnell, löste den Bogen aus der Befestigung an seinem Pferd, und ich fluchte innerlich. Fiske wurde langsamer und beugte sich zurück, als er einen Pfeil aus dem Sattelköcher riss und ihn in den Bogen spannte. Der Schuss folgte direkt.

Ich konnte den satten Treffer in meine linke Schulter hören, und der Wald um mich herum wurde ganz still, als ich sah, dass die Spitze eines Pfeils an meiner Brust herausstach und das feste Leder meiner Panzerweste durchdrungen hatte. Das Pferd scheute, sprang zur Seite, und ich fiel herunter und schlug dermaßen hart auf dem Boden auf, dass es mir den Atem nahm.

Daraufhin rollte ich mich auf die rechte Seite, versuchte, mich aufzurichten, aber ich bekam immer noch keine Luft. Die Baumkronen über mir schwankten, sie schienen sich über mich zu beugen, während sich mein Magen verkrampfte. Das Kampfgebrüll verstummte, und ich presste mein Gesicht keuchend und hustend in den feuchten Waldboden.

Nachdem er von seinem Pferd abgestiegen war, bohrten sich Fiskes Stiefel in die Erde vor meinem Gesicht. Und in meinem Kopf dröhnten immer mehr Schritte.

Fiske bückte sich, griff nach einer Handvoll meiner Haare und zog mich auf die Beine. Im Augenwinkel konnte ich erkennen, dass die anderen sein Pferd hielten. Ich stöhnte auf. Der in meiner Schulter verkeilte Pfeil strahlte einen heißen Schmerz bis in meinen Arm, Hals und meinen Rücken aus. Ich versuchte, die Qual herunterzuschlucken, während mich Fiske an den Zöpfen in seiner Faust aus dem Wald und zurück auf die Lichtung schleifte.

Wo Iri wartete.

6. KAPITEL

Ich zerrte mit Blasen an den Fingern an den Stricken, die meine Hände und Füße an den Wagen fesselten. Vergeblich versuchte ich, mich auf der rechten Seite zu halten, während wir über den unebenen Grund rumpelten und schaukelten. Der Pfeil steckte immer noch zwischen meinen Knochen, und der Schmerz durchdrang meinen ganzen Körper.

Iri ritt hinten und beobachtete mich. Doch ich hatte inzwischen den Versuch, in seinem Gesicht zu lesen, aufgegeben. Lieber verwendete ich alles, was ich an Kraft noch besaß, um mich festzuhalten. Als es dunkel wurde und der Wagen sein Tempo verlangsamte, bemerkte ich durch meine halb geschlossenen Lider, dass Feuer entzündet wurden. Noch bevor das Lager zur Ruhe kam, war ich eingeschlafen.

Einen keuchenden Atemzug später brach auch schon der Morgen an. Ich schluckte mit rauer Kehle und lauschte, wie die Riki nach und nach erwachten, die Feuer löschten und ihre Pferde fertig machten. Als wir losfuhren, biss ich so heftig die Zähne zusammen, dass ich fürchtete, sie mir abzubrechen. Ich stemmte Arme und Beine gegen das Holz des Wagens, um mich stabil zu halten.

Die weiß glühende Hitze in meiner Schulter schmerzte bis in meine Ohren. Mein Kopf fühlte sich an, als würde er jeden Moment platzen. Ich hielt nicht mehr nach Iri Ausschau. Das Einzige, was mich noch tiefer verletzte als dieser Pfeil, war die Erkenntnis, dass er ein Verräter und am Leben geblieben war. Die ganze Zeit über.

Stunden vergingen zwischen Wachen und Schlafen, bis ich nicht mehr genau wusste, ob ich tot oder lebendig war. Der Wagen rollte wieder langsamer, und statt des Knirschens der Hufe auf Stein hörte ich sie über gefrorenen Boden stampfen. Ich rollte mich fester zusammen, als es bergauf ging, und bemühte mich, nicht aufzuschreien, als mein Körpergewicht auf meine Füße drückte.

Wir hielten nicht an, ehe die Luft in der untergehenden Sonne kalt wurde und der Geruch nach Schnee sich mit dem von Feuer mischte. Dann war Jubel zu hören, aber auch gedämpftes Weinen. Die Krieger und Kriegerinnen kehrten für den Winter zu Ehefrauen, Ehemännern und Kindern zurück. Ich kannte diese Geräusche. Vor meinem geistigen Auge sah ich den Fjord. Den Blick darauf vom Bergrücken aus. Die Blau- und Grüntöne des Wassers, das mit dem diesigen Himmel zu verschwimmen schien. Das schwarze Felsufer, auf dem weiß gewaschenes Treibholz lag. Meine Clangefährten waren wahrscheinlich schon dort und wärmten sich an den Feuern in ihren Behausungen aus Holz. Oder sie kuschelten sich bereits mit vollen Bäuchen in ihre Decken.

Mein Vater. Mýra.

Der Schmerz war fast so bohrend wie der des Pfeils in meinem Fleisch.

Die Riki ließen mich liegen, bis Stimmen an den Rand meines benebelten Bewusstseins drangen und der Wagen erneut ruckte. Ich krümmte mich zusammen.

»Wo soll ich sie hinbringen?«, hörte ich eine raue Stimme aus der Dunkelheit neben mir.

Eine andere Gestalt kletterte auf den Wagen, und ich zuckte vor Schmerz, der durch meinen Rücken fuhr. »Ich mach das.«

Die Stricke wurden durchtrennt, und jemand zog mich an den Beinen zum Rand des Wagens. Als man mich hochhob, blieb der Pfeil irgendwo hängen, und ich stöhnte. Mein Inneres fühlte sich an wie die tobende See. Als ich die Augen aufriss, erblickte ich Iris Gesicht über mir. Ich blinzelte und versuchte, ihn scharf zu sehen, aber da rollten meine Augen auch schon wieder nach hinten.

Als ich sie erneut öffnete, lag ich auf dem Boden. Irgendwo drinnen. Das Licht eines Feuers erhellte den Raum. Eine Scheune. Oder vielleicht ein Lagerhaus.

Jemand presste eine schwielige Hand auf mein Gesicht. »Sie glüht.«

»Wahrscheinlich eine Entzündung«, sagte eine andere Stimme. »Leg sie auf den Tisch.«

Wieder hoben Hände mich hoch, und der Raum drehte sich.

Kalte Nachtluft berührte meine Haut, als sie mir die Panzerweste auszogen. Ich trat um mich, wollte nach meinem Messer greifen, doch die Scheide war leer.

»Hör auf.« Iris Gesicht war wieder sichtbar.

Ich hielt ihn fest, grub die Finger in das Leder seiner Rüstung. »Hol ihn raus«, wimmerte ich, während sich in meinen Augenwinkeln heiße Tränen sammelten.

»Das werden wir.« Er verschwand wieder aus meinem Blickfeld.

Ein anderer Schatten tauchte vor mir auf, und Hände betasteten vorsichtig die Stelle rund um die Pfeilspitze. »Wir sollten auf Runa warten.«

»Die ist bei den Verwundeten von Aurvanger. Also hol ihn einfach raus.« Die tiefe Stimme meines Bruders dröhnte viel zu laut in meinem Kopf. Er legte die Hand auf meinen Arm, den ich ihm fluchend wieder entzog. Es war nötig, dass er mir den Pfeil rauszog, aber bei der Vorstellung, dass er versuchte, mich zu trösten, wurde mir schlecht.

Die Gestalt vor mir bewegte sich, und Feuerschein fiel auf ihr Gesicht. Fiske.

Ich fuhr zurück. »Lass mich in Ruhe!«

Er presste seine Hand auf meinen Mund, und ich schloss die Finger um seinen Hals und drückte ihm die Luft ab. Er schlug meine Hand weg.

»Fass mich nicht an«, fauchte ich und wand mich auf dem Tisch.

»Er wird ihn rausholen, Eelyn. Sei still.« Iri stand jetzt hinter mir und riss Stoff in Streifen.

»Er hat ihn da reingeschossen!« Ich durchbohrte Fiske mit meinem Blick, während der Zorn in mir brodelte und mein Herz hämmerte, als wollte es meine Rippen sprengen.

Fiske schaute ausdruckslos auf mich herab.

»Wenn er dich nicht an der Schulter getroffen hätte, dann hätte ein anderer Pfeil dein Herz durchbohrt, und du lägst jetzt tot im Wald. Du solltest ihm dankbar sein.«

Wütend funkelte ich Iri an. »Ihm dankbar sein? Ohne ihn wäre ich gar nicht hier.« Ich konnte wegen meiner zusammengebissenen Zähne kaum sprechen.

»Ich habe dir gesagt, dass du uns nicht weiter folgen sollst.« Fiske wischte sich mit dem Ärmel übers Gesicht. Seine Hände troffen von meinem Blut. »Ich kann den Pfeil jetzt rausholen, oder du kannst auf Runa warten. Das dauert aber vielleicht eine Weile.«

»Hol ihn raus.« Iris Stimme klang erschöpft, sein Blick war voller Sorge. Ich erinnerte mich gut an diesen Ausdruck – wie oft hatte er mich so angesehen.

Noch mal!

Ich hörte seine Stimme wie ein Echo in meinem Kopf. Die Sonne senkte sich über den Fjord, und es war fast schon zu dunkel, um etwas zu sehen. Unser Vater beobachtete uns vom Fenster unserer Hütte aus und war im Feuerschein nur als Silhouette zu erkennen.

Noch mal, Eelyn!

Iri war nur eineinhalb Jahre älter als ich, aber ich war immer deutlich kleiner gewesen. Deshalb hatte ich damals auch den Schild nicht halten können, um damit zu kämpfen. Also lehrte mein Bruder mich, ohne einen zu kämpfen – mit meiner Axt in der linken und dem Schwert in der rechten Hand. Als er mich vor unserer ersten Kampfsaison trainierte, war er ständig voller blauer Flecken und blutender Wunden gewesen.

Noch mal!

Jetzt sah er mich mit demselben Ausdruck an. Er fragte sich wohl, ob ich stark genug war.

Fiske trat wieder näher, und ich beobachtete ihn misstrauisch. Doch mir blieb keine Wahl. Ich war schon früher krank und verwundet gewesen, aber noch nie in meinem Leben hatte ich solchen Schmerz gefühlt.

Fiske sah mir direkt in die Augen und stand jetzt über mir. »Es wird wehtun.«

Iri hielt mir ein Stück Leder hin, das ich entgegennahm. »Mach es einfach.« Ich biss kräftig auf den Riemen, holte tief Luft und starrte an die Deckenbalken über mir.

Iri stellte sich vor mich, schob seinen Arm unter meinen Nacken, um meinen Hinterkopf festzuhalten, und ich klammerte mich mit zitternden Händen an ihn. Der Pfeil knackte hinter mir, und der folgende Schmerz entfachte eine Explosion aus weißem Licht, die meine Sinne erfasste und den ganzen Raum zu erfüllen schien. Ich stöhnte gegen Iris Brust und krallte die Finger in seine Tunika, während Fiske nach dem Pfeil bohrte, bis er ihn zwischen seinen Fingernägeln hatte.

Er wartete, bis ich zu Atem kam. »Bereit?« Er blickte auf mich herab.

Ich atmete dreimal schnell aus und stählte mich innerlich, bevor ich knapp nickte.

Da riss er den Arm zurück und den Pfeil aus mir heraus.

Ich bäumte mich unter Iris Gewicht auf und spürte dann, wie mein ganzer Körper erschlaffte, als der Pfeil zu Boden fiel. Fiskes Hände drückten rasch ein getränktes Stück Stoff auf das Loch und gleichzeitig so fest gegen meine Schulter, dass ich kaum atmen konnte. Ich blinzelte träge, um irgendwas zu sehen, aber meine Augen funktionierten irgendwie nicht.

»Was im Namen von Thora …« Das helle Flüstern eines Mädchens verstummte gleich wieder, und an der Tür erkannte ich Stiefel unter einem langen wollenen Rock. »Iri?«

Er richtete sich auf, ging zur Tür und überließ es Fiske, dafür zu sorgen, dass ich nicht vom Tisch rollte. Mein Kopf fiel zur Seite, und Fiske kam wieder in mein Blickfeld. Das dunkle Haar hing ihm ins Gesicht, während er meine Schulter säuberte. Ich spürte keinen Schmerz und auch sonst nichts mehr.

»Wer bist du?«, brachte ich heiser heraus.

Er hielt inne, und die scharfen Konturen seines Gesichts wirkten in dem schwachen Licht besonders düster.

Eine heiße Träne rollte mir langsam übers Gesicht. »Wer bist du für meinen Bruder?«

Er presste die Lippen zusammen, bevor er antwortete, und drückte seine Hände immer noch auf meine Wunde. »Er ist *mein* Bruder. Und wenn er wegen dir getötet wird, dann schneide ich dir die Kehle durch, wie ich es schon in Aurvanger hätte tun sollen.«

7. KAPITEL

Als ich die Augen aufschlug, war ich allein. Das dünne bläuliche Licht der Morgendämmerung sickerte durch die Bretter über mir. Ich setzte mich auf dem Tisch auf, und das Pochen begann so heftig, dass ich zitterte. Ich griff mit der Hand unter meine Tunika und tastete vorsichtig nach dem heißen, entzündeten Loch in meiner Schulter. Der Riss in meinem Arm war frisch zugenäht. Ich rieb meine Handgelenke aneinander und spürte die aufgerissene, gerötete Haut an den Stellen, wo der Strick gewesen war.

Mit meinen nackten Füßen tastete ich nach dem kalten Boden und ließ mich dann von dem Tisch gleiten, um mich hinzustellen. Meine Stiefel standen ordentlich auf meiner Rüstung neben der leeren Feuerstelle. Die kleine Holzfigur von Iri, die in meiner Weste gesteckt hatte, lag neben mir auf dem Tisch. Ich griff danach, strich mit dem Daumen über das Gesicht und blinzelte, weil ich ihn wieder im Nebel vor mir sah. Ich spürte noch einmal diesen Blitzschlag, der mich in meinem Innersten getroffen hatte. Weil Iri am Leben war. Und nicht nur das. Er hatte uns verraten. Uns alle.

Der Junge, mit dem ich meine Kindheit verbracht hatte. Der Junge, mit dem ich Seite an Seite gekämpft hatte. Er war schlimmer als jeder Feind. Und das Blut, das wir teilten, war jetzt Gift in meinen Adern.

Durch die Ritzen an den Wänden konnte ich sehen, wie das stille Riki-Dorf sich unter einer dünnen Schneedecke an den Hang schmiegte. Das dunkle Grün der Kiefern ragte hinter den Hütten wie eine Wand auf.

Ich kämpfte mit meinen Stiefeln und biss die Zähne gegen den Schmerz zusammen, der meine ganze linke Körperhälfte durchzuckte. Meine Rippen pochten nach dem Sturz vom Pferd. Vielleicht waren sie erneut gebrochen. Ich ging zur Tür, hob den Riegel vorsichtig an, aber als ich drückte, öffnete sich die Tür nicht.

Sie war von außen blockiert. Ich kauerte mich in eine Ecke, schlang die Arme um mich und presste den verletzten Arm fest an meine Seite. So wartete ich.

Das Dorf erwachte langsam zum Leben. Das Vieh schrie nach seinem Frühstück, und Eisenkessel schwangen über offenem Feuer. Der Geruch von geröstetem Getreide hing in der Luft und ließ meinen Magen schmerzen. Ich schloss die Augen und versuchte, die in mir aufsteigende Übelkeit zu verdrängen.

Nachdem ich stundenlang in der feuchten Kälte des düsteren Raums gehockt hatte, hörte ich Iris Stimme. Die Tür wurde geöffnet, schwang weit auf und ließ Tageslicht herein. Ein grauhaariger Mann in einer sauberen schwarzen Tunika erschien. Er war zu alt, um in Aurvanger gekämpft zu haben. Er musterte mich, während ich wie ein verschrecktes Tier in der Ecke kauerte.

»Ist sie überhaupt zu gebrauchen?« Seine Lippen bewegten sich hinter einem dichten Bart. »Runa sagt, gestern hätte noch ein Pfeil in ihr gesteckt.«

Iri trat hinter ihm ein und duckte sich dabei unter dem niedrigen Türrahmen. Dann legte er ein Bündel Feuerholz auf den Boden. Er war sauber, sein Haar neu geflochten und seine Kleidung frisch. »Sie sieht stark aus. Sie ist eine Aska-Kämpferin.«

Er sagte noch etwas, das ich wegen all der Gedanken, die wie der Wind durch meinen Kopf rasten, jedoch nicht hören konnte. Iri bei den Riki. Iri, der sich verhielt, als habe er mich gefangen.

Nachdenklich ließ der alte Mann seine Augen über mich wandern. »Runa hat mir auch erzählt, *wie* sie sich diesen Pfeil eingefangen hat.«

Die Verwirrung in Iris Blick war deutlich sichtbar, als er mich endlich ansah. »Fiske hat sie zur Strecke gebracht.«

»Sie würde wahrscheinlich den ganzen Winter über nur versuchen zu fliehen.« Der Mann schüttelte den Kopf. »Keiner wird sie wollen. Ich denke, es ist das Beste, ein bisschen Geld für sie zu erlösen, wenn die Händler von Ljós in ein paar Tagen kommen.«

Ich stand auf und drückte mich mit dem Rücken gegen die Wand. Der Schmerz in meinem Arm strahlte in den Brustkorb aus, als ich von Iri zu dem alten Mann schaute.

Er ging wieder hinaus in den Schnee, und ich zog die Oberlippe zurück und starrte Iri wütend an. »Mich verkaufen? An *wen*?«, flüsterte ich.

Er schob den Riegel wieder vor die Tür, ließ ihn einrasten und legte das Feuereisen auf den Tisch. »An eines der anderen Riki-Dörfer.«

»Das kannst du nicht machen.«

»Ich hatte geplant, dich den Winter über hierzubehalten, bis ich dich vom Berg wegschaffen könnte.« Er rieb sich mit den Händen übers Gesicht. »Aber du hast das verbockt, Eelyn.«

»*Ich* habe es verbockt? Du hast mich doch hierherverschleppt!«

»Sei still.« Er spähte durch einen Spalt in der Tür.

Das Blut in meinen Adern kochte und machte mich wach. »Du bist derjenige, der sein Volk und seinen Gott im Stich gelassen hat, um unserem Feind zu dienen, Iri.«

Ruckartig schaute er wieder zu mir und hatte blitzschnell die Entfernung zwischen uns überwunden. Er packte mich bei meiner Tunika und zog mich zu sich. »Die Aska haben *mich* im Stich gelassen. Zum Sterben zurückgelassen. Die Riki haben mir das Leben gerettet.«

Ich stieß ihn mit meinem gesunden Arm von mir weg und griff nach der kleinen Figur auf dem Tisch, die ich ihm entgegenschleuderte. »Seit fünf Jahren habe ich jeden Tag um dich getrauert.« Der Schmerz erfasste mich wie eine Welle, die mich beinahe umwarf. »Und du warst die ganze Zeit hier! Du hast noch nicht mal nach Aghi gefragt!«

Iri erstarrte. Die Anspannung fiel von seinem Gesicht ab, und er zeigte etwas Zerbrechliches.

»Nach meinem Vater.« Mit zitternder Stimme machte ich einen Schritt auf ihn zu.

Er blickte zu Boden. »*Unserem* Vater.« Er biss die Zähne zusammen, und Stille legte sich über den Raum. »Ich hatte Angst davor, was du mir sagen würdest.«

»Er lebt, Iri. Er hat in Aurvanger gekämpft. Und er würde sich schämen, dich seinen Sohn zu nennen, wenn er die Wahrheit wüsste.«

Er schüttelte den Kopf, als weigere er sich gegen eine Auseinandersetzung. »Denkst du, er wird dich holen kommen?«

»Wenn ich nach der Schneeschmelze nicht zurück bin, wird er mich suchen gehen.«

Sein Blick ging zu dem Abbild auf dem Boden. »Hast du ihm gesagt, dass ich lebe?«

Mein Vater, wie er mit ängstlichem Blick auf mich zueilte, kam mir in den Sinn. »Ich habe es versucht. Er hat mir nicht geglaubt. Er dachte, Sigr habe mir deine Seele geschickt.«

Iri schien plötzlich weit weg. Seine Augen blickten in die dunkelste Ecke des Raums. »Vielleicht hat er das ja.«

»Das war nicht Sigr, Iri. Das war Thora.« Meine Stimme wurde tonlos, meine Augen schmal. »Du hast deine eigenen Leute getötet. Was wirst du tun, wenn du stirbst? Du wirst auf ewig von uns getrennt sein!« Die Worte brachen unter der Last ihrer Bedeutung fast zusammen. Selbst als ich um Iri getrauert hatte, war ich doch immer überzeugt gewesen, ihn wiederzusehen. Weil wir alle eines Tages wieder vereint wären. Aber Sigr würde ihn nie mehr nach *Sólbjǫrg* lassen. Nicht nach diesen Taten.

»Du begreifst nicht.« Seine Stimme hatte jeden Zorn verloren. Er fuhr sich mit der Hand über die Stoppeln an seinem Kinn, bevor er die Figur vom Boden aufhob und zwischen den Fingern drehte. »Ich sah dich und …«

Ich lehnte mich an die Wand und versuchte, mich auf den Beinen zu halten, während sein Gesicht immer nachdenklicher wurde.

»Ich sah dich und dachte, ich müsse dich sterben sehen. Ich dachte, mein Herz würde aufhören zu schlagen.« Er schluckte schwer, und eine tiefe Falte bildete sich zwischen seinen Augenbrauen.

Diese Worte hatte ich nicht von ihm erwartet. Mein Gesicht wurde heiß, und ich spürte Tränen in den Augen, die in der Kälte brannten. »Wir dachten, du wärst tot, Iri. Wir haben versucht, hinunter in die Spalte zu kommen, um deinen Leichnam zu holen. Wir haben es versucht …« Ich schluckte den Rest des Satzes hinunter. Es ließ sich nicht rückgängig machen. »Wir müssen verschwinden. Wir müssen zurück zum Fjord.«

Seine Blicke streiften durch den Raum. »Ich kann nicht.«

»Warum?« Ich musterte ihn und erhob wieder die Stimme.

»Ich muss einen Weg finden, sie zu überreden, dich als *Dýr* zu behalten.«

»Nein!«, schrie ich so laut, dass es in meinen eigenen Ohren widerhallte.

»Sei still! Wenn jemand erfährt, dass ich so mit dir rede …« Er seufzte. »Wenn sie dich verkaufen, bist du auf dich allein gestellt. Dann wirst du es nicht zurück zu den Aska schaffen. Uns bleiben noch ein paar Tage, bevor die Händler aus Ljós kommen. Ich werde mir was überlegen.«

Ich dachte an meinen Vater. An seine blauen Augen, die mich voller Scham groß anstarrten. Ich konnte bereits das Gewicht einer *Dýr*-Halsfessel spüren.

»Du weißt, dass ich keine *Dýr* werden kann, Iri. Dann gelange ich nie nach *Sólbjǫrg*.« Ich konnte nicht begreifen, dass er das überhaupt vorschlug. »Bevor ich das zulasse, nehme ich mir selbst das Leben.«

Schließlich hatten wir schon unser ganzes Leben lang gelernt: *Vegr yfir fjor* – Ehre über Leben.

Er ließ mich nicht aus den Augen und sagte leise: »Wenn du dir das Leben nimmst, lässt du unseren Vater allein in dieser Welt zurück. Aber wenn du deinen Stolz überwindest und den Winter über abwartest, dann kannst du nach der Schneeschmelze wieder bei ihm sein. Du wirst zu den Aska zurückkehren und deine Ehre zurückgewinnen.«

Ich biss die Zähne zusammen und ballte die Hände zu Fäusten. Weil er recht hatte. »Ich hasse dich.« Die Worte kamen mit all der Kraft, die ich bislang ihm gegenüber noch zurückgehalten hatte. Der ganzen Wut. Dem Ekel.

Aber er nahm das alles hin. Ließ es über sich ergehen und wehrte sich nicht. Er sah mich nur lange an und glitt mit den Augen über mein Gesicht, als wäre es das erste Mal.

»Ich weiß.«

8. KAPITEL

Ich hockte mich vor die Feuerstelle und kroch langsam immer näher, um meine gefühllosen Finger und Zehen zu wärmen. Ich konnte bis zum Einbruch der Dunkelheit warten und dann durch die Bretterwand ausbrechen, aber ich hatte keine Ahnung, wo ich mich befand. Und ich hatte keine Überlebenschance im Gebirge mit einem entzündeten Muskel und einer beschädigten Sehne, die sich wie eine Schlange in meiner Schulter gebärdete.

Der Türriegel hob sich erneut, als es endlich dämmerte. Ich stand auf und drückte mich gegen die Wand. Ein schmales Gesicht mit hochgesteckten dunklen Zöpfen tauchte im Türspalt auf.

»Ich bin hier, um deine Wunden zu kontrollieren und dir zu helfen, dich zu säubern.« Mit einer Hand hielt das Mädchen ein gewebtes Schultertuch zusammen, in der anderen trug sie einen Korb. »Solltest du versuchen, mich zu verletzen, wäre es mir ein Vergnügen, dich an der Infektion sterben zu lassen.« Sie deutete mit dem Kopf auf den frischen Blutfleck an meiner dreckigen Tunika.

Das Mädchen war etwa so groß wie ich, aber zu sauber und sanft, um eine Kämpferin zu sein. Ich bräuchte nicht mehr als zwei Atemzüge, um ihr mit bloßen Händen den Hals umzudrehen.

Misstrauisch kam sie auf mich zu und musterte mein Gesicht mit ihren großen dunklen Augen. Ich spürte selbst die Beule an meiner Wange und den Riss in meiner Lippe. Schwungvoll stellte sie den Korb auf den Tisch und dann einen Topf vor der Feuerstelle auf die Erde, während sie mich aus den Augenwinkeln weiter beobachtete. Kaum hatte sie mir einen kleinen Laib Brot gegeben, riss ich ihn mit meinen schmutzigen Fingern auseinander und aß, so schnell ich konnte. Der Schmerz in meinem Kiefer dabei war nichts verglichen mit der schmerzenden Leere im Bauch.

Sie platzierte einen Krug und einen Stapel ordentlich gefalteter Tücher auf dem Tisch und goss dann das dampfende Wasser in eine Holzschüssel. Der Duft von Lavendel und Beinwell stieg auf.

Ich streifte mir die Tunika über den Kopf und versuchte, dabei auf meine schmerzende Schulter aufzupassen. Dann schwang ich mich mithilfe meines gesunden Arms zum Sitzen auf den Tisch. Das Mädchen zog die schmutzige Bandage von der Pfeilwunde und beugte sich vor, um die Verletzung zu untersuchen. Als sie die Haut vorsichtig auseinanderzog, sog ich scharf die Luft ein.

»Er ist ein guter Schütze«, murmelte sie. »Genau in die Mitte des Gelenks.«

Ich biss gegen den pochenden Schmerz die Zähne zusammen. Sie mochte sauber und sanft aussehen, schien aber willensstark zu sein. Sie wusste, dass ich gefährlich war, fürchtete mich jedoch nicht. Und das wollte sie mich auch wissen lassen.

Sie tauchte einen Lappen in das duftende Wasser und presste ihn fest gegen die Wunde an meinem Arm. Ich schaute an die Decke und biss mir auf die Lippe. Das Haar fiel mir auf den nackten Rücken, als sie die Wunde säuberte. »Das hier sieht gut aus. Eine tiefe Wunde, aber sie wird heilen.« Sie schaute zu mir hoch. »Ein Schwert?«

Ich nickte und begriff, dass sie diejenige gewesen sein musste, die schon gestern Abend da gewesen war. Sie hatte die Wunde sauberer vernäht, als Kalda es je getan hatte. »Bist du eine Heilerin?«

Sie sah wieder zu mir hoch und schien überrascht, dass ich überhaupt sprach. »Ich lerne noch.«

Sie wrang den blutigen Lappen aus, während die Tür hinter uns aufging, was mich zusammenzucken ließ. Als ich mich umdrehte, sah ich Fiske dort stehen. Ich richtete mich gerade auf, kehrte ihm weiter den Rücken zu und zog das offene Haar über meine Schulter, um mich zu bedecken.

Er starrte auf das Loch in meiner Schulter. Die Wunde, die er mir zugefügt hatte. Es stammten ja sogar beide von ihm. »Iri hat dir gesagt, dass du auf mich warten sollst, Runa.« Sein Blick ging zu dem Mädchen.

»Du bist nicht gekommen. Und ich habe noch andere, die ich heute Abend versorgen muss.«

Er lehnte sich an die Wand und schaute weg, während sie ihre Arbeit fortsetzte.

»Machen wir dich sauber.« Sie gab mir einen frischen Lappen und schob die Schüssel mit dem heißen Wasser zu mir.

Ich wusch meine Vorderseite, während sie sich um Rücken und Nacken kümmerte. Nachdem der meiste Dreck und das getrocknete Blut abgewaschen waren, flocht sie mein immer noch staubiges, zerzaustes Haar neu und strich mir dabei die losen Strähnen aus dem Gesicht. Als sie fertig war, nahm sie eine saubere Tunika aus dem Korb und half mir hineinzuschlüpfen.

Schließlich rollte sie eine lange Bandage aus und drückte meinen Arm in einem bestimmten Winkel gegen meine Brust. »Halt ihn so.«

Ich gehorchte und sah zu, wie sie den Stoff um meinen Körper wickelte, damit der Arm so blieb.

Dann trat sie zurück und sah mich eindringlich an. »Ich bin nicht hergekommen, um das Blut meiner Clangefährten aus deinem hübschen blonden Haar zu waschen, weil ich so nett bin. Ich habe es getan, weil Iri mich darum bat. Er hat sich seinen Platz hier verdient, und du wirst ihn nicht von dort vertreiben.«

Ich zog nur eine Augenbraue hoch. »Und was genau musste er tun, um ihn sich zu verdienen?«

Wortlos griff sie nach dem Korb. Sie blickte sich auch nicht mehr um, als sie die Tür öffnete und Fiske ihr folgte. Hinter ihnen wurde der Riegel zugeschoben. Ich blickte auf meinen nutzlosen Arm hinab. Wären wir ein paar Tage früher hier eingetroffen, hätte ich es vielleicht noch vor dem ersten starken Schneefall vom Berg herunter geschafft. Aber ich wusste, dass es dafür zu spät war. Ich konnte die kalte Luft des Winters riechen, der sich ins Dorf schlich und von Stunde zu Stunde näher kam.

Es wäre einfältig, es jetzt zu versuchen. Aber wenn ich den Winter ohne ein Messer in meinem Herzen überstand, dann hatte ich vielleicht eine Chance.

9. KAPITEL

Die Tür flog so heftig auf, dass sie in den Angeln krachte. Ich setzte mich auf dem Tisch auf und blickte mich im Dunkeln um. Bevor ich die Formen der Schatten näher erkennen konnte, griffen Hände nach mir. Ich wehrte mich, versuchte, mich irgendwie zu befreien, aber ein kräftiger Arm umschloss meinen Körper, versetzte meine Rippen in Todesqualen und riss mich zur Seite.

Die Hände zerrten mich an meiner Tunika zur Tür und hinaus in den Schnee. Barfuß stolperte ich den Pfad entlang. Ich versuchte, mich zu orientieren, aber es gab nichts als das Weiß unter mir und den dunklen Nebel, der das Dorf einhüllte.

»Wohin bringst du mich?«

Der Mann blickte kurz über die Schulter, bevor er ausholte und mich schlug. Mein Kopf flog zur Seite, und mein Mund füllte sich mit Blut. »Noch ein Wort und ich werde dir einen weiteren Pfeil verpassen, Aska.« Ich kämpfte gegen den bitteren Geschmack auf meiner Zunge an.

Wir liefen durch die Dunkelheit bis zum Ende des Dorfs, wo in der Stille des Berghangs der Krach eines Hammers hallte, der auf einen Amboss geschlagen wurde. Vor uns war unter dem Vordach eines Zelts der hellrote Schein eines Schmiedefeuers zu erkennen.

Der Mann schubste mich vorwärts, und ein weiterer tauchte auf, der mich in das Zelt zerrte. Er zog meinen Kopf an den Haaren heftig nach oben, und ein Riki, der eine Lederschürze trug und in der Hand eine Eisenzange hielt, schaute zu mir. Dann drehte er sich um, holte etwas aus dem Schmiedefeuer, und ich riss die Augen auf, als ich sah, dass er eine eiserne Dýr-Halsfessel hochhielt. Ich wich zurück und versuchte, aus dem Zelt zu fliehen, aber die beiden Männer hatten mich in festem Griff. Mit dem Hammer bearbeitete der Schmied das glühend heiße Halsband auf dem Amboss, bog und zog es in die passende Länge, während ich mich wehrte und gegen die kräftigen Körper hinter mir rempelte.

»Nur wenn du stillhältst, werde ich dich nicht verbrennen«, belehrte mich der Schmied, seinen Blick fest auf meinen Hals gerichtet.

Auf der Suche nach einem Gegenstand, der als Waffe taugte, sah ich mich im Zelt um. Überall lagen Werkzeuge herum, aber keins davon in Reichweite. Die Hand in meinem Haar stieß mich vorwärts, zwang mich, meinen Kopf auf den Amboss zu legen, und der andere Mann beugte sich mit ganzem Gewicht über mich, um mich ruhig zu halten.

Ich schrie, schlug um mich, aber die beiden waren zu stark. Der strahlend glühende Metallring für meinen Hals kam näher, während ich verzweifelt um mich trat, aber meine nackten Füße fanden auf dem eiskalten Boden keinen Halt. Ein weiterer Riki hielt meine Schultern, und ich klemmte fest, vollkommen wehrlos. Ich knurrte und spuckte, als der Schmied mit Zangen das immer noch heiße, breite Metallband langsam auseinanderbog und vorsichtig um meinen Hals legte. Erneut trat ich um mich, diesmal erwischte ich ein Bein und geriet ins Rutschen. Als das glühende Metall meine Haut berührte, zischte es. Erstarrt und würgend rang ich nach Luft.

»Hmpf.« Der Oberkörper des Schmieds schwebte über mir, und der Mann hob eine Augenbraue. »Ich habe ja gesagt, du sollst stillhalten.«

Vor lauter Rotz und stummen Tränen war der Amboss ganz glitschig, sodass mein Gesicht rutschte, während die Männer mich festhielten, damit die Fessel auskühlte. Es war zu spät. Das warme Metall lag schwer um meinen Hals.

Als sie mich zurück in den Schnee schleiften, erleuchtete eine Fackel den dunklen Pfad. Dann hielten wir an. Einer der Männer hakte seine Hand in die Halsfessel, fädelte das eine Ende eines

Stricks durch die kreisrunde Öffnung und band mich mit dem anderen Ende an einem Baumstamm fest.

Ich zitterte vor Kälte, und er schlenderte zu einer Gruppe von Männern, die nahe der in den Boden gerammten Fackel standen. In Bärenfelle gewickelt, die sie gegen die Morgenkälte schützten, redeten und lachten sie miteinander. Ich langte an meinen Hals, berührte das Brandmal oberhalb meiner Schulter und versuchte gleichzeitig, die Umgebung zu erkunden. Es schien vielleicht eine Stunde vor Sonnenaufgang zu sein, aber noch reihten sich die Sterne am Himmel, und im Norden tanzten hinter den Bäumen so etwas wie farbige Lichter.

Beim ersten Geräusch von Rädern richtete ich mich auf, stemmte mich gegen den Strick, um den Pfad einsehen zu können, wo sich ein langer Zug von Wagen einen Weg zwischen zwei riesigen, zerklüfteten Felsbrocken hindurchbahnte. Dem letzten Wagen folgte eine Herde von Rindern. Sobald ich sah, wie sich die Riki gegenseitig begrüßten, wusste ich, was vor sich ging. Das waren die Händler aus Ljós. Der Stein in meiner Brust wurde schwerer. Die Riki würden mich verkaufen.

Das Dorf lag immer noch dunkel und still da. Die Sonne hatte gerade erst begonnen, den Himmel hinaufzukriechen. Iri konnte nichts davon wissen. Oder vielleicht hatte er seine Meinung geändert und beschlossen zuzulassen, dass sein Dorf mich loswurde.

Mein Blick wanderte zurück zu den Wagen, und ich versuchte, meine Möglichkeiten abzuschätzen. Ich schaute auf meine im Schnee steckenden Füße. Der tiefe Schmerz der Kälte strahlte bis in die Beine. Ohne Waffen konnte ich mich ihnen nicht stellen und barfuß nicht fliehen. Im Kopf ging ich jede einzelne Möglichkeit durch und suchte nach Auswegen. Doch es gab keine. Kein Entrinnen.

Dann wurden zwei weitere Dýrs gebracht, vermutlich straffällige Riki, und an Bäumen hinter mir festgebunden. Die Frauen starrten mit leeren Mienen in den Wald, und der Mann, der sie gebracht hatte, entfernte sich wieder, während neben mir Ziegen meckerten und ihre Nasen über den Rand des Geheges und zu meinen zitternden Händen reckten.

Eine weitere Gruppe näherte sich den Männern, die sich bereits unterhielten. Als es heller wurde, schwärmten sie aus und schritten vom anderen Ende aus an der Baumreihe entlang, um die Waren zu betrachten, die dort zum Handel angeboten waren.

Also auch mich.

Ich hielt die Augen fest auf den Boden gerichtet, während meine innere Stimme flüsterte, woran ich nicht glauben mochte. Ich würde in den Wald verschleppt und als eine Dýr in irgendein Bergdorf der Riki verfrachtet. Ich würde den Fjord nie wiedersehen. Ich würde meinen Vater niemals wiedersehen. *Mýra.* Nicht in diesem Leben oder dem nächsten. Es brach mir das Herz. Die Hoffnung, jemals wieder nach Hause zu kommen, schien in diesem Augenblick derart töricht und von meinem Kummer verzehrt.

Alles wegen Iri.

Vor mir im Schnee machten Stiefel halt, und ein tiefes Lachen war zu hören. »Die ist aber ein kleines Ding, nicht wahr?«

Mein Gesicht glühte wie von der Sommersonne verbrannt. Das Leder seiner Panzerweste dehnte sich, während der Mann auf den Absätzen vor und zurück schaukelte und mit der Zunge schnalzte. Dann bewegte sich sein Schatten im Schnee fort.

Zwei weitere Riki blieben vor mir stehen. Ich starrte nach wie vor auf meine Füße und weigerte mich aufzusehen.

»Was soll die kosten?«, rief einer von ihnen in Richtung der Fackeln.

»Vier Penningr«, brüllte ein Mann zurück.

Ich konnte spüren, wie ich tiefer in den Schnee sank. Denn das war der gleiche Preis, den ich am Abend, an dem ich Iri begegnet war, für die Ziege bezahlt hatte. Ich versuchte, das Flackern in meinen Augen wegzublinzeln. Ein grausamer Scherz. Als würde Sigr auf mich herabblicken und mich auslachen. So musste es sein.

Die beiden Riki bewegten sich weiter, sie interessierten sich mehr für den Viehbestand als für mich. Dann blieb ein Mann, der größer war als die anderen, vor mir stehen.

»Was ist los mit ihr?« Er ließ eine Hand auf meine Schulter fallen.

Der alte Mann, der in der Scheune nach mir gesehen hatte, kam dazu und stellte sich neben ihn. »Im Kampf verletzt.«

»Ist sie eine Aska?«

»Genau. Im Moment taugt sie nicht zur Arbeit, aber sie wird noch vor der Schneeschmelze wieder gesund sein.«

Ich ballte die Hände zu Fäusten. Am liebsten wollte ich ausholen und ihn mit meinem Strick erwürgen. Ich wollte sehen, wie das Leben aus seinen von Falten umgebenen Augen wich.

Als der alte Mann fort war, trat der große Mann noch einmal näher. »Dreh dich um.«

Ich machte einen Schritt zurück. »Was?«

Seine Hand schnellte vor, erwischte mich an meinem verwundeten Kinn, und er riss mich vorwärts, bis mich die Halsfessel würgte. Dann rückte er sein Gesicht nah an meins. Noch bevor es geschah, wusste ich, was er als Nächstes tun würde. Er legte seine Hand an die Rückseite meines Knies und fuhr an der Innenseite meines Beins nach oben. Ich drängte mich gegen die raue Rinde des Baumstamms, aber der Mann bewegte sich mit mir und drückte seinen Körper an meinen.

»Geh weg«, knurrte ich durch die Zähne.

Hinter seinem buschigen Bart breitete sich ein Lächeln aus. Er wirbelte mich herum, sodass ich zum Baum schaute, und dann schubste er mich gegen den Stamm, während seine Augen verlangend über meinen Rücken wanderten. »Du kommst mit mir«, meinte er lachend.

Er ließ von mir ab, und das Zittern hörte auf, weil sich mein Körper mit dem heißen Fieber des Hasses füllte, der auch durch meine Adern rauschte, wenn ich an der Seite von Mýra im Kampf meine Axt und mein Schwert schwang. Selbst ein verwundeter Arm würde mich nicht davon abhalten, eine Klinge in den Bauch dieses Mannes zu rammen.

Er begab sich zurück zu den Fackeln, und ich fragte mich, ob ich ihn wohl je wiedersehen würde. Ob ich jemals jemanden getötet hatte, den er liebte. Ich atmete tief ein und runzelte die Stirn. Die Gelegenheit, ihn zu töten, würde nicht lange auf sich warten lassen. Und wenn ich es tat, würden die anderen mich töten.

Aber das wäre in Ordnung. Sigr würde das vielleicht als ehrenvolle Handlung verstehen.

Als an meiner Halsfessel gezogen wurde, wich ich zurück. Ich drehte mich um und sah Fiske auf der anderen Seite des Baumes stehen. Er hatte seine Panzerweste lose übergeworfen, und seine Stiefel waren nicht zugebunden. Er wickelte den Strick um seine Faust und zog mich vorwärts.

»Was tust du da?« Ich zerrte an dem Strick.

Er schaute mich nicht an, wandte sich in Richtung Dorf und zog mich hinter sich her. »Ich habe gerade für dich bezahlt.«

Hinter uns rief eine Stimme.

»Dreh dich nicht um.« Fiske ging einfach weiter.

Zwischen den Bäumen hinter uns war ein Streit zu hören, aber er ebbte ab, als wir weitergingen, und wurde dann zu Gelächter. Ich warf einen Blick über die Schulter, und Fiske riss an dem Strick.

»Nicht umdrehen, habe ich gesagt.«

Während ich ihm hinterherhumpelte, blinzelte die Sonne über die Kieferkronen, und der Schmerz meiner erfrorenen Füße löste nun Krämpfe in meinen Beinen aus. Wir folgten einer Kurve im Pfad, dort, wo der Schnee zu Matsch schmolz. Riki arbeiteten vor ihren Häusern, reckten die Hälse und schauten uns nach. Fiske beachtete sie nicht, hielt die Augen stur geradeaus gerichtet, während er mich zur Dorfmitte und zurück in die kleine leere Scheune führte, wo man mich festgehalten hatte. Den Dreck des Kampfes hatte er sich abgewaschen. Ein Gutteil seines Haares war zu einem Knoten auf seinem Kopf zusammengebunden, und der Rest hing lose herunter bis zu dem rötlichen Fuchsfell auf seinen Schultern.

Dann blieb Fiske stehen, und ich biss mir fest auf die Zähne, damit sie aufhörten, vor Kälte zu klappern, während er die Tür öffnete und sein Messer herauszog. Er schnitt den Strick von meiner Halsfessel und trat zur Seite. »Geh rein.«

Ich machte einen Schritt an ihm vorbei in die Scheune und schlang zitternd die Arme um meinen Körper. Der Schnitt an Fiskes Ohr, unterhalb des Haaransatzes, wo ich ihn mit meiner Klinge erwischt hatte, war immer noch rot und schorfbedeckt.

Sein Blick fiel nun auf meine Füße, und er fluchte leise. Er nahm ein Bündel Holzscheite vom Tisch und machte Feuer. Dann holte er einen Schemel von der Wand und stellte ihn neben die Feuerstelle. Ich setzte mich so nah wie möglich an die Hitze und legte die Füße auf die steinerne Umrandung, die die Flammen umgab. Meine Zehen waren blass und taub, aber wahrscheinlich nicht erfroren, weil ich den Schmerz noch spürte.

Während ich mir die Beine massierte, um sie aufzuwärmen, warf Fiske neben mir ein Bärenfell auf den Boden. Ich setzte mich aufrecht hin, starrte ins Feuer und spürte, wie die Hitze die Tränen trocknete, die mir über das Gesicht liefen.

»Woher wusstest du, dass ich da draußen bin?«, fragte ich mit fester Stimme.

Er wirkte, als wolle er nicht antworten. »Ich habe gehört, wie du geschrien hast. Im Zelt des Schmieds.«

Ich schloss die Augen und schluckte schwer bei der Erinnerung an die Nacht, in der sie mir den Pfeil aus der Schulter gezogen hatten und wie sehr ich geweint und gebettelt hatte. Nie zuvor in meinem Leben hatte ich um irgendetwas gebettelt. Die Beschämung darüber schmerzte mehr als die Entzündung in meiner Schulter oder die Brandwunde an meinem Hals. Fiskes Mitleid traf mich wie ein Stich, und mein Stolz blutete aus.

»Ich habe zugestimmt, dich bis zur Schneeschmelze zu versorgen.« Als er schließlich sprach, füllten seine Worte die Leere in mir.

»Mich *versorgen*?« Mein Tonfall war eisig.

»Wenn du davonläufst, werde ich dich nicht verfolgen. Da draußen wirst du innerhalb eines Tages sterben. Vielleicht auch erst nach zwei.«

»Wo sind wir?«

»In Fela.«

Ich hatte schon davon gehört. Es handelte sich um eines der vielen Dörfer der Riki in den Bergen. »Morgen werde ich dich zu meinem Haus bringen.«

Ich schniefte. »Lebt Iri auch dort?«

Er zögerte einen Moment. »Ja, und unsere Familie weiß nichts von dir. Wenn du am Leben bleiben möchtest, sollte das auch so bleiben.«

»Warum hat Iri mich nicht gekauft?«

Er lehnte sich gegen die Wand. »Die Riki dürfen nicht ahnen, wer du bist. Halt dich von Iri fern.«

Ich beobachtete Fiske aufmerksam und versuchte, seinen Gesichtsausdruck zu ergründen. Grimmig, aber flehentlich. Er liebte Iri – ich konnte das jedem einzelnen seiner Worte entnehmen. »Warum hast du zugestimmt, mich zu holen?«

Er fuhr sich mit der Hand durchs Haar. »Iri ist mein Bruder.«

»Iri ist ein Gefangener, den du wie ein Haustier gehalten hast«, murmelte ich. Ich konnte fühlen, wie seine Stimmung kippte. Seine Miene wurde finster. »Ich werde nicht weglaufen. Aber wenn du annimmst, dass ich mich wie eine Dýr benehme …«

Fiske wartete nicht, bis ich den Satz beendet hatte. Er riss die Tür auf, verschwand und ließ mich allein am Feuer zurück. Ich starrte auf die geschlossene Tür, während er sie von außen verriegelte. Dann sah ich im hereindringenden Morgenlicht und durch die Latten in der Wand, wie sich seine Umrisse entfernten.

Als er fort war, griff ich in meine Tasche und holte die Holzfigur von Iri hervor. Das Holz war glatt und glänzte, weil ich es bei jedem Gebet und jedem Mond, der am Himmel aufging, in Händen gehalten hatte. Ich hatte es an meinem Herzen getragen, wenn ich kämpfte. Beim Schlafen lag es neben mir. Wir waren gemeinsam Kämpfer geworden. Und lange zuvor waren wir Freunde gewesen.

Iri hatte in der Dunkelheit seine Arme um mich gelegt, wenn ich von den weißen Augen des Herja, der unserer Mutter die Kehle durchgeschnitten hatte, schlecht träumte. Iri war derjenige, der mich gehalten hatte, als mich der Schmerz, meine Mutter verloren zu haben, bis ins Mark traf. Mit meinem Bruder an der Seite war ich mutig in meinen ersten Kampf gerannt. Ich hatte das Blut von seinen Händen gewaschen, nachdem er den ersten Feind getötet hatte, und so getan, als würde ich in seinen Augen nicht das Schimmern von Tränen sehen. Er war auf jede erdenkliche Art stärker als ich, aber wir hatten immer aufeinander geachtet. Und nachdem er fort war, hatte ich durch die Verehrung von Iri zu meiner eigenen Stärke gefunden.

Ich warf die Figur in die Flammen. Meine Brust bebte vor Trauer.

Ich ließ ihn los. Ich löschte ihn aus mir. Jede Erinnerung. Jede kleinste Hoffnung.

Denn der Iri, den ich geliebt hatte, existierte nicht mehr. Der Junge, der früher jede Schattenseite meines Lebens gekannt hatte, war tot, seit er das Blut unseres Volkes vergossen hatte. Wie unsere Mutter war auch er fort, doch im Gegensatz zu ihrer war seine Seele verloren.

Ich beobachtete, wie die lodernden Flammen sich in eine Seite des Holzes fraßen, bis die Iri-Figur mit dem Feuer verschmolz. Es begann zu rauchen, und der Rauch sammelte sich über mir. Die Flammen dehnten sich, kringelten sich um sich selbst und züngelten in der Luft.

Bis nichts mehr übrig blieb.

10. KAPITEL

Ich schlief nicht vor Angst, die Tür könne sich wieder öffnen.

Die Brandwunde unter der Halsfessel machte sich bemerkbar, und der Schmerz, der von ihr ausging, grub sich tief in meine Haut. Ich zog meine Stiefel an und saß allein in der leeren Scheune, den Blick auf die geschlossene Tür gerichtet. Stunden hatte ich mit einem abgebrochenen Stück Feuerholz zugebracht und nach den Adern gesucht, aus denen ich am schnellsten verbluten würde. Wenn ich mich selbst getötet hätte, dann würde Sigr mich vielleicht akzeptieren. Dann würde ich nie eine *Dýr* sein müssen. Aber ich hatte Iris Worte noch im Kopf. Ich sah meinen Vater als alten Aska vor mir, allein in unserem Haus am Fjord. Er hatte schon meine Mutter und Iri verloren. Ich war alles, was ihm noch blieb. Die Vorstellung, ihn sich selbst zu überlassen, ertrug ich nicht.

Ich konnte den Winter überstehen. Ich konnte es zurück nach Hylli zu meinem Vater und Mýra schaffen. Ich konnte mir meine Ehre zurückholen.

Schritte im knirschenden Schnee ließen mich aufspringen. Dann stand Fiske in der offenen Tür. Als Licht hereinfiel, sah ich, dass es schneite. Einige Schneeflocken verfingen sich in seinem Haar.

Er schloss die Tür hinter sich und sah mich lange an, als suchten seine Augen irgendwas in meinen. »Iri sagt, ich brauche mir keine Sorgen zu machen, dass du eine Gefahr für unsere Familie sein könntest.«

Iri war ein Lügner. Ich hätte nicht gezögert, jeden Einzelnen von ihnen zu töten, wenn mich das nach Hause brächte, aber wahrscheinlich würde es das nicht.

»Ich habe dir das Leben gerettet. Ich hoffe, das genügt als Grund, ihm zu glauben.«

Ich presste die Zunge gegen meinen Gaumen. »Wenn ich

richtig gerechnet habe, hast du öfter versucht, mir das Leben zu nehmen, als mich zu retten.«

Dann schob ich mich an ihm vorbei, öffnete die Tür und trat geduckt hinaus in die frische Luft. Ich fiel auf die Knie, nahm mir eine Handvoll Schnee und hielt sie an die Brandblasen auf meinem Hals. Ich atmete scharf aus und versuchte so, den stechenden Schmerz besser auszuhalten.

Er ging den Pfad bergab voraus, und ich folgte ihm in die Richtung, die wir auch gestern genommen hatten. Dabei musterte ich den Berghang. Das Dorf erstreckte sich oberhalb von uns. Haus an Haus in unregelmäßigen Reihen. Oben auf dem Gipfel stand ihr Ritualhaus, ganz ähnlich wie in unserem Dorf. Von dessen Dach stieg Rauch auf und verlor sich im Nebel um die Baumwipfel.

Wieder blieben Riki stehen, um uns anzustarren, während wir im Schneetreiben an ihnen vorbeigingen. Sie hielten in ihren Arbeiten inne, als ich Fiske wie ein Hund durchs Dorf nachlief. Ich sah ihnen im Vorbeigehen nicht in die Augen. Ich war geschändet. Schwach. Und jeder von ihnen wusste das.

Das Haus stand nahe am Waldrand und war größer als einige der anderen. Lange, dünne Stämme bildeten die Wände, das Dach war mit Stroh gedeckt. Fiske wartete nicht, bis ich eintrat. Er öffnete die Tür, verschwand und ließ mich draußen stehen.

Nichts hielt mich davon ab, direkt zwischen den verschneiten Bäumen zu verschwinden. Und nichts hielt einen Riki davon ab, mir ein Messer zwischen die Rippen zu stoßen. Wahrscheinlich hatte ich einige Menschen aus diesem Dorf getötet. Und höchstwahrscheinlich würde ich noch mehr von ihnen töten müssen, bevor ich es verließ.

Zögernd trat ich durch die Tür und tastete instinktiv nach dem Messer, das seit Tagen nicht mehr da war. Iri saß, über einen Holztisch gebeugt, mit einem Hammer und einem Haufen Tierfelle da. Er sah mich nur aus dem Augenwinkel an, bevor er sich wieder seiner Arbeit widmete. Doch ich konnte ihm die Anspannung, das Zucken seiner Muskeln unter der Tunika ansehen. Am liebsten hätte ich eines der brennenden Holzscheite aus der Feuerstelle nach ihm geworfen.

»Ah.« Eine ältere Frau stand in der Mitte des Hauptraums über ein Knetbrett gebeugt und drückte die Hände auf einen Teigballen. Sie wischte sie an der fleckigen Schürze über dem roten Wollrock ab und sah mich an. Das dunkle Haar war am Ansatz schon grau und zu einem langen Zopf geflochten, den sie um ihren Kopf festgesteckt hatte. Ihre Augen waren so strahlend blau wie Fiskes. »Dann bist du also die Aska?« Ihr Blick fiel auf meinen immer noch an die Brust bandagierten Arm. Sie presste die Lippen zusammen. »Was ist da passiert?«

Meine Augen gingen zu Fiske, der essend an der Wand lehnte.

»Ich habe auf sie geschossen.« Er schaute nicht einmal von seiner Schüssel hoch.

Die Frau machte große Augen. »Und jetzt hast du sie gekauft?«

Er senkte nur das Kinn und machte sich noch immer nicht die Mühe herzuschauen.

Über mir knarzten Bretter, und zwei große Augen spähten unter einem dunklen Haarschopf vom Dachboden zu mir herab.

»Ich bin Inge.« Die Frau legte nachdenklich den Kopf schräg. »Ich sollte mir den Arm mal ansehen. Hast du Hunger?«

Ich schüttelte den Kopf und schaute weg.

Sie nahm den Kochlöffel aus dem Topf, klopfte ihn am Rand ab und lächelte. »Halvard, komm herunter.«

Man hörte Schritte über uns, dann sprang ein kleiner Junge von der Holzleiter, die zu dem Dachboden mit den Schlafplätzen führte. Er wandte den Blick nicht von der Fessel um meinen Hals, während er durchs Zimmer lief.

Inge klopfte ihm auf den Rücken und drückte ihm den Löffel in die Hand. »Komm, rühr hier weiter, während ich mir den Arm der Aska ansehe.«

Ich wich einen Schritt zur Tür zurück.

Fiske war fertig, stellte die Schüssel hin, und Iri erhob sich, um ihm zu folgen. Sie gingen hinaus und ließen die Tür offen. Ich konnte Fiske in einen Eimer greifen und einen großen silbernen Fisch herausholen sehen, den er auf einen Holztisch legte. Er ließ mich nicht aus den Augen, während er sein Messer zückte und dem Fisch den Bauch aufschnitt. Auf der anderen Seite des Tischs tat Iri es ihm gleich.

Inge stellte eine Schüssel auf den Esstisch im Haus und nahm ein Bündel Kräuter, um einen Sud zuzubereiten, wie Runa ihn benutzt hatte. Als sie auf mich zutrat, presste ich mich mit dem Rücken an die Wand.

Sie blieb stehen und ließ die Hände sinken. »Ich will es nur säubern.«

Natürlich wollte sie das. Solange mein Arm in diesem Zustand war, konnte man mich zu nichts gebrauchen. Ich kam näher zum Tisch und beäugte den Raum. Das Haus sah verwohnt aus, wahrscheinlich schon von einigen Generationen. Manche der Balken waren aus frischerem Holz, wohl erst kürzlich ersetzt, aber fast alle anderen hatten von vielen Wintern und Regengüssen eine graue Färbung angenommen. Ein langes Bord stand an der rechten Wand. Darunter Vorräte in Fässern, darüber getrocknetes Gemüse, das an Haken aufgehängt worden war. Hinter der Feuerstelle standen drei große verschlossene Truhen, in denen sie wahrscheinlich ihre Waffen aufbewahrten.

Inge wickelte meinen Arm aus, während ich mich vorsichtig hinsetzte und ihn fest an mich gepresst hielt. Ich umklammerte mit den Fingern fest die Bank, als sie ihn nach und nach senkte, bis sie mir meine Hand in den Schoß legte. Die Haut an meiner Schulter war dunkelviolett und noch geschwollen, aber nicht mehr so rot wie noch vor zwei Tagen. Ich versuchte, gleichmäßiger zu atmen und die Tränen wegzublinzeln, die mir in die Augen traten. An der Art und Weise, wie sie mit mir umging, erkannte ich, dass sie eine Heilerin war. Vielleicht diejenige, bei der Runa lernte. Konzentriert, aber behutsam reinigte sie die Haut, bevor sie die Wunde mit etwas verschloss, das wie Bienenwachs aussah. Ich drehte den Kopf und schnupperte.

»Das kommt aus dem Topf«, meinte sie und deutete zur Feuerstelle.

Der Junge stand dort, rührte langsam um und beobachtete uns.

»Das ist Halvard.« Sie beugte sich näher über meinen Arm, und ich wich zurück. Ihre Nähe war mir unangenehm.

Ihre Finger strichen über die Haut an meinem Hals, wo die Brandwunde schmerzte. Sie ging zur Tür und trat mit einem Fuß hinaus, damit sie sich bücken und eine Handvoll Schnee aufheben konnte, den sie in ein Stück Stoff wickelte. Ich beobachtete sie.

»Hier.« Sie drückte das Schneepäckchen auf die Verbrennung und legte meine Hand darauf, während sie sich als Nächstes dem Schwerthieb widmete. »Runa hat mir gar nicht gesagt, dass sie dich versorgt hat.« Sie musterte die Stiche. »Das sieht gut aus. Wir werden die Fäden nächste Woche ziehen. Bis dahin wird auch dein Gesicht schon besser aussehen.« Sie nahm meine Hand in ihre, drehte sie um und inspizierte die Blasen an den Stellen, wo man mich an den Wagen gefesselt hatte. »Und die hier auch. Nur die Schulter wird länger brauchen.«

Als ich nichts sagte, beugte sie sich vor, um mir in die Augen zu blicken. Am liebsten hätte ich ein Büschel ihrer Haare gepackt und ihr Gesicht auf die Tischplatte geschlagen.

Sie schob meinen Arm zurück in die Tunika und drückte ihn wieder an meinen Brustkorb, bevor sie den Verband neu anlegte. »Du wirst hier bei uns bleiben. Ich mache dir oben auf dem Dachboden ein Lager. Wenn ich du wäre, würde ich mich von allen außerhalb des Hauses fernhalten.« Sie stand auf, trat zu einem großen Eisentopf am anderen Ende des Tischs und schöpfte etwas daraus in eine Holzschale. Dann sah sie erst mich an, biss sich auf die Unterlippe und warf über die Schulter einen Blick zu Fiske, der uns nicht aus den Augen ließ, während er draußen den Fisch ausnahm. Als sie wieder das Wort an mich richtete, sprach sie leiser. »Ich weiß nicht, warum Fiske dich aufgenommen hat, aber so wie es aussieht, wirst du schon bald verkauft. Bis dahin wirst du mir hier helfen. Du musst nicht reden. Aber wenn ich dich durchfüttere, wirst du arbeiten.«

Sie stellte die Schale vor mich hin und stützte die Hände auf die breiten Hüften unter ihrer schmalen Taille. Sie wartete, bis ich sie ansah. »Und wenn du Ärger in dieses Haus bringst, Aska, wirst du diesen Berg nicht lebend verlassen.«

11. KAPITEL

Sie hatten wohl schon zu lange mit einem Aska zusammengelebt.

Ich schaute auf das Lager, das Inge mir auf dem Dachboden an der Wand gegenüber von den anderen bereitet hatte. Dabei hatte ich erwartet, bei den Tieren zu schlafen. Vielleicht wollten sie mir damit zeigen, dass sie keine Angst vor mir hatten. Oder vielleicht sollte ich in der Nähe bleiben, damit sie mich besser bewachen konnten. So oder so war es dumm von ihnen. Ich war nicht Iri.

Sobald sie sich zum Abendessen niedergelassen hatten, ging ich hinauf. Ich konnte nicht am Tisch meinem Bruder gegenübersitzen und so tun, als würde ich ihn nicht kennen. Ich konnte auch nicht so tun, als würde ich nicht permanent daran denken, wie ich jeden Einzelnen von ihnen töten würde. Jetzt rollte ich mich auf die Seite und starrte die Wand an, wo die Kälte durch einen Spalt eindrang. Ich hob die Hand und schob meine Finger hinein.

»Hast du heute Kerling gesehen?«, fragte Iri und brach damit das Schweigen.

»Habe ich.« Inges sanfte Stimme war das einzig Weibliche in diesem Haus. »Vidr hat recht getan, ihm das Bein abzuschneiden. Er wird es überstehen, und es wird heilen. Sein Stolz dagegen …«

»Er hat immerhin sein Bein verloren«, erhob Fiske tadelnd die Stimme.

»Aber nicht seine Ehre«, erwiderte Inge scharf. »Gyda braucht ihn. Das Baby wird bald kommen.«

»Was macht er denn ohne sein Bein? Er kann ja nicht mehr kämpfen. Und Bauer kann er auch nicht sein«, sagte Halvard leise.

»Er wird Ziegen züchten«, antwortete Fiske. »Sie werden schon zurechtkommen.«

Dann herrschte wieder lange Schweigen, bis Inge erneut das Wort ergriff. »Setz dich her und lass mich das ansehen, *Svåss.*«

»Das habe ich schon versorgt.« Fiske seufzte.

»Setz dich«, drängte sie. Ich hörte einen Hocker über den Steinboden rutschen, und dann legte er anscheinend die Panzerweste ab.

Nach allem, was ich mir zusammenreimte, war Inges Ehemann tot, aber ich konnte nur vermuten, woran er gestorben war. Die meisten Männer eines Clans starben in der Kampfsaison, andere bei Überfällen oder an Krankheit. Fiske war offensichtlich der Herr im Haus, aber Inge schien auch nicht hilflos. Sie führte ihren Haushalt und war als Heilerin tätig, während er in der Kampfsaison fort war. Der Altersabstand zwischen Fiske und Halvard konnte bedeuten, dass es noch mehr Kinder gegeben hatte. Oder vielleicht, dass Halvard genauso wenig ihr Kind war wie Iri.

»Sind das Zahnabdrücke?«

Ich vergrub mich tiefer in meine Decke und erinnerte mich, wie ich meine Zähne in Fiskes Fleisch geschlagen hatte. Ich konnte sein Blut immer noch in meinem Mund schmecken.

»Das letzte Mal bist du nicht so unversehrt nach Hause gekommen.« Ihr Ton klang, als würde sie lächeln. »Bist du dir sicher, dass du viel gekämpft hast?«

Halvard und Iri lachten, und ich unterdrückte die Übelkeit, die in meiner Kehle hochstieg.

»Ich habe viel gekämpft«, verteidigte sich Fiske.

»Ist deshalb die Aska bei uns?«, fragte Halvard, und die anderen verstummten. Im ganzen Haus war nur noch das Knacken des Feuers zu hören, wenn das Harz darin verbrannte.

Ich hob den Kopf und schob mich leise an den Rand meines Lagers, um hinunterzusehen, wo sie beisammensaßen. Halvard half jetzt beim Abfüllen der Salbe, die sie heute über dem Feuer gekocht hatten. Er sah Inge fragend an.

»Ja«, antwortete Fiske.

Halvard schaute zu ihm hoch und drückte gleichzeitig einen Deckel auf ein Gefäß. »Warum hast du sie nicht getötet?«

Inge beugte sich vor und wischte über einen Kratzer an seinem Hals. Neben seiner großen, massigen Gestalt wirkte sie klein. Fiske sah Iri an, und Inge beobachtete ihren wortlosen Austausch. »Manchmal bringen wir sie mit zu uns. Das weißt du doch.«

»Also, ich bin froh, dass du sie nicht getötet hast. Sie ist hübsch.«

Iri, der auf der anderen Seite des Raums saß, musste lächeln, was mich zusammenzucken ließ. Ich merkte, wie ich die Stirn runzelte. Ich wollte gar nicht darüber nachdenken, wie ähnlich ich ihm sah. Ich wollte nicht an unsere Mutter denken. Daran, was sie jetzt von Iri halten würde.

»Ihre Haare sehen aus wie deine, Iri.«

Mein Herz setzte kurz aus, bevor es mir den Atem verschlug und Iri seine Schultern straffte. Fiske erhob sich und griff nach seiner Tunika.

Inge beobachtete ihn. »Halt dich von ihr fern, Halvard.«

»Warum?« Er stellte das Tongefäß ab und runzelte die Stirn. »Sie ist doch bloß eine *Dýr*.«

»Sie ist nicht bloß eine *Dýr*. Sie ist auch eine Aska«, korrigierte Fiske.

»Iris Aska«, murmelte Halvard und ließ die Schultern hängen.

»Sie ist gefährlich, Halvard. Halt dich von ihr fern.« Fiske wartete, dass der kleine Junge ihn ansah.

Der nickte schließlich zögernd.

Fiske sagte nichts mehr, sondern schlüpfte nur wieder in die Tunika und griff nach seiner Axt, bevor er die Tür öffnete und in der Nacht verschwand. Inges Blick ging zu Iri, aber der schaute nicht hoch. Ein paar Minuten später hörte man die Schläge einer Axt auf Holz widerhallen.

Ich schob mich vom Rand meines Lagers zurück und lag wach auf dem Rücken, bis in der Feuerstelle nur noch rauchende Asche war. Halvard kam die Leiter hochgeklettert, und ich vergrub mich im Schutz der Dunkelheit tief in meine Decke. Er ließ sich an der anderen Seite des Dachbodens auf ein Lager fallen, raschelte dort ein bisschen herum, bis sein Atem tiefer und gleichmäßiger wurde. Seine Hand war unter den Decken hervorgerutscht und berührte den Fußboden.

Einige Minuten später öffnete und schloss sich die Tür, dann tauchte Iri über dem Rand des Dachbodens auf. Er stieg über Halvard, kauerte sich neben ihn, strich mit einer Hand über sein Haar und richtete sich wieder auf. Dann kam er zu mir.

»Sie ist draußen«, flüsterte er und setzte sich neben mein Lager.

Er schaute auf die Fessel um meinen Hals und vermied es, mir in die Augen zu sehen. »Ich dachte, uns würde mehr Zeit bleiben. Es tut mir leid.«

Ich antwortete nicht. Das Letzte, was ich von ihm wollte, war Mitleid.

»Es ist nur bis zur Schneeschmelze, Eelyn. Dann finden wir einen Weg, dich nach Hause zu bringen. Zurück zu Aghi.«

Ich rollte mich auf den Rücken, um ihn anzuschauen. Es war zu dunkel, um seine Augen zu sehen. »Hylli ist unser *beider* Zuhause, Iri.«

Er wandte den Kopf ab. »Fela ist jetzt mein Zuhause.«

Meine Brust wurde so eng, dass ich fürchtete zu ersticken. Ich war froh, dass er mein Gesicht nicht sehen konnte. Das Einzige, was noch schlimmer sein konnte, als Iri zu verlieren, war die Erkenntnis, dass er sich *entschieden* hatte, uns im Stich zu lassen. Er war quasi wieder tot. Ich war wieder allein, nur auf andere Weise.

»Was ist mit dir passiert?«, flüsterte ich. »Was hat sich an jenem Tag in Aurvanger zugetragen?«

Er sah mich so lange an, bis wir die Tür gehen hörten. Da stand er auf und ging zu seinem Lager. Ich zog meine Decken höher und starrte auf sein Profil, während er auf dem Rücken lag. Der Schwung seiner Brauen und die Form seiner Nase waren noch so, wie ich sie aus unserer Kindheit in Erinnerung hatte.

Fiske kam die Leiter herauf und setzte sich auf das Lager neben meinem. Er streifte seine Stiefel ab, holte tief Luft und rieb sich mit beiden Händen übers Gesicht, bevor er seine Tunika auszog, sich mit den Fingern durch die Haare fuhr und diese zu einem Knoten drehte.

Endlich legte er sich hin und starrte lange mit auf der Brust gefalteten Händen an die Decke.

Meine Fingerspitzen berührten die Halsfessel, und ich versuchte, mir das Gesicht meines Vaters vorzustellen, wenn er mich jetzt sehen könnte. Ich blinzelte und begann zu weinen, was die Stille störte. Noch schlimmer als die Gewissheit, eine *Dýr* zu sein, war der Gedanke, dass mein Vater davon erfuhr.

12. KAPITEL

Lange bevor die anderen erwachten, starrte ich schon in die Dunkelheit hinauf und hörte in meinem Kopf Iris Stimme. Eine Männerstimme. Ich schloss die Augen und versuchte, den Jungen zu sehen, mit dem ich als Kind am Ufer gespielt hatte. Ich versuchte, mich zu erinnern, wie seine Stimme damals geklungen hatte, aber es fiel mir einfach nicht mehr ein. Erinnerungen kamen mir plötzlich eher wie Träume vor, wie Momente zwischen Schlafen und Wachen.

Sobald ich Inge unten hörte, stieg ich die Leiter hinunter, wobei ich mich mit meinem gesunden Arm an jeder Sprosse festhielt. Dann stellte ich mich neben die Feuerstelle. Mein Blick ging zu dem alten Brot, das noch auf dem Tisch lag.

»Guten Morgen.« Sie reichte mir das Feuereisen, und ich starrte es an, wie es so in meiner offenen Handfläche lag. Mein anderer Arm war immer noch an den Oberkörper gebunden.

»Oh.« Sie drehte sich wieder um, als sie die Situation begriff. »Entschuldige, ich vermute, das kannst du nicht.«

Sie streckte die Hand danach aus, aber ich schloss die Finger und wand mich ab, um von der Wand neben der Tür Feuerholz zu holen. Sie zog nur eine Augenbraue hoch, bevor sie sich wieder dem Getreide auf dem Tisch widmete. Ich richtete das Anzündholz nicht in der Mitte, sondern am Rand der Feuerstelle auf. Dann schlug ich mit dem Feuereisen gegen den Stein, bis Funken flogen, doch das Kleinholz wollte nicht brennen. Ich schob es noch näher an den Rand und versuchte es erneut. Diesmal entzündete es sich, und ich packte das brennende Bündel und schob es in die Mitte, bevor es wieder ausgehen konnte.

»Kannst du mir zeigen, wie man das macht?« Halvard beobachtete mich vom Rand des Dachbodens mit verschlafenen Augen und wild von seinem Kopf abstehenden Haaren. Er glitt nur in seinem Leinenhöschen die Leiter herunter, und die Erinnerung an einen jungen Iri, barfuß und mit schmutzigem Gesicht, kam mir in den Sinn.

Ich rieb mir mit dem Handballen über die Brust, als könnte ich es damit ausradieren.

Ich schaute weg und wandte mich Inge zu. Sie verlas das Getreide in einer Schüssel. »Kannst du bitte das Wasser erhitzen?«

Ich fand den Kessel, und als ich mich umdrehte, stand Halvard neben mir und streckte die Hand aus. Inge beobachtete, wie ich ihm den Kessel gab, und er sprang damit vom Rand der Feuerstelle. Danach schob er die Finger unter einen der flachen Steine des Fußbodens und hob ihn vorsichtig an. Dort, unter dem Stein, floss Wasser in einem Graben unter dem Haus durch.

So etwas hatte ich noch nie gesehen. Stolz blickte er zu mir hoch, füllte mit einem Becher den Kessel und gab ihn mir lächelnd zurück. Inge schüttete das Getreide auf einen heißen Kochstein und röstete es mithilfe eines Spatels aus Holz. Das Haus wurde von einem warmen, nussigen Duft erfüllt, und mein Magen verkrampfte sich vor Hunger.

Über uns rührten sich Iri und Fiske. Inge schüttelte lächelnd den Kopf. »Wie Bären im Winter«, murmelte sie.

Halvard stellte die Holzschüsseln hin, und Inge füllte sie mit dem Getreide, bevor sie heißes Wasser darüber goss. Iri und Fiske stiegen die Leiter hinunter, mit offenen Haaren und verschlafenen Gesichtern. Iri kratzte sich am Kinn, als er sich an den Tisch setzte, und kniff gegen das Licht die Augen zusammen.

Halvard rutschte zu ihm auf die Bank, um noch einen Platz frei zu machen, aber Inge nahm die fünfte Schüssel und gab sie mir. »Da rüber.« Sie deutete auf die Ecke neben der Tür.

Ich schaute in die Schüssel, und die daraus aufsteigende Wärme erhitzte meine Wangen. Iri sah Inge vielsagend an, aber sie ignorierte ihn. Warum sollte sie eine *Dýr* auch am Tisch sitzen lassen? Sie traute mir nicht. Sie *sollte* mir nicht trauen. Und warum kümmerte es mich? Ich wollte doch gar nicht bei ihnen sitzen.

Also griff ich nach einem Hocker und stellte ihn geräuschvoll auf den Steinboden, bevor ich mich mit der Schüssel in meinem Schoß darauf niederließ. Ich aß einen Löffel von dem Getreide. Meine aufgeplatzte Lippe brannte heftig, aber ich war zu hungrig, um darauf zu achten.

»Ich nehme Runa und die Aska mit, um Schafgarbe für *Adalgildi* zu sammeln. Ihr werdet beide gebraucht, um das Bier aus dem Bergkeller zu holen«, sagte sie und sah dabei Iri und Fiske an.

Fiske starrte zurück, und sein Löffel schwebte über der Schüssel.

Sie schaute kurz zu mir, bevor sie ihm in die Augen sah. »Denkst du etwa, ich kann nicht selbst auf mich aufpassen?«

»Und was ist mit mir?«, fragte Halvard mit vollem Mund.

Inge lächelte. »Du kannst uns begleiten, *Sváss*.«

Ich hörte zu, wie sie Pläne für den Tag machten und Aufgaben verteilten. Als Inge aufstand, beugte sie sich herab, um Iri auf die Wange zu küssen, und fuhr ihm mit der Hand durchs Haar. Ich biss die Zähne zusammen. Ein Funke drohte die trockene Wut in mir zu entzünden. Als sie an Fiske vorbeiging, tat sie dasselbe, und beide entspannten sich unter ihrer Berührung und schmiegten sich an sie. Fiske und Iri waren erwachsene Männer, vom Kampf gestählt, aber zu ihr waren sie sanft.

Ich aß mit dem Gesicht zur Wand auf, weil ich es sonst nicht ausgehalten hätte. Ich hatte nicht so viele Erinnerungen an meine Mutter wie Iri. Den Großteil unserer Kindheit hatten wir nur mit unserem Vater verbracht, aber es gefiel mir nicht, dass Inge ihn anfasste. Die Zärtlichkeit zwischen den beiden behagte mir nicht. Inges Benehmen, als wäre sie Iris Mutter, war eine Beleidigung, aber dass Iri sich verhielt, als wäre er Inges Sohn, das war Blasphemie.

Ich umklammerte meinen Löffel auch nach dem letzten Mundvoll noch, stand auf, wusch die Schüssel aus und stellte sie zurück in die flache Kiste, aus der Halvard sie genommen hatte.

Iri warf mir noch einen warnenden Blick zu, mich zu benehmen, bevor er hinter Fiske geduckt nach draußen ging.

Ich lehnte mich an die Wand und wartete, während Inge zwei große Körbe mit Ledergriffen auf den Tisch stellte und zwei Eisenscheren von der Wand nahm. Wenn sie wollte, dass ich wie eine Ziege in der Ecke aß, dann würde ich mir auch keine Mühe geben, ihr zu helfen.

Hinter mir schwang die Tür auf, und Runa trat ein. Sie schüttelte sich Schneeflocken von ihrem dunklen Haar, dem Rock und einem wollenen Umhang. Ihre Wangen waren gerötet.

Beim Lächeln zeigten sich hinter ihren vollen Lippen gerade weiße Zähne.

»Runa!« Halvard rannte zu ihr und schlang die Arme um ihre Taille.

Ihr Blick ging zu mir und von meinem Gesicht zur Schulter. Als sie bei der *Dýr*-Halsfessel ankam, wandte sie rasch die Augen ab. »Du siehst besser aus.« Sie hielt mir einen grünen Wollumhang hin. »Den habe ich dir mitgebracht.«

Ich starrte darauf.

»Gegen die Kälte.« Sie drängte ihn mir auf.

Halvard nahm ihn ihr schließlich ab und drückte ihn mir in den Arm. »Willst du ihn nicht anziehen?«

Inge kam um den Tisch herum und hatte bereits die Kapuze ihres eigenen Umhangs aufgesetzt. Sie gab mir einen Korb und presste den anderen gegen ihre Hüfte.

Runa und sie gingen nebeneinander, während Halvard vorauslief und ich hinterhertrottete. Wir folgten dem Pfad zwischen den Häusern, und ich betrachtete alles aus den Augenwinkeln. Dabei prägte ich mir die Struktur des Dorfs ein. Zwischen Inges Haus und dem Ritualhaus säumte eine Reihe von anderen Hütten den Weg. Außerdem standen da das Zelt des Schmieds und etwas, das wie der Gemeinschaftskeller aussah. Die Holztür war in einen steilen Felsen eingelassen.

Beim letzten Haus am Weg sah ich einen Mann mit seinem Sohn und seiner Tochter vor einem Elch stehen, der von einem Baum herabhing. Seine schwarzen, leeren Augen schienen mir zu folgen, die Zunge hing ihm aus dem Maul. Der Mann zückte sein Messer und zeigte dem Jungen, wo man schneiden musste. Hinter ihnen sammelte eine Frau Eier in ihre Schürze. Sie beobachtete mich und umfasste den Saum ihres Rockes fester.

Nachdem wir das Dorf verlassen hatten, wurde der Pfad schmaler und dichter bewachsen. Wir traten sorgsam in die bereits vorhandenen Fußspuren im Schnee und stiegen weiter bergauf. Von hier oben sah das Dorf klein aus. Die Bauten aus Holz standen dicht gedrängt, und Rauch stieg von den Dächern auf.

Dann machte der Weg eine scharfe Biegung, der wir folgten, bis die Schneedecke dünner wurde. Als die Sonne über uns aufging, wurde mein Körper wieder wärmer. Vielleicht zum ersten Mal seit meiner Ankunft in Fela. Doch der Winter hatte eben erst begonnen, und solche Tage waren rar. Vielleicht war es sogar schon der letzte dieser Art.

Inge und Runa unterhielten sich leise und trugen abwechselnd den Korb. Ich lauschte und schleppte meinen auf der wunden Hüfte. Sie sprachen von einer alten Frau mit Husten, einem Kind mit lahmem Bein und von ein paar Männern, die man aus Aurvanger zurückgebracht hatte, die aber wahrscheinlich ihren Wunden aus der Schlacht erliegen würden. Wieder fiel der Name Kerling.

Ich beobachtete alles genau und merkte mir den Weg. Wir waren nicht weit vom Dorf entfernt, stiegen aber noch weiter hinauf, nicht hinunter. Als der Pfad zwischen zwei Felswänden besonders schmal wurde, schob ich den Korb vor mir her, um mich durch den Spalt zu quetschen. Dahinter befand sich eine große Lichtung, die von weißer und gelber Schafgarbe bedeckt war. Die Pflanzen reichten vom Boden bis zu meiner Taille hinauf und bewegten sich in einer leichten Brise. Ihre feinen Blüten waren durch den Frost des Winters eingefroren, doch auch in ihrem getrockneten Zustand hatten sie noch etwas Majestätisches.

Inge und Runa stellten ihren Korb ab und setzten sich auf den Boden, wo sie nach den nächsten Stielen griffen. Die schnitten sie mit ihren Scheren schräg ab und zogen sie nach oben aus dem Blütenfeld heraus.

»Hier.« Inge langte nach dem Korb, den ich noch trug, und stellte ihn neben sich. »Streif die Blätter ab. Die heben wir auch auf«, sagte sie und legte die geschnittenen Stiele behutsam in den Korb.

»Die sind für *Adalgildi.*« Halvard suchte sich neben mir einen Platz. »Haben die Aska auch *Adalgildi*?«

Ich ignorierte ihn, streifte die Blätter von den Stielen und häufte sie zwischen uns auf. Er tat das Gleiche mit den Stielen aus Runas Korb, wo die Blütenstiele sich wie gefällte Baumstämme stapelten. Plötzlich schnappte er sich einen, pflückte vorsichtig die Blüte ab, um die winzigen Blütenblätter nicht zu zerdrücken. Dann hielt er sie zwischen uns. Als ich nicht reagierte, stupste er mich an. »Die ist für dich.«

Er nahm mein Handgelenk und drehte die Handfläche so, dass er die Blüte hineinlegen konnte wie ein Ei in sein Nest. Dabei strahlte er mich an.

Inge stand auf und ging weiter in die Mitte der Lichtung. Halvard folgte ihr. Ich schaute auf die Blüte in meiner Hand, bis ich Runas Blick auf mir spürte. Sie ließ ihre Augen langsam über mich wandern.

»Was?«, fragte ich und konnte nicht verhindern, dass es schnippisch klang, während ich die Blüte in meinem Umhang verschwinden ließ.

»Nichts.« Sie blinzelte. »Du sieht nur – mit dem grünen Umhang und deinen Haaren – genau wie Iri aus.« Trauer fiel wie ein Schleier über ihre Stimme, und sie zog die Mundwinkel herab.

Also wusste sie, wer ich war. Oder hatte zumindest einen Verdacht.

Ich senkte die Augen und machte mich wieder an die Arbeit. Es war mir egal, ob sie fand, dass ich wie Iri aussah. Mir waren auch ihre Geschenke oder Sitten egal. Die Aska waren mit ihren Familien zu Hause, betrauerten ihre Toten, während ich in Fela festsaß und Blumen für die Göttin der Riki pflückte.

Ich spähte zur Schere in Runas Hand. Wenn ich gewollt hätte, dann hätte ich die drei an Ort und Stelle töten können.

Ich hätte dieses Feld aus Schafgarbe in Brand stecken und mit darin verbrennen können.

13. KAPITEL

Am Morgen türmten sich im Haus Berge von Schafgarbe und langen geflochtenen Zederngirlanden. Die Tür stand offen und ließ das frühe Sonnenlicht und sein Farbspiel herein. Der Duft von Kräutern lag schwer in der Luft.

Ich band meinen Arm los, streckte ihn vorsichtig aus, um zu schauen, ob ich ihn benutzen konnte. Es war schmerzhaft, aber wenn ich ihn weiterhin in einer Schlinge schonte, würde er nur steif werden. Auf Anweisung von Inge legte ich die Blüten der Schafgarben in große, flache Körbe und sah ihr dann vom Tisch aus zu, wie sie aus einer Truhe an der Wand Kleidungsstücke holte. Ich beäugte die beiden anderen Truhen daneben und versuchte zu erraten, in welcher sich wohl die Waffen befanden. Auf jeden Fall wurden sie im Haus aufbewahrt, und ich hatte bereits den Dachboden durchsucht. Fiske und Iri trugen ihre Waffen tagsüber, und nachts, wenn sie schliefen, lagen sie neben ihren Pritschen. Aber Inge musste ebenfalls Waffen besitzen. Und Halvard auch.

Inge legte saubere Tuniken, die mit einem goldenen Faden gesäumt waren, auf den Tisch. Sie ähnelten der Kleidung, die auch die Aska zu Feierlichkeiten trugen. »Säubere sie und öle sie ein. Bring die Schnallen zum Glänzen«, erklärte sie und legte daraufhin die Panzerwesten sowie die Futterale vor mir auf den Boden.

Ich beendete die Arbeit mit den Pflanzen, hob die Gegenstände auf und setzte mich neben das Feuer. Dann schrubbte ich mit einer Bürste den Dreck und das Blut vom Leder, bis alles sauber war. Anschließend ölte ich die Sachen und rieb mit den Fingern Glanz in die Falten, genauso wie ich es früher mit der Rüstung meines Vaters und meiner eigenen gemacht hatte. Mein Arm schmerzte und brannte bei jeder Bewegung, aber die Muskeln zu stärken fühlte sich gut an.

Iri zog seine Tunika aus und griff nach den frischen Kleidungsstücken. Meine Hände, die gerade auf dem Schoß ein Schwertfutteral bearbeiteten, erstarrten. Die Narbe, die über die gesamte Seite seines Körpers reichte, war dick, knotig, rosig und hob sich schimmernd vom Rest der Haut ab. Es handelte sich um das Überbleibsel der Wunde, die ich damals gesehen hatte, als er auf dem Grund der Erdspalte gelegen hatte. Selten bekam ich solche Narben zu sehen. Sie waren für gewöhnlich die Folge von Wunden, die Menschen eigentlich nicht überlebten.

»Wird Kerling kommen?« Iri schaute aus der Tür zu dem kleinen Haus gegenüber. Daneben waren Pfähle für etwas, das aussah wie ein Stall, in den Boden getrieben worden, doch der Bau war noch nicht fertig. Hinter dem Zaun befand sich ein schmaler Flecken Garten voll mit Rhabarber und Lauch.

Inge schüttelte den Kopf. »Nein.« Sie zog die Bank unter dem Tisch hervor und kümmerte sich dann um Fiskes Haar. Sie flocht es nach hinten und legte es zu einem ordentlichen Knoten, den sie mit einem Lederband befestigte. »Aska, kannst du dich um Iri kümmern?« Inge nickte in seine Richtung, und ich wickelte angespannt einen Lederriemen der Rüstung um meine Finger.

Iri setzte sich. Ich stand hinter ihm und nahm sein Haar in die Hände. Er schaute nicht zu mir auf oder wich zurück, sodass ich das Gefühl bekam, gleich in Tränen ausbrechen zu müssen.

»Weißt du überhaupt, wie das geht?«, fragte Halvard und blickte von seinem Platz auf dem Boden zu mir.

Inge lachte. »Sie hat selbst Haare, nicht wahr?«

»Früher habe ich mich um die Haare meines Bruders gekümmert«, antwortete ich und holte tief Luft.

Inge und Halvard beobachteten mich beide. Iri richtete sich auf und saß dann reglos da.

»Was ist mit ihm geschehen?« Halvards Tonfall war vorsichtig.

»Halvard«, ermahnte ihn Inge stirnrunzelnd.

Ich teilte Iris Haar in drei gleich große Abschnitte. »Er ist tot«, antwortete ich tonlos.

Halvard wurde ganz still.

Ich flocht die kräftigen Strähnen aus Iris Gesicht, knüpfte sie bis zu den Haarspitzen hinunter und band sie dann zusammen. Früher hatte ich Iris Haar immer auf diese Art geflochten, und danach hatte er das Gleiche für mich getan. Allein die Erinnerung daran kam mir vor, als wollte ich einen Stein herunterschlucken.

Iri, wie er lachend vor unserem Feuer gesessen hatte.

Iri, wie er blutend im Schnee gelegen hatte.

Ich blinzelte. Fiske hockte vor Iri, beugte sich auf die Ellbogen und blickte mich an, als könnte er auf diese Weise die Erinnerungen in meinen Augen lesen.

Ich schaute zur Seite, strich über Iris Schultern und legte die Zöpfe auf seinen Rücken. Daraufhin stand er auf, nahm die Panzerweste der Riki vom Tisch und zog sie über die feine Tunika. Als ich ihm half, die Schnallen an der Seite zu schließen, blickte er mich nicht an, sondern verbarg seine Augen angespannt hinter einer Maske von Stärke.

Ich befestigte die Riemen um seinen kräftigen Körper, und die Erinnerung kam zurück. Das Gleiche hatte ich vor dem Kampf vor fünf Jahren getan, damals im dunklen Zelt unseres Vaters. Nur Stunden später war Iri nicht mehr da gewesen.

Als Iri vollständig bekleidet war, nahm er einen flachen, runden schwarzen Stein vom Tisch und fuhr mit dem Daumen über die Stelle mit den ausgewaschenen, eingemeißelten Buchstaben. Er betrachtete den Stein einen Augenblick und steckte ihn dann in seine Weste.

»Das hast du gut gemacht.« Inge befestigte Fiskes Rüstung. »So sauber waren sie seit Jahren nicht.«

Als ich das hörte, wünschte ich mir, ich hätte es nicht derart gut gemacht.

Als die Männer fertig waren, warf Inge einen prüfenden Blick auf beide, drehte sie vor sich und betrachtete sie eingehend.

Halvard sah immer noch mit schläfriger Miene vom Boden aus zu. »Wann darf ich zum Kampf aufbrechen?«

»Nie«, antwortete Iri und lächelte kurz.

In fünf Jahren würde er alt genug sein. Doch die jungen Kämpfer brachten nur das Werk an den gegnerischen Gefallenen auf dem Schlachtfeld zu Ende. Erst in zehn Jahren würde man Halvard erlauben, an vorderster Front zu kämpfen.

Inge hielt mir ein Stück Stoff hin, das mit einem Zwirnsfaden zusammengebunden war. »Hier.«

Ich nahm es nicht.

Ihr Gesichtsausdruck veränderte sich, und sie wirkte verwirrt. »Es ist ein Kleid.«

»Wozu?« Ich blickte auf das Bündel.

»Für *Adalgildi.*« Halvard stand auf und faltete den Stoff auseinander, um mir das Kleid zu zeigen. Es war aus flachem, schwarzem Wollstoff mit langen Ärmeln und einem langen, weiten Rock. Auf der Vorderseite befanden sich in einer geraden, ordentlichen Reihe kleine weiße Knochenknöpfe.

Ich schluckte und schüttelte den Kopf. »Nein.«

»Also *das* kannst du jedenfalls nicht tragen.« Inges Augen wanderten über meine Tunika, die Panzerweste und Hose. Dieselben Kleidungsstücke, die ich trug, wenn ich ins Gefecht zog.

»Ich komme nicht mit.«

Ihr Tonfall wurde schneidend scharf. »Ich habe dich nicht gefragt.«

Ich blickte zu Iri, aber er schaute zu Fiske.

Mein Magen drehte sich, und mein Mund wurde trocken. Ich konnte nicht zu einer Zeremonie der Riki gehen. Vor allem nicht zu einer, wo sie ihre Kämpfer verehrten. Sigr würde das nicht gefallen.

»Sie beleidigt damit ihren Gott«, sprach Iri meine Gedanken laut aus.

»Alle Dýrs gehen dorthin. Du hast dort zu dienen. Und du kannst so nicht ins Ritualhaus.«

Ich wich einen Schritt zurück. »Nein.«

»Aska.« Fiskes donnernde Rüge durchschnitt die Stille im Raum. Seine Augen waren fest auf mich gerichtet, und ich zuckte zusammen.

Auch die anderen starrten bloß. Halvard stand der Mund offen. Das Blut wich aus meinem Gesicht.

Fiskes Hände ruhten auf seinem Gürtel, und seine Brust bebte unter der eng anliegenden Tunika. »Du wirst zur Zeremonie gehen. Du wirst dienen. Du wirst dieses Kleid tragen.«

Ich biss die Zähne zusammen und fühlte, wie im Inneren meine Seele vor Zorn schäumte. Weil es mir egal war, ob eine Fessel um meinen Hals hing. Ich war nicht ihre Dýr.

»Und wenn nicht?« Ich starrte Fiske finster an, und meine Nasenflügel bliesen sich wütend auf.

Der kalte, harte Ausdruck seiner Augen bohrte sich in mich, und ich kannte die Antwort: Ich würde bestraft werden. Von ihm. Und wenn ich für meinen absichtlichen Ungehorsam nicht bestraft würde, wüsste Inge, dass irgendetwas nicht stimmt. Alle Riki wüssten es dann.

Iri stand hinter Fiske und blickte mir fest ins Gesicht. Er flehte, dass ich mich fügen sollte.

Ich nahm das Kleid, drehte es in meinen verschwitzten Händen, schluckte schwer und begab mich dann hinauf zum Dachboden.

Inge beobachtete, wie ich die Leiter hinaufkletterte. »Ich habe es dir gesagt«, flüsterte sie. »Sie hat Feuer im Blut, Fiske.«

Ich legte meine Kleider ab, warf sie auf meine Pritsche und stieg in das Kleid. Seit unser Clan die Krieger zu Beginn der Saison in die Kämpfe geschickt hatte, hatte ich kein Kleid mehr getragen. Ich wickelte den Stoff um meinen Körper, schloss die

Knöpfe und den Gürtel. Der Halsausschnitt war weit und offen, sodass die Halsfessel gut sichtbar war.

Spöttisch schaute ich an mir herab. Immerhin war das Kleid warm.

Als ich mit gerafftem Rock die Leiter hinunterkletterte, waren Iri und Fiske fort. Runa rollte die Zederngirlanden in schmuckvolle Kränze und legte sie aufeinander. Sie lächelte mich sanft an.

»Runa, unternimm etwas mit ihrem Haar«, meinte Inge und ging an mir vorbei in Richtung Dachboden.

Runa ließ den Pflanzenschmuck fallen, ging zum Tisch und wartete dort auf mich. Bevor ich mich setzte, funkelte ich sie an. Als sie mich daraufhin berührte, schoss Anspannung durch meinen gesamten Körper. Ich schloss die Augen, spürte ihre Hände in meinem Haar und wie ihre gekrümmten Finger, meine alten, verfilzten Zöpfe lösten. Sie bürstete sie aus, nahm die Enden in die Hände und zog den Kamm durch die Haarspitzen, während ich ins Feuer starrte.

Als sie innehielt, blickte ich zu ihr auf. Sie betrachtete die rechte Seite meines Kopfes, wo über dem Ohr das Haar geschoren war. »Tragen Aska-Frauen ihr Haar so?«, fragte sie.

Aus Gewohnheit nahm ich die Hand hoch und rieb über die Stelle.

Runa zerzauste die Strähnen, bis das Haar oben kräftig und wild abstand. Dann flocht sie es hinter meinem linken Ohr, führte den Zopf über den Hinterkopf, bis er auf meiner rechten Schulter lag. Sie arbeitete bedächtig und genau, achtete darauf, ordentliche, dünne Strähnen zu einem aufwendigen Zopf zu flechten. Als sie ihr Werk beendet hatte, befestigte sie alles und trat einen Schritt zurück, um mich anzuschauen.

Sie nahm das Gefäß mit *Kol* vom Tisch und öffnete es. »Die Aska tragen das so, nicht wahr?«

Ich blickte von dem Gefäß zu Runa und versuchte zu ergründen, was sie vorhatte. Warum sie so freundlich war. Aber ihre

Miene gab ihre Gedanken nicht preis. Sie tauchte die Finger in das Gefäß und fuhr dann mit den Fingerspitzen um meine Augen, färbte die Haut dunkel, und danach malte sie mit dem Daumen rechts und links auf meinen Wangenknochen einen Strich. Irgendetwas daran ließ die Anspannung in meinen Muskeln schwinden. Es fühlte sich vertraut an. Ich schloss die Augen und dachte an Mýra, damals in unserem dunklen Zelt, wie wir uns gegenseitig *Kol* im Gesicht aufgetragen hatten. Dann öffnete ich die Augen, denn die Erinnerung tat zu weh, um sie weiter zu verfolgen.

Runa widmete sich wieder ihrer Arbeit mit dem Zedernschmuck, und ich stellte mich neben sie. Ich nahm eine Ranke in die Hand und drehte sie auf die gleiche Weise, wie Runa es tat. Halvard schob die Tür auf, rannte herein und hielt dann mit offen stehendem Mund ruckartig an.

Inge kam in einem dunklen rot-blauen Kleid die Leiter herunter.

»Schau sie an, Mama.« Halvard starrte mich immer noch an.

Nach ihm traten auch Fiske und Iri durch die Tür, und sie blieben wie angewurzelt stehen, um mich zu beäugen. Ich blickte zu Boden, arbeitete weiter an dem Pflanzenschmuck und versuchte, die Röte, die mir ins Gesicht schoss, zu besänftigen. Sich von ihnen für ihr Fest einkleiden zu lassen war beschämend. Und nun zu sehen, wie sie mich wohlwollend ansahen, löste in mir den Wunsch aus, mir die Hände abzuhacken.

Inge gab Fiske und Halvard Körbe und schob sie zur Tür hinaus. Dann deutete sie auf die anderen Körbe auf dem Tisch. »Bringt sie mit.«

Iri nahm einen Korb und reichte ihn mir. »Du siehst hübsch aus.« Sein Lächeln wirkte wie das eines kleinen Jungen.

Ich betrachtete ihn von Kopf bis Fuß, dann begegneten sich unsere Augen, und die Wut in mir erwachte zu neuem Leben. »Und du siehst aus wie ein Riki.«

14. KAPITEL

Es schneite, und ich stand mit einem Korb voller Schafgarbe in der Hand vor dem Eingang zum Ritualhaus. Der geschnitzte Torbogen stellte eine genaue Abbildung des Berges dar. Daneben waren die Bäume zu erkennen, als schräges Muster in das Holz geritzt, und das Gesicht von Thora, aus deren Mund Flammen schlugen. Ihre großen, stechenden Augen blickten auf mich herab, und sie zeigte die Zähne. In jeder ihrer zur Seite gestreckten Fäuste hielt sie einen Bärenkopf.

Die Wände des Hauses bestanden aus riesigen Baumstämmen, die höher waren als die Bäume, die das Dorf umgaben. Hinter dem Eingang war in der Mitte des Raums ein loderndes Feuer zu erkennen, und von der Decke hingen Elchgeweihe, die als Kerzenhalter dienten. Die Hitze des Feuers strömte durch die offenen Türen und wärmte meinen Rücken, während dicke Schneeflocken auf mein Kleid fielen. Aus der Ferne bewegte sich ein Sturm auf Fela zu und brachte dunkle Wolken sowie stärkeren Schneefall mit. Das Wetter würde mein Schicksal für den Winter im Dorf besiegeln.

Eine weitere Dýr stand mit einem Korb voller Schafgarbe auf der anderen Seite des Torbogens. Ihr Blick war auf den Boden gerichtet, und ihr Körper schien erstarrt. Sie trug ein graues Wollkleid, das meinem glich, und ihr geflochtenes Haar war straff zurückgebunden. Von jahrelangem Tragen war die Fessel um ihren Hals ganz glatt, und ihr ausdrucksloses, leeres Gesicht unterstrich den traurigen Eindruck.

Die Riki wanderten die Anhöhe im Schnee hinauf, und mein Blick ging zum Wald. Eine Horde meiner Feinde kam auf mich zu, an ihre Körper waren Waffen geschnallt, und ich stand da und hielt einen Korb mit Blumen. Was sollte sie hindern, wenn einer auf den Gedanken kam, mich ins Feuer zu stoßen?

Unter der Last des Korbs schmerzte meine Schulter, die

schwachen Muskeln unter der Haut spannten sich an, und ich schob den Korb zur anderen Seite.

Die Riki trafen familienweise ein. Männer und Frauen zusammen mit ihren Kindern und älteren Verwandten. Die erste Gruppe blieb stehen, bevor sie das Haus betrat, jeder Einzelne nahm eine Schafgarbenblüte und umschloss sie behutsam mit den Händen. Ich versuchte, nicht in ihre auf mich gerichteten wütenden Augen zu schauen und ihr hassverfülltes Starren nicht zu beachten. Doch als sie die Halsfessel an mir bemerkten, wurde ihr Hass schnell durch so etwas wie Befriedigung – Gerechtigkeit – abgelöst.

Sie hassten mich genauso wie ich sie. Aber sie hatten gewonnen. Und das wussten sie.

»Gudrick«, rief eine sanfte Stimme hinter meinem Rücken, und der Mann vor mir hob den Kopf. Auf seinem harten Gesicht breitete sich ein Lächeln aus.

Ich drehte mich um und sah hinter mir eine ältere Frau in einem bernsteinfarbenen Kleid und mit einem geflochtenen Vogelkäfig in der Hand. Eine weiße Schnee-Eule mit großen gelben Augen spähte aus dem Käfig und sah mich an. Die Frau trug lange Ketten aus Holzperlen um ihren Hals, und das konnte nur heißen, dass sie die Tala war, die Deuterin von Thoras Willen.

Die Kinder liefen zu ihr, steckten die Finger in den Käfig, und die Frau scheuchte sie in das warme Innere des Ritualhauses. Eine Familie nach der anderen ging hinein und lief den offenen Gang entlang zum Feuer, wo sie einen Moment andächtig und still zusammenstanden, um danach die Schafgarben in die Flammen zu werfen. Die brennenden Opfergaben erfüllten die Luft mit einem blumig verkohlten Geruch. Er drang zu den Türen hinaus und hüllte mich ein.

Sobald die Schafgarben zur Neige gingen, erschienen Dýrs und füllten meinen Korb auf. Außerdem halfen sie, bis sich alle im Haus eingefunden hatten, die Girlanden für den Empfang der Riki nach drinnen zu tragen. Das Dorf wirkte nun verlassen, abgesehen von einem Haus, das gegenüber dem von Fiske stand. Von seinem Dach stieg immer noch Rauch auf, und hinter dem Fenster schimmerte Licht.

Inge erschien, nahm den Korb aus meinen Händen und deutete mit einem Nicken zum Eingang. Ich zögerte und blickte noch einmal hoch zum Torbogen. Das Ritualhaus der Riki zu betreten fühlte sich an wie schwerwiegender Verrat.

»Aska«, sagte Inge und stupste mich an. Dann folgte ich den anderen Dýrs unter dem Torbogen hindurch ins Innere. Dort war es laut, und die Luft war derart warm, dass meine kalte Haut kribbelte. Die Türen schlossen sich, die großen eisernen Angeln knarrten, und die Riki wurden still. Die Männer und Frauen hatten auf langen Bänken Platz genommen, die in Reihen rund um das Feuer aufgebaut waren und bis an die Wände des Raums reichten. Die Kinder saßen in großer Zahl vorne am Feuer auf dem Boden. Ich fand bei den anderen Dýrs an der Rückwand des Hauses einen Platz und presste meine Hand auf den pochenden Arm, um den Schmerz zu unterdrücken. Mehr böse Blicke trafen mich.

Alle verstummten, als die Dame in dem bernsteinfarbenen Kleid aufstand, mit den Händen durch ihr hüftlanges goldenes und mit silbernen Strähnen durchzogenes Haar fuhr. »Vidr, komm.«

Ein hochgewachsener Mann mit einem wilden schwarzen Bart erhob sich, und alle anderen folgten seinem Beispiel. Er lächelte, hielt mit einer Hand den Griff seines Schwerts und nahm seinen Platz neben der Tala ein. Als sich die Köpfe der Riki zu ihm reckten, wurde mir klar, er war der Anführer des Dorfes.

»Willkommen«, brüllte er. »Willkommen zu Hause.« Er gab der Menge zu verstehen, dass sie sich setzen sollten, und die Menschen gehorchten. Sie ließen sich beinahe gleichzeitig wieder auf den Bänken nieder.

Daraufhin überreichte die Tala dem Mann den Käfig, und er nickte ihr zu. Er stellte ihn auf den Altar am Feuer. Dann öffnete er den Deckel des Käfigs, griff hinein und holte die Eule heraus. Während sie mit den Flügeln schlug, nahm die Tala eine große Holzschale und einen Dolch aus Bronze in die Hände.

Sie setzte die Schale auf dem Altar ab, hob die Klinge in die Luft und blickte der Eule ins Gesicht. »Wir schenken dir unseren Dank, Thora, weil du uns unsere Krieger zurück nach Hause gebracht hast.« Ihre Stimme tönte über die Köpfe der Riki und erreichte auch mich in der letzten Reihe.

Vidr hielt den Vogel, während die Tala die Spitze des Dolches auf der Brust der Eule platzierte und dann vorsichtig durch die Rippen zustach. Zuerst durchschnitt das Kreischen des Vogels die Stille, dann erlosch das Leben der Eule, und als das Blut aus ihr trat, hielt Vidr ihren Körper über die Holzschale.

Die Riki klopften mit den Handknöcheln zustimmend auf die hölzernen Bänke. Der Klang wirkte wie schlagende Flügel in meiner Brust. Als kein Blut mehr aus dem Vogel rann, legte Vidr die Eule auf den Altar und nahm wieder seinen Platz ein.

»Willkommen zu *Adalgildi.*« Die Stimme der Tala hallte durch das Ritualhaus. Doch statt ihre Aufmerksamkeit den Männern und Frauen auf den Bänken zu widmen, sank sie auf den Steinaltar, lehnte sich vor und schaute in die Gesichter der Kinder. Sie reckten die Hälse, während sie auf ihren Fersen hockten und miteinander flüsterten.

»Wir haben heute Abend zusammengefunden, um unsere Riki-Krieger zu ehren.« Die Augen der Tala leuchteten vor Stolz, als sie nach ihnen Ausschau hielt. »Wir verbrennen die Schafgarbe im Gedenken an all jene, die nicht nach Hause zurückgekehrt sind. Wir danken Thora für das Leben derer und für ihren Mut.« Wieder war das Klopfen der Fäuste auf den Bänken zu hören, was den Raum kleiner wirken ließ. »Um den Verdienst der Ehre zu verstehen, müssen wir uns die Geschichte der Thora in Erinnerung rufen. Wir müssen uns daran erinnern, *warum* wir kämpfen.

Thora wurde während des großen Vulkanausbruchs, der unser Zuhause schuf, in den Bergen geboren«, begann sie und breitete trotz ihrer kleinen Figur anschaulich die Arme aus. »Sie erhob sich aus der Flamme und Asche. Aus dem geschmolzenen Fels schuf sie ihr Volk und siedelte sie in den Bergen an, damit sie dort lebten. Sie nannte ihr Volk Riki wegen der Kraft und Stärke, mit denen sie ausgestattet waren. Aber der Frieden hielt nicht lange.« Die Tala senkte eindrucksvoll die Stimme. »Sigr, der Gott des Fjordes, sah, was Thora erreicht hatte, und sein Herz war voller Neid. Er sandte sein Volk hoch in die Berge, damit sie zerstörten, was Thora geschaffen hatte. Eine blutige Rivalität war geboren, und Thora schwor Sigr ewige Rache. Sie schickte die Riki hinab zu den Zuflüssen des großen Sees, um die Aska zu vernichten. Seit diesem Tag treffen wir alle fünf Jahre auf dem Schlachtfeld aufeinander, um Thora zu huldigen.« Sie faltete die Hände vor dem Bauch.

Diese Geschichte unterschied sich von der, die die Aska erzählten, doch das Ende war gleich. Unser Hass auf die Riki steckte uns im Blut. War uns von Sigr eingehaucht. Was als Zwietracht zwischen den Göttern begann, wurde zu Rachedurst … einer Blutfehde. Alle fünf Jahre verloren wir Menschen, die wir liebten. Und in den nächsten fünf Jahren zählten wir die Tage, bis wir die Riki für unseren Schmerz bezahlen lassen konnten. Dieses Feuer brannte seit Langem in mir.

»In diesem Jahr haben unsere Krieger Thora große Ehre bereitet. Sie haben die Feinde unserer Göttin verringert. Genauso, wie ihr es eines Tages tun werdet. Ihr alle.« Sie stand vom Altar auf, und der Saum ihres Kleides strich über den Stein. »Und Thora freut das.«

Freudengebrüll entstand im Raum. Ich drückte mich mit dem Rücken fest an die Wand und wagte nur mit gesenktem Kopf unter meinen Wimpern hervorzuschauen.

»Ja, Thora ist erfreut, und nun wollen wir unsere Kämpfer ehren, die unserem Volk diese große Gunst erwiesen haben. Kommt.«

Die Kinder standen auf, schwärmten in die Gänge aus und gingen zu ihren Familien.

Als der Boden vor dem Altar leer war, machten sich die überall im Ritualhaus verteilten Riki-Kämpfer auf den Weg nach vorne. Ihre Familien blickten stolz zu ihnen auf. Und meine Augen fanden Iri, der am anderen Ende des Raums neben Fiske stand. Die Kämpfer füllten die Gänge, und die Riki, viele mit Tränen in den Augen, beobachteten sie. Dýrs brachten aus dem Hintergrund Körbe mit Zederngirlanden und stellten sie vor Talas Füßen ab. Sie bückte sich, nahm eine der Girlanden und hielt sie mit ausgestreckten Handflächen vor sich.

»Wir ehren dich, Riki, so wie du Thora Ehre erwiesen hast. *Lag mund.*« Die Hand des Schicksals.

Der Mann, der vor der Tala stand, neigte den Oberkörper, sodass sie die Girlande über seinen Kopf heben und um seine Schultern legen konnte. Als er wieder aufrecht stand, tauchte die Tala ihren Finger in die Schale mit dem Eulenblut und hob dann die Hand, um mit der Fingerspitze die Kehle des Kriegers zu berühren. Danach verneigte er sich vor Tala, trat aus der Reihe der Kämpfer und begab sich zurück zu seinem Sitzplatz. Auf seinem Weg berührten ihn ehrerbietig die Hände der Menschen. Unterhalb seiner Kehle strahlte der tiefrote Blutfleck.

Die Tala wiederholte die Worte, schaute auf die Frau, die als Nächstes an der Reihe war, und legte auch ihr eine Girlande über die Schultern. Nachdem die Tala sie mit dem Opferblut gesegnet hatte, trat Fiske vor. Sie berührte sein Gesicht und sprach gütig zu ihm. »Wir ehren dich, Riki, so wie du Thora Ehre erwiesen hast. *Lag mund.*« Fiske schaute zu Tala herab und beugte sich vor, damit sie ihm die Girlande umlegen konnte. Dann versah sie auch ihn am offenen Ausschnitt seiner Tunika mit dem Blutmal.

Doch statt zu seinem Platz zurückzugehen, machte Fiske bloß einen Schritt zur Seite und ließ Iri vortreten.

Das Lächeln der Tala wurde breiter, und sie blicke in Iris schönes Gesicht. »Wir ehren dich, Riki, so wie du Thora Ehre erwiesen hast. *Lag mund.*« Der Klang ihrer Worte versetzte mir innerlich einen Stich, wie eine fliegende Klinge, die tief trifft.

Denn Iri war kein Riki. Er war ein Aska.

Er gehörte nicht ihr. Er gehörte zu mir.

Ich hielt den Atem an und wrang meine Hände im Schoß, bis die Haut brannte.

Ich dachte daran, wie mein Vater Iri und mich beim Totenritus für die Seele unserer Mutter angesehen hatte. Ich erinnerte mich, wie seine Augen sagten, dass wir alles für ihn waren. Wir waren alles, bis Iri fort war. Danach wurde die Sonne in der Welt meines Vaters trüb, auch wenn sie noch immer aufging und zu mir herniederschien. Ich wurde zu beiden, seinem Sohn und seiner Tochter, trug seinen Namen und die Ehre. Ein schweres Amt, aber ich war die Einzige, die es ausüben konnte. Und ich wusste, auch wenn er nie etwas gesagt hatte, dass er mich zum Teil für Iris Tod verantwortlich machte. Weil ich es war.

Ich war Iris Kampfgefährtin gewesen und hatte deshalb die Verantwortung für ihn getragen. Es war meine Aufgabe, ihn am Leben zu halten. Ich hätte eher mein Leben geben sollen, bevor ihm seins genommen werden konnte. Die Schuld verfolgte mich in jedem Traum. Iri war immer da, in jedem Albtraum. Ich war in die Schlachten aufgebrochen, bereit, Rache für meinen Bruder zu nehmen. Aber Sigr hatte in Aurvanger auf mich gewartet, bereit, seinen Zorn über mich zu vergießen. Und nun wurde ich für meine Schwäche bestraft.

Ich hatte versagt. Das war mir bewusst, seit dem Augenblick, als Iri über den Rand der Erdspalte gefallen war.

Die Tala schob eine Haarsträhne aus Iris Gesicht, bevor er sich umdrehte und in den Gang trat. Ich beobachtete ihn. Stolz strahlte aus seinem Gesicht wie das Sonnenlicht. Ich wischte eine Träne von der Wange, und das plötzliche Gefühl, ein Finger würde über meine Haut fahren, ließ mich blinzeln. Ich schaute nach vorne, wo die Tala stand, und für einen Moment dachte ich, ihre Augen ruhten auf mir.

15. KAPITEL

Die Zeremonie war zu Ende, und die Riki strömten wie Fische aus einem Netz in den Raum am hinteren Ende des Ritualhauses. Inge kam und postierte mich neben dem Bierfass, wo ich bedienen sollte. Ich hielt die Augen niedergeschlagen und versuchte, mich unsichtbar zu machen, während die Leute vor mir eine Schlange bildeten. Aller Stolz, den ich in mir trug, war unerreichbar. Ich nahm ihre Becher, füllte sie und gab sie in der immer gleichen Bewegung zurück. Dabei ignorierte ich die Flüche von ihren Lippen.

Der Raum füllte sich mit Stimmengewirr, als die Riki an langen Tischen Platz nahmen, um gebratenes Wild und Eintopf zu essen. Iri saß bei Inge, Fiske und Halvard an der gegenüberliegenden Wand. Runa entdeckte ich am anderen Ende desselben Tischs bei einem Paar, das aussah wie ihre Eltern, und drei jüngeren Kindern.

»Hallo.« Die Tala stand mit ihrem Becher in der Hand vor mir und betrachtete mich eindringlich. »Du bist die Aska, die sie aus Aurvanger mitgebracht haben, nicht wahr?« Neugierig legte sie den Kopf schräg.

Die Umstehenden lauschten, und ich merkte, wie sie näher rückten und mit den Händen nach ihren Waffen tasteten. Ich erstarrte.

»Du bist sehr hübsch, trotz alldem.« Sie deutete mit der Hand auf die abheilenden Blessuren in meinem Gesicht und hatte ein schwaches Lächeln auf den Lippen. »Wie heißt du?«

Ich trat von einem Fuß auf den anderen, als ich den Becher aus ihrer Hand entgegennahm, aber ich antwortete nicht. Sie wandte den Blick nicht von mir ab, während ich ihr einschenkte. Als ich den Becher zurückgab, blieb sie einfach stehen.

»Tala.« Eine große rundliche Frau trat an ihre Seite, flüsterte etwas in ihr Ohr, woraufhin Tala nickte. Ihre Aufmerksamkeit wurde von etwas anderem beansprucht. Sie warf mir noch einen letzten Blick zu, bevor sie wegging. Die Riki in der Nähe ließen mich nicht aus den Augen.

»Aska.« Halvard schob sich durch die Menge vor mir und hielt mir grinsend einen Becher hin. »Hast du Fiske und Iri vorhin gesehen?«

Ich war abgelenkt von den zahlreichen Riki, die mich argwöhnisch beobachteten.

»Wenn ich alt genug bin, um zu kämpfen, dann werde ich auch geehrt.« Er verschränkte die Arme.

Exakt diese Worte hatte ich auch zu meinem Vater gesagt. Als Iri und ich noch Kinder waren, hatten wir am Eingang zu unserem Dorf gesessen und die Aska in den Kampf ziehen sehen. Wir hatten es kaum erwarten können, uns ihnen anzuschließen. Erst mit elf beziehungsweise zwölf ging unser Wunsch endlich in Erfüllung. In nur fünf Jahren würde sich Halvards erfüllen.

Er nahm den Becher wieder entgegen und rannte davon, wobei das Bier überschwappte. Als er ihren Tisch erreicht hatte, kletterte er neben Fiske auf die Bank und flüsterte ihm etwas ins Ohr. Daraufhin wanderte Fiskes Blick durch den Raum zu mir, während Halvard ihm das Bier gab. Er nahm einen tiefen Schluck und sah mich über den Rand des Bechers hinweg an.

Eine andere *Dýr* nahm meinen Platz ein, als Inge mir auftrug, die Tische abzuräumen. Ich nahm einen leeren Korb und füllte ihn mit schmutzigen Schalen und Löffeln. Ich bewegte mich vorsichtig durch den Raum und achtete darauf, niemanden zu berühren oder auch nur anzusehen. Als ich an Iris Tisch kam, saß dort nur Fiske, an die Wand gelehnt mit seinem leeren Becher.

Ich sammelte alles ein, warf die abgenagten Knochen auf einer Seite in den Korb, die schmutzigen Schüsseln stapelte ich auf der anderen. Iri stand ein Stück weiter neben Runa. Ich erstarrte mit einer Schale in der Hand, sobald ich ihn entdeckte. Er war ihr so nahe, dass ihr Rock ihn streifte. Meine aufgerissenen Augen wanderten abwärts, und ich musste die in mir aufsteigende Galle runterschlucken. Er hatte die Finger seiner Hand mit ihren verschlungen.

Ich schaute wieder auf den Tisch, weil der Anblick in meinem Kopf brannte wie die heiße *Dýr*-Halsfessel einst auf meiner Haut. Als ich wieder aufblickte, lachte Runa, und ich ließ die Schüssel klappernd zu den anderen in meinen Korb fallen.

Dann marschierte ich durch den Raum, wich allen Riki, die meinen Weg kreuzten, aus und stürmte nach draußen, wo ich den Korb in den Schnee fallen ließ. Die Schüsseln fielen zum Teil heraus, und ich kniff die Augen zu, weil sich alles drehte. Die kalte Luft brannte in meinem trockenen Hals, und meine Muskeln schmerzten.

Ich hatte mich schon gefragt, was den Bund zwischen einem Aska und seinen Clangefährten brechen konnte, sodass er sich gegen sein eigenes Volk wandte. Was konnte ihn dazu bringen, seine Familie zu verlassen? Ich hatte Iri immer für stark gehalten. Für weise. Aber mein Bruder war ein Narr. Er hatte uns wegen eines Riki-Mädchens im Stich gelassen. Und wenn Iri dazu in der Lage war, was tat ich dann hier? Ich war ihm in den Wald gefolgt. War ihm nachgelaufen. Hatte alles riskiert. Und wofür?

Er war einfach einer von ihnen geworden. Iri *liebte* eine von ihnen.

»Was tust du hier draußen?«

Ein Riki stand am Eingang des Ritualhauses und hatte die Hand am Griff seiner Streitaxt. Schneeflocken verfingen sich in seinem roten Bart, und ich schaute auf den umgekippten Korb zu meinen Füßen.

»Was treibst du hier draußen, Aska?«, knurrte er.

Ich ging in die Hocke, um die Schüsseln und Knochen wieder einzusammeln. Seine Stiefel knirschten im Schnee und kamen näher. Ich stand auf und hielt den Korb schützend vor mich. Wenn er noch einen Schritt machte, musste ich zurückweichen.

Er schaute auf die Knöpfe meines Kleids. »Wusste gar nicht, dass unter der Panzerweste eine Dame steckte.«

Ich versuchte, um ihn herumzugehen, aber er versperrte mir den Weg. Mein Blick fiel auf das Messer an seinem Gürtel.

»Hätte ich das gewusst, hätte ich dich vielleicht selbst gekauft.« Er lächelte und packte den Griff seiner Axt fester. »Vielleicht zahle ich Fiske einen guten Preis.«

Er kam meinem Gesicht ganz nah, und als ich seinen heißen Atem spürte, riss ich das Messer von meinem Gürtel und hielt die kalte Klinge an seinen Hals. Ich presste die Spitze an sein Kinn, sah ihm in die Augen, und das Stechen in meinem Körper ließ nach. Ich fühlte mich zurück im Kampf, der mich erfüllte. Während er staunend keuchte, drückte ich mit der Klinge ein bisschen fester zu.

Seine Augen blickten nicht mehr belustigt. Er hatte die Hände erhoben, und der Rest seines Körpers war starr. Ich spürte, wie sich alle dunklen Stellen in mir beruhigten. Ich wollte fester drücken, bis die weiche Haut unter der Klinge nachgab. Bis ich sein warmes Blut auf meiner tauben Haut fühlte. Ich wollte irgendwas anderes empfinden als den Schmerz über den Verrat meines Bruders. Es war meine Berufung. Riki-Blut zu vergießen. Und Iri war jetzt auch ein Riki.

»Aska.« Ich riss die Augen auf und sah Fiske im Eingang des Ritualhauses stehen. Sein Blick ging zwischen dem Mann und mir hin und her. In großen Schritten kam er auf uns zu.

Der Riki bohrte seine Augen in meine und atmete immer noch schwer. Mit zusammengebissenen Zähnen lief er rot an. Dann erreichte Fiske uns, packte heftig meinen Arm und entwand mir das Messer. Er warf es achtlos in den Schnee, bevor er mich in Richtung der Bäume wegzerrte.

16. KAPITEL

Stolpernd versuchte ich, mit ihm Schritt zu halten, aber er wurde nicht langsamer. Fiskes Griff um meinen Arm ließ einen Schmerz in meine Schulter schießen, von dem mir schwindelig wurde. Als wir weit genug im Wald waren, dass ich das Ritualhaus nicht mehr sehen konnte, blieb er stehen und ließ mich los.

»*Willst* du sterben? Halt dich gefälligst von anderen Riki fern.«

Ich presste den schmerzenden Arm an meine Seite und funkelte ihn an. »Wenn du wolltest, dass ich mich von ihnen fernhalte, warum hast du mich dann gezwungen herzukommen?«

Er schaute in die Richtung, aus der wir gekommen waren, und senkte die Stimme. »Was hat die Tala zu dir gesagt?«

Ich biss die Zähne zusammen. »Sie hat bewundert, was du mit meinem Gesicht angestellt hast. Ich hätte das Kleid ausziehen und ihr den Rest deines Werks zeigen sollen.«

Er zuckte bei meinen Worten zusammen und wich einen Schritt zurück. »Wenn du nicht anfängst, dich wie eine *Dýr* zu benehmen, dann wirst du weiterhin Aufmerksamkeit auf dich ziehen. Auf uns beide.«

»Was meinst du mit ›mich wie eine *Dýr benehmen*‹?« Ich griff nach der Fessel um meinen Hals und ließ sie wieder fallen. »Ich bin eine *Dýr*. Aber ich werde nicht vorgeben, das zu mögen. Wenn du mich bestrafen willst, damit ich dich nicht beschäme, schleif mich doch an den Haaren zurück zum Ritualhaus und schlag mich dort tot. Ich bin mir sicher, deine Clangefährten hätten ihre Freude daran. Und für mich wäre es ein besseres Ende, als zu wissen, dass ich den ganzen Winter damit verbringen muss, Blut meiner Clangefährten von einer Riki-Rüstung zu putzen, nur weil mein Bruder ein Narr ist«, flüsterte ich heiser, während meine Brust sich unter dem engen Oberteil des Kleids hob und senkte.

Er starrte mich wütend an, und ich sah seine Ader am Hals pulsieren, dort, wo das rituelle Blutmal auf seiner Haut getrocknet war. Das Blau seiner Augen glitzerte im schwachen Licht. »Du willst verschwinden?« Er stieß mich in Richtung der Bäume. »Geh!«

Ich drehte mich im Kreis, sah aber rundherum nichts als verschneite Bäume.

Da explodierte der aufgestaute Zorn in mir, und ich stieß mit meinen Fäusten gegen seine Brust. Er rührte sich nicht. Ich schlug ihn erneut, härter, und da packte er mich bei den Handgelenken und hielt mich fest, während ich versuchte, mich loszureißen.

»Ich hätte nicht auf Iri hören sollen«, murmelte er. »Seine Sorge um dich wird ihn noch das Leben kosten.«

»Dann sei es so. Er hat mich verraten und die Aska entehrt. Er verdient es zu sterben.« Ich spuckte auf den Boden.

Seine Miene veränderte sich, und seine Augen loderten dunkel. Sein Griff um meine Handgelenke wurde noch fester. Dann stieß er mich gegen einen Baumstamm. Seine Axt glitt mühelos aus dem Futteral, und sogleich presste er die kalte Klinge an meine Kehle.

»Droh meiner Familie noch einmal, und ich werde dich töten«, flüsterte er. »Ich werde dich töten und auf die Schneeschmelze warten. Dann gehe ich runter an den Fjord und töte deinen Vater im Schlaf.«

Ich riss die Augen auf, und mein Mund stand vor Entsetzen offen. Ich schaute in sein Gesicht und versuchte, das Ausmaß seines Hasses zu ermessen. Aber es war etwas anderes. Etwas Wilderes als Hass.

Es war Liebe. Zu Iri.

»Iri würde dir das nie verzeihen«, knurrte ich.

»Mir liegt mehr an seinem Leben als an seiner Vergebung. Ich werde dich tot in diesem Wald zurücklassen und Iri sagen, du wärst weggelaufen.« Er drückte sich fester gegen mich.

»Dann tu es.« Ich lehnte mich gegen die Klinge und sah ihm in die Augen. Ein Schluchzen drang aus meiner Kehle. Einen Moment lang glaubte ich, er würde es tun. Fast wünschte ich mir ein Ende des berstenden Schmerzes in meiner Brust.

Ich reckte trotzig das Kinn, während Tränen über meine Wangen liefen. Um dieses Leben würde ich nicht flehen. Aber beim nächsten Atemzug verloren seine Augen dieses Lodern und wanderten über mein Gesicht. Ich hielt seinem Blick stand und rührte mich nicht, als er mir noch näher kam. Sein Atem streifte meine Haut, was mich erschauern ließ, doch ich blinzelte nicht.

»Das muss ich gar nicht.« Plötzlich nahm er die Klinge von meiner Kehle und machte einen Schritt nach hinten. »Du wirst dir selbst dein Ende bereiten, noch bevor der Schnee geschmolzen ist, weil dein Stolz und dein Zorn dir wichtiger sind als dein eigenes Überleben.«

Ich zuckte zusammen, denn die Worte trafen mich. Weil sie der Wahrheit entsprachen. Mehr, als ich zugeben wollte. »Bevor es taut, werde ich nicht mehr da sein.«

»Gut.« Er sah mich lange mit gerunzelter Stirn an, bevor er sich abwandte und mich einfach stehen ließ. Dabei hielt er die Axt weiterhin fest umklammert, während er im tiefen Schnee den Hügel hinaufstapfte. Dorthin, wo der Rauch aus dem Ritualhaus über den Baumwipfeln aufstieg.

Ich kam wieder zu Atem und bemühte mich, nicht mehr zu weinen, bevor ich in Fiskes Fußstapfen zurückging und wieder vor den Türen des Ritualhauses stand. Thora starrte mit hungrigen Augen auf mich herab.

Ich ging mit dem Korb voller schmutziger Schüsseln hinein und bahnte mir den Weg zu dem Steintrog, wo die anderen *Dýrs* arbeiteten. Die Schalen fielen ins Wasser, und die Sklavin neben mir schaute hoch. Erschrocken rückte sie von mir ab.

Am anderen Ende des Raums saß Fiske wieder bei Iri und Runa am Tisch. Die Tala stand hinter Runa und strich ihr übers

Haar. Der Mann mit dem roten Bart stand neben dem Feuer unter den aufgehängten Geweihen und ließ mich nicht aus den Augen. Er presste die Finger auf ein Rinnsal aus Blut, das vom Hals in den Bart floss.

Ich drehte mich weg und tauchte die Hände tief in das Abwaschwasser. Fiske hatte recht. Ich würde den ganzen Winter in diesem Dorf nicht überstehen. Deshalb konnte ich nicht bis zur Schneeschmelze warten. Ich musste vorher einen Weg nach Hause finden.

17. KAPITEL

Inge verließ das Haus vor Sonnenaufgang, um im Wald Knoblauch und Salbei zu sammeln. Ich musste das Frühstück für die anderen also alleine zubereiten. Halvard bestand darauf, mir zu helfen, und war fast gleichzeitig mit mir aufgewacht, sodass es unmöglich war, das Haus nach Waffen zu durchsuchen.

»Zeigst du es mir jetzt?« Er stand dicht neben mir und hielt mir das Feuereisen hin.

Ich schaute an ihm vorbei zu einer Schüssel mit getrockneten Brombeeren, die oben auf einem Schrank stand.

Er folgte meinem Blick und lachte, als er begriff, was ich wollte. Er holte die Schüssel und stellte sie vor mich hin. »Bitte.«

Ich nahm mir eine der Beeren und warf sie mir in den Mund. »So.« Ich schichtete Kleinholz am Rand der Feuerstelle auf.

Er beobachtete alles genau, während er neben mir auf dem Stein hockte. »Ich habe vor dir noch nie einen Aska gesehen.«

Ich nahm das Feuereisen und hob es zum Schlagen hoch.

»Iri sagt, ihr wohnt am Fjord.«

Das Feuereisen rutschte ab, und ich schürfte mir die Knöchel am Stein auf.

Halvard hob es auf und reichte es mir wieder. »Ich habe auch noch nie das Meer gesehen.«

Ich schlug erneut, und diesmal stoben die Funken. Halvard wölbte die Hände um das Kleinholz, um es vor der kalten Luft zu schützen. Sobald es richtig brannte, legte er es unter das aufgerichtete Brennholz. Ich kümmerte mich um den Topf. Während ich dabei weiter von den Beeren aß, versuchte er es selbst.

»Mein Vater hat gesagt, die Aska hängen sich Muscheln aus dem Meer über ihre Türen.« Er schlug mit dem Feuereisen gegen den Stein.

Ich hielt inne und sah ihn an.

»Warum machen sie das?« Beim dritten Mal fing das Kleinholz Feuer, und er blickte stolz zu mir hoch. Als Nächstes kletterte er auf den Tisch, setzte sich mit gekreuzten Beinen darauf und sah mir beim Rühren zu.

Ich starrte in den Topf. »Weil sie den Wind einfangen und Musik machen.«

Er blinzelte, während er wohl versuchte, sich das vorzustellen.

Das Geräusch sich kreuzender Klingen war von draußen zu hören, wo Iri und Fiske in der aufgehenden Sonne Kampfmanöver übten. Ihr Grunzen und Keuchen drang durch das offene Fenster herein.

Wäre ich zu Hause, würden Mýra und ich das Gleiche tun. Unsere Kraft und Geschicklichkeit erproben. Bis zur nächsten Kampfsaison oder gegen alles, was Hylli bedrohte. Üblicherweise verbrachten wir die Vormittage auf den Fischerbooten und die Nachmittage mit Kampfübungen am Hang. Bis der Schnee zu schmelzen begann und ich aus Fela entkäme, würde ich wahrscheinlich zu schwach sein, um mein Schwert zu schwingen. Ich war immer eine talentierte Kämpferin gewesen, obwohl ich kleiner war als die meisten Aska-Krieger. Wenn ich es zurück zum Fjord schaffte, würde ich von vorn beginnen müssen.

Als Iri wieder hereinkam, war er allein. Er trat ans Feuer und half beim Kochen, indem er das Getreide auf dem heißen Stein hin und her schob. Als er Halvard und mich miteinander sprechen sah, umspielte ein kleines Lächeln seine Lippen.

»Sehen alle Aska so aus wie du und Iri?« Halvard schaute zwischen uns hin und her.

Ich kehrte Iri den Rücken zu. »Manche. Wir sehen aber alle verschieden aus. Wie die Riki auch.«

»Wie könnt ihr dann auf dem Schlachtfeld eure Leute von unseren unterscheiden?«

»Manchmal kann man das nicht.« Ich warf Iri einen vielsagenden Blick zu, in der Hoffnung, er würde verstehen, was ich meinte.

Und das tat er. Mit verhärteter Miene schaute er zurück. »Die Rüstung der Aska ist aus rotem Leder und Bronze. Die Riki benutzen braunes Leder und Eisen«, antwortete er.

Halvard rutschte vom Tisch und nahm mir den Löffel ab, um damit den Fisch in dem Topf über dem Feuer hin und her zu schieben. »Ich verspreche, dich nicht zu töten, wenn ich dich mal im Kampf treffe.« Er hörte auf zu rühren und sah mich an.

Ich konnte mir das Lächeln nicht verkneifen. Dann versuchte ich, ihn mir auf dem Schlachtfeld vorzustellen, und fragte mich, wie lange Halvard wohl überleben würde. In fünf Jahren war er alt genug für die Kampfsaison. Aber er hatte etwas Sanftes an sich. Etwas, das in einem Kampf nicht hilfreich war. Ich fragte mich auch, was ich tun würde, wenn ich ihn dort sähe, auf der Seite der Gegner.

Das Lächeln verschwand aus meinem Gesicht, und ich schluckte.

Nachdem ich die Schüsseln auf den Tisch gestellt hatte, zog ich mich mit meiner auf den Hocker in der Ecke zurück. Iri griff nach der vierten Schüssel und leerte sie wieder in den Topf. »Fiske ist nicht da.«

»Wo ist er denn hingegangen?« Halvard sah enttäuscht aus.

Iri beugte sich über seine Schüssel und schob sich einen großen Bissen in den Mund. »Nach den Netzen sehen.«

Ich umklammerte meinen Löffel fester, und mein Herz setzte für einen Schlag aus. Wenn Fiske die Netze kontrollierte, musste es in der Nähe einen Fluss geben. Und Flüsse liefen bergab. Ins Tal und weiter ins Meer. Wenn ich den Fluss entdeckte, konnte ich nach Hause finden.

Inge kam herein, ließ eine große Kiste auf den Boden fallen und stellte einen Korb voll Salbei auf den Tisch, bevor sie wieder hinausging. »Iri, du musst helfen, Kerling hereinzubringen.«

Er stand auf, verließ das Haus und ging den Weg hinunter, wo ein Mann mit langem blonden Bart neben einer schwangeren Frau stand. Ich begriff, dass das die Frau sein musste, von der sie schon gesprochen hatten: Gyda. Er hatte den Arm um ihre Schulter gelegt, und sie lehnte sich gegen ihn, um ihn aufrecht zu halten. Iri legte den anderen Arm des Mannes um seine Schulter, und gemeinsam bewegten sie sich langsam auf die Tür zu.

»Wie gut, dass du mal rauskommst!« Inge lächelte und machte Platz, damit Iri und Kerling durch die Tür passten.

Kerling hielt die Augen gesenkt und verzog das Gesicht vor Schmerz. Auf seiner Stirn standen Schweißperlen. Ein Hosenbein war unter dem Knie hochgebunden, weil die untere Hälfte des Beins fehlte. So was hatte ich schon gesehen. Es konnte eine Axt gewesen sein oder ein Sturz, bei dem er sich die Knochen gebrochen hatte, oder auch eine Entzündung.

Die Frau kam ebenfalls herein und blieb hinter Kerling stehen. Als sie die Hände auf seine Schultern legte, schüttelte er sie ab, ließ sich auf die Bank fallen und hob seinen Beinstumpf darauf. Inge setzte sich neben ihn und band das Hosenbein auf, schlug es zurück, sodass rot geschwollene Haut zum Vorschein kam, die mit vielen Stichen im Zickzack zusammengenäht worden war.

»Kompresse, Iri.« Sie beugte sich tiefer darüber, um die Wunde genauer zu betrachten, während Iri den Kessel vom Feuer nahm und eine große Holzdose voller Kräuter vom Regal holte.

»Wie fühlst du dich?« Inge schaute auf und in Kerlings Gesicht.

Er erwiderte ihren Blick und presste die Fäuste an sein Bein. »Wie ein halber Mann.«

Inge sah zu Gyda, die auf den Boden starrte. »Ich weiß nicht, wie du diese Verwundung überlebt hast. Thora war dir gnädig.«

Kerling blickte ins Feuer. »Oder sie hat mich verflucht.«

Iri zog ein Tuch aus einer Schale mit dampfendem Wasser und

sah Kerling an. Inzwischen hatte Gyda mich entdeckt, und ihre wütenden Augen füllten sich mit Tränen. Sie biss die Zähne zusammen. Ich holte die auseinandergefalteten Tücher vom anderen Ende des Tischs und setzte mich neben das Feuer, wo ich sie nacheinander faltete und auf meinen Schoß legte, während Gyda mich immer noch mit ihrem Blick durchbohrte.

Iri half, Kerling einen frischen Verband anzulegen, und begleitete ihn hinaus. Als die beiden draußen waren, legte Inge ihre Hände an Gydas Bauch und drückte sanft. »Es wird bald so weit sein.«

Gyda antwortete nicht, aber sie verzog das Gesicht, und ihre Mundwinkel wanderten nach unten.

»Ich werde bei dir sein. Du hast nichts zu befürchten.« Inge lächelte.

Doch das stimmte nicht, und wenn ich es wusste, dann wusste es auch Gyda. Dass eine Frau im Kindbett starb, war genauso wahrscheinlich wie ihr Tod auf dem Schlachtfeld. Und Gyda sah aus, als hätte sie schon mehr als einen Kampf erlebt.

»Er will das Kind nicht mehr«, flüsterte sie.

Inge seufzte. »Warum glaubst du das?«

Gyda legte die Hände auf ihren gewölbten Bauch. »Weil er gar nichts mehr will.«

Inge blickte hinaus, wo Kerling und Iri sich dem Haus auf der anderen Seite des Pfades näherten. Bevor sie noch etwas sagen konnte, drehte sich Gyda um und folgte ihnen.

Inge blieb in der Tür stehen. Die Sorge, die in ihren Augen zu lesen war, ließ sie den Mund zu einem Strich verziehen. Ihre Finger waren fest ineinander verschränkt. Ich hatte schon in Hylli mit angesehen, wie Verwundete ihren Lebenswillen verloren. Sie kannte das vermutlich auch.

Sie räusperte sich. »Hast du schon einmal Knoblauch gepresst?« Sie rollte die Ärmel ihres Kleids hoch und schloss die Tür.

»Manchmal«, antwortete ich. »Zum Kochen.« Ich sah, wie sie die Kiste der weißen Knollen, die sie gesammelt hatte, herüberschob.

Dann stellte sie einen großen Steinmörser mit Stößel vor mich auf den Tisch. »Wir schälen und pressen ihn. Zum Schluss füllen wir ihn ab.« Als sie ein Messer auf den Tisch legte, zuckte meine Hand. »Ich schäle, du mörserst.« Sie grinste. Es wäre ihr nicht in den Sinn gekommen, mir das Messer zu überlassen. »Wie alt bist du, Eelyn?«

Ich versuchte, in ihrer Miene zu lesen, aber sie konzentrierte sich auf ihre Arbeit. Es war das erste Mal, dass sie meinen Namen benutzte. Das gefiel mir nicht. »Siebzehn.«

»Hast du eine Familie in Hylli? Von dort stammst du doch, oder? Aus Hylli?«

Ich nickte und musterte sie. Wieso wusste sie, woher ich kam? Iri hatte es ihr bestimmt nicht gesagt. »Nur meinen Vater.«

Sie schwieg ein paar Minuten. Als der scharfe Geruch des Knoblauchs das ganze Haus erfüllte, stand sie auf und öffnete die Tür, um frische Luft hereinzulassen.

»Wusstest du, dass Iri ein Aska ist?«, fragte sie, als sie sich wieder hinsetzte.

Ich nahm mir eine Handvoll Knoblauchzehen und legte sie in den Mörser, während ich versuchte herauszuhören, was sie nicht aussprach, sondern sorgsam hinter ihren Worten versteckte.

»Er und Fiske hätten sich vor fünf Jahren fast gegenseitig umgebracht.«

Ruckartig schaute ich hoch.

»Es war in der letzten Kampfsaison. Sie kämpften miteinander und fielen dabei in eine tiefe Erdspalte.«

Ich schluckte und blinzelte heftig.

»Fiske brach sich ein Bein und einen Arm. Iris Seite war von Fiskes Schwert aufgeschnitten. Mein Mann suchte zwei Tage nach Fiske, bis er ihn endlich fand. Er hielt ihn für tot.« Sie holte scharf Luft. »Aber er wollte seinen Leichnam verbrennen. Also kletterte er in die Spalte hinunter. Dort stellte er fest, dass Fiske noch am Leben war.« Ihre Augen suchten meine. »Genauso der Junge, mit dem er gekämpft hatte. Aber sein Leben war nur noch ein schwacher Hauch. Fiske wollte Iri nicht zurücklassen. Er flehte seinen Vater an, ihn zu retten.« Sie wischte sich eine Träne fort. »Iri war so schwer verwundet, dass niemand glaubte, er würde überleben.«

Ich versuchte, die Tränen in meinen Augen wegzublinzeln. »Wie habt ihr ihn gerettet?«

Sie legte das Messer auf den Tisch und sah mich an. »Sie haben ihn hereingetragen, und seine Wunde war so tief, dass seine Organe zu sehen waren. Ich war mir sicher, dass er sterben würde. Aber das tat er nicht. Irgendwie waren wohl nur seine Haut und die Muskeln durchtrennt, aber die Organe und wichtigen Adern unversehrt geblieben. Jedenfalls nähte ich ihn zusammen, und dann dauerte es sehr lange, doch er wurde wieder. Und so wie er gesundete, gesundete auch Fiske.«

»Und warum ist er dann kein *Dýr*?«, fragte ich mit scharfer Stimme.

Sie schwieg einen Moment. »Das sollte er werden. Aber er war so schwer verletzt, dass wir ihn hier, bei uns zu Hause, behalten und ihn Tag und Nacht versorgen mussten. Ich bin mir gar nicht sicher, wie es geschehen ist, aber er wurde ein Teil unserer Familie. Fiskes Zuneigung zu ihm wurde auch zu unserer.« Ihre Augen schimmerten wieder feucht.

»Dann ist Iri jetzt ein Riki?«

Sie nickte. »Das ist er. Er hat seine Vergangenheit hinter sich gelassen. Es brauchte Zeit, aber die Riki haben ihn akzeptiert. Die Götter sind in dieser Hinsicht manchmal schon komisch.«

Ich sah sie aus leicht zusammengekniffenen Augen an. »Wie meinst du das?«

»Ich meine, dass sie manchmal auf außergewöhnliche Weise Familien zusammenbringen.« Sie stand auf, um noch mehr Knoblauch zu holen. *»Fjotra«*, sagte sie leise.

»*Fjotra* sind Blutsbande. Die beiden sind aber keine Brüder«, verbesserte ich sie.

»Das ist *Munstrǫnd Fjotra. Sál Fjotra* ist eine Seelenverwandtschaft.«

Ich starrte sie nur an.

»Diese Bindung entsteht, wenn eine Seele gebrochen ist. Durch Schmerz, Verlust und ein gebrochenes Herz. Dann ist man durch etwas verbunden, das tiefer geht, als wir sehen können. Das hat Iri zu einem Familienmitglied gemacht.«

Ich versuchte nicht mehr, die Tränen zurückzuhalten. Weil ich genau wusste, wovon sie sprach. So eine Bindung hatte ich zu Mýra. Aus Trauer entstanden.

Iri und Inge verband nicht dasselbe Blut, aber Iri sah in ihr seine Mutter. Sie empfand für ihn wie für einen Sohn. Und ich musste sie nicht fragen, wie sie es fertiggebracht hatte, ihn zu lieben. Iri war auf eine Weise reinen Herzens, wie ich es nie gewesen war. Und er war mutig. Er fürchtete sich nie davor, zu lieben oder etwas von sich selbst zu geben. Schon immer hatten Menschen sich zu ihm hingezogen gefühlt, und ich war stolz gewesen, seine Schwester zu sein. Aus den gleichen Gründen liebte Inge ihn.

Ein Schatten kam zur Tür herein, und als ich aufblickte, war es Runa mit einem über den Kopf gezogenen Umhang. Sie sah mich ein wenig misstrauisch an, als sie ein kleines Bündel Holz auf den Tisch legte. Ich erkannte es sofort – heiliges Holz. Meine Hände blieben reglos auf dem Mörser liegen, bevor ich den Blick senkte und mich daran erinnerte, wie sie und Iri sich beim *Adalgildi* berührt hatten. Wie sie ihn mit rosigen Wangen und Wärme im Blick angesehen hatte.

Sie nahm den Korb mit Salbei vom Tisch und wusch die Zweige in einer Wasserschüssel. Als sie damit fertig war, trocknete sie die Blätter behutsam mit einem Tuch und band sie zu Büscheln zusammen, die neben dem Feuer an die Wand gehängt wurden.

»Wozu dient das alles?«, fragte ich.

»Zum Heilen«, antwortete Runa. »Der Knoblauch ist für Wunden und solche Dinge. Der Salbei hilft bei Problemen mit Haut, Zähnen, dem Magen …«

»Und die hier?« Ich deutete mit dem Kopf auf Himbeerranken, an denen jedoch keine Beeren mehr hingen.

»Die sind für Gyda. Wir brauchen sie, wenn das Baby kommt.« Sie band ein weiteres Büschel Salbei zusammen und hängte es auf. »Habt ihr in Hylli auch eine Heilerin?«

Ich nickte, sah sie aber nicht an.

»Ich lerne jetzt schon fast vier Jahre lang bei Inge.«

»Sie ist bereit, ohne mich zurechtzukommen«, erklärte Inge und lächelte stolz.

Runa errötete. Als sie sich zum Feuer umdrehte, streckte ich langsam die Hand nach einem Stück heiligem Holz auf dem Tisch aus.

»Wir brauchen mehr Gefäße«, seufzte Inge.

Ich ließ die Hand zurück in meinen Schoß sinken.

»Ich bin gleich zurück.«

Als ich mich wieder auf den Knoblauch im Mörser konzentrierte, hielt ich den Arm an meinen Oberkörper gepresst, um das Schultergelenk zu schonen.

»Du und Iri, ihr seid wohl …« Ich war mir nicht sicher, welchen Ausdruck ich verwenden sollte.

»Ja.« Aber sie klang nicht mehr so fröhlich. Eher bereit, sich zu rechtfertigen.

»Und darum ist er …«

»Vielleicht spielte das auch eine Rolle. Ich weiß es nicht.«

Ich beugte mich über den Tisch und sah sie direkt an. »Warum seid ihr dann nicht verheiratet?«

»Das werden wir bald sein. Mein Vater wollte warten, bis er von Aurvanger zurück war.« Ihre Stimme wurde weicher. »Er wollte es dir sagen.«

Ich machte mich wieder an die Arbeit. Iris Absichten interessierten mich nicht. Er hatte sich von uns abgewandt. Hatte sich eine neue Familie gesucht und schuldete mir nicht das Geringste.

18. KAPITEL

Am nächsten Morgen lagen ein Stück heiliges Holz und ein kleines, einfaches Schnitzwerkzeug neben meiner Pritsche. Inge musste also gesehen haben, wie ich danach hatte greifen wollen, und es mir hingelegt haben. Nicht zum ersten Mal bemerkte ich, dass sie mehr sah, als man glaubte.

Ich saß mit gekreuzten Beinen neben dem Garten und hobelte die Holzspäne wie Locken von dem groben Block ab. Sie fielen vor mir auf den schneebedeckten Boden. Fiske stand mit Halvard neben dem Haus und beaufsichtigte dessen Versuche im Axtschleudern. Seit *Adalgildi* hatte er sich von mir ferngehalten und auf die Pflichten konzentriert, die ich inzwischen als seine erkannt hatte. Er blieb meist im Schatten, als wäre er gar nicht da. Seine Anwesenheit war dennoch spürbar. Lastend und drückend, geräuschlos, aber lebendig. Und scheinbar allgegenwärtig. Die ganze Zeit über.

Fiske trat zurück, behielt Halvard aber genau im Blick, bevor der einen Schritt nach vorn machte und die Axt in seiner Hand erst hinter dem Kopf senkte und dann den Arm nach vorn riss und sie wegschleuderte.

Sie traf den Stamm einer Fichte. Das laute Geräusch des Aufpralls war mir so vertraut, dass es an dem Gewirr der Erinnerungen in mir zerrte. Ich biss mir auf die Lippe und beobachtete, wie er wieder und wieder warf und dabei leise Anweisungen von Fiske bekam, bevor er die Axt in die andere Hand nahm. Ich erkannte schon an der Art und Weise, wie er sie hielt, dass das nicht sein starker Arm war.

Halvard ließ seufzend den Kopf hängen, nachdem nur der Axtstiel den Stamm getroffen hatte und die Waffe zu Boden gefallen war.

»Noch mal«, befahl Fiske, ging auf den Baum zu und hob die Axt auf.

Noch mal.

Ich hörte in meinem Kopf Iris Stimme.

Noch mal, Eelyn.

Halvard schüttelte seinen Arm aus, bevor er es erneut versuchte, beklagte sich aber nicht. Er hielt beim Werfen den Ellbogen zu tief. Diesmal verfehlte er den Baum, und die Klinge glitt links an der Rinde ab.

Fiske ging mit der Axt in der Hand auf ihn zu, schaute aber über meinen Kopf hinweg auf irgendetwas hinter mir. Ich drehte mich um und sah Gyda auf dem Weg stehen. Ihr langes schwarzes Haar war zu Zöpfen geflochten, die ihr über die Schultern bis auf den runden Bauch hingen, den sie mit den Händen umfasste. Sie starrte mich mit demselben Hass an wie am Vortag.

Ich wischte mir die Späne vom Schoß und benutzte das gebogene Metall, um das Holz am oberen Ende abzurunden. Das Abbild meiner Mutter, das mein Vater besaß, war so abgenutzt, dass das Holz dunkelgrau und glatt geworden war. Er hielt es ja auch jeden Abend in seinen rauen Händen, während er Gebete für die Seele meiner Mutter flüsterte. So wie ich es für Iri getan hatte. Dann hatten wir die Holzfiguren getauscht, während wir in unserem nur vom Feuer erhellten Haus am Fjord knieten. Ich hob das Holz an meine Nase und atmete den frischen, kräftigen Duft ein. Ich war immer davon überzeugt gewesen, dass die Seele meiner Mutter es nach *Sólbjǫrg* geschafft hatte. Dass sie und Iri dort vereint waren.

Fiske ließ Halvard die Axt so lange werfen, bis er dreimal nacheinander die gewünschte Stelle traf. Als er ihn entließ, kam der Junge zu mir gelaufen, schlitterte über den Schnee und landete schließlich genau neben mir am Boden. Seine Knie berührten meine, als er sich die Figur ansah.

»Ist das dein Bruder? Der, der tot ist?« Unter dichten Wimpern blickte er zu mir hoch. Seine Augen waren blau wie Fiskes, aber trotzdem anders. Dunkler. Wie ein Gewitterhimmel.

»Meine Mutter.« Ich gab ihm das Holz, und er drehte es vorsichtig in den Händen.

Er lächelte.

»Was?«

Er zuckte nur mit den Schultern und reichte es mir zurück. »Es gefällt mir.«

»Hast du keins für deinen Vater?«

Er schüttelte den Kopf und verzog enttäuscht den Mund.

»Warum nicht?«

»Das ist bei uns nicht üblich«, mischte Fiske sich ein und blieb neben uns stehen.

Ich blickte wieder auf die halb fertige Figur. Kopf und Schultern waren schon zu erkennen, aber der Rest noch ein Stück Holz. Halvard griff in seine Weste und holte etwas heraus. Als er die Hand öffnete, lag ein runder, flacher Stein darin. Es waren Worte hineingeritzt, die ich nicht lesen konnte. Die gleichen, die ich Iri vor *Adalgildi* in seine Weste hatte stecken sehen.

»Was steht da drauf?«

»*Ala Sál.* Seelenträger«, sagte er stolz. »Das ist mein Taufr.«

Ich nahm den Stein und drehte ihn in meiner Hand. »Was bedeutet das?«

»Er beschützt mich.«

»Wie?«

»Man gibt es jemandem, den man beschützen will. Es teilt den Göttern mit, dass du die Seele von jemand anderem trägst. Meine Mutter hat es für mich gemacht.«

Fiskes Schatten glitt über mich, als er zum Haus ging. Er nahm das Netz von dem eisernen Haken, über dem es hing. Anscheinend wollte er zum Fluss.

»Ich …«, rutschte es mir heraus, als er auf den Pfad zurückkehrte. Schnell presste ich die Lippen aufeinander und schloss die Finger fest um die Holzfigur in meiner Hand.

Aber da sah er mich schon mit dem Netz in der Hand an. »Was gibt's?« Er klang gar nicht so grimmig wie sonst.

Ich biss mir auf die Lippe. »Ich kann dir mit dem Fisch helfen.«

Er sah eher überrascht aus, und einen Moment lang dachte ich, er könne mich durchschauen. Wüsste vielleicht, was ich im Schilde führte. Er verlagerte sein Gewicht nach hinten und schaute erst zu Boden, dann in die Baumwipfel hinauf. Er drehte das Netz in den Händen. »Na gut.«

Halvard stöhnte, ließ sich aus dem Sitzen rückwärts in den Schnee fallen und breitete dabei die Arme aus.

»Komm doch auch mit.« Ich stand auf und schob die Holzfigur in meine Weste.

»Ich muss wegen Gyda dableiben. Falls das Baby kommt.« Sein Blick wanderte zu ihrem Haus, aber sie war schon wieder verschwunden.

Ich stupste ihn sanft mit dem Stiefel an und musste grinsen. Dann zog mich mir die Kapuze meines Umhangs über den Kopf und folgte Fiske. Ich bemühte mich, ihn einzuholen, aber er verlangsamte seine Schritte nicht für mich. Als ich ihn erreicht hatte, führte der Weg auch schon aus dem Dorf hinaus, und die Bäume standen dichter. Die Fichten waren so hoch, dass ich ihre Wipfel nicht sehen konnte. Sie bewegten sich im Wind, und die Zweige schoben sich ineinander, während die Stämme knarzten. Ich hielt den Blick nach oben anstatt nach vorn gerichtet, um mir die Form der Bäume einzuprägen, damit ich den Weg auch in tiefem Schnee allein fände.

Es ging in Serpentinen durch den Wald, bis ich den Fluss hören konnte. Wir überquerten einen Felsrücken, und er verlief wie eine Ader unter der Haut tief in der Erde unter uns. Das Wasser floss so schnell, dass die Gischt bis zu uns heraufspritzte. Ich schob meine Kapuze zurück und betrachtete alles. Der Fluss beschrieb vor uns eine Biegung und verschwand dann aus dem Blickfeld. Irgendwann musste er das Meer erreichen. Wenn ich seinem Lauf folgte, würde er mich vom Berg herab ins Tal führen.

»Das ist nicht der Weg nach unten«, sagte Fiske neben mir, und ich schaute erschrocken hoch. »Versuch es, wenn du willst, aber du wirst es nicht überleben.«

Ich blickte wieder aufs Wasser. Er musste lügen. Der Fluss musste doch vom Berg hinabfließen.

Fiske trat ans Ufer zu zwei großen flachen Felsen, die er zum Überqueren nutzte. Ich raffte meinen Umhang und folgte ihm vorsichtig durch das tobende Wasser. Als ich den zweiten Fels erreicht hatte, hielt er mir seine Hand hin, die ich ergriff, bevor ich in den tieferen Schnee am anderen Ufer sprang.

Wir gingen ein Stück weiter flussabwärts, wo ein großer Holzpfosten in der Erde steckte. Ein Seil war darumgebunden und verschwand unter der hier zugefrorenen Wasseroberfläche. Er holte seine Axt hervor und zerschlug das Eis, ging dann in die Hocke und band das Seil los. Dabei hatten seine Finger mit dem nassen Knoten zu kämpfen.

Wir benutzten am Fjord auch immer Netze, aber nicht auf diese Weise. Dieses war seitlich über die Breite des Flusses aufgestellt wie zum Trocknen in der Sonne aufgespannte Tierhaut. »Ist das ein Netz?«

»Ja.« Knurrend befreite er das Seil und schlang es sich fest um die Hand, bevor er es langsam gegen die Strömung anhob. Er verzog das Gesicht und spannte die Muskeln an Nacken und Schultern an, um es ganz hochzuziehen, doch es hing fest. Das Ende des Seils hatte sich in den Zweigen eines umgestürzten Baums verheddert.

»Es hängt.«

Er schaute hinunter und hielt das Netz weiter gegen den Strom des rauschenden Wassers fest. »Kommst du da hin?«

Ich öffnete meinen Umhang und warf ihn auf den Schnee.

Dann ging ich um ihn herum und hockte mich zwischen ihn und den Baum, der halb unter der Wasseroberfläche verschwand.

Ich holte tief Luft und tauchte den Arm hinein. Dann tastete ich nach dem Seil, bis mir das Wasser an die Schulter reichte. Endlich fand ich es und riss mit zusammengebissenen Zähnen daran.

Es löste sich, und Fiske verlagerte sein Gewicht, bis er das Netz voller silberner Fische über die Wasserfläche gehoben hatte. Ich griff nach der anderen Seite des Netzes, und wir zogen es ans Ufer, wo die Fische in den Schnee fielen.

Da lagen sie zappelnd, starrten mit aufgerissenen Augen und schnappenden Mäulern zu mir hoch, während Fiske bereits auf den Knien das mitgebrachte andere Netz befestigte.

»Er bedeutet Fisch.«

Er schaute mich an und erhob sich mit gerunzelter Stirn.

»Dein Name. Er bedeutet Fisch, oder?«

Es knackte laut hinter uns, ich drehte mich um, und das Herz schlug mir bis zum Hals, als ich instinktiv einen Schritt Richtung Wasser zurückwich. Zwischen den Bäumen stand ein riesiger Braunbär auf seinen Hinterbeinen und starrte uns an. Meine Hand tastete nach Fiskes Arm, an den ich mich klammerte. Meine Fingernägel gruben sich in seine Tunika. Er schaute über die Schulter, und sein Körper spannte sich augenblicklich an.

Das hohle Keuchen des Bären hallte um uns herum und erzeugte weiße Wölkchen um seine Schnauze. Er ließ sich auf die Vorderbeine fallen und bewegte sich mit schnuppernder Nase auf uns zu. Fiske erstarrte, und in seinen Augen leuchtete etwas auf, das ich nur zu gut kannte. Denn es pulsierte auch durch meinen ganzen Körper – der nahende Tod. Es drang wie ein Flüstern an mein Ohr. Ich kannte das Gefühl schon seit meiner Kindheit, seit die Herja aus dem Wald gekommen waren und Hylli überfallen hatten.

Fiske legte eine Hand auf meinen Arm und zog mich langsam mit sich, während der Bär näher kam. »Nicht weglaufen.« Er sagte das so leise, dass ich ihn gegen das Pochen in meinen Ohren kaum hörte.

Wir konnten sowieso nirgends hinlaufen. Der halb zugefrorene Fluss strömte hinter uns, und der Bär war vor uns. Er kam immer näher. Fiske zog mich hinter sich, und meine Fersen versanken im Wasser. Ich beugte mich zur Seite, um an ihm vorbeizuschauen, und hielt den Atem an. Der Bär war jetzt so nah, dass Fiske die Hand ausstrecken und ihn berühren konnte. Das Sonnenlicht verwandelte die Haarspitzen seines braunen Pelzes in Gold und umgab den herzförmigen Kopf des Tiers wie ein Fächer. Die schwarze Nase am Ende seiner Schnauze glänzte. Er reckte sich nach vorn und schnüffelte an Fiskes Brust. Ich umklammerte seine Weste so fest, dass meine Finger zwischen dem geflochtenen Leder gefühllos wurden. Während ich weiter an ihm vorbeispähte, blieb mir das Herz fast stehen.

Denn nun richtete der Bär seinen Blick auf mich. Weit und tief und offen. Er sah mich richtig an.

Er kam noch näher und schob die Schnauze an Fiske vorbei. Es gelang mir, nicht nach Luft zu schnappen, als der Bär innehielt und seine riesigen Pranken tiefer in den Schnee sanken. Fiske presste seinen Rücken gegen mich. Ich drückte meinen Mund an seine Schulter und erwiderte den Blick des wilden Tiers. Es war, als würde es gleich sprechen. Als wolle es mir etwas mitteilen. Seine schwarzen Augen glitzerten und bohrten sich fast in meine. Es lief mir eiskalt den Rücken hinunter und kribbelte bis in die Fingerspitzen.

Ohne Vorwarnung senkte der Bär schließlich den Kopf, schnappte sich mit dem Maul einen Fisch und machte kehrt. Er schaute nicht einmal mehr zu uns zurück, und die Farbe seines dichten Pelzes veränderte sich im Licht.

Fiske entspannte sich, aber ich klammerte mich noch immer an ihn, weil ich das Gefühl hatte, sonst einfach umzufallen. Als könnte das Zittern meiner Beine mich ins Eis einbrechen lassen.

Wir warteten, bis der Bär außer Sichtweite war, bevor wir uns rührten. Bevor wir wieder atmeten. Schließlich ließ Fiske meinen Arm los und wandte sich mir zu. Dann öffnete er die Lippen, wich einen Schritt zurück und sah mich fragend an.

Die Fische am Boden zu unseren Füßen schlugen mit den Schwänzen. Als ich den Blick über das Ufer bis zum Waldrand schweifen ließ, war nichts zu sehen. Nur die Spuren waren zurückgeblieben. Wie ein verschlungener Pfad zwischen den Bäumen.

19. KAPITEL

In meiner Fantasie folgte ich dem Pfad durch den Wald zum Fluss.

Ich saß in der Ecke, aß etwas und schaute zur Wand.

Ich blieb für mich.

Ich erledigte die Hausarbeit ohne Anweisung von Inge.

Ich gehorchte. Wie eine Dýr.

Iri blieb in meiner Nähe, verließ kaum das Haus, und ich beachtete ihn nach wie vor nicht. Wenn er und Inge über die Verlobung sprachen, ging ich die Ziegen füttern. Wenn er anbot, für mich das Feuerholz zu holen, drängte ich mich an ihm vorbei und schleppte es selbst hinein.

Im Garten neben dem Haus warf ich mich auf die Knie und bearbeitete den Boden mit einem kleinen Spaten. Ich zog die im Herbst verkümmerten Wurzeln heraus, die immer noch in der Erde steckten. Unter meinen Hieben zerbröckelte der kalte, steinige Boden, und ich riss die Pflanzenüberreste, Gewächs für Gewächs, aus. Bald würde die Zeit kommen, neu auszusäen. Mein Vater würde das Gleiche machen. Er würde in unserem Garten Dung aufbringen und alles für die Steckrüben und Karotten vorbereiten. Ich hockte auf den Fersen, kratzte mich mit dem Daumen zwischen den Augen und blickte hinauf zu dem Streifen weißer Wolken auf dem blauen Himmel. Unmöglich, dass dies derselbe Himmel war wie über dem Fjord. Mein Zuhause schien Welten entfernt. Obwohl sich zwischen hier und Hylli bloß Eis und Schnee befanden.

Gegenüber breitete Gyda Kleidungsstücke zum Trocknen auf dem Zaun aus, der ihren Garten umgab. Auf der anderen Seite ihres Hauses saß Kerling auf einem Baumstumpf und hatte die Hand auf das Knie über seinem fehlenden Unterschenkel gelegt. Er wandte sein blasses Gesicht zum Himmel, und das Sonnenlicht fiel leuchtend auf seinen hellen Bart, sodass dieser aus Goldfäden zu bestehen schien. Den ganzen Morgen hatte er dort gesessen und zum Wald geblickt. Doch erst jetzt, da er sein Gesicht mit geschlossenen Augen der Sonne zugewandt hatte, erkannte ich ihn. Er war einer derjenigen, die auf der Rückreise von Aurvanger in die Berge in dem Wagen vor mir gelegen hatten.

Iris Schatten fiel auf mich, als er auftauchte und sich neben mich stellte.

»Ist er dein Freund?«, fragte ich und schaute immer noch zu Kerling.

Iri folgte meinem Blick. »Ja, ist er.« Als ich nicht zu ihm sah, bückte er sich, ging in die Hocke und wartete mit gefalteten Händen. »Eelyn.«

Ich hielt den Spaten fest mit beiden Händen am Stiel, versenkte ihn in der Erde, und die Schaufel krachte gegen einen unterirdischen Stein.

»Schau mich an.«

Ich grub den Stein aus, warf ihn zur Seite und hätte beinahe Iri getroffen.

»Ich weiß, du bist wütend.«

Aber ich war gar nicht wütend. Ich stand vor Zorn in Flammen. Etwas übermäßig Dunkles vergiftete mich von innen nach außen. Ich hielt den Spaten hoch und deutete damit auf Iri. »Wie konntest du das nur tun? Wie konntest du nur all die Zeit hier ein neues Leben mit einer neuen *Familie* führen?«

Er sah auf die Erde zwischen uns. »Ich kann es nicht erklären …«

»Ich weiß von Fiske«, fauchte ich. »Ich weiß, er war an diesem Tag auch da. Er war derjenige, der mit dir in die Erdspalte gefallen ist.«

Iri blickte sich argwöhnisch um. Als könnte sich jemand in der Nähe befinden, der mich hören könnte. Aber das war mir gleich.

»Erzähl mir, was passiert ist.« Wieder traten Tränen in meine Augen, und das machte mich noch zorniger. Denn sosehr ich es mir auch wünschte, ich konnte nicht verbergen, dass ich verletzt war. Ich konnte nicht verbergen, dass er mich mit seinem Verhalten tief getroffen hatte.

Iri sank neben mir auf die Knie, nahm mir den Spaten ab und begann zu graben. »An dem besagten Tag wurde ich im Kampf von dir getrennt. Fiske war hinter mir aus dem Wald gekommen und hatte mit dem ersten Schwingen seines Schwertes meine komplette Seite erwischt. Du hast in einiger Entfernung gekämpft. Im Nebel konnte ich dich kaum noch ausmachen.«

Ich starrte auf den Boden und dachte an sein leuchtendes Blut und seine sanft perlmuttfarbene Haut, dort, wo sich die Narbe über die gesamte Seite seines Körpers schlängelte.

»Ich ließ meine Axt fallen, stolperte vorwärts und versuchte, die Wunde zusammenzuhalten. Ehe ich mich versah, fiel ich über die Kante der Erdspalte. Ich griff um mich, bekam Fiskes Panzerweste zu fassen und riss ihn mit mir in die Tiefe. Ich erinnere mich an deinen Schrei. Aber ich konnte mich nicht bewegen. Ich konnte keinen Laut von mir geben.« Iri hebelte einen weiteren Stein aus dem Boden. »Als ich zu mir kam, versuchte Fiske gerade, mit einem Arm und auf einem Bein die Wand der Erdspalte hinaufzuklettern. Dazu benutzte er sein Messer, rammte es in die Felsen und zog sich daran aufwärts. Doch jedes Mal fiel er wieder herunter. Er dachte, ich sei tot. Und ich dachte, ich sterbe. Ich konnte *spüren*, wie meine Seele starb. Daran erinnere ich mich. Und ich erinnere mich an jeden Gedanken, der mir in den Sinn kam, und an jedes einzelne Gefühl. Als die Nacht hereinbrach und ich schließlich die Augen schloss, dachte ich, das sei mein Ende.« Er hielt kurz inne und blickte in den Dreck vor ihm. »Aber das stimmte nicht. Ich erwachte wieder, und es war Morgen. Zuerst dachte ich, ich würde träumen. Oder dass ich es vielleicht nach *Sólbjǫrg* geschafft hätte. Doch neben mir kniete Fiske und legte Schnee auf meine Wunde.« Iri schniefte und wischte sich mit der Innenseite seines Unterarms über die Augen. »Er blickte zu mir herab. Sein Gesicht war blass, und seine Augen waren rot und geschwollen. Er sagte: Wir werden nicht sterben, Aska.«

Ungläubig starrte ich Iri an.

»Zwei ganze Tage hielt er mich am Leben. Sein Vater fand uns, und als er zu uns herunterrief, schwor Fiske mir, mich nicht zurückzulassen. Und das hat er nicht. Als man uns aus der tiefen Spalte gezogen hatte, waren wir Brüder. Am Tag unserer Schlacht hat Sigr mich verlassen, Eelyn. Thora hat mir das Leben gerettet. Ich war wiedergeboren. Ich kam hierher nach Fela, und mir war es lange Zeit nicht bewusst, aber ich wurde zu einem von ihnen. Inge wurde meine Mutter. Ich habe mich in Runa verliebt. Thora ehrte mich. Sie erwies mir ihre Gunst.«

Und obwohl ich es mir kaum vorstellen konnte, verstand ich, was er sagte, weil ich es ihm ansehen konnte. Er hatte hier seinen Platz gefunden, und er passte hierher.

»In deinen Adern fließt immer noch Aska-Blut. Du gehörst immer noch zu *meiner* Familie.«

»Ich werde immer dein Bruder sein. Ich bin ein geborener Aska. Aber jetzt bin ich etwas anderes.«

»Du bist weder Riki noch Aska, Iri. Du kannst nicht beides sein. Hast du Runa gesagt, wer ich bin?«

Er wagte nicht, mich anzusehen. »Ja.«

»Wie lange wird es dauern, bis sie es irgendwem erzählt und man uns beide töten wird?«

»Runa würde das niemals tun.«

»Also ich werde nicht lange genug bleiben, um es herauszufinden. Ich werde nach Hause gehen. Mit dir oder ohne dich. Ich werde auf keinen Fall auf die Schneeschmelze warten.«

Er fuhr sich mit der Hand durch das Haar. »Dann wirst du sterben.«

»*Vegr yfir fjor*, Iri. Ehre vor Leben«, sagte ich kraftlos. »Hast du nicht an mich gedacht?«

»Ich habe jeden Tag an dich gedacht.« Iri beobachtete, wie ich mir die Tränen aus dem Gesicht wischte. »Fiskes Vater gab mir die Wahl, gegen einen Gefangenen eingetauscht zu werden und zu den Aska zurückzukehren, Eelyn.«

»*Was?*« Ich spürte geradezu, dass mir seine Worte den Verstand raubten.

»Ich konnte nicht gehen. Ich konnte diesen Ort nicht verlassen.« Er griff nach meiner Hand. »Der Weg meiner Seele hat eine unerwartete Richtung eingeschlagen, genau so, wie es auch bei dir der Fall ist.«

»Das ist nicht das Gleiche.« Ich blickte ihn böse an. »Ich will nach Hause.«

»Ich weiß. Aber du wirst nie mehr die Alte sein. Du wirst niemals mehr der gleiche Mensch sein wie zuvor.« Er machte eine Pause und fuhr dann fort: »Du erkennst die Wahrheit. Ich sehe jeden Tag, wie du nachdenkst.«

»Welche Wahrheit?«

»Dass sie wie wir sind.«

Ich schlug die Hände vor das Gesicht und versuchte, seiner Aussage zu entkommen. Denn es fühlte sich an, als geriete die Welt aus den Fugen. Als würde alles, was ich jemals gelernt hatte, nicht mehr in diese Form der Welt passen.

»Was denkst du jetzt?«

Die Bedeutung seiner Worte verteilte sich vom Kopf aus in meinen ganzen Körper. Meine Antwort war schlicht, aber wahr. »Ich denke, ich wünschte, du wärst an diesem Tag gestorben.«

20. KAPITEL

Fiske kehrte erst nach Einbruch der Dunkelheit zurück. Er trat gemeinsam mit Iri durch die Tür, hielt einen Korb voller ausgenommener Fische in der Hand und schaute mich nicht an. Seit wir am Fluss gewesen waren, hatte er mich nicht mehr angesehen, und aus irgendeinem Grund hatte er den anderen nicht verraten, was passiert war.

Auch Iri verhielt sich mir gegenüber kühl. Ich konnte erkennen, dass ihn der Ärger über mich fest im Griff hatte. Doch ich hatte gemeint, was ich gesagt hatte. Mehr, als ich es mir wünschte.

Inge nahm Fiske den Korb ab und nickte in meine Richtung. »Du musst die Fäden aus Eelyns Arm entfernen.« In einen weiteren Korb stellte sie nun die Gefäße mit dem Knoblauch, den wir zubereitet hatten. »Die hier müssen in den Keller, und dann gehen wir zu Runa.«

Fiske blickte stur zu Inge.

»Das hast du bereits Hunderte von Malen gemacht. Bei Sonnenaufgang beginnen wir mit der Arbeit an der Scheune.« Sie drängte sich an ihm vorbei, und Iri und Halvard folgten ihr nach draußen.

Als sich die Tür schwungvoll schloss, lehnte ich an der Wand und schaute zu Fiske. Er zog den Riemen des Schwertfutterals über den Kopf und legte es neben dem Feuer ab. Es gefiel mir nicht, mit ihm allein zu sein. Ich wünschte, Halvard wäre geblieben.

»Kerlings Scheune?«, fragte ich.

Fiske nickte. »Er hat die Pfosten für das Fundament gesetzt, bevor wir in die Schlacht zogen. Die Scheune muss fertig werden, damit sie Ziegen kaufen können, bevor das Baby kommt.« Er klang müde und atmete tief, als er sprach. »Wenn du dich setzt, werde ich sie dir entfernen.«

Er ging zu einer Holzkiste auf dem Bord an der Wand und hob den Deckel an. Dann fischte er ein kleines Metallwerkzeug hervor. Ich nahm nah am Feuer Platz, um mich warm zu halten. Jeden Tag wurde es kälter als am Tag zuvor, und meine Kleider waren nicht wie die der Riki.

Fiske setzte sich rittlings auf die Bank und rückte näher. Ich zog meinen Arm aus dem Ärmel meiner Tunika, aber als ich versuchte, ihn aus dem Halsausschnitt zu schieben, schaffte ich das nicht. Die Muskeln rund um den Knochen waren immer noch zu schwach, und es war schmerzhaft, den Arm dermaßen hochzuheben. Fiske griff meine Hand, und ich schreckte zurück, lehnte mich weg von ihm. Er ließ mich jedoch so lange an seiner Hand ziehen, bis mein Arm frei war. Als ich seine Finger losließ, fühlte ich noch immer seinen festen, heißen Griff auf meiner Haut.

Dann wandte ich mich zur Seite, damit er an die Stiche kam. Zuerst wollte ich ihn daran erinnern, dass es sein Schwert gewesen war, das mich derart verletzt hatte, doch stattdessen starrte ich einfach nur ins Feuer. Ich wollte ihn nicht ansehen. Ich wollte nicht spüren, wie er mich berührte. Er drückte seine Finger gegen meine Haut, nahm das Werkzeug in die Hand und schob es unter den ersten Stich. Vorsichtig zog er daran, bis der Faden nachgab.

»Du warst es. An diesem Tag«, sagte ich. »Du warst derjenige, der mit Iri in dieser Erdspalte gesteckt hat. Inge hat es mir erzählt.«

Fiske entfernte den nächsten Faden, und ich zuckte zusammen. »Ja«, entgegnete er.

»Wo ist dein Vater jetzt?«

Er ließ die Hand auf sein Bein sinken und sah mich an. »Er ist in *Friðr*.«

Ich kannte das Wort und wusste, was es bedeutete. Frieden. *Friðr* war der Ort der toten Riki.

»Er ist vergangenes Jahr an Fieber gestorben.« Obwohl sich

seine Stimme nicht verändert hatte, so doch der Ausdruck seines Mundes. Und etwas in seinen Augen.

»Warum hast du das getan?«, fragte ich. »Warum hast du Iri das Leben gerettet?«

Er richtete sich gerade auf und ließ der Stille zwischen uns mehr Raum, als versuchte er, für meinen Gedanken einen Platz zu finden. »Weil wir beide starben. Weil es das Ende war. Und am Ende wird das Leben wertvoll.«

Er schaute mich eine Weile stumm an, seine Augen wanderten über mein Gesicht, und ich konnte es fühlen – sein Blick strich über meine Haut. Als könnte er Iri in mir sehen. Oder etwas anderes. Meine erröteten Wangen brannten.

Fiske zog den letzten Faden heraus. »Iri …« Doch dann brach er ab.

Ich schob meinen Zopf vom Rücken über die Schulter. »Was?«

»Iri hatte nie vor hierzubleiben«, beendete er den Satz. »Anfangs nicht.«

»Ich weiß.« Ich wickelte die Haarspitzen meines Zopfs um die Finger. »Doch er ist geblieben.«

Fiske half mir, den Arm zurück in die Tunika zu schieben. Ich zitterte, plötzlich war mir kalt.

»Ich gehöre dir nicht«, erklärte ich.

»Ja, das tust du nicht.« Er blickte auf den Boden. »Doch ohne mich überlebst du den Winter nicht.«

»Ich habe doch schon gesagt: Ich werde nicht bleiben.« Unsere Blicke begegneten sich, und diesmal schaute ich nicht weg. Ich erwartete, etwas zu sehen, was mir missfiel. Eine Spur von dem Mann, den ich in Aurvanger versucht hatte zu töten. Aber es gelang mir nicht, hinter die Seele zu blicken, die Iris Leben gerettet hatte. Die Seele, die Eis auf seine Wunde gegeben und ihn nicht zurückgelassen hatte.

»Wir sollten auch das abnehmen.« Fiske schaute auf den Verband des Brandmals an meinem Hals.

Ich griff an die Stelle und berührte sie.

Behutsam zog er den Verband ab, und die plötzliche Kühle auf der Haut kribbelte.

»Tut es weh?« Er lehnte sich näher.

Mein Magen sackte nach unten und zog mein Herz mit sich. Der Puls in meinen Adern schlug auf einmal unregelmäßig. Fiske war mir zu nahe.

Ich stand auf, und die Bank unter uns kratzte über den Steinboden. Fiske blickte zu mir, und ich suchte nach Worten. Aber es war alles zu viel. Alles war viel zu tief vergraben. Ich fand keinen Zugang.

»Alles tut weh«, flüsterte ich.

Ich kletterte die Leiter zum Dachboden hinauf und begab mich zu meiner Pritsche. Tränen traten mir in die Augen, bis ich kaum mehr etwas sehen konnte. Ich wollte nach Hause. Ich wollte die Stimme meines Vaters hören und den Fjord sehen. Ich wollte die Narben unter der Halsfessel auslöschen und zu dem Moment zurückkehren, als ich Fiske auf dem Schlachtfeld begegnete. Ich wollte mich dazu bringen davonzulaufen.

Ich rollte mich auf der Pritsche zusammen und versuchte, so leise wie möglich zu sein, während ich weinte. Doch in mir wehrte sich etwas, das zu zornig war, um sich zu beruhigen. Die Verletzung war zu groß, um besänftigt zu werden. Der Schmerz war wie etwas Lebendiges, etwas, das atmete und versuchte, mich gänzlich zu verschlingen. Und vielleicht würde es ihm gelingen. Ich weinte, bis ich nicht mehr weinen konnte und nur noch das Knacken des Feuers zu hören war.

Unten im leeren Haus hockte Fiske nah am Feuer. Sein Schatten erstreckte sich über die Wand bis nach oben. Und er hörte zu, wie ich mich in den Schlaf weinte.

21. KAPITEL

Als die Sonne aufging, kehrte Fiske vom Fluss zurück. Halvard zog eine Werkzeugtruhe von der Wand heran und öffnete sie. Dann breitete er die einzelnen Werkzeuge nebeneinander auf einer Tierhaut aus. Als Fiske die Gegenstände überprüft hatte, rollte Halvard sie in das Leder, warf sie sich über die Schulter und stemmte sich gegen das Gewicht, sodass er in schräger Haltung zur Tür ging. Er öffnete sie, und ich konnte sehen, dass sich gegenüber bereits Riki versammelt hatten und einander in der Morgenkälte begrüßten.

Inge reichte mir einen Korb voller Fische, die immer noch kühl vom Wasser des Flusses waren. »Sie sind ausgenommen. Wenn die Sonne über uns steht, kannst du sie kochen und zu uns herüberbringen.«

Ich sträubte mich. Mein Blick wanderte zurück zu Kerlings Haus, wo sich die Anzahl der Clangefährten rasch vermehrte.

Inge, Fiske und Iri folgten Halvard zur Tür hinaus. Die Riki waren bereit zu arbeiten. Sie hatten die Felle fest um ihre Körper gebunden. Kinder liefen den Pfad entlang, jagten die Hühner, und ich lehnte mich an die Wand, um sie vom Fenster aus zu beobachten. Die Männer schleppten riesige Holzstämme aus dem Wald, und die Frauen hobelten sie ab, sobald das Holz auf dem Boden abgelegt wurde. Sie beugten sich tief über die gefällten Bäume und schabten mit langen, geraden Strichen über das Holz.

Ich säuberte den Eisentopf, der gewöhnlich über dem Feuer hing, kehrte die Asche aus der Feuerstelle und hörte den Menschen vor Kerlings Haus zu. Als das tiefe, kehlige Lachen von ein paar Männern das Dorf erfüllte, erstarrten meine Hände auf der harten Kante des Tisches, und mein Herz stolperte. Es klang zu vertraut. Zu sehr nach zu Hause.

Ich ging um das Haus herum auf die Rückseite, wo mich niemand sehen konnte, und wusch die Kleider, die Inge in einem

Korb gestapelt hatte. Vom kalten Wasser wurden meine Hände hellrot, und meine Knöchel versteiften sich, während ich die Stoffe auf dem Waschbrett bearbeitete. Wenn ich zu Hause wäre, würde ich die gleichen Dinge tun. Mit meinem Vater Fischen gehen oder zusammen mit Mýra Hausarbeit verrichten. Ich fragte mich, was sie wohl gerade tat. Ich fragte mich, ob sie wohl mit einer neuen Kampfgefährtin übte.

Am Fjord war der Winter meine Lieblingsjahreszeit. Alles war in eine glitzernde Eisschicht gehüllt. Jeder einzelne Grashalm funkelte in der Sonne. So stellte ich mir *Sólbjǫrg* immer vor. Fast jede Nacht malte ich mir aus, dass meine Mutter mit ausgebreitetem Rock an einem Hang saß.

Ich hängte die nassen Kleider über den Zaun und strich die Stoffe glatt, während sie im Wind flatterten. Als ich wieder um das Haus ging, hatten die Riki schon Bohlen für eine der Scheunenwände errichtet. Das Bauwerk dehnte sich vom Wohnhaus aus und bot genug Platz für zehn oder fünfzehn Ziegen. Wenn Kerling und Gyda fleißig waren, konnten sie mit dem, was in ihrem Garten wuchs, und dem, was die Ziegen hergaben, zurechtkommen. Kerling war kein Schmied oder Heiler, das war deutlich. Er war zum Kämpfer erzogen worden. Genauso wie Gyda. Vielleicht beteiligte sie sich statt ihm an der nächsten Schlacht. Vielleicht würde ich ihr dort begegnen.

Ich nahm den Korb mit den Fischen vom Tisch und machte Feuer. Die Tiere waren gekonnt ausgenommen und gesäubert worden. Die Haut war glatt und die Schuppen entfernt. Ich füllte Kräuter und Salz in die hohlen Bäuche, legte sie in den Topf und platzierte ihn zum Kochen über den heißen Kohlen im Feuer.

Das Haus war sofort von dem reichhaltigen, herzhaften Duft erfüllt, und wieder konnte ich den Stich in meiner Brust spüren. Auch dies war wie zu Hause. Ich schaute aus dem Fenster und sah, dass die Riki weitere Planken bewegten, sie auf die niedrigeren stapelten, um Wände zu errichten. In Hylli arbeiteten wir oft auf den Booten der Aska, die zu alt waren, um die Arbeit selbst zu erledigen. Wir kümmerten uns um ihre Tiere, und mein Vater hatte mir die Anweisung gegeben, am Steg auch die Fischreusen der Älteren zu prüfen, wenn ich nach unseren schaute. Auch die Riki sorgten sich um ihre Clangefährten.

Als die Haut der Fische knusprig war, zog ich den Topf vom Feuer. Dann löste ich das Fleisch von den Gräten und gab es in eine große Holzschüssel. Ich richtete mich gerade auf und wappnete mich innerlich, bevor ich die Tür öffnete und mit der Schüssel auf meiner Hüfte in die Mittagssonne trat. Mein Blick ruhte fest auf Inge. Sie stand mit einer anderen Frau zusammen und wickelte ein Seil auf. Als ich durch das Gartentor ging, lag der Pfad weit ausgebreitet vor mir. Aber als ich im Augenwinkel einen Menschen wahrnahm, wich ich zurück. Ich stolperte und ließ beinahe den Fisch fallen. Doch eine Hand schoss auf mich zu, ergriff meinen Arm und hielt mich.

Kerling.

Er stand neben Inges Gartentor und lehnte gegen einen Pfosten. Als ich mein Gleichgewicht wiedererlangt hatte, starrte ich Kerling an. Aber er beobachtete bloß aufmerksam seine Scheune und wie sich Planke um Planke vom Boden erhob. Vom Schatten eines Baumes aus schaute er den Riki bei der Arbeit zu.

Der Schmerz und die Demütigung seiner Verletzung waren ihm deutlich ins Gesicht geschrieben. Er war auf eine Art und Weise von seinen Clangefährten abhängig, die sich kein Mann wünschte. Mein Vater würde in derselben Lage genauso empfinden.

»Danke«, flüsterte ich und versuchte, nicht zu zeigen, wie sehr er mir leidtat.

Als hätte er erst jetzt meine Gegenwart bemerkt, blickte er zu mir. Ich wandte mich ab, überquerte den Pfad und ging durch das Gartentor vor seinem Haus. Als die Riki mich wahrnahmen, hörte das Hämmern und Sägen unvermittelt auf, und alle

Köpfe drehten sich in meine Richtung, während ich zu Inge ging. Jemand stellte sich mir in den Weg, und ich blieb stehen und schaute in das Gesicht einer Frau, die genauso rotes Haar hatte wie Mýra.

Die Schüssel mit dem Fisch rutschte von meiner Hüfte, und ich sah auf und erblickte Fiske, der sie mir abnahm. Er nickte und schickte mich so zurück. Ich biss mir auf die Unterlippe und schaute in die Augen der Riki, die mich immer noch anstarrte. Als sich in meiner Brust ein Schmerz auftat, schluckte ich ihn herunter, machte auf dem Absatz kehrt und ging zurück zum Gartentor. Ich hörte, wie hinter mir langsam wieder die Arbeit aufgenommen wurde, und danach waren die ersten leisen Töne eines Liedes aus der Kehle einer Frau zu vernehmen. Die anderen stimmten ein, und sie sangen, während sie die Hämmer schwangen und das Holz hobelten. Sehr alte Worte einer alten Melodie.

Meine Lippen bebten, und als ich das Tor zu Inges Garten erreichte, sprangen mir Tränen in die Augen. Und dort, im Schatten eines Baumes, stand immer noch Kerling.

22. KAPITEL

Während Iri sprach, schaute ich zur Felswand des Berges.

Im Haus rollte Inge für ihn und Fiske Decken zusammen. Es war noch früh, und das Feuer wärmte immer noch das Haus, aber Iri war vor den anderen aufgestanden und hatte auf mich gewartet, als ich herunterkam.

Er beugte sein Gesicht nah an meines und schwang sich die Axt in ihrem Futteral auf den Rücken. »Wir werden morgen zurück sein.«

Fiske und er wollten mit einigen anderen Männern aus dem Dorf jagen gehen. Er ließ mich zurück. Erneut. Und bei seiner Rückkehr würde ich nicht mehr hier sein. Ich würde auf die Gelegenheit warten, zum Fluss zu gelangen, und sie dann ergreifen. Ohne zurückzublicken.

»Bleib im Haus.« Er legte eine Hand auf meine Schulter, und ich schob sie fort.

Ich hatte nicht vor, ihn darum zu bitten zu bleiben. Schon vor langer Zeit hatte ich gelernt, für mich selbst zu sorgen.

Ich half Inge, die Satteltaschen zu packen, während Halvard schmollend in der Tür stand.

»Warum darf ich nicht mit?« Er lehnte sich vor, um mit der Hand Schneeflocken zu fangen.

»Nächstes Jahr.« Fiske sah ihn tadelnd an, und Halvard plumpste gegen die Wand. »Irgendwer muss doch die Netze prüfen, wenn wir fort sind.«

Halvard war zwar glücklich, eine Aufgabe zu haben, aber er nickte nur widerwillig und verschränkte bockig die Arme vor der Brust.

Als wir mit den Taschen nach draußen traten, hielt Iri schon die Pferde bereit. Er und Fiske küssten Inge, und sie streichelte ihre Gesichter. »Seid vorsichtig, *Svåss*.«

Iri schaute mir noch einmal in die Augen, bevor er auf sein

Pferd stieg, aber ich erwiderte seinen Blick nur kühl. Hart. Ich würde mich nicht ungesagt von ihm verabschieden, ebenso wenig, wie er vorhatte, mich um einen Abschiedsgruß zu bitten. Er wendete sein Pferd und ritt den Pfad hinunter zu den anderen. Sie bogen um die Kurve, und ich rieb mir mit der Handfläche über das Herz.

Es würde das letzte Mal gewesen sein, dass ich ihn je sah. In diesem Leben oder dem nächsten.

Ich drückte die Schultern durch und schämte mich für den Schmerz, den Iri immer noch in meinem Herzen auslöste. Dann schnappte ich mir den Milcheimer und ging zum Ziegenstall. Ich brauchte Iri nicht.

Iri war ein Verräter.

Dennoch waren wir auf eine Art miteinander verbunden, die selbst ich nicht verstand. Und das Schlimmste daran war, feststellen zu müssen, dass er vermutlich nichts tun konnte, was etwas daran geändert hätte. Ich wollte ihn vergessen, aber vielleicht würde mir das nie gelingen. Ich wollte ihn loslassen, aber vielleicht würde ich niemals dazu in der Lage sein.

Ich beachtete den Schmerz in meiner Kehle nicht, sondern setzte mich. Eine Ziege schob ihren Kopf durch das Gatter und stupste mich an, damit ich ihre Stirn kraulte. Es war erst zwei Wochen her, dass ich nach Fela gebracht worden war. Bis es aufhören würde zu schneien und anfangen würde zu tauen, würden noch mindestens sechs Wochen vergehen. Ich konnte es rechtzeitig nach Hause schaffen, um meinem Vater bei den Pflanzarbeiten zu helfen. Er musste von Iri nichts erfahren. Und wenn Sigr Erbarmen mit mir hatte, würde ich Iri ebenfalls vergessen.

»Was hast du gemacht?« Gyda stand mit einem Bündel Holz in ihren Armen hinter mir. »Was hast du gemacht, damit sie dich am Leben ließen?«

Ich wandte mich wieder den Ziegen zu und füllte den Eimer mit Milch. Ich wollte mir keine Ausrede ausdenken. Ich wollte nicht lügen. Sie und Kerling taten mir leid, und ich hasste mich dafür.

»Thora wird Rache an dir nehmen«, meinte sie. »Für uns alle.«

Sie raffte ihren Rock mit einer Hand und verschwand dann. Ich blickte zu Boden, spürte das Gewicht der Halsfessel und dachte, dass Thora sich bereits gerächt hatte. Vielleicht hatte Thora mich nach Fela geführt, so wie Iri gesagt hatte. Vielleicht war es Thora, die das Eisen um meinen Hals angepasst hatte.

Ich schaute zum Waldrand. Selbst wenn ich es bis zum Fluss schaffte, die Riki mich aber in einem Wald verfolgten, in dem ich mich nicht auskannte, würde ich nicht genug Zeit haben, um vom Berg herunterzugelangen, bevor sie mich schnappten. Ich würde warten müssen, bis niemand mehr auf mich achtete. Dann würde ich diesen Ort hinter mir lassen können.

Als Halvard eingeschlafen war, setzte ich mich mit dem heiligen Holz an das glühende Feuer, holte das Schnitzwerkzeug hervor und bearbeitete andächtig die Füße der Figur.

»Für wen machst du das?«, fragte Inge leise von der anderen Seite des Feuers.

Ich pustete die Späne von meinen Händen. »Für meine Mutter.«

Wenn ich an meine Mutter dachte, konnte ich mich am deutlichsten an ihre Haare erinnern. Ich erinnerte mich daran, wie sich das Sonnenlicht darin fing und ich damals dachte, dass es aussieht, als würde es sich bewegen, obwohl es das überhaupt nicht tat.

»Wann ist sie gestorben?« Inge beugte sich vor, legte das Kinn in die Handflächen ihrer aufgestützten Arme und schaute zu, wie das Schnitzmesser in das Holz glitt.

Einen Augenblick überlegte ich, ob ich lügen sollte. Ich wusste nicht, was Iri ihr über unsere Mutter erzählt hatte. Aber es war nicht rechtens, über sie zu lügen. Ich wollte, dass Inge die Wahrheit über die Frau erfuhr, die sie für Iri ersetzt hatte.

»Ich war sechs. Meine Mutter war keine Kämpferin.« Damit beantwortete ich ebenfalls die Frage, von der ich ahnte, dass Inge sie im Sinn gehabt hatte. »Sie wurde bei einem Überfall der Herja getötet.«

Inge riss entsetzt die Augen auf und erstarrte. »Die Herja?«

»Ja.«

»Ich habe Geschichten von ihnen gehört. Ich dachte …, die Leute halten sie für Wesen einer Sage.«

Langsam zog ich die Spitze des Metallwerkzeugs über den Fuß des Holzes. »Sie sind keine Sagengestalten.«

In der Nacht, als die Herja gekommen waren, hatte ich zum ersten Mal gesehen, wie mein Vater zusammenbrach. Iri und ich rannten davon, weil Vater uns das befohlen hatte. Er schob uns zur Tür und schubste uns hinaus in die Dunkelheit. Wir liefen den Hügel hinauf und in den Wald. Wir rannten immer weiter, bis die Sonne aufging, und als wir zurückkehrten, auf blutenden, nackten Füßen zurückhumpelten, fanden wir unseren Vater am Ufer des Fjordes, wo er unsere Mutter in den Armen hielt. Seine Hände waren in ihrem Haar verheddert. Und ich wusste damals, ich würde niemals wieder den Ton vergessen, den er von sich gab – ein Urschrei drang tief aus seiner Kehle und hallte durch unser gesamtes Dorf.

»Das tut mir leid«, sagte Inge und betrachtete mein Gesicht.

»Ich kann mich nicht mehr gut an sie erinnern«, erwiderte ich. Aber ich konnte immer noch das Geschrei der Menschen im Dunkeln hören. Erinnerte mich an den Geruch, der in der Luft gelegen hatte, als wir die Leichen verbrannten. Und ich konnte immer noch das Frösteln auf der Haut spüren, als ich die Herja zum ersten Mal sah.

»Doch, das tust du.« Inge setzte sich aufrecht hin. »Auch wenn du sie mit geschlossenen Augen nicht sehen kannst, unser Körper und unser Geist erinnern sich an vieles, das uns nicht bewusst ist. Sie halten an Erlebtem fest. Und du wirst deine Mutter wiedersehen. Wenn du *Sólbjǫrg* erreichst.«

Überrascht hielt ich mit meiner Schnitzarbeit inne.

Inge lächelte. »Dorthin kommen die Menschen deines Volkes doch nach dem Tod, nicht wahr?«

Ich blickte ihr in die Augen und fragte mich, was Inge dachte. Was sie von mir wollte. »Ich bin mir nicht sicher, ob ich es nach *Sólbjǫrg* schaffe.« Es laut auszusprechen weckte erneut die Angst in mir, und ich wünschte, ich hätte geschwiegen.

Inge neigte fragend den Kopf zur Seite, sodass er beinahe ihre Schulter berührte. »Warum denn?«

»Weil ich eine Dýr bin.« Ich blickte zurück auf die Schnitzerei. Ich wollte nicht sehen, ob ich ihr leidtat oder nicht. »Ich habe meine Ehre verloren.«

Inge schwieg lange und schaute mir bei der Arbeit zu. Ich lauschte dem Knistern und Zischen des Feuers und versuchte zu vergessen, dass Inge da war. Stattdessen stellte ich mir das Gesicht meiner Mutter vor. Ihre dunklen, tief liegenden Augen. Ihre geraden, eckigen Zähne.

»Wir finden Dinge wieder, ebenso, wie wir Dinge verlieren, Eelyn.« Inge erhob sich. »Wenn du deine Ehre verloren hast, wirst du sie wiederfinden.«

Ich drehte ihr den Rücken zu, als sie zur Leiter ging und nach oben auf den Dachboden kletterte. Ich brauchte gar nicht versuchen, es ihr zu erklären. Ich konnte ihr nicht sagen, dass ich meine Clangefährten auf dem Schlachtfeld im Stich gelassen hatte, um meinem Bruder hinterherzulaufen, der mich nicht mal bei sich haben wollte. Oder dass ich es gewesen war, die Iri damals in dieser Erdspalte zurückgelassen hatte.

Ich hielt die Holzfigur vor mir in die Luft. Die grobe Form war recht schlicht. Mein Vater war von uns derjenige, der schnitzen konnte. Aber dennoch zeigte die Arbeit sie. Das bedeutete trotzdem etwas.

Ich schaute auf zum dunklen Dachboden, wo Inge und Halvard schliefen. Wenn mein Vater hier wäre, würde er mir befehlen, das Schnitzmesser zu nehmen, die Leiter hinaufzuklettern und dann beide zu töten. Ich hielt das kleine Schnitzwerkzeug hoch, drehte es im Licht des Feuerscheins, bevor ich es ablegte und mit den Fingerspitzen über das Gesicht der Holzfigur strich.

»Sigr, gib in *Sólbjǫrg* gut auf die Seele meiner Mutter acht. Beschütze meinen Vater. Wende deine Gunst nicht von mir ab.« Die Worte schienen sich zu biegen und zu verdrehen. Schniefend hielt ich sie zurück. »Vergiss mich nicht.«

23. KAPITEL

Inge füllte ihren Korb und zog sich den Umhang an, als Halvard sich schlafen legte. »Ich will, dass du zum Keller im Berghang gehst. Wir müssen den Salbei dorthin bringen, und du musst etwas Essig aus dem Fass holen.« Sie nahm meinen Umhang vom Haken an der Wand und gab mir einen leeren Krug.

»Begleitest du mich nicht?« Ich zog fragend die Augenbrauen hoch.

»Ich muss Patienten versorgen. Der Keller befindet sich unter dem Ritualhaus. Du wirst die Tür in der Felswand finden.« Inge nahm eine kleine Fackel, die neben der Tür lag, und entzündete sie an der Feuerstelle, bevor sie die Tür öffnete. Aber dann hielt sie inne und blickte zu mir zurück. Sie presste die Lippen aufeinander, und ich konnte sehen, wie hinter ihrer Stirn die Gedanken wirbelten. »Leb wohl, Eelyn.« Sie wandte sich ab, bevor sie meinen Namen ausgesprochen hatte, und trat hinaus in die Dunkelheit des Dorfs.

Ich erhob mich, starrte auf die Tür, und meine Gedanken überschlugen sich. Sie ließ mich gehen. Sie bot mir meine Chance. Mein Herz schlug wie wild, und ich rannte los, um meine Stiefel zu holen. Unbeholfen zog ich sie an und warf mir dann den Umhang über.

Die Tür öffnete sich knarzend, und ich schaute den leeren Pfad entlang, während ich mit klopfendem Herzen den leeren Krug zwischen meinen Händen drehte. Ich konnte etwas zu essen aus dem Keller nehmen und in den Wald verschwinden. Es war noch ein wenig hell, und wenn ich mich beeilte, konnte ich es bis zum Fluss schaffen. Bis zum Morgen würde niemand mein Verschwinden bemerken.

Ich legte die Salbeibüschel in einen Korb, nahm eine Leinentasche, in der ich später mein Proviant verstauen konnte, und überlegte. Das Dorf lag ruhig da, aber die Riki waren hinter den geschlossenen Türen noch wach. Ich entzündete ebenfalls eine Fackel und trat rasch hinaus. Inge stand im von Kerzenschein erhellten Eingang zu Gydas Haus.

Ich lief Richtung Ritualhaus, hielt mich am Rand des Wegs und vermied Blickkontakt mit allen, die mir begegneten. Der Schmied stand in seinem Zelt, schlug auf den Amboss und ließ gelbliche Funken in die zunehmende Dunkelheit fliegen. Ich zuckte beim Zischen der Glutbröckchen, die in den Schnee fielen, weil ich an den brennenden Schmerz der Halsfessel auf meiner Haut denken musste. Er schaute kurz auf, als ich vorbeiging, und widmete sich dann wieder seiner Arbeit.

Der Keller war in den Felsen geschlagen und mit einer großen Holztür verschlossen. Ich hielt den Korb mit dem Salbei und die Fackel in einer Hand und zog an dem kalten Eisengriff, um die Tür trotz des davorliegenden Schnees zu öffnen. Dabei musste ich mit meinem ganzen Gewicht ziehen, bis ich durch den Spalt passte. Drinnen war es dunkel und feucht, und das Geräusch schmelzenden Schnees, der von der Felsdecke tropfte, hallte in dem Gewölbe wider. An den Wänden waren Fässer und Kisten gestapelt – Essen, Bier, Medizin. Die Wintervorräte des Dorfs waren reichlich: Getreide in gewebten Säcken lag auf Holzgestellen, damit es nicht den Boden berührte.

An der hinteren Wand hing gesalzenes Fleisch an Eisenhaken. Ich steckte die Fackel in die Halterung an der Wand und öffnete meine Tasche. Ich stopfte einen kleinen Sack Getreide hinein und saubere Leinenverbände. Dann versuchte ich, an Fleisch zu gelangen, rutschte fast aus und hielt mich an einem Korb mit Ingwerwurzeln fest, von denen ein paar über den Boden rollten. Ich fluchte leise, reckte mich auf die Zehenspitzen, bis ich ein langes Stück Rehfleisch zu fassen bekam, und zog es herunter.

Das Knarren der Tür ließ mich mit den Händen an meiner Tasche innehalten. Ein Mann mit rotem Bart stand in der Türöffnung und lehnte sich mit einer Axt in der Hand gegen die Felswand. Es war der Mann vom *Adalgildi.*

»Was treibst du hier drinnen, Aska?« Ich konnte unter dem dichten Bart seine Lippen kaum erkennen.

Ich richtete mich auf, stopfte das Fleisch in die Tasche und nahm den Krug heraus. Das Essigfass stand offen hinter mir, an der Wand daneben hing eine hölzerne Schöpfkelle. Ich kehrte ihm den Rücken zu, nahm den Stöpsel von dem Krug und füllte das Gefäß bis obenhin.

»Ich habe gefragt, was du hier treibst? Stehlen?«

Ich steckte den Krug zurück in die Tasche und ging zur Fackel, die ich aus der Wandhalterung nahm, dann wartete ich, dass er mich vorbeiließ.

»Hat Fiske dir die Zunge rausgeschnitten?« Er hakte einen Finger in meine Halsfessel und riss mich daran nach vorn.

»Fass mich nicht an.« Ich riss mich los.

Grinsend zog er eine Augenbraue hoch. »Ich brauche noch was von dir, bevor du gehst.« Er streckte eine Hand aus und packte mich an der Taille. Seine rauen, schmutzigen Finger strichen über meine Hüfte, und unsere Blicke trafen sich.

Ich kannte solche Blicke. Vom Schlachtfeld und anderswo.

Er sprach mit ruhiger Stimme. »Du bist eine *Dýr*, Aska. Du wirst tun, was ich sage, oder bestraft werden.«

»Ich gehöre Fiske. Wenn du etwas willst, wirst du ihn darum bitten müssen«, giftete ich ihn an.

Ich wartete auf seinen Zorn. Darauf, dass er mich heftiger bedrängte. Aber der Mann sah auf mich herab und wirkte geradezu erleichtert. Und dann sah ich sie auch schon kommen, seine Hand, die durch die Luft wirbelte. Er schlug mir so heftig ins Gesicht, dass ich gegen die Wand flog und die Fackel fallen ließ. Die Tasche auf meiner Schulter öffnete sich, ich bekam den Essigkrug zu fassen und holte mit dem Arm weit aus. Meine Schulter knackte, als ich meinen Angreifer am Kopf traf.

Ton splitterte, und der Essig spritzte. Heulend fuhr er sich mit den Händen über die Augen. Ich sprang über ihn hinweg, rannte zur Tür, doch er bekam meinen Fuß zu fassen. Hart schlug ich auf dem Boden auf, versuchte wegzukrabbeln, doch da schlossen sich die Finger seiner anderen Hand um meinen Knöchel.

Fluchend zerrte er mich zurück. Ich trat um mich und traf ihn sogar mit der Ferse am Kinn, aber er zerrte so lange, bis ich unter ihm lag. Er nahm mein Gesicht in seine Hände und quetschte es zusammen. Seine Augen waren gerötet, glasig vom brennenden Essig. »Das wirst du büßen, Aska.«

Er hakte die Finger in meine Halsfessel und zerrte mich den Weg hinunter. Ich grub die Fingernägel in seinen Arm und würgte, während meine Füße unter mir wegrutschten. Er zerrte mich am Ritualhaus vorbei und in den Wald. Immer tiefer und tiefer. Als er endlich anhielt, versuchte ich aufzustehen, aber er stieß mich wieder zu Boden, packte mich am Halsring und zog ein dickes Seil hindurch.

»Steh auf«, spie er und stieß mich nach vorn.

Suchend blickte ich mich um, aber es war zu dunkel. Ich konnte nicht mal erkennen, wie weit wir vom Dorf entfernt waren. Aber selbst wenn uns jemand gesehen hatte, keiner würde mir helfen. Wenn ich schrie, würde niemand kommen.

Zitternd, mit nassen Haaren und frierend stand ich da und wünschte mir plötzlich Iri so sehnsüchtig herbei, dass es schmerzte. Ich konnte ihn vor mir sehen, wie er davonritt. Wie er versuchte, mir in die Augen zu sehen, mich zu erreichen.

Der Mann zerrte mich zum Stamm eines dicken Baums und schlang das Seil darum, das er dann festzog. Mit dem Gesicht an der rauen Rinde konnte ich mich kaum rühren.

»Was tust du da?« Ich versuchte, mich loszureißen.

Er fesselte mir die Hände über dem Kopf und schnürte meine Oberschenkel fest, sodass ich mich nun überhaupt nicht mehr bewegen konnte. Es begann wieder zu schneien. Er zog das Messer aus seinem Gürtel, und ich zerrte an den Seilen.

»Nein!«, schrie ich.

Er trat ein Stück zurück, sah zu, wie ich kämpfte, und verzog das Gesicht zu einem Grinsen. Als er wieder näher kam, stöhnte ich, weil die frisch verheilte Haut an meinen Handgelenken erneut aufgerissen war. Er presste die Messerspitze gegen meinen Rücken, hielt inne und beobachtete mich. Ich versuchte, nicht zu atmen, und mein Herz blieb fast stehen.

»Wir sind nicht in Aurvanger, Aska. Hier bist du keine Kämpferin.«

Er fuhr mit dem Messer in die Tunika und schob sie mit der Klinge hoch, bis er den Stoff zerschnitt. Von oben bis unten.

Als Nächstes nahm er sich die Ärmel vor. Als das Messer sein Werk vollendet hatte, riss er an den Fetzen und warf sie vor mir auf den Boden, bis ich von der Taille aufwärts nackt war.

Mit zusammengebissenen Zähnen zerrte ich am Seil, konnte mich aber kaum bewegen, sondern schrammte nur über die Baumrinde.

»Du wirst erfrieren. Langsam.« Ich konnte sein Gesicht im Mondlicht nicht sehen, als er zurücktrat. Er stand eine Weile schweigend da, bis sein Atem ruhig ging. »Du wirst die Augen schließen und nie mehr aufwachen. Und falls doch, dann nur, um dir zu wünschen, du wärst schon tot.« Er warf das Ende des Seils auf den Boden und verschwand den Pfad hinunter in der Dunkelheit.

Ich zerrte heftiger an meinen Fesseln, versuchte, meine Beine zu befreien, aber das zog das Seil nur noch fester. Es würde nicht nachgeben. Ich stöhnte und spuckte, kämpfte weiter, bis sich irgendwas zwischen den Bäumen bewegte. Ich hielt inne, um es zu erkennen. Mein Atem bildete weiße Schwaden, und ich strengte meine Augen an. Eine Frau. Sie spielte mit ihren Fingern an einer Halskette und sah mich an.

Die Tala.

Sie stand reglos in der Dunkelheit.

Ich wartete, dass sie etwas sagen, etwas tun würde. Aber sie sah mir nur in die Augen, so starr, als wäre sie selbst aus Eis. Ich gab meinen Kampf auf, lehnte mich an den Baum und erwiderte ihren Blick. Ein Blutstropfen lief über meine Wange. Und dann blinzelte sie. Ihr Gesichtsausdruck blieb unverändert, bis sie sich umdrehte und den Weg hinunterging. Sie ließ mich an den Baum gefesselt im Schneetreiben zurück.

24. KAPITEL

Ich war am Fjord.

Ich konnte das eisblaue Wasser sehen. Schnell ziehende Wolken spiegelten sich in der Oberfläche. Ich drückte die Fußsohlen gegen die glatten schwarzen Kiesel. Um mich gegen den Wind zu schützen, hatte ich die Arme um mich geschlungen. Was ich vor mir sah, erfasste mich wie eine kalte Welle. Die Klippe ragte wie eine Wand aus dem Wasser. Lange, leuchtende Stränge Moos wuchsen daran herunter. Ich konnte das alles sehen.

Ich lehnte mich mit ganzem Gewicht gegen den Baumstamm und versuchte, das Bild von Hylli im Kopf zu behalten. Den Waldrand neben dem Dorf. Ein Schatten bewegte sich zwischen den Bäumen. Ich zwinkerte, um mich weiter auf das verschwommene Bild vor meinem inneren Auge zu konzentrieren.

Die Gestalt lauerte in der Ferne und beobachtete mich. Dicke Felle und silberner Glanz. Die weißen, leeren Augen eines Herja. Ich blinzelte ungläubig.

»Eelyn.«

Er war hier zwischen den Bäumen. Er beobachtete mich. Der Herja, der meine Mutter geholt hatte, war nun da, um mich zu holen.

»Eelyn?« Irgendetwas stach auf meiner Wange. »Eelyn!«

Plötzlich war das Sonnenlicht verschwunden. Schwarz schob sich über Schwarz, und Hände zogen an mir. Vom kalten Schnee war meine Haut taub. Ich schloss erneut die Augen und versuchte, innerlich zu entkommen. Versuchte, zum Fjord zurückzukehren.

Fiskes Gesicht tauchte vor mir auf. Seine Hände berührten mich, aber ich konnte es nicht spüren.

»Herja«, krächzte ich und schaute zu den Bäumen. Doch dort war niemand.

Über Fiskes Kopf funkelte der Mond durch die Äste. »Was?«

»Ich will nach Hause, Fiske.« Die einzelnen Wörter verschmolzen miteinander, und ich konnte hören, wie kraftlos sie klangen. Aus jedem einzelnen sprach traurige Zerbrechlichkeit.

Und dann fiel ich. Die Welt um mich herum schwankte und tanzte, als Fiske mich auf seine Arme hob. Ich konnte hören, wie er atmete. Ich konnte seine Haut fühlen. Seine Arme lagen um meinen schlaffen Körper und hielten mich zusammen.

Dann öffnete ich wieder die Augen, und die Baumkronen schwebten über mir vorbei. Mein pochender Kopf war vom Knirschen des Schnees erfüllt. Ich rollte mich in Fiskes Armen ein und kniff die Augen fest zusammen, bis ich den Fjord wieder sehen konnte. Nebel umgab die Klippe. Der Geruch von Meerwasser. Doch der Herja war fort.

Eine Tür öffnete sich, und auf einmal waren wir im Haus. Das vertraute Licht des Feuers schluckte mich, aber ich konnte die Wärme nicht fühlen.

»Was ist passiert?« Halvard rannte zu uns.

»Mach Wasser heiß.« Fiske setzte mich ab, und im matten Lichtschein betrachtete er mich eingehend.

Ich war in seinen Umhang gehüllt. »Wo ist Iri?«, flüsterte ich.

»Er sucht nach dir.« Fiske holte eine Decke aus der Truhe und schob mich näher ans Feuer. »Finde ihn«, sagte er und schob Halvard in Richtung Tür und hinaus aus dem Haus. Als Fiske zurück war, hockte er sich vor mich. »Wer war das?«

Ich zog die Decke enger um mich und blickte ihm ins Gesicht. Er wirkte verändert. In seinen Augen lag ein Glanz, der zuvor nicht da gewesen war. Oder vielleicht doch. Ich war seinen Augen bisher noch nie so nah gewesen.

»Wer?«, fragte er erneut.

Aber ich konnte nichts anderes denken, als dass der Mann mir immer noch zu nahe war. Ich wollte, dass er wegging. »Der Mann von *Adalgildi*«, flüsterte ich.

»Was hat er getan?«

Ich schloss die Augen. Ich versuchte zu entkommen.

»Hat er …?« Die Frage brach ab, und Fiske wandte den Blick von mir.

Als Antwort schüttelte ich den Kopf und schlang unter der Decke die Arme um meinen unverhüllten Körper.

Fiske stand auf. Seine Stiefel stampften auf dem Steinboden, als er zur Wand ging. Dann nahm er eine Axt vom Haken und öffnete die Haustür. »Sag den anderen nicht, wohin ich gehe.« Und damit war er fort.

***

Ich öffnete die Augen wieder, als ich zuerst die Tür hörte und dann das Gewicht von weiteren Decken auf mir spürte. Iri war neben mir am Feuer eingeschlafen. Sein Kopf ruhte auf seinen Satteltaschen.

Fiske war leise durch die Tür getreten, und ich öffnete die Augen weit genug, um zu sehen, dass er die Axt wieder an den Haken an der Wand hängte. Dann zog er seine Panzerweste und die Tunika aus und ging zur Waschschüssel, spülte sein Gesicht ab und fuhr sich mit den Händen durch das Haar. Die Schnitte und Wunden der Kampfsaison verheilten langsam und hinterließen glatte Haut. Er hatte breite Schultern und schmale Hüften – die gleiche Figur wie Iri. Fiske stützte die Hände rechts und links von der Waschschüssel auf, beugte sich vor und schaute nach unten. Ein einzelner Tropfen lief ihm über das Gesicht bis zur Nasenspitze und fiel dann ins Wasser.

Ich starrte auf die zerknitterte, blutbefleckte Tunika auf dem Boden.

»Fiske?« Inge kletterte die Leiter herunter. Ihr langes offenes Haar fiel ihr über die Schultern. »Wo bist du gewesen?«, raunte sie.

Als er nicht antwortete, zog sie an seinem Arm, sodass er sich umdrehte und sie ihm ins Gesicht schauen konnte.

»Thorpe.« Er sah Inge nicht an.

Ihre Stimme wurde noch leiser. »Was hast du getan?«

Er strich sich das Haar zurück und kam ans Feuer, setzte sich und zog die Stiefel aus. »Ihn daran erinnert, seine Finger von Dingen zu lassen, die ihm nicht gehören.«

Inge betrachtete Fiske einen Moment und nickte dann kurz. Doch sie machte ein sorgenvolles Gesicht. »Ich werde morgen mit der Tala sprechen.«

»*Ich* werde mit der Tala sprechen.« Schweigen erfüllte den Raum.

»Fiske …«

Er schwieg beharrlich und schaute zu Inge auf.

Doch auch sie sagte nichts mehr. Sie sah ihn bloß an, ihr Blick wanderte vom Kopf bis zu den Füßen und dann wieder zu seinen Augen. Als wollte sie dadurch Unausgesprochenes aufdecken.

Fiske erhob sich und ging an ihr vorbei zur Leiter. Sie beobachtete ihn, bis er nach oben verschwunden war, und drehte sich dann wieder in Richtung Feuer. Für eine Weile rührte sie sich nicht. Als sie schließlich die Augen schloss, bewegte sich ihr Mund im stillen Gebet.

Ich sank tiefer in die Decken. Denn Inge wusste nicht, dass ich die Vergangenheit war, die Iri hinter sich gelassen hatte. Dass sich ihre Gebete eigentlich gegen mich wenden sollten.

Und es war nur eine Frage der Zeit, wann sie es herausfinden würde.

Während die anderen ihrem Tagwerk nachgingen, lag ich auf meiner Pritsche auf dem Dachboden.

Niemand sprach mit mir.

Niemand forderte mich auf, etwas zu tun.

Ich setzte mich, zog die Knie an die Brust und legte die Arme um die Beine. Noch immer versuchte ich, endlich Wärme in meinen erfrorenen Knochen zu spüren. Doch ich fühlte mich leer.

Als das Sonnenlicht heller wurde, zog ich im Liegen die Decke über den Kopf und hörte meinem Herzschlag zu. Iri kletterte die Leiter hoch, stand neben meiner Pritsche, und der ganze Raum schien von seiner Besorgnis erfüllt. Ich tat so, als würde ich schlafen, und erst als er die Leiter wieder nach unten ging, wagte ich weiterzuatmen. Ich blickte in das Dunkel unter der Decke und versuchte, mich daran zu erinnern, was das für ein Gefühl gewesen war – jenes, das gedroht hatte mich aufzufressen, während ich nackt an einen Baum gebunden im dunklen Wald gestanden hatte.

Noch nie zuvor war ich so verletzlich gewesen. So voller Angst.

Bis zu diesem Augenblick hatte ich mich noch nie gehasst.

Ich erinnerte mich an das Licht, das sich im Schnee gespiegelt hatte. Das Geräusch meines schnellen Atems in der Stille. An den Gedanken, dass ich nicht nach *Sólbjǫrg* kommen würde, wenn ich starb. Und dann an die alles verzehrende Scham, zum allerersten Mal in meinem Leben *Angst* davor gehabt zu haben zu sterben.

Ich konnte die Bewegung von roten, fuchsfarbenen und gelben Gestalten auf dem Schlachtfeld sehen. Die Hitze und den glühenden Schmerz spüren. Das Brennen des Kriegsgebrülls in meiner Kehle. Ich konnte mich selbst sehen. Lebendig. Stark.

Ich blinzelte.

Und da war nur das Weiß und die Kälte und die Stille des Waldes. Es gab nichts als Einsamkeit. Und ganz tief in mir wartete ich auf das Ende. Es kroch aus dem Dunkel auf mich zu. Es holte mich. Und als es mich erreicht hatte, war mein letzter Gedanke gewesen: *Ich will nicht sterben.*

Bis zu dem Moment, als ich Iri in Aurvanger wiederbegegnet war, wusste ich nicht, was wahre Angst ist. Ich hatte bis dahin nicht einmal in Betracht gezogen, dass es im Leben um mehr ging als die allereinfachste Erklärung – dass die Götter über unser Schicksal entscheiden. Dass sie uns die Gunst zu leben erweisen oder entziehen.

Aber ich war dort ohne meine Clangefährten gewesen.

In diesem Wald war ich allein.

Sigr hatte seinen Blick von mir abgewandt. Ich konnte es fühlen. Ich konnte ausschließlich an Iri denken und daran, wie er so jung langsam in der Kälte starb. Und an meine Mutter, aus deren Körper das Leben wich. Die ihren Kampf verlor.

Und den Herja, der wie ein Vorbote des Todes in der Dunkelheit schwebte und mich beobachtete.

Als es unten im Haus klopfte, stellten sich meine Augen wieder auf die Gegenwart ein.

»Inge.« Eine warme Stimme drang zu mir herauf, und ich krabbelte zum Fußende meiner Pritsche, sodass ich durch die Spalten im Boden nach unten schauen konnte.

Die Tala trat durch die Tür, und alle im Raum erhoben sich. Inge nahm die Hände der Tala in ihre und drückte sie freudig. Trotzdem lastete immer noch Sorge auf Inge. Sie wirkte sehr bedrückt.

»Ich habe gute Neuigkeiten«, sagte sie und begab sich weiter in den Raum. »Runas Vater hat Iris Antrag zugestimmt, sie heiraten zu dürfen.« Lächelnd griff sie nach Iris Arm.

Erleichterung machte sich auf seinem Gesicht breit, und er schaute zu Inge auf.

»Das hast du verdient, Iri.« Auch Inge lächelte.

Die Tala nickte. »Ihr beiden passt sehr gut zueinander.«

Der liebevolle Ausdruck in Iris Augen berührte mich innerlich und weckte erneut den wunden Schmerz, ihn wieder zu verlieren. In meiner Kehle entstand sofort der Drang zu weinen.

»Danke«, sagte er und nickte.

»Natürlich wirst du nun allerlei erledigen müssen. Wir werden uns, sobald du möchtest, um die Vorbereitungen kümmern.«

Die Tala lächelte erneut, und ich betrachtete sie eingehend. Sie schien aufrichtig glücklich, und die anderen schauten sie mit großer Zuneigung an. Sie vertrauten ihr. Doch als ich die Tala so beäugte, konnte ich an nichts anderes denken als an die Art, wie sie mich im Wald angesehen hatte. Daran, wie sie fortgegangen und mich zurückgelassen hatte, damit ich starb.

Nun setzte sie sich an den Tisch und faltete die Hände im Schoß. Ihre Stimmung veränderte sich ein wenig, und alle im Raum verstummten. »Wir müssen über das sprechen, was gestern Nacht vorgefallen ist.« Ihr Blick wanderte zu Fiske, der sich auf der anderen Seite des Feuers befand. »Möchtest du dazu etwas sagen?«

Fiske schien, anders als Inge, nicht nervös. Er stand aufrecht da und sah der Tala ins Gesicht. »Nachdem ich gestern von der Jagd zurückgekommen bin und erfahren habe, dass er versucht hat, meine Dýr zu töten, habe ich Thorpe einen Besuch abgestattet, um mit ihm zu reden.«

»Du hast mit ihm *geredet*?«

Fiskes Miene blieb ausdruckslos. Iri neben ihm blickte ins Feuer und zupfte an seinem Gürtel herum.

Die Tala neigte den Kopf zur Seite. »Thorpe hat deinen Besitz misshandelt, und er hatte kein Recht, sich zu nehmen, was dir gehört. Er muss die Folgen ganz allein tragen.«

Genauso machten es die Aska. Wenn man die Gesetze missachtete, hatte man dafür zu zahlen. Es gab keine Richter oder Hüter der Regeln. Um den Frieden in einem Dorf kümmerten sich ausschließlich die Talas. Wenn einem ein Unrecht zugefügt wurde, regelte man das untereinander. Und wenn nicht, wurde man zur Zielscheibe für andere, die daraus ihren Vorteil ziehen wollten.

Fiske nickte. »Danke.«

»Danke«, wiederholte Inge leise.

»Trotzdem möchte ich dir einen Rat geben, Fiske. Du hast dich entschieden, deine erste Dýr aufzunehmen. Und du hast nicht irgendeine Dýr genommen. Du hast dich für eine Aska entschieden. Darf ich fragen, warum?«

Fiske reckte das Kinn und streckte die Schultern. »Meine Mutter brauchte Hilfe im Haushalt.«

»Worum geht es?«, fragte Inge und wirkte besorgt.

Die Tala warf Fiske einen langen Blick zu. »Ich habe von ihr geträumt. Ich bin mir nicht sicher, was das zu bedeuten hat, aber ich habe das Gefühl, Thora hat ein achtsames Auge auf diese Aska geworfen.«

Iri biss die Zähne zusammen.

»Die Art, wie Thorpe sie behandelt hat, scheint dich sehr zu verärgern.«

»Ich benötige sie für die Arbeit. Hätte Thorpe sie getötet, hätte er mir dafür, genau wie für ein Schaf oder ein Pferd, das er getötet hat, etwas zahlen müssen.«

Das Loch in meinem Bauch wurde tiefer und dann so groß, dass ich darin versinken konnte. Als könnte ich darin verschwinden.

Die Tala blickte nun zu Inge. »Ich schlage vor, sie nach der Schneeschmelze an ein anderes Dorf zu verkaufen. Irgendwohin, wo man nicht weiß, was sie ist. Als Aska zieht sie mehr Aufmerksamkeit auf sich, als nützlich ist. Und ich werde dich dann ebenfalls daran erinnern, dass von dir auch erwartet wird, eine Frau auszuwählen. So wie Iri es getan hat. Ich hatte gehofft, dass es diesen Winter so weit sein würde, aber es scheint, als wäre das nicht der Fall.«

Fiske zögerte kurz und schüttelte dann den Kopf. »Nein.«

»Gut. Nächsten Winter. Einverstanden?«

»Ja«, antworteten Fiske und Inge gleichzeitig.

»Ich bin sehr froh, das zu hören.« Die Tala stand auf und glättete ihren Rock. »Inge, es würde mich freuen, dir bei der Suche nach einer anderen Dýr behilflich zu sein. Ich weiß, du brauchst Hilfe im Haus.«

»Danke.« Inge umarmte sie innig und legte ihr Kinn auf die Schulter der Tala.

Arm in Arm gingen sie daraufhin zur Tür, und ich sank zurück auf meine Pritsche, wo ich mich wieder unter der Decke vergrub.

Ich schloss die Augen und empfing die Dunkelheit.

25. KAPITEL

Ich saß neben Inge auf der gefrorenen Wiese, und wir gruben schweigend Fenchelknollen aus. Die Sonne stand hoch am Himmel, aber sie spendete keine Wärme, sondern spiegelte sich allein im gefrorenen Boden. Ich trieb die Schaufel in die Erde, brach sie auf und harkte mit den Händen hindurch.

Die Haut rund um meine Handgelenke war wieder aufgesprungen, die Wunde in meinem Gesicht schmerzte, wenn ich nur den Mund bewegte.

Inge hob eine Knolle auf und säuberte sie mit den Fingern. »Was passiert ist, tut mir leid.«

Ich hockte mich auf die Knie, nahm ihr die Pflanze ab und legte sie in den Korb neben mir. Es war nicht Inges Schuld, aber mir war trotzdem danach, wütend auf sie zu sein. Ich hatte die Möglichkeit gehabt, zum Fluss zu gelangen, und nun war sie vertan.

Inge legte die Hände in den Schoß und sah mich an. »Ich denke, wir sollten reden.« Sie zupfte Schmutz unter den Nägeln fort. »Über Iri.« Daraufhin blickte sie auf, um meinen Blick einzufangen. »Ich weiß, wer du bist, Eelyn.«

Ich zuckte zurück. In meinem Kopf schwirrten die Gedanken derart schnell, dass ich ihnen kaum folgen konnte. Instinktiv sah ich mich auf der Wiese nach einer Bedrohung um. Aber wir waren allein.

Inge bewegte sich nicht, sondern beobachtete mich. »Ich habe es niemandem erzählt.«

Mein Herz pochte wild. Ich versuchte, in Inges Miene zu lesen. Versuchte herauszufinden, was sie mit dieser Erkenntnis tun würde. Wie viel sie wusste. »Wie?«

»Als Fiske dich nach Hause gebracht hat, wusste ich gleich, dass es um mehr ging als das, was er mir erklärte. Als du deine Familie und dein Alter erwähnt hast, regte sich in mir ein Verdacht. Ich dachte, du könntest vielleicht die Schwester sein, von der uns Iri erzählt hatte. Aber ich war mir nicht sicher.« Inge holte tief Luft und atmete dann aus.

Auf der Suche nach einem Ausweg aus dieser Situation stand ich auf, um mir einen Überblick über die Wiese zu verschaffen. Sollte Inge geplant haben, mich in die Falle zu locken, wäre dies hier ein guter Ort. Ich konnte mich nirgends verstecken. »Er hat von mir erzählt?«

»Ja, aber das hätte er nicht müssen. Du siehst einfach genau aus wie er.«

»Hat er erzählt, dass ich seine Kampfgefährtin war?« Meine Augen waren starr auf den Waldrand geheftet.

Dann schaute ich sie an. Ein trauriges Lächeln umspielte Inges Mund. »Nein, das hat er nicht.«

Inge saß mit ausgebreitetem Rock im Gras. Ich schluckte schwer. »Ich habe ihn im Kampf verloren. Ich habe mich umgedreht, und er war schlicht … fort. Ich habe nach ihm gesucht.« Mühsam holte ich Luft. »Und ich habe gerade noch erkennen können, wie er in die Tiefe fiel. Ich konnte ihn nicht erreichen.« Ich ließ mich wieder neben Inge nieder. »Was wirst du nun tun?«

»Ich dachte, wenn ich dich flüchten lasse, ist die Gefahr für uns gebannt. Aber ich habe mich getäuscht. Es hat Jahre gedauert, bis dieses Dorf Iri vertraut hat. Wenn die Riki erfahren, dass er und Fiske, was dich anbelangt, gelogen haben oder dass sie versuchen, dir zu helfen, würden sie beide töten. Ich werde es weder der Tala noch sonst jemandem verraten. Nach der Schneeschmelze wirst du davonlaufen. Du wirst zu den Aska zurückkehren, und wir werden dich nicht verfolgen.« Sie nahm die Arbeit mit der Schaufel wieder auf, grub in der Erde, und Schmerz war ihr ins Gesicht geschrieben. Die Angst.

»Er wird nicht gehen. Er wird nicht mit mir zurückkehren«, sagte ich.

»Ich weiß.«

»Ich …« Ich versuchte, den Würgelaut in meiner Stimme zu unterdrücken.

»Was?« Inge richtete sich auf.

»Danke – für alles, was du für Iri getan hast.«

Als ich sie ansah, hatte sie Tränen in den Augen. »Gern.«

»Mama!«

Halvard rannte von der gegenüberliegenden Seite der Wiese auf uns zu. Inge stand schnell auf und raffte den Rock. »Halvard?«

»Es geht um Gyda!« Halvard sprang auf und ab und winkte sie zu sich.

Inge lächelte breit. »Es ist so weit.« Sie reichte mir die Hand.

Ich schaute die ausgestreckte und wartende Hand an, die sanfte, schlanke Form der Finger. Immer noch lächelnd blickte Inge zu mir herab.

Ich hob die Hand und hätte sie beinahe doch noch zurückgezogen, bevor Inge sie ergreifen konnte. Aber sie zog mich auf die Beine und klopfte dann den Schnee von meiner Hose, wie eine Mutter bei ihrem Kind.

»Komm!« Sie hob den Korb hoch, schob sich dessen Henkel über den Unterarm und machte sich auf den Weg zum Wald.

Während sie auf Halvard zulief, teilte ihr langes Kleid das hohe trockene Gras, und ihr freier Arm schwang hin und her. Das lange dunkle Haar war zu einem aufwendigen Zopf geflochten, der auf ihrem Rücken lag.

Gleichgültig, wie sehr ich mich bemühte, nicht zu vergessen, was mir beigebracht worden war oder wie wenig ich davon wissen wollte, was ich sah – Inge war eine Mutter. Und so unterschiedlich unsere Abstammung sein mochte, sie liebte Iri wie ihr eigenes Fleisch und Blut.

Ich blickte zur Haustür hinaus und über den Pfad hinüber zu Gydas Haus, in dem Inge und Runa verschwunden waren.

Gyda lag seit Stunden in den Wehen, aber es war ihr erstes Kind. Es konnte noch die ganze Nacht dauern.

Halvard hatte gegessen und war bereits zum Schlafen die Leiter hinaufgeklettert, sodass Fiske, Iri und ich allein am Feuer saßen. Ich nahm eine von Halvards Hosen auf den Schoß und begann, die Stelle am Knie auszubessern, wo er ein Loch hineingerissen hatte.

»Ich werde bleiben, bis die Schneeschmelze eingesetzt hat«, erklärte ich und zog die Nadel durch den Wollstoff.

Iri setzte sich aufrecht hin und beugte sich vor. Fiske neben ihm schaute mich bloß an, und sein Blick verweilte einen Moment.

»Ich werde bis zur Schneeschmelze bleiben und dann nach Hause gehen.«

Iri nickte lächelnd. »In Ordnung.«

Wenn Inge niemandem davon erzählte, musste ich nun auch kein Risiko mehr eingehen. Ich würde mich für die Riki unsichtbar machen und mich aus allen Schwierigkeiten heraushalten. Dann würde ich nach Hause gehen, mich der Schande stellen und versuchen, einen Weg zu finden, um zurückzuerlangen, was ich in Sigrs Augen verloren hatte.

Runa trat durch die Tür, ihr Gesicht war von der Kälte errötet, und sie holte eine hölzerne Dose von der Ablage an der Wand. Ich füllte rasch eine Schüssel mit dem Eintopf, den wir zum Abendessen gegessen hatten, und reichte sie ihr.

Zuerst zögerte Runa, schaute fragend auf die Schale und anschließend zu Iri, der sich hinter mir befand. Dann nahm sie die Schüssel lächelnd entgegen. »Danke.«

Ich setzte mich wieder und widmete mich verlegen der Arbeit an Halvards Hose. Ich hatte nicht darüber nachgedacht. Ich hatte es einfach gemacht.

»Ist das Baby schon da?« Iri schnappte sich Runas Hand und zog sie zu sich.

Sie lächelte und berührte seine Nase mit ihrer. »Noch nicht.« Dann löste sie ihre Finger von seinen und ging zurück zur Tür.

Oben auf dem Dachboden war Halvards Schnarchen zu hören. Fiske und Iri saßen vor dem Feuer und besserten die gegenüberliegenden Enden eines Fischernetzes aus. Sie unterhielten sich über die nächste Jagd, und ich hörte den beiden zu. Die nächste Kampfsaison. Den nächsten Besuch der Riki-Händler. Schmiedeten Pläne.

Ihre Leben würden weitergehen, wenn ich fort war. Ich würde verblassen, wie eine Narbe oder Erinnerung.

Fiske rieb Salbe auf die aufgesprungene Haut an seinen Handknöcheln. Die Verletzung war nach seinem Besuch bei Thorpe aufgetaucht. Ich strich über die Wunde an meinem Arm, und in mir brach dasselbe Lodern aus, wie als Fiske mich berührt hatte. Mir wurde neben dem Feuer viel zu warm.

Draußen hallte auf einmal ein gellender Schrei in der Luft, und wir alle richteten uns gerade auf. Iri und Fiske unterbrachen ihr Gespräch. Ich erhob mich, ging zur Tür und spähte hinaus in das dunkle Dorf, aber ich konnte nichts erkennen. Alles war wieder ganz ruhig.

»Vielleicht war es Gyda.« Ich lehnte mich gegen den Türpfosten.

Iri ließ sich auf seinem Sitz entspannt zurücksinken und warf ein neues Holzscheit ins Feuer. »Eelyn kann gut mit Netzen umgehen.«

Ich wandte mich Fiske und Iri zu. »Was?«

»Wir benötigen ein neues Netz. Kannst du das übernehmen?«

Ich schaute wieder aus der Tür und erinnerte mich. Wie ich mit einem vom Wasser salzigen Tau am Steg saß, Knoten knüpfte und einzelne Garnstränge reparierte, während Iri neben mir Fische säuberte. Ich nickte.

Ein neuer Schrei erklang. Iri sprang auf die Füße und horchte erstarrt.

Dann ein weiterer. Und noch einer.

Ich erkannte diesen Ton. Wir alle kannten ihn. Geschrei inmitten einer sternklaren Nacht. Das Krachen von Holz. Das Scheppern von Metall.

Die Geräusche eines Überfalls.

26. KAPITEL

Kaum schoss mir die Erkenntnis in den Kopf, läutete auch schon warnend die Glocke am Ritualhaus. Iri und Fiske bewegten sich gleichzeitig und nahmen ihre Waffen von der Wand.

Ich schloss die Tür und hielt sie nur einen Spaltbreit offen, um hinausspähen zu können. Doch das Einzige, das ich erkennen konnte, war der warme Schein des Feuers in Gydas Haus gegenüber. Als ich mich umdrehte, hielt Fiske meine Waffen in der Hand. Sie schwebten geradezu zwischen uns in der Luft. Mein Schwert und meine Axt. Mein Messer.

Ich starrte sie an, und vor Überraschung stand mir der Mund offen.

»Fiske?« Halvards schläfrige Stimme drang vom Dachboden.

Fiske drückte mir die Waffen in die Hand. Ich umklammerte sie, hielt sie an meine Brust, und tiefe Ruhe machte sich in mir breit. Das sichere, verlässliche und wohlbekannte Gefühl. Der innere Kampf. Ein Pfiff war zu hören, und das Gebrüll wurde lauter, kam näher. Fiske blickte zur Tür und dann hoch zu Halvard.

»Geht.« Ich legte das Schwert um und zog die Riemen fest. »Ich werde bei ihm bleiben.«

Er schaute mich nachdenklich an und dann nochmals hinauf zu Halvard. »Wenn die Luft rein ist, lauft hinüber zu Gydas Haus.« Er wartete auf mein zustimmendes Nicken.

Iri ging zur Tür, schob sein Messer in den Gürtel und nahm in jede Hand eine Axt. Ich schluckte schwer und begab mich zurück ans Feuer. Fiske und Iri schlüpften hinaus in die Dunkelheit, wo immer mehr Klagegeschrei zu hören war.

Als ich mir die Axt auf den Rücken schwang, gab mir das Halt. Es brachte mich näher zurück zu mir selbst. Und das vertraute Gewicht meines Schwerts an der Hüfte wirkte wie ein Anker.

Halvard schaute von oben über den Rand des Dachbodens. »Was ist los?« In seinen Augen glitzerten Tränen.

Es war nicht der richtige Zeitpunkt, ihn zu verhätscheln. Er wusste, was ein Überfall bedeutete. »Wo sind deine Waffen?«

Daraufhin verschwand sein Gesicht kurz. Einige Minuten später kletterte er die Leiter hinunter und trug ein zu seiner Größe passendes Schwertfutteral. Dann begab er sich zu einer der Truhen an der Wand und holte einen Gürtel mit einem Messer heraus. Das überreichte er mir. »Es hat meinem Vater gehört.«

Ich legte den Gürtel um seine Taille und band die Enden zu einem Knoten, denn er war ihm zu groß. Aber es würde schon gehen. Er konnte das Messer ziehen, und das war das Wichtigste.

Dann kniete ich mich vor ihn und schaute ihm ins Gesicht. »Hast du schon einmal einen Menschen getötet?«

Er schüttelte ängstlich den Kopf.

»Weißt du, wie das geht? Wohin du zielen musst?«

»Ich … ich glaube, ja.«

»Zeig es mir.«

Seine kleine, zitternde Faust hob sich und drückte dann an meinen Hals. Ich nickte. Dann deutete er auf meinen Bauch, meine Seite und die Lenden.

»So ist es richtig.« Ich versuchte zu lächeln. »Was ist dir lieber, ein Schwert oder ein Messer?« Ich wusste, mit der Axt kam er nicht gut zurecht. Das hatte ich schon gesehen.

»Schwert.« Er reckte das Kinn und versuchte, seine Ängstlichkeit zu zähmen.

»In Ordnung. Hol tief Luft und hör zu, was ich dir jetzt erzählen werde.«

Er gehorchte, atmete langsam ein und stand aufrecht vor mir.

»Jeden Augenblick wird jemand durch diese Tür kommen. Man wird versuchen, uns zu töten oder zu verschleppen, aber bevor das passiert, werde ich jeden töten.«

Halvard nickte aufmerksam.

»Falls man mich tötet oder verschleppt, ist es deine Aufgabe, die Angreifer zu töten. Verstanden?«

»Ja.«

Und daraufhin sprach ich dieselben Sätze, die man zu mir in der Nacht, als meine Mutter starb, gesagt hatte. »Lauf dann in den Wald. Bleib nicht vor Morgenanbruch stehen. Ganz gleich, was geschieht.«

Geschrei hallte in meinem Kopf, und wieder schoss diese Nacht in Hylli in mein Gedächtnis. Wie ich mit nackten Füßen durch den Wald lief. Iri vor mir. Die tiefe, raue Stimme meines Vaters hinter mir.

Lauft!

Halvards Augen wanderten über mein Gesicht. »In Ordnung.«

»Versuch nicht, mir zu helfen. Du kommst nicht zurück wegen Inge oder Fiske oder Iri. Du läuftst. Du lässt sie zurück.«

Die Nacht, als mich Iri in den Wald zog, war die Nacht, in der ich zur Kämpferin wurde. Wenn er diese Nacht überlebte, würde es für Halvard genauso sein.

Erneut traten ihm Tränen in die Augen.

»Nicht weinen!«, befahl ich und stand auf. »Wenn du heute Nacht stirbst, siehst du deinen Vater in *Friðr* wieder. Nicht wahr?«

Halvard lächelte und schniefte. »Stimmt.«

Plötzlich knarrte die Haustür, Halvard verzog das Gesicht und riss angstvoll die Augen auf. Ich stellte mich vor ihn und holte langsam mein Schwert hervor.

Eine Gestalt stand im offenen Eingang.

Und sofort wusste ich es. Mein Herz blieb beinahe stehen, und fast wäre mir das Schwert aus den Händen geglitten. Wie ein Wildfeuer breitete sich die Angst in mir aus, und ich versuchte angestrengt zu atmen. Ich blinzelte ungläubig.

Glatte, glänzende Felle. Silberner Schimmer. Weiße, tote Augen.

Herja.

Mein Blick raste über die Gestalt. Das strähnige Haar fiel um sein Gesicht, und er starrte mich ausdruckslos an. Ich sah das Schwert in seiner Hand und wich vorsichtig zurück.

»Hier ist nur eine Dýr«, rief er über die Schulter. Sein Blick blieb an meiner Halsfessel hängen.

Hinter ihm tauchte ein weiterer Krieger auf, schaute ins Haus und verschwand dann wieder.

»Geh zurück, Halvard«, sagte ich ruhig, als mein Herz wieder normal klopfte.

Er gehorchte, und mit seinem kleinen Schwert in der Hand begab er sich zur Wand gegenüber dem Feuer.

Der Herja machte einen Schritt auf uns zu, und in meinen Adern raste das Blut. Erreichte jeden Muskel. Aufmerksam beobachtete ich jede seiner Bewegungen. Ich fand mein Gleichgewicht und stand wie angewurzelt da. Er blickte sich im Haus um, schätzte den Bestand. Was er alles rauben wollte. Und wen er töten wollte.

Ich beobachtete und wartete ab.

Ein Atemzug.

Er zog sein Messer.

Zwei Atemzüge.

Er machte einen weiteren Schritt.

Drei Atemzüge.

Er sprang auf mich zu, und ich langte nach dem Topf auf dem Feuer, nahm ihn am Henkel und schleuderte ihn dem Herja entgegen. Er traf ihn an der Brust, warf ihn um, und er jaulte auf, denn der heiße Eintopf brannte sich in seine dreckverschmierte Haut. Er rutschte auf dem feuchten Steinboden aus, und mit schockierter Miene schaute er zu mir auf.

Dann bewegte er sich wieder. Ich verstärkte den Griff an meinem Schwert, und während er aufstand, zog ich die Axt, nutzte die gute Gelegenheit, schwang sie und erwischte damit seine Panzerweste. Aber er stand immer noch und hob sein Schwert immer höher über meinen Kopf. Wieder holte ich Schwung, zielte diesmal auf seine Beine, und er stürzte sich auf mich. Ich fiel, verlor das Schwert, und die Axt glitt über den Boden bis zur Wand direkt neben Halvard. Ich krabbelte der Axt hinterher, während draußen im Dunkeln immer mehr Schreie zu hören waren.

Vielleicht Runa. Vielleicht Inge.

»Eelyn!«, jaulte Halvard hinter mir auf, und ich rollte mich zur Seite, als das Schwert niedersauste und neben mir in den Boden krachte, dass um uns die Funken sprühten. Ich schnappte mir die Axt, setzte mich auf und hob sie über den Kopf. Als sie flog, die Luft durchschnitt und im Oberschenkel des Mannes einschlug, spürte ich wieder den brennenden Schmerz in meiner Schulter. Krachend fiel sein Schwert zu Boden.

Ich sprang auf die Füße und riss es an mich, bevor er es tun konnte. Dann holte ich aus und stach es ihm mit einem Schrei in die Seite. Er wand sich, brüllte auf, und der andere Herja erschien erneut im Türrahmen. Der schaute von mir zu dem sich auf dem Boden krümmenden Gefährten.

Daraufhin lief er mit dem offenen Schwert in seiner Hand auf uns zu, und ich riss meine Axt aus dem Bein des bereits getroffenen Herja und warf sie. Sie drehte sich in der Luft, bis sie in den Rippen des zweiten Mannes stecken blieb. Er sank auf die Knie, versuchte aufzustehen, doch ich rannte zu ihm, riss das Schwert vom Boden und rammte es in seinen Bauch.

Er versuchte, mich zu fassen, Blut strömte aus seinem Mund, und seine knorrigen Finger krallten sich in meine Tunika, als er auf mich fiel. Halvard eilte zur Haustür, warf sie zu und kam dann, um mir zu helfen, den Herja von mir zu rollen. Ich stand auf, atmete schwer, und Blut tropfte von meinen Händen.

Ich nahm wieder meine Axt und das Schwert an mich.

»Geht es dir gut?« Halvard schaute mich mit aufgerissenen Augen an.

Ich nickte bloß und begab mich zurück zur Haustür. Das Dorf lag im Feuerschein, aus den Häusern stoben Flammen, die alles unter sich begruben. Die Tür zu Gydas Haus war immer noch geschlossen. Der Wald lag stockfinster da, aber ich konnte den Rand erkennen. Ich versuchte nachzudenken. Ich könnte in den Wald laufen und zum Fluss gelangen. Es war dunkel, aber einen Versuch wert. Niemand würde mich verfolgen. Es würde noch nicht einmal jemand bemerken.

Halvard war schreckensbleich, als er sah, dass die Häuser entlang des Pfads in Flammen standen. Er könnte es vermutlich bis zu Gydas Haus schaffen. Er war klein und in der Dunkelheit schwer auszumachen. Vielleicht konnten ihn die Herja nicht einmal sehen. Aber der Gedanke allein ließ meine Zunge bleischwer werden, und ein Frösteln zog meinen Rücken hinauf. Knurrend umfasste ich den Griff meines Schwertes fester. Selbst wenn es Halvard zum Haus schaffte, konnte Kerling die anderen nicht verteidigen.

Ich konnte jetzt nicht fortgehen.

»Komm!« Ich legte einen Arm um seine Schulter und drückte Halvard an mich, während ich die Tür aufriss. Dann rannten wir mit gezogenen Schwertern in die Dunkelheit.

Der Schein der Feuerstelle in Gydas Haus ergoss sich auf den Schnee vor uns, und in den Bäumen bewegte sich ein Schatten. Ich löste mich von Halvard und schob ihn in Richtung Haus. Dann holte ich mit dem Arm aus und stieß mit dem Schwert vorwärts. Es fuhr in eine Herja-Frau und ließ sie, als ich mit einem Auge auf Halvard an ihr vorbeiging, zu Boden stürzen.

»Eelyn!«, schrie er auf, als hinter uns Schritte zu hören waren.

Im Umdrehen schwang ich schon die Axt, und eine weitere Frau fiel hinein. Sie stolperte durch den Schnee, und das Mondlicht spiegelte sich in ihrer silbernen Panzerweste. Ich zog die Axt aus ihrem Körper, und während Halvard fast in mich hineingerannt wäre, schlug ich die Waffe erneut in ihren Rücken.

Halvard lief weiter, und als uns ein weiterer Herja auf den

Fersen war, blieb ich abrupt stehen und bückte mich, sodass er über mich fiel. Er rollte im Schnee, sein Schwert flog in die Luft, und hinterrücks griff mich ein anderer Mann an. Ich führte mein Schwert zurück und traf ihn im Bauch. Doch der erste Mann war wieder auf den Beinen. Ich hatte nicht genug Zeit.

Er rannte auf mich zu. Ich schloss die Augen und krümmte mich innerlich, um mich gegen seinen Angriff zu wappnen.

Aber nichts geschah. Kein Hieb. Stattdessen hörte ich, wie der Herja vor mir zu Boden ging. Ich öffnete die Augen und sah, dass er mit dem Gesicht nach unten im Schnee lag. In seinem Rücken steckte ein Messer. Und hinter ihm stand Halvard, den Wurfarm immer noch ausgestreckt.

»Lauf!«, brüllte ich und sprang auf.

Als Halvard sich umdrehte, prallte er auf eine weitere Gestalt. Ein Herja packte ihn, hob ihn hoch, und während Halvard um sich schlug, rannte er mit ihm davon.

»Halvard!«, schrie ich. Meine Füße bohrten sich in den tiefen Schnee, als ich beiden hinterherlief.

Doch der Herja vor mir war schneller. Als er den Waldrand erreicht hatte, hatte ich Mühe, ihm zu folgen. Immer mehr Herja zogen sich in den Wald zurück, und in dem Tumult verlor ich Halvard und seinen Angreifer aus den Augen.

Ich wandte mich zurück zum Dorf. Während die Menschen nur so an mir vorbeiflogen, schossen meine Augen von rechts nach links. »Iri!«, brüllte ich. Er konnte mich vermutlich nicht hören. Er war wahrscheinlich nicht einmal in der Nähe. »Fiske!«, schrie ich daraufhin dermaßen laut, dass beinahe meine Lungen geplatzt wären.

Hinter mir in der Dunkelheit hallte Halvards Geschrei.

Tief in meinem Herzen erklang ein Ton. Knirschend brach etwas entzwei, wie eine Lawine, die sich krachend löste. Ein derart verzweifeltes und wütendes Gefühl, dass ich glaubte, es würde mich zerreißen.

Plötzlich wurde ich gepackt. Ich drehte mich, schwang die Axt, und Fiske duckte sich.

Ich schluckte und atmete gleichzeitig, ließ die Axt in den Schnee sinken und krallte mich in Fiskes Panzerweste. »Halvard – sie haben ihn!«

Fiske starrte mich verständnislos an. Er versuchte, meine Worte zu verarbeiten. »Nein.«

Ich bekam nicht genug Luft, um alles zu erklären. Darum deutete ich in den Wald.

Fiske nahm meine Axt und drückte sie mir in die Hand. Dann lief er, ohne zu zögern, los, und ich rannte hinter ihm her. Wir kämpften uns durch die dichten Bäume, und auf unserem Weg bergab wurde die Schneedecke unter unseren Füßen immer dünner. Es folgten uns keine Riki, und ich wusste, was das bedeutete – was auch immer im Dorf passiert war, war derart schlimm, dass man die Herja lebendig davonkommen ließ.

Fiske und ich schlossen leichtfüßig zu dem letzten Herja der Gruppe auf und legten uns flach auf den Waldboden. Dann warf Fiske sein Messer, und es blieb in der Kehle des Mannes stecken. Im gleichen Moment rutschte ich schnell über den gefrorenen Boden zu ihm, während seine Klinge auf mich zugeflogen kam. Ich bäumte mich auf, holte mit meinem Messer aus und stach zwischen seine Schulterblätter. Er krümmte sich, warf den Kopf zurück und landete auf der Seite. Als ich mich nach Fiske umsah, hatte er bereits einen weiteren Herja erledigt.

Wenige Minuten später hatten wir zur Schar der Herja aufgeschlossen, die den bewaldeten Hang hinabliefen. Wir verfolgten sie im Schutz der dichten Bäume und verschmolzen auf diese Weise mit der Dunkelheit. Die Herja schritten in einer langen Reihe an uns vorbei, und ihre Panzerwesten schimmerten im Mondlicht.

Dann blieben wir stehen, gingen hinter einem auf der Erde liegenden, verrotteten Baumstamm dicht aneinandergedrängt in

Deckung und spähten vorsichtig über den Rand. Die Herja zerrten die gefangen genommenen Riki an Stricken um den Hals wie Hunde hinter sich her. Ich fluchte leise und versuchte, Halvard unter den Menschen auszumachen, aber es waren zu viele Herja, sodass ich ihn nicht finden konnte. Ein Pferd wieherte, und mein Blick schoss sofort zu dem Tier am Ende des Zuges. Es zog drei Menschen hinter sich her, einer wirkte schlaff und schleppte sich vorwärts. Ich ging auf die Knie und riss die Augen auf.

Neben mir atmete Fiske schwer. »Kannst du ihn sehen?«

Ich suchte Halt und grub die Finger in die Rinde des Baumes. »Ich glaube, er ist das kleine Wesen hinter dem Pferd. Ich bin mir aber nicht sicher.«

»Ich kann ihn nicht finden.« Er schluckte schwer, bevor er sagte: »Vielleicht haben sie ihn …«

»Wenn sie ihn hätten töten wollen, hätten sie das bereits in Fela getan. Die Herja verschleppen auf ihren Raubzügen auch immer Menschen. Das weißt du doch.«

Doch er wusste ebenfalls, warum. Wenn die Geschichten darüber stimmten. Die Herja behandelten ihre Gefangenen als Opfergaben. Nachdem sie Hylli angegriffen hatten, fanden wir später die ausgebluteten Körper unserer Clangefährten im Wald.

Fiske schaute mich an. Der gleiche Gedanke tobte wie ein Sturm in seinem Gesicht. Er atmete tief aus, lehnte die Stirn gegen den Baumstamm und schloss die Augen.

»Wir können Halvard befreien, aber nicht alle anderen«, flüsterte ich. »Die Herja sind einfach zu viele.«

Nachdenklich blickte Fiske in den Schnee. »Wir werden Halvard holen. Dann werden wir zurückkommen und die anderen befreien.«

Ich nickte. »Und dann werden wir jeden einzelnen der Herja töten.«

27. KAPITEL

Wir hielten uns tief gebückt und schlichen Richtung Osten den Abhang hinab, parallel zu den Herja, die sich immer weiter in den Wald zurückzogen. Kälte kroch unter meine Panzerweste. Wir schlängelten uns durch das Unterholz näher an die Gruppe heran, und ich behielt Halvard im Auge, der von dem schwarzen Pferd am Ende des Zuges vorwärtsgezerrt wurde. Als die Reihen nicht mehr dicht geschlossen gingen, weil einige zurückfielen, blieb ich stehen und deutete nach rechts.

Der Mond schien durch die Baumkronen und warf wie ein Blitz für einen kurzen Augenblick Licht auf Halvards Gesicht. Seine Nase wirkte gebrochen, Blut lief in einem Rinnsal bis zu seiner Tunika. Ich erschrak bei diesem schmerzlichen Anblick. Wahrscheinlich sein erster Knochenbruch. Vielleicht seine erste Erfahrung mit Gewalt und ein Eindruck von dem Leben, an das wir anderen bereits gewohnt waren.

Als Fiske seinen kleinen Bruder erkannte, spannte sich sein ganzer Körper an, und er wäre beinahe aufgesprungen. Ich schnappte mir seinen Arm und riss Fiske zurück auf den Boden. Doch vor Zorn sperrte er sich dagegen und starrte angestrengt geradeaus. Seine Gesichtszüge zuckten, und er verzog die Miene, sodass mir das Herz in die Hose rutschte. Fiske fürchtete sich. Und das war ihm fremd.

Ich legte die Hand auf seinen Unterarm und drückte ihn. Da kam Fiske wieder zu sich, wandte den Blick von Halvards undeutlicher Gestalt und sah mich an. Er sank zu Boden, sein Atem beruhigte sich, und ich behielt ihn noch so lange im Auge, bis ich sicher war, dass er nicht sofort mit gezogenem Schwert den Abhang hinunterrasen würde.

Wir waren weit genug voraus, um nun zu erkennen, dass es Halvard nicht leichtfiel, mit der Geschwindigkeit des Pferdes mitzuhalten. Er stolperte den Waldweg entlang und hatte die

Hände in den Strick um seinen Hals gesteckt, um zu verhindern, dass sich der Knoten enger zog. Sollte Halvard hinfallen, würde ihn der Strick erwürgen.

Bei ihm befand sich eine ebenfalls gefesselte Frau, und sie liefen neben einem blutbefleckten Körper, der über den Waldboden geschleift wurde. Wer immer das war, er war schon tot.

Fiske und ich bewegten uns nicht. Wir gaben keinen Laut von uns.

Ich suchte in der Erde nach einem Stein, und als ich einen in der Größe meiner Handfläche gefunden hatte, stand ich auf.

Fiske schnappte nach meinem Handgelenk und hielt mich auf. »Lass mich das machen.«

»Ich hol ihn schon, Fiske«, flüsterte ich. Ich war kleiner und schneller, weniger leicht zu erkennen. Sobald Fiske aus dem Gestrüpp trat, würden sie ihn sofort entdecken.

Er schaute mich eine Weile an und ließ mich dann los. Ich hob einen Fuß, bewegte mich langsam und vorsichtig und vermied, in die Lichtkegel des Mondes auf dem Waldboden zu treten. Fiske folgte mir mit einer Hand an meinem Rücken.

Über den Nachthimmel zogen Wolken und verdunkelten den Wald erneut vollends, während sich uns das Pferd näherte. Fiske zog das Messer aus seinem Gürtel, ging in die Knie, und ich hob den Stein in meiner Hand. Als die nächste Gruppe von Herja an uns vorbei war, holte ich mit dem Arm seitlich aus, ließ die Hand vorschnellen, und der Stein schlitterte über den Waldboden, als würde er auf einer Wasseroberfläche tanzen. Er kreuzte rechtzeitig die Vorderläufe des Pferdes, das daraufhin erschrak und mit aufgeblasenen Nüstern wieherte.

Halvard stützte sich an einen Baum, und das Pferd stampfte nervös auf, während die Herja weitergingen. Ich zog mein Messer.

Die beiden Herja, die hinter dem Pferd gelaufen waren, schlossen auf, einer nahm die Zügel und schnalzte mit der Zunge, um das Tier zu beruhigen. »Schneid ihn los«, sagte er zu seinem Gefährten und deutete auf den toten Riki auf dem Boden.

Der Herja tat, wie ihm aufgetragen. Er hockte sich hin und durchtrennte mit der Klinge seiner Axt den Strick. Diesen Augenblick nutzte ich, um einen Schritt vorwärts zu machen. Die Rüstungen klapperten, und ich huschte nach links, lief einen weiten Bogen um das Pferd und überwand den Pfad, der immer noch im Dunkeln lag. Vor mir bewegten sich die anderen Herja nach wie vor den Hang hinab.

Schnell war ich an der Seite des ersten Herja. Als er mich bemerkte, war es bereits zu spät. Ich sprang hoch, legte den Arm um seinen Hals und zog das Messer durch seine Kehle. Sprudelnd spritzte das Blut aus ihm hervor. Fiske hatte schon den zweiten niedergerungen, und Halvard entdeckte uns in der Dunkelheit. Sofort begann er zu weinen.

Mehr Herja näherten sich vom Waldweg.

»Pscht.« Schon war ich an Halvards Seite, schnitt mit einem Hieb den Strick durch und schob ihn zu Fiske. Er nahm Halvard auf den Arm, und die Beine und Arme des Jungen klammerten sich um Fiskes Körper, während der den Hang bereits wieder hinaufeilte.

Dann sah ich sie.

Sie stand auf dem Waldweg mit einem Strick um den Hals und beobachtete mich: die Tala. Ich hielt inne und blickte mich um. Im Wald war es ganz still, bis auf die Schritte von drei Herja, die näher kamen. Und sie stand da, als wüsste sie, was ich als Nächstes tun würde. Ich wollte sie an dieses Pferd gebunden zurücklassen, so wie sie mich im Stich gelassen hatte. Bis sie die Nächste sein würde, die leblos über den Waldboden gezogen wurde. Ich wollte sie bestrafen. Aber in ihren Augen lag etwas Weises. Ruhe. Als hätte sie auf mich gewartet.

Bevor ich nachdenken konnte, drehte ich das Messer in der Hand und warf es ihr mit dem Griff voran zu. Sie fing es auf. Ihr

Blick war noch immer fest auf mich gerichtet, während ich auf dem Absatz kehrtmachte. Ein paar Sekunden später hörte ich, wie sie mir den Hang hinauffolgte und im Gleichschritt mit mir zu Fiske und Halvard aufschloss.

Wir bückten uns wieder und beobachteten, wie weitere Männer sich dem Pferd näherten. Als ihre Stimmen lauter wurden, streckte ich meine Hand nach hinten aus, und die Tala legte mein Messer in die offene Handfläche. Ich ging in die Knie, holte tief Luft und streckte die Schultern, bevor ich das Messer hob. Ich zielte, nahm mir Zeit, ließ dann den Arm vorschnellen und öffnete die Hand, sodass das Messer ruckartig losflog.

Es bewegte sich still wie der Wind, bis es auf den Rücken des Herja rechts traf und er flach zu Boden fiel. Sein Begleiter blieb stehen, blickte zu uns auf. Und dann rannte er.

Rasch rutschte ich ein Stück nach unten, zog das Messer aus dem Rücken des Mannes, schaute mich nach dem zweiten Herja um.

Auf einmal schien die Erde stillzustehen.

Alles verstummte. Mein eigener Atem rauschte in den Ohren. Die Bäume drehten sich um mich. Ich kniff die Augen zusammen, um besser sehen zu können. Ich versuchte, mir einzureden, dass ich mich irrte. Doch es handelte sich um kein Missverständnis, sondern um den Griff eines Aska-Schwerts. Das rot gefärbte Leder eines Aska-Schwertfutterals. Und das konnte nur eines bedeuten. Dass die Herja am Fjord gewesen waren.

Ich dachte nicht nach. Ich atmete nicht. Ich rannte einfach.

Ich sammelte das letzte bisschen Kraft in mir und warf meinen Körper durch die Bäume. In Richtung der fliehenden Gestalt. Er drehte sich mitten im Laufen um, bemerkte, dass er verfolgt wurde, und schaute lange genug nicht nach vorne, dass er den Halt verlor und in einen Baum krachte. Er rollte auf dem Boden, als ich ihn erreichte. Daraufhin hielt ich ihn mit den Knien auf seiner Brust fest, griff mit der Faust seine Haare und zwang ihn, mich anzusehen.

»Woher hast du das Schwert?« Vor lauter Angst war meine Stimme nur ein heiseres Flüstern.

Er blickte zu mir auf und fletschte die Zähne.

»Woher hast du es?« Ich knallte seinen Kopf auf die Erde, und er stöhnte.

Fiske, Halvard und die Tala kamen hinzu und stellten sich neben mich. Niemand war in Sichtweite, aber wenn er schrie, würden ihn die Herja vielleicht hören.

Ich konnte ihn nicht töten. Noch nicht.

Dann holte ich aus und schlug mit ganzer Körperkraft mein Messer seitlich in den Hals des Herja. Er bewegte sich nicht mehr, und sein Kopf rollte zur Seite.

»Das ist … das hier ist Aska-Leder«, erklärte ich mit erstickter Stimme.

»Ich weiß.« Fiske setzte Halvard ab. Die Tala legte einen Arm um seine Schulter und zog ihn an sich. »Wir werden ihn mitnehmen.«

Fiske schnappte sich ein Bein, und ich wischte mir über das Gesicht, bevor ich das andere nahm. So zerrten wir ihn durch den Wald. Die Tala und Halvard liefen voraus.

»Sie sind am Fjord gewesen«, keuchte ich wegen des Gewichts des Herja und meiner schwachen Beine.

»Mag sein.«

Bevor ich antworten konnte, hörten wir durch die Bäume die Geräusche von Fela.

Das erste Morgenlicht stieg über dem Berg auf und tauchte das Dorf in tiefes Violett, das einem Bluterguss glich. Einige der Häuser brannten immer noch, und Rauch stieg auf. Leblose Körper lagen ausgestreckt entlang des Hauptpfads, der durch das Dorf führte. Alle paar Schritte war der Schnee blutbespritzt.

Die Tala schaute über die Schulter zu Fiske und öffnete entsetzt den Mund.

Wir schleiften den Herja bis zum Haus, und ich schluckte

schwer. Alles war ruhig, und ich wusste nicht, was das bedeutete. Was das für mich hieß. Der Himmel und die Erde zerrten beide an jedem einzelnen Stück von mir, sodass ich mich schutzlos fühlte. Als würde ich in zwei Teile zerspringen.

Ich ließ das Bein des Herja fallen und schob die Haustür auf. Inges Aufschrei durchbrach die Stille. Sie stürzte vorwärts, riss Halvard in die Arme, sank zu Boden, und ihre Miene war derart verstört und zerrüttet, dass ich sie beinahe nicht wiedererkannt hätte.

Meine Augen wanderten angespannt durch den Raum, bis ich ihn gefunden hatte.

Iri.

Er stand mit rotem Gesicht am Ende des Tisches. Seine Augen waren feucht. Das Haar klebte ihm im Gesicht.

Ein Schluchzer löste sich in meiner Brust, und ich rannte zu meinem Bruder. Ich fiel ihm um den Hals, und er schlang die Arme fest um mich und hob mich vom Boden. Ich versuchte zu atmen, holte langsam Luft und wollte mein Herz beruhigen.

Dann setzte er mich sanft wieder ab, ließ mich los, riss Fiske an sich und küsste ihn auf beide Wangen. Als die beiden sich umarmten, entwich hörbar Luft aus Iris Lungen. »Ich dachte … wir dachten …« Er schüttelte den Kopf. »Aber wir haben eure Leichen nicht finden können.«

Hinter ihm an der Wand hockte Runa, die verängstigt die Knie an die Brust gezogen hatte. Sie starrte ausdruckslos ins Feuer, und über ihr rußverschmiertes Gesicht liefen stumme Tränen.

Inge kniete immer noch vor Halvard, hatte die Arme um ihn geschlungen und weinte in sein Haar. Sie flüsterte schniefend etwas in sein Ohr, hielt ihn fest an sich gedrückt, und er nickte. Unter seiner Nase war das Blut zu einer Kruste getrocknet, und an seinem Hals – dort, wo sich der Strick befunden hatte – klaffte rundherum offene Haut. Als Inge sich zurückneigte, blickte sie zuerst auf die Nase und drückte mit den Daumen die Flügel in beide Richtungen, während Halvard zur Decke schaute. Unter seinen Augen waren bereits dunkle Blutergüsse entstanden.

»Was ist das?« Iri blickte auf den Herja, der vor der Tür lag.

Inge keuchte verängstigt und zog Halvard wieder näher zu sich.

Ich fuhr mir mit der Hand durchs Haar, und meine Fingernägel kratzten über die geschorene Stelle an meinem Kopf. »Sie sind bei den Aska gewesen.«

Iris Gesichtszüge erschlafften, gleichzeitig riss er entsetzt die Augen auf. Ich las darin den gleichen rätselhaften Ausdruck wie vorhin, als ich durch die Tür getreten war. Und er stellte sich stumm die Frage, die ich ebenfalls nicht beantworten konnte.

Ich setzte mich an den Tisch, stützte die Arme auf und rieb mir mit den rauen, aufgesprungenen Händen das Gesicht. Während ich mich im Raum umsah, zuckten die Muskeln um meine Knochen. Mein Blut strömte immer noch schnell durch die Adern. Auf diese Weise beruhigte sich mein Körper nach jedem Kampf. Meine Gedanken rasten wie immer in endlos viele Richtungen und versuchten, irgendwo Halt zu finden. Als meine Atemzüge länger wurden, meldete sich der Schmerz in meiner Schulter zurück. Ich zog die Panzerweste aus und schaute mir den Arm an.

»Lass mich mal sehen.« Inge ließ Halvard los und erhob sich.

Runa hockte nach wie vor schweigend an der Wand.

»Ihr Vater«, meinte Inge leise und blickte mir in die Augen.

Mein Magen geriet sofort in Aufruhr, und mein Verstand konnte nur einen einzigen Gedanken fassen. *Mein* Vater. Dic Aska.

Fiske legte Inge eine Hand auf die Schulter. »Ihr solltet hoch zum Ritualhaus gehen. Dort werden all die Verwundeten sein.«

Ich warf erneut einen Blick auf die Stiefel des Herja vor der Tür.

Inge nickte zustimmend und schaute zu Runa. »Du hast recht.«

Daraufhin stand Runa auf. Ihr Blick war nach wie vor leer. Sie ging zu dem Korb auf dem Tisch, nahm ihn, schob sich den Henkel über den Arm, und während sie auf Inge wartete, starrte sie ausdruckslos zur Tür hinaus. Aber Inge bewegte sich nicht, bis ich sie ansah. Sie hatte darauf gewartet, dass ich zu ihr schaute, und als ich das tat, nahm sie mein Gesicht in die Hände, drückte ihre warme Wange an meine, und ich spürte ihren Atem. Dann legte sie die Arme um mich, hielt mich und zog mich fest an sich.

»Danke«, flüsterte sie.

Und in mir knackte der Eisberg. Laut krachend zerbrach er, und seine Einzelteile fielen in das eisige Wasser um mein Herz. »Gern geschehen.«

28. KAPITEL

Wir saßen am Tisch, und ich hielt Halvards Kopf im Schoß, sodass Fiske seine Nase richten konnte. Als Halvard Tränen aus den Augenwinkeln kullerten, wischte ich sie mit meinem Handrücken zärtlich fort.

Danach half ihm Iri auf, zog die Tunika wieder über Halvards Kopf, und ich ging zur Haustür, wo ich die leblosen Körper zählte, die die Riki auf den Dorfpfad schleppten und dort getrennt voneinander sammelten. Es gab mehr tote Riki als Herja. Da war ich mir sicher.

Wartend stand ich vor dem Herja, den wir aus dem Wald hergezerrt hatten. Er war kräftig gewachsen und machte einen hartgesottenen Eindruck. Seine Kleidung war stark verschmutzt und an den Kanten ausgefranst. Die Herja zogen seit langer Zeit umher und lebten an keinem festen Ort. Aber das Aska-Leder war nicht allzu abgenutzt. Wenn die Herja in Hylli gewesen sind, war das noch nicht lange her.

Ich beschloss, es wäre sicherer, ihn zu fesseln, und holte ein Stück Seil, das ich fest um seine Handgelenke schlang und verknotete. Dann ging ich wieder ins Haus zurück und beobachtete ihn vom Eingang aus.

»Meine Mutter will ihn nicht hierhaben. Sie fürchtet sich vor ihm.« Fiske versuchte, seine Panzerweste abzulegen, und zuckte bei der Bewegung schmerzverzerrt zusammen, als er seinen Arm halb über das Feuer hielt.

»Hier.« Ich streckte ihm meine Hand entgegen.

Er drehte sich um, reichte mir den Arm, und ich fasste ihn am Handgelenk, um seinen Unterarm auf meine Schulter zu stützen. Behutsam öffnete ich die Schnallen, zog die Panzerweste seitlich auf. Dann bückte ich mich etwas, damit ich seine Tunika an den Rippen hochschieben konnte.

Fiske atmete angestrengt, als die Verletzung sichtbar wurde –

ein breiter Streifen dunklen Blutes unter der Haut. Mit den Fingerspitzen befühlte ich die Knochen, und Fiske warf gequält den Kopf in den Nacken und kniff die Augen zusammen. In Aurvanger hatte ich einen Monat unter einer ähnlichen Verletzung gelitten. »Sie sind gebrochen.«

Überraschenderweise lachte Fiske. »Ich weiß.«

Ich richtete mich auf und blickte ihn an. Ich hatte ihn zuvor noch nie wirklich lächeln gesehen. Sein Mundwinkel bewegte sich nach oben, und seitlich daneben tauchte ein Grübchen auf. Als ich spürte, wie ich rot wurde, schaute ich rasch weg. Ich ließ Fiskes Arm vorsichtig von meiner Schulter heruntergleiten und öffnete dann die andere Seite der Weste, um ihm zu helfen, sie komplett abzustreifen. Dabei hielt ich die Augen fest auf den Boden gerichtet.

»In der Nacht, als ich dich im Wald gefunden habe …« Seine Stimme wurde zu einem Flüstern.

Ich nahm die Weste in die Hand. »Was war da?«

»Da hast du ›Herja‹ gesagt.«

Vom Eingang war plötzlich ein Grunzen zu hören, und meine Augen schossen sofort zu den Stiefeln. Sie bewegten sich.

Ich warf Fiskes Weste auf den Tisch, und während ich vorsichtig einen Schritt vor den anderen setzte, zog ich das Messer aus meinem Gürtel. Als ich in den Schnee vor der Tür trat, lag Sonnenlicht auf meinem Gesicht, und ich blickte auf den Herja. Er rollte sich gerade auf die Seite und hielt sich den blutenden Kopf.

»Iri!«, rief ich ins Haus, und der Herja öffnete schlagartig die Augen.

Iri kam herausgerannt, riss den Herja an seiner Weste hoch, bis er saß.

Ich wartete darauf, dass er mich ansah. Sein Kopf hing zur Seite, und er blickte sich um. Dann landeten seine Augen auf der Dýr-Fessel um meinen Hals. Im gleichen Moment trat Fiske aus dem Haus und hielt sich die verletzten Rippen.

»Woher hast du die Aska-Rüstung?« Ich hockte mich vor den Herja und sprach leise.

Sein Blick wanderte immer noch umher und an mir vorbei. Er versuchte, seine Fluchtmöglichkeiten einzuschätzen.

Ich umschloss daraufhin den Griff meines Messers noch fester. »Woher hast du die Rüstung?«

Er presste die Lippen zusammen und lehnte den Kopf zurück. Seine Mundwinkel zeigten ein kleines Lächeln.

Ich hielt das Messer mit beiden Händen, holte weit aus, warf die Arme dann nach vorne, und die Klinge meines Messers landete in der kräftigsten Stelle seines Oberschenkels. Der Herja jaulte auf und krümmte sich, während ich das Messer aus seinem Bein zog. Er blickte auf, starrte mich an und spuckte in meine Richtung.

»Warum besitzt du eine Aska-Rüstung?«, brüllte ich und schwang die Klinge des Messers, um das Blut abzuschütteln.

Glotzend biss er die Zähne zusammen und atmete schwer.

Abermals stach ich auf ihn ein. Diesmal in das andere Bein und tiefer als zuvor. Er schrie lauter, und ich drehte die Klinge in seinem Fleisch. Ich zog das Messer zurück aus seinem Muskel und der Haut, und er versuchte, mich zu erwischen. Doch Iri schnappte sich seine Weste und drückte ihn mit dem Rücken zu Boden. Daraufhin kniete ich mich über den Herja. Aber sein wilder Gesichtsausdruck wurde nur noch deutlicher.

Ich griff sein Haar, drückte seinen Kopf zu Boden und warf mein Messer Fiske vor die Füße. Iri hielt den Körper des Herja fest, dennoch wand er sich unter mir und trat um sich. Mein Herzklopfen war lauter als das Knirschen von Stiefeln im Schnee hinter mir. Eine wachsende Gruppe von Riki versammelte sich vor dem Haus und beobachtete uns. Aus ihren Gesichtern sprach das Entsetzen. Sie kannten die Geschichten, aber bis gestern Nacht hatten sie noch nie einen Herja gesehen. Für die Riki waren die Herja eine reine Sage. Für mich jedoch waren sie die Dämonen, die meine Mutter getötet hatten. Und meinen Vater zerstört.

Bevor sich der Herja ein weiteres Mal bewegen konnte, drückte ich meinen Daumen in sein Auge, bis ich den warmen Muskel und das feuchte Gewebe spüren konnte. Der Herja bäumte sich auf. Ich stemmte mich mit ganzem Körpergewicht dagegen, und während ich meinen Daumen aus seiner Augenhöhle zog, riss ich gleichzeitig den Augapfel heraus. Ich hielt ihn in meiner Hand und ließ den Herja dann ruckartig los.

Er riss den Mund weit auf, sein Schrei erstarb in seiner Brust.

»Woher hast du die Rüstung?«, brüllte ich und drückte meinen Daumen auf sein zweites Auge.

»Wir haben die Aska überfallen!«, jammerte er würgend.

»Wann?« Ich stand von ihm auf. »Wann wart ihr dort?«

Er setzte sich auf und hielt seine gefesselten Hände vor die blutende Augenhöhle. »Vor ein paar Wochen.«

Meine Stimme nahm wieder Kraft auf. »Was ist passiert?«

Als er zögerte, griff ich mir wieder mein Messer und zog es durch das Fleisch an seinem Arm. Er fiel zur Seite und versuchte wegzukriechen, während hinter ihm ein ängstliches Raunen zu hören war.

»Wir haben sechs ihrer Dörfer entlang des Fjords überfallen.«

Die Worte trafen mich tief. Sie streckten mich zu Boden, und mir stockte das Herz.

»Und die Riki? Wie viele Dörfer waren es da?«, rief die Tala.

Sie stand neben Vidr, dem Anführer des Dorfes, und vor einer immer größer werdenden Menschengruppe. Der Himmel über uns schwankte. Ich schüttelte den Kopf, um das Rauschen in meinen Ohren zu vertreiben.

Der Herja blickte auf seine blutverschmierten Hände. »Vier Riki-Dörfer. Fela ist das fünfte.«

Die Tala blickte zu Vidr und konnte den Ernst in ihrem Gesicht nicht verbergen. Wenn die Herja in der Lage waren, in nur wenigen Wochen so viele Dörfer zu überfallen, waren sie viele Kämpfer. *Zu* viele. Lähmende Angst übernahm meinen Verstand und übertönte sogar die heisere Stimme des Herja, der nun die Namen der Dörfer aufzählte, in denen sie gewesen waren, und jene, die sie noch nicht angegriffen hatten.

»Schickt Reiter. Warnt die anderen.« Vidr brüllte Befehle, sodass einige der Menschen um ihn herum im Laufschritt auseinanderstoben. Dann trat Vidr vor und stellte sich neben mich. »Wo ist euer Lager?« Er blickte auf den Herja herab.

Ich erhob mich und versuchte, so schnell es mein Verstand erlaubte, nachzudenken. Aber meine Gedanken stockten. Blieben bei dem Bild von meinem Vater hängen. Wie er in seinem eigenen Blut lag. Umgeben vom blaugrauen Wasser des Fjords. Ich drehte mich zu den hinter mir versammelten Riki um, die uns beobachteten. Meine herabhängenden Hände zuckten, und mir wurde bewusst, dass ich immer noch das Auge des Herja festhielt. Glitschig und warm lag es in meiner Handfläche. Ich ließ es in den Schnee fallen, und aus meiner anderen Hand löste sich mein Messer. Iri hob es auf und ging zurück zu dem Herja.

Ich stolperte einen Schritt zurück, doch jemand fing mich am Ellbogen und gab mir Halt. Ich blickte auf und bemerkte Fiske an meiner Seite, der mich daraufhin behutsam am Oberarm zurück ins Haus schob. Die kalte Luft brannte auf meiner heißen Haut. Ich blinzelte, versuchte, klar zu denken, und rieb mir mit tauben Fingern die Augen. Draußen schrien die Riki. Wütend, blutdurstig und rachsüchtig. Und ich ahnte, Iri würde den Herja zum Ritualhaus zerren. Dort würden sie herausfinden, wo sich das Lager der Herja befand, und dann würden sie ihn erhängen. Sie würden dafür sorgen, dass er litt.

Fiske zog die Schwertscheide und das Axtfutteral von meinen Schultern, während ich bewegungslos ins Feuer starrte. Dann beobachtete er mich, als würde ich jeden Moment in Stücke zerfallen. Als warte er nur darauf, das zu sehen.

»Ich muss zu den Aska«, flüsterte ich. »Jetzt. Ich kann nicht mehr auf die Schneeschmelze warten.«

Das Gebrüll draußen entfernte sich langsam.

»Ich muss gehen«, wiederholte ich.

»Ich weiß.« Er schaute nicht weg. Er blinzelte nicht. »Ich werde dich begleiten.«

Ich starrte ihn ungläubig an.

»Du schaffst es nicht allein den Berg hinunter vor der Schneeschmelze. Außer, jemand zeigt dir den Weg. Ich werde mit dir gehen. Ich werde dich nach Hylli bringen.«

Er hatte recht. Aber ich wollte Nein sagen. Fragen, warum. Ich wollte so weit wie nur möglich von Fela weglaufen. Genauso weit davonlaufen vor dem Flüstern tief in mir, das immer dann zu hören war, wenn Fiske mich auf die Art anschaute wie jetzt. Die Art, wie er es auch schon am Fluss getan hatte. Als wüsste er etwas, das mir verborgen war.

29. KAPITEL

»Fiske.« Der warnende Unterton in Inges Stimme war nicht zu überhören.

Beide standen mit verschränkten Armen voreinander. Ich beobachtete die Ähnlichkeit ihrer Gesichter. Nie zuvor war mir aufgefallen, wie sehr Fiske Inge glich. Die von dunklen Wimpern umgebenen Augen. Die Form ihrer Gesichter.

Iri lehnte sich über den Tisch und sah zu Runa, die mit dem Rücken zum Feuer nah der Wand lag und schlief.

»Wir werden sie nach Hylli bringen«, wiederholte Fiske. »Und dann werden wir wieder nach Hause kommen.«

»Ihr werdet hier gebraucht.« Sie blickte zwischen Fiske und Iri hin und her.

»Wir werden zurückkommen, um zu kämpfen.«

Inge blickte eine Weile ins Feuer und atmete gleichmäßig. Sie trug immer noch das gleiche blutbefleckte Kleid. Der mangelnde Schlaf war ihr tief ins Gesicht gemeißelt, und ihr Haar hing unordentlich herab.

Fiske bewegte sich nicht, er wartete ab.

Seine Mutter hob ihre Finger an den Mund und strich über die Lippen, wie sie es immer tat, wenn sie angestrengt nachdachte. Sie schaute nicht in meine Richtung, aber in Gedanken war sie mit mir beschäftigt. Sie stellte sich Fragen. Dachte nach.

Ich ging zur Leiter, kletterte auf den Dachboden und ließ die anderen allein. Die Hände an der obersten Sprosse, hielt ich kurz inne und sah, dass Halvard auf seiner Pritsche immer noch schlief. Über ihn war ein Bärenfell gebreitet. Gyda lag auf der Seite, ihren Körper schützend um ein kleines, leise zappelndes Bündel geschlungen. Kerling lag hinter ihr und äugte über Gydas Schulter. Sie hielt das winzige Ding an ihre nackte Brust gedrückt und küsste seinen Kopf.

Kerlings Gesichtsausdruck hatte sich verändert. Die Leere in seinen Augen war fort. Und die Last, die ihm sonst ins Gesicht geschrieben stand, fehlte. Gyda schaute zu mir auf, und ich erstarrte. Ich hob schon einen Fuß, um wieder nach unten zu klettern. Aber statt der Verbitterung, die in den Tagen zuvor in ihren Augen gelegen hatte, wirkten ihre Züge nun weich. Ruhig. Als sie auf das Baby hinabblickte und mit den Fingerspitzen über sein zartes, dunkles Haar strich, schloss Kerling die Augen und küsste ihren Nacken.

Ich suchte nach meinem Zopfende und wickelte es mir um die Hand, während ich die Familie weiter betrachtete. Als wäre das alles nicht geschehen. Der Überfall. Die Schlacht in Aurvanger, die ihn sein Bein gekostet hatte. Die Blutfehde gegen mich und mein Volk, die in ihren Herzen gelodert hatte. In diesem Moment war kein Platz für so etwas. Es gab nur den Beginn eines neuen Lebens. Und sein Strahlen erreichte jeden Winkel. So wunderschön, dass es schmerzte und jede meiner offenen inneren Wunden berührte.

Leise kletterte ich die Leiter wieder herunter und ließ sie im Dämmerlicht des Dachbodens unter sich. Dann ging ich nach draußen, um mir das Blut aus dem Gesicht und von den Armen zu waschen. Ich konnte hören, wie Inge und die anderen drinnen stritten. Das bemühte Flüstern fand durch die Ritzen in den Wänden seinen Weg nach draußen.

Ich tauchte die Hände in das Fass mit geschmolzenem Schnee. Die stechende Kälte ließ mich erschaudern, aber ich schrubbte die Hände, bis das Wasser eine rötliche Farbe hatte. Mein Spiegelbild erschien auf der bewegten Wasseroberfläche. Ich hatte dunkle Schatten unter den Augen, und quer über meine Wange verlief die leuchtende Wunde, die immer noch nicht ganz geheilt war.

Dann konnte ich durch die Tür erkennen, dass Inge die Satteltaschen auf den Tisch legte und packte. Sie kaute auf ihrer Unterlippe, und ihr Gesicht war vor Sorge verzerrt. Sie hatte nachgegeben, und auch wenn es das war, was ich wollte, zitterte ich ein wenig vor Furcht.

»Ich bin gekommen, um dir zu danken.«

Ruckartig drehte ich mich um, klammerte mich an den Rand des Fasses, und Wasser tropfte von meinen Haaren.

Die Tala stand auf dem Pfad vor dem Haus. Sie hielt die Hände vor ihrem sauberen Kleid gefaltet. Die Haare waren hochgesteckt, und ihre grünen Augen leuchteten in ihrem erröteten Gesicht. Um ihren Hals prangten die gleichen Würgespuren des Stricks, die auch Halvard erlitten hatte.

»Warum hast du mir geholfen?« Sie neigte den Kopf zur Seite und betrachtete mich von oben bis unten. Als ich keine Antwort gab, trat sie näher. »Ich weiß, dass du mich in jener Nacht gesehen hast. Als Thorpe dich im Wald zurückgelassen hat.«

Ich wusste nicht, was ich sagen sollte, weil ich darauf keine Antwort hatte. Es gab keinen Grund, ihr zu helfen. Ich hatte es einfach getan. Und fast hätte ich mir gewünscht, anders gehandelt zu haben. Niemand hätte je erfahren, wenn ich sie dort im Stich gelassen hätte.

Sie öffnete den Mund und schmunzelte. »Thora hält ein wachsames Auge auf dich, Aska. Schon als wir uns zum ersten Mal begegnet sind, konnte ich das erkennen.«

»Ich diene nicht Thora«, erinnerte ich die Tala. »Ihr Wille ist mir gleichgültig, und auf ihre Gunst verzichte ich.«

Die Tala lächelte noch breiter. »Genau wie Iri damals.«

Mein Blick wanderte zum Haus. Mein Verteidigungsinstinkt wuchs.

»Inge hat es mir heute Morgen erzählt.«

Ich spürte, wie mir die Kinnlade herunterfiel und mein Herz aufbegehrte. Inge hatte versprochen, es niemandem zu verraten.

»Als wir aus dem Wald zurückkamen, konnte ich es sehen. Du bist zur Tür hereingetreten. Und ich fühlte mich töricht, es nicht schon früher erkannt zu haben, wirklich. Du siehst aus wie er, Eelyn.«

Ich versuchte, etwas aus ihrem Tonfall herauszuhören. Ich versuchte, den Unterton mit ihrer ruhigen Miene zu verbinden.

»Du brauchst dir um Iri keine Sorgen zu machen.« Sie hob beschwichtigend eine Hand. »Ich denke, darüber sind wir hinweg. Ich werde mit Vidr sprechen. Du hast dir unser Vertrauen verdient. Nun können wir uns vielleicht deines verdienen.«

Ich runzelte die Stirn. »Warum wollt ihr mein Vertrauen?«

»Du bist eine Kämpferin. Und irgendetwas sagt mir, dass wir von hier bis zum Fjord jeden Kämpfer an unserer Seite benötigen, wenn wir die Herja davon abhalten wollen, zurückzukehren und das, was sie begonnen haben, zu Ende zu führen.«

»Die Aska?« Ich lachte. »An *eurer* Seite?«

»Je nachdem, was du in Hylli vorfinden wirst, gibt es vielleicht keine zwei Seiten mehr.«

Ich blickte über die Schulter zur Haustür. »Woher weißt du, dass ich nach Hylli gehe?«

»Sie sind dein Volk.« Sie schaute mich an, und ein Stück der Wärme, die sie sonst nur für andere hatte, gab sie jetzt auch mir.

Ich konnte es in ihren Augen erkennen. Sie dachte, die Aska seien vernichtet. Oder beinahe.

»Morgen früh schicken wir die Seelen der getöteten Riki nach *Friðr*. Danach brechen wir zum nächsten Dorf auf. Wenn du nach Hylli möchtest, können wir dich bis Möor mitnehmen.« Als sie die Finger ausstreckte und sanft auf meine Schulter legte, spannte ich mich an und blickte misstrauisch auf ihre Hand.

»Fiske und Iri begleiten mich.« Ich reckte das Kinn.

Ihre Augen sprangen unvermittelt zum Haus, und ich

wünschte, ich hätte nichts gesagt. Ihr Blick wurde starr, und sie schien angestrengt mit einem Gedanken beschäftigt. Als sie diesen gefasst hatte, schaute sie mich wissend an.

»Vielleicht findest du einen Weg zurück zu uns auf den Berg, wenn du gefunden hast, wonach du suchst.« Sie drückte zart meine Schulter und ließ dann die Hand sinken.

Erneut wuchs Zorn in mir. Sie glaubte, sie konnte mich einfach nur anlächeln und mir liebenswürdig begegnen, und erwartete von mir Treue den Riki gegenüber. Oder Vertrauen. Ich war schließlich nicht Iri.

»Erzähl es mir.« Ich schaute ihr fest in die Augen. »Erzähl mir von dem Traum, den du hattest.«

Ihre grünen Augen funkelten erneut auf, und sie warf einen Blick zum Haus.

»Ich habe dich gesehen.« Dann dachte sie kurz nach und blinzelte. »Im Wald mit einem Bären.« Wieder neigte sie den Kopf zur Seite. Sie versuchte, mich zu durchschauen.

Ich verhielt mich ganz ruhig und versuchte, mit meiner Miene nichts preiszugeben. Nichts, nachdem sie vielleicht suchte.

»Du weißt davon nichts.« Sie griff in den Ausschnitt ihres Kleides und holte einen Anhänger aus Bronze an einer langen Halskette hervor. Dann öffnete sie ihre Hand und zeigte ihn mir. In das Metall war der Kopf eines Bären graviert, der dem am Portal zum Ritualhaus glich. »Die Bären sind Thora heilig. Sie schuf sie noch vor ihrem Volk, das sie aus dem geschmolzenen Fels des Berges zum Leben erweckte.«

Ich wartete.

»Bären sind ihre Boten.«

»Wenn du glaubst, dass ich in Thoras Gunst stehe, warum hast du mich dann in dieser Nacht allein im Wald zurückgelassen? Warum bist du einfach fortgegangen?«

Die Tala blickte nachdenklich in den Himmel. »Es war der einzige Weg, um sicher herauszufinden, ob ich mit meiner Meinung über dich recht hatte. Und ich habe mich nicht geirrt. Thora hat dich beschützt.«

»Fiske hat mir das Leben gerettet, nicht Thora.«

Sie schmunzelte. »Glaub, was du möchtest, Eelyn. Der Bär ist ein Vorbote.« Die Worte kamen nur langsam über ihre schmalen Lippen. »Und sie bedeuten oft Veränderung.«

30. KAPITEL

Die Riki hatten sich am frühen Morgen versammelt. Es war beißend kalt, und vom Himmel fiel leise Schnee. Auf dem Weg zur Erde schwebten die kleinen Flocken hin und her und wurden dann von dem großen Feuer verschlungen, das vor dem Ritualhaus errichtet worden war.

Ich hörte die Tala für die gefallenen Riki beten und wie sie Thora bat, die Verstorbenen bei sich aufzunehmen. Und auf sie achtzugeben, bis sie im Jenseits wieder mit ihren Familien vereinigt sein würden. Als die Tala sprach, war ihrem Gesicht kein Gefühl zu entnehmen. Ihre Augen waren nicht so hell wie sonst, und doch sprach sie mit fester Stimme. Sicher und entschlossen stand sie da. Und ich konnte spüren, wie sich jeder der Riki an ihrer Kraft aufrichtete und bereitwillig danach sehnte, dass die Tala sie abhielt, vom Wind der Trauer davongetragen zu werden.

Die Hitze des Feuers drängte gegen uns, und sein Tosen verschluckte die schmerzverzerrten Klagerufe der Trauernden. Ich hatte diese schon oft gehört. Für gewöhnlich, wenn wir von einem Kampf nach Hause gekommen waren und die Familien vergeblich nach den Gesichtern ihrer Angehörigen suchten.

Es gab keinen vergleichbaren Ton – nichts ähnelte dieser Seelenqual.

»Heill para«, rief die Tala und schaute in den Himmel.

»Heill para.« Aus dem Mund jedes einzelnen Riki erklangen diese Worte, und hinter mir hörte ich Fiskes tiefe Stimme.

Gute Reise.

Die Tala begab sich zur Vorderseite des Steinaltars und widmete sich einem Mann, der weinte und dessen Schultern gramgebeugt unter einem dicken Pelz steckten. Sie flüsterte etwas in sein Ohr, und die erstickten Schluchzer wurden weniger. Er beruhigte sich, und die Tala schaute in sein Gesicht, bevor sie sich dem nächsten Riki zuwandte.

Ich war froh, nicht zu wissen, welchen Verlust dieser Mann erlitten hatte. Wen er verloren hatte.

Die Körper der Riki brannten und schwarzer Rauch stieg hoch in die Luft. Die Seelen machten sich auf nach *Friðr*. Sie waren auf dem Weg, ihre bereits verlorenen Angehörigen wiederzusehen. Ich schloss die Augen und versuchte, die mich immer noch beherrschende Furcht zu vertreiben. Ich fragte mich, ob ich in zwei Tagen wohl die Seele meines Vaters beweinen würde.

Nach und nach löste sich das Gedränge auf, und ich sah mich nach Iri um. Er stand bei Runa, die mit verweintem, aschfahlem Gesicht in die Flammen starrte. Iri hielt ihren Arm, während sich Runas kleine Schwester an Iris Bein klammerte.

Immer mehr Riki brachen auf und gingen langsam und still den Pfad zurück zum Dorf. Ich begab mich zu Iri und Runa. Die grellen Flammen spiegelten sich in Runas müden Augen.

»Es tut mir leid«, sagte ich und war in Gedanken immer noch bei meinem Vater.

Sie nickte und schluckte schwer. Dann nahm sie ihre kleine Schwester auf den Arm und folgte ihrer Mutter zurück ins Dorf. Iri blickte ihnen nach.

»Du solltest bleiben«, sagte ich.

Iri schüttelte den Kopf. »Das geht nicht.«

»Ich schaffe es schon nach Hylli. Dein Platz ist hier bei ihr.« Ich deutete mit dem Kopf in Richtung Runa. »Du wirst kämpfen müssen. Bald. Vielleicht hast du nicht mehr viel gemeinsame Zeit mit ihr.«

Er blickte mich an, und auf der Suche nach dem, was ich verschwieg, wanderten seine Augen prüfend über mein Gesicht. »Was ist los?«

Da wir uns vom Feuer entfernt hatten, wurde mir kalt, und ich schlang die Arme um meinen Körper. »Ich weiß nicht, was sie mit dir machen werden – die Aska. Ich sollte zuerst mit ihnen sprechen.«

Iri verstand, was meine Worte bedeuteten, und nickte. Es war vollkommen ungewiss, wie die Aska auf die Wahrheit über Iri reagieren würden. »In Ordnung.«

Ich wartete vor dem Ritualhaus auf Fiske und Iri und beobachtete das Verglühen der letzten Holzscheite auf dem Opferaltar. Die Leichen waren zu Asche zerfallen, ihre Seelen und ihre Körper hatten diese Welt verlassen.

Die Riki-Kämpfer hatten sich im Ritualhaus versammelt, um Vidrs Schlachtplan zu erfahren, doch als ich versuchte dazuzukommen, schlossen zwei Riki vor mir die Türen. Ich hockte mich gegen die Außenwand, verschränkte die Hände und lauschte. Ich konnte leise hören, was drinnen vor sich ging. Sie pfiffen, wenn sie uneins waren, oder riefen ihre Zustimmung, aber die meiste Zeit war es ruhig, und mir gefiel die Stimmung nicht, die sich über dem Dorf ausgebreitet hatte. Die Riki waren immer ein ernst zu nehmender Feind gewesen. Sie waren stark. Wenn sie nun unsicher waren, welche Richtung sie einschlagen sollten, hieß das, dass sie sich fürchteten.

Schließlich öffnete sich das Portal wieder. Ich stand auf und trat an Iris Seite, als er und Fiske die Türen durchschritten. »Was hat er gesagt?«

Iri war müde, und das zeigte sich langsam auf seinem Gesicht. Die Müdigkeit sickerte selbst durch seine raue Stimme. »Es soll ein Treffen mit den anderen Anführern der Dörfer geben, um herauszufinden, wie viele Gefährten wir verloren haben. Und wie viel Hilfe wir vielleicht brauchen.«

»Von den Aska«, murmelte ich leise.

Iri blieb abrupt stehen. »Die Herja sind zu viele, Eelyn.«

Ich wandte ihm das Gesicht zu, und mir schnürte sich die Kehle zu. »Du weißt, das wird niemals passieren.« Ich wippte ungeduldig auf den Füßen. »Vielleicht verschwinden sie ja auch. Wie letztes Mal.«

»Diesmal ist nicht wie das letzte Mal«, meinte er fast traurig.

Und ich wusste, dass das stimmte. Bei den vorherigen Überfällen der Herja waren sie nur ein Mal eingefallen. Und es hatte nicht derart viele Tote gegeben. Es hatte nicht dermaßen viel Zerstörung gegeben. Diesmal war es anders.

Den Rest des Weges gingen wir schweigend nebeneinander, und die Bedeutung der Lage wurde immer klarer. Die Herja, die Fela überfallen hatten, konnten nur eine kleine Gruppe von ihnen gewesen sein. Vermutlich gehörten viel, viel mehr Angreifer zu ihnen, als unsere beiden Völker ahnten.

Fiske öffnete die Haustür, ging hinein und redete einen Moment später schon mit Inge, sodass ich mit Iri vor dem Haus allein war.

»Was hat er gesagt?«, fragte ich. Fiske hatte sich neben Halvard an den Tisch gesetzt und untersuchte erneut seine Nase.

»Er wird dich begleiten.«

Ich atmete hörbar aus. »Warum?«

»Eelyn, muss denn mit dir immer alles so anstrengend sein?« Er schüttelte den Kopf. »Du brauchst ihn, um dich zurechtzufinden. Er kommt mit.«

Und damit lief er um mich herum ins Haus. Als er an Inge vorbeiging, berührte sie mitfühlend seinen Arm. Dann trat ich ins Haus, und Inge schaute zuerst zu mir und danach zu Fiske.

»Sie versammeln sich schon. Wir sollten gehen.« Fiske stand auf.

Ich schnappte mir meine Waffen von der Bank und legte sie an. Halvard sprang vom Tisch, und seine Füße klatschten auf den Steinboden, als er nach draußen rannte.

»Sei ja vorsichtig, *Sváss*.« Sie legte einen Finger unter Fiskes Kinn und hob es ein Stück, damit er sie ansah. »Und komm ja zurück.«

Er antwortete nicht. Stattdessen blickte er ihr schweigend in die Augen, als sie seine Schultern packte und leise betete.

Schließlich verstummte sie, und Fiske versuchte, sie aufmunternd anzulächeln. »Was denkst du denn?«, fragte er.

Sie lächelte zurück, aber es war ein schiefes Lächeln. Ein trauriges. »Ich denke, dass du mich immer wieder überraschst.« Bevor sie ihn losließ, huschten ihre Augen kurz zu mir. Dann ging Fiske zu Iri und umarmte ihn. Iri sprach leise zu ihm.

»Qnd eldr.« Iri ließ Fiske los.

»Qnd eldr«, wiederholte Fiske.

Ich hatte dies schon einmal gehört. Entfache das Feuer. Das riefen sich die Riki auf dem Schlachtfeld zu.

Inge kam zur Haustür und zog sanft meine Haare unter dem Lederriemen meines Axtfutterals hervor. »Darf ich?«, fragte sie, während sie noch hinter mir stand.

Ich nickte, und ein Frösteln huschte über meine Haut. Dann setzte ich mich auf den Hocker in der Ecke. Den Hocker, auf dem ich vor einiger Zeit gegessen und die anderen am Tisch beobachtet hatte. Die Familie.

Sie legte mein langes Haar über meinen Rücken, teilte es in breite Abschnitte, dann flocht sie Zöpfe, die über meine Schulter reichten, und band sie an den Enden zusammen. Das Gefühl ließ mich innerlich beben. Undeutliche Erinnerungen an meine Mutter sprudelten aus den Tiefen meines Geistes an die Oberfläche. Erinnerungen, die ich längst vergessen glaubte.

Ich starrte auf den Boden. »Gibt es eigentlich etwas, das Fiske nicht für Iri tun würde?«

»Er liebt Iri mehr als sich selbst, aber hier geht es nicht mehr um Iri.« Sie blickte eine Weile schweigend in mein Gesicht. Dann legte sie die Hände zärtlich auf meinen Kopf. Erneut betete sie.

Ich hielt den Atem an, denn ich wusste, was ich sonst empfinden würde. Einen heißen, stechenden Schmerz in meiner Brust. Als Inge fertig war, wischte ich mir über die Augen, stand auf und ging, ohne mich noch einmal umzudrehen, zur Tür. Halvard befand sich bereits auf dem Pfad vor dem Haus und hielt die Pferde an den Zügeln fest. Er schaute nicht zu mir auf, als ich mich näherte.

»Wirst du zurückkommen?«, fragte er und trat mit der Spitze seines Stiefels in den Schnee.

Ich nahm die Zügel von Iris Pferd, das ich reiten würde, und strich über seine Nüstern. »Ich weiß nicht.«

»Du könntest. Wenn du willst, könntest du.«

Ich griff in meine Panzerweste und nahm dann Halvards Hand. »Danke.«

»Wofür?« Er blickte mich an, und seine Miene veränderte sich.

»Weil du lieb zu mir bist.«

Ich ließ das Geschenk in seine Handfläche gleiten, eine einfache Holzfigur. Ich wusste nicht, wie sein Vater ausgesehen hatte, und ich war keine besonders begabte Schnitzerin, aber ich hatte den Rest des Holzes, das Inge mir gegeben hatte, verwendet, um die Figur für Halvard zu machen.

»Ist das mein Vater?«, fragte er leise.

Ich nickte, zog ihn an seiner Tunika zu mir und schloss ihn in meine Arme. Er schmiegte den Kopf an meine Weste, drückte mich fest, und ich versuchte, ihm das Haar aus dem Gesicht zu streichen, aber es war zu störrisch. Die dunklen Blutergüsse unter seinen Augen ließen das Blau seiner Pupillen noch heller strahlen.

Iri, Fiske und Inge traten aus dem Haus. Iri blieb vor mir stehen. Ich starrte auf seine Brust. Die Riki-Rüstung war mir nicht mehr fremd. Mittlerweile würde das Aska-Leder nicht mehr richtig zu ihm passen.

»Elska ykkarr«, sagte er, und seine Worte hüllten mich warm ein.

Ich liebe dich.

Ich lehnte mich vor und ließ ihn mich halten. Auch ich liebte ihn. Mehr als alles andere. Aber ich fragte mich, ob ich jemals wieder in der Lage sein würde, das offen auszusprechen. Ich fragte mich, ob ein Teil von mir immer wütend auf ihn sein würde. »Was möchtest du, dass ich unserem Vater sage?«

Iri seufzte. »Die Wahrheit.«

Ich wollte unserem Vater nichts von Iri erzählen. Doch ich hatte ihn noch nie belügen können.

Iri gab mir einen Kuss auf die Stirn und nahm die Zügel, während ich mich auf mein Pferd schwang. Weiter unten am Dorfpfad warteten die Riki schon auf uns. Als wir um die Kurve des Pfads bogen und außer Sichtweite kamen, schaute ich mich nicht um. Ich hielt den Blick starr auf Fiskes Rücken gerichtet, und Iris Pferd folgte seinem bereitwillig. Mehr als einmal dachte ich, dass ich gerade meinen Bruder zum letzten Mal gesehen hatte. Ich war mir sicher. Und ich wollte dieses Gefühl nie wieder empfinden.

»Wie viele Tage?«, fragte ich und schloss meine Hände fester um die Zügel.

Doch noch bevor wir das Ritualhaus erreicht hatten, hielt Fiske plötzlich an, stieg von seinem Pferd und griff nach dem Zaumzeug meines Pferdes, damit es stillstand.

»Was hast du vor?« Ich versuchte, das Pferd zurückzuziehen, aber es folgte Fiske.

Fiske schwieg, während er mich und das Pferd vom Hauptpfad führte, weg von den anderen. Dann standen wir auf einmal vor dem Zelt des Schmieds. Im Schatten des Dachs loderte die Esse.

Ich riss fragend die Augenbrauen hoch. »Was hast du …«

Der Schmied unterbrach seine Arbeit und schaute zu mir. Er hatte einen Hammer in der Hand und trug die dunkle Lederschürze fest um seinen Bauch gebunden.

Er blickte von mir zu Fiske.

»Ich will, dass du sie entfernst«, sagte Fiske. »Die Halsfessel.« Danach besprach er mit dem Schmied etwas, das ich, ganz in meine Gedanken versunken, nicht hören konnte.

Der Schmied zuckte die Schultern. »In Ordnung.«

Ich krallte mich in den Sattel, und vor lauter Anspannung waren meine Knöchel ganz weiß.

»Dann komm.« Er warf den Hammer auf den Tisch.

Als er daraufhin ein langstieliges Werkzeug mit einem Haken an der Spitze nahm, ließ ich mich vom Rücken des Pferdes gleiten. »Hier.«

Ich trat in das Zelt, und er packte die Halsfessel, drückte meinen Kopf nach unten und hakte die Fessel seitlich auf eine Eisenstange, die in den Stamm eines mächtigen Baumes getrieben worden war.

»Nicht bewegen«, grummelte er.

Dann hakte er das Werkzeug auf der anderen Seite der Fessel ein, holte tief Luft, beugte sich zurück und zog mit ganzer Körperkraft. Die Fessel weitete sich langsam. Ich verhielt mich still und bemühte mich, dass der Druck nicht die Brandmale traf. Als der Schmied sich aufrichtete, zurückbeugte, um erneut zu ziehen, kniff ich die Augen fest zusammen, und die Fessel kratzte über meine Haut.

Der Schmied entfernte sie von meinem Hals, und die Fessel fiel auf den Boden vor mir. Ein zerbrochener schwarzer Ring, versunken im Schnee.

Meine Hände strichen über die Haut am Hals, der von dem Gewicht und der Kälte des Eisens befreit war. »Warum hast du das getan?«, fragte ich Fiske.

»Wenn du nach Hause kommst, wirst du dort nicht als Dýr erscheinen.« Er öffnete die vor seiner Brust verschränkten Arme und ging zurück zu den Pferden. Der Schmied kehrte zu seiner Arbeit zurück, und das Hämmern von Eisen auf der Esse umgab uns erneut.

»Du schuldest mir nichts.« Ich konnte hören, wie sich die Riki etwas weiter den Pfad herunter in Bewegung setzten. »Du hast mir das Leben gerettet. Mehr als einmal. Wir sind quitt.«

Er blickte in den Schnee vor sich, und ich wartete geduldig auf seine Antwort.

»Wir werden niemals quitt sein.«

31. KAPITEL

Wir ritten in einer langen Reihe durch den Wald, und ich begriff schließlich, was Fiske gemeint hatte, als er sagte, dass ich niemals allein den Weg vom Berg hinunterfinden würde. Im Schnee war kein deutlicher Pfad zu erkennen. Wir bogen völlig unnachvollziehbar nach links und nach rechts auf verborgenen Spuren und um Felsvorsprünge ungleichmäßiger Gestalt. Ich brauchte einen halben Tag, um zu verstehen, dass wir so drohenden Lawinenabgängen auswichen.

Jede Bewegung hatte einen bestimmten Sinn. Die Riki ritten in langsamem Tempo vorwärts und schwiegen, als wir den Schutz der Bäume verließen. Weit vor uns führte Vidr die Gruppe an und blickte sich immer wieder um, damit er sehen konnte, wie der Berg hinter uns größer wurde.

Die Riki achteten nicht auf mich, und das war besser als ihre Aufmerksamkeit. Einige von ihnen hatten zugesehen, wie ich dem Herja das Auge herausgerissen hatte. Ich erschauderte, als ich mich an das heiße, weiche Ding in meiner zitternden Hand erinnerte. Vielleicht wussten sie, dass ich die Tala gerettet hatte. Vielleicht hatte ich mir ihr Vertrauen verdient, so wie die Tala es angekündigt hatte. Aber all das war mir jetzt gleichgültig. Ich wollte den Berg verlassen. Ich musste nach Hause.

Wir kamen gut durch die Nacht. Ich richtete mich im Sattel auf und versuchte, meinen Rücken und die schmerzempfindliche Schulter zu strecken. Sie war immer noch wund, und dort, wo sie heilte, juckte es, aber ich hütete mich, sie durch Kratzen erneut zu verletzen. Ich hob behutsam den Arm, streckte vorsichtig die Muskeln und blickte mich nach Fiske um, der sich zurückfallen lassen hatte und nun hinter mir ritt. Der Mond zeigte sich früh am winterlichen Himmel. Er wirkte riesig und unförmig. Er hing über dem Wald wie eine Boje im Wasser, und die Kälte um uns wurde strenger, als die Sonne unterging. Jedes Mal, wenn wir auf dem Weg abbogen, wuchs die Angst, die meinen Verstand beschäftigte, und die Vorstellung, was mich wohl am Fjord erwartete, wurde immer wilder.

Plötzlich ertönte von vorne ein Pfiff, ein lang gezogener tiefer Ton, und daraufhin wurden die Pferde langsamer und hielten an. Fiskes Stiefel landeten im Schnee, und er wartete, dass ich abstieg, um mein Pferd neben seinem festzubinden.

»Wir werden ein paar Stunden schlafen und dann weiterreiten.« Daraufhin nahm er die Sättel und die Bärenfelle, die als Satteldecken dienten, von den Pferden.

»Wir schlafen hier draußen?« Es gab um uns nichts außer tiefem Schnee.

Er deutete auf die Felswand hinter uns, in der die Riki verschwanden. Ich warf meine Satteltasche über meinen heilen Arm, und dann machten wir uns ebenfalls in diese Richtung auf. Als wir durch einen tiefen Riss im Fels in die Höhle traten, schreckte ich zurück und hatte das Bedürfnis, nach meinem Messer zu greifen.

Ein plötzlicher Lichtblitz fuhr durch die Höhle, als jemand mit einem Feuereisen ein Feuer entzündete. Und hinter uns wurde ein weiteres Feuer gemacht. Nach und nach entstand mehr rötliches Licht, sodass ich das Innere der Höhle erkennen konnte. Sie war riesig und besaß eine hohe Decke, mit langen, schmalen, nach unten ragenden Felsspitzen, von denen Wasser tropfte. Sie wirkten wie Finger, die nach uns schnappen, um uns in den Bauch des Berges zu zerren. Und es war still dort. So still, dass ich das Scharren jedes einzelnen Stiefels auf dem schmutzigen Grund hören konnte.

Fiske führte mich zu dem Feuer im hinteren Teil der Höhle, und ich kletterte über die Riki, die sich bereits zum Schlafen hingelegt hatten. Schließlich lehnte ich mich an die Felswand und rutschte daran herunter, bis ich auf dem Boden saß. Dann schaute ich mich um. Die Riki scharten sich um die Feuer, und

Fiske und ich befanden uns am äußersten Rand der Gruppe. Es war seltsam, die Riki so zu sehen – müde und schwach. Mit gebrochenem Herzen. Ihr Mut hatte sich irgendwo tief verborgen in ihnen zur Ruhe gelegt, aber es gab ihn noch. Es kam mir vor wie die Ruhe vor einem wütenden Sturm. Und die Vorstellung, mitten darin zu schlafen, gefiel mir nicht.

Auf einmal entdeckte ich einen Kopf mit hellroten Haaren, und ich zuckte zusammen, als ich Thorpe erkannte. Er hockte auf der gegenüberliegenden Seite der Höhle an einem Feuer und zog sich gerade eine Wolldecke über den Oberkörper. In seinem Gesicht befanden sich Platzwunden und weitere Verletzungen, seine Augen waren geschwollen.

Fiske schob ein trockenes Holzscheit in das Feuer, um es weiter zu entfachen. Seine Knöchel waren immer noch schorfbedeckt, weil er vor nur wenigen Tagen Thorpe die Wunden zugefügt hatte. Als Fiske meinen Blick spürte, schaute er zuerst auf seine Hände, dann zu Thorpe.

»Wird er von dir Vergeltung fordern?«, fragte ich leise.

»Er wird dich nicht noch einmal anfassen.«

Erneut schaute ich zu Thorpe. Ich hatte ihn auch bei der Verbrennung der Leichen entdeckt, und dort hatte er nicht einmal gewagt, mich anzusehen.

Fiske gab den Satteltaschen einen Tritt, damit sie näher bei mir lagen, und ich griff hinein, um das Brot herauszuholen, das Inge für uns eingepackt hatte. Ich brach es in zwei Hälften und reichte Fiske eine davon. Dann zog ich die Knie an die Brust und aß. Der Geschmack erinnerte mich an Fiskes Zuhause, und ich schluckte das Brot schnell herunter. Denn an Inge und Halvard zu denken fühlte sich seltsam an. In meinem Herzen wirbelte Wehmut nach Fela. Kein Heimweh. Etwas anderes.

»Glaubst du an das, was Inge meint? Über dich und Iri?« Ich betrachtete aufmerksam Fiskes Miene und versuchte, ihn zu durchschauen.

Von der Frage überrascht, hob er die Augenbrauen. »Die *Sál Fjotra?*«

Ich nickte und biss nochmals vom Brot ab.

»Ich weiß nicht.« Er lehnte den Rücken gegen die Felswand und starrte auf das Brot in seiner Hand.

»Was, glaubst du, ist geschehen?«

Er dachte eine ganze Weile nach, bevor er antwortete. »Ich glaube, ich habe mich selbst in Iri erkannt.«

»Wie meinst du das?«

»Wir haben unser ganzes Leben lang gelernt, dass unsere Völker vollkommen unterschiedlich sind.« Er blickte mir in die Augen. »Aber wir sind gleich. Ich denke, die Erkenntnis hat mir Angst gemacht.«

Ich lehnte mich in den Schatten der Wand, weg vom Lichtschein des Feuers. Ich wollte nicht, dass mein Gesicht Fiske irgendetwas verriet. Denn ich wusste, was er meinte. Genau dieses Gefühl umschloss mein Herz, wenn ich Halvard ansah. Dieser Gedanke war mir in den Sinn geschossen, als ich gesehen hatte, wie die Riki die Wände für Kerlings Scheune errichtet hatten. Der Klang ihrer Stimmen, als sie gesungen hatten.

»Wenn du das glaubst, warum hast du dann in Aurvanger gekämpft?«

Er fuhr sich mit der Hand durch das Haar. »Weil es nichts ausmacht, dass wir gleich sind, wir sind trotzdem Feinde. Meine Gefährten sterben während der Kampfsaison. Durch die Hand der Aska.«

Ich wünschte, ich hätte nicht gefragt. Denn der Gedanke, dass wir gleich waren, barg zu viele Möglichkeiten. Wege gabelten sich auf einmal, wo es zuvor keinen Ausweg gegeben hatte. Es war Furcht einflößend. »Sind wir auch immer noch Feinde? Du und ich?«

»Nein«, antwortete er schlicht.

Ich blickte auf und sah, dass Fiske mich nach wie vor betrachtete. Sein Blick wanderte über mein Haar und zurück zu meinem Gesicht, sodass ich auf einmal zitterte. Mir schoss brennende Röte in die Wangen, und ich schaute schnell zurück zum Feuer.

Die Riki wurden immer ruhiger, und in der Höhle herrschte nun vollkommene Stille. Fiske breitete das Bärenfell auf dem feuchten Boden aus. Ich rollte mich an der Wand zusammen, das Gesicht zum offenen Raum. Das Feuer wärmte, aber ich mochte meinen Rücken nicht schutzlos darbieten. Dann zog ich eine Decke über meinen Körper, schob sie bis zum Kinn, während Fiske die Holzscheite so ausrichtete, dass sie länger brannten. Er beschwerte sich nicht über die Schmerzen an seinen Rippen, aber er hielt den Arm dichter am Körper als gewöhnlich und versuchte, nicht zu viel Gewicht auf eine Seite zu verlagern. Als er mit dem Feuer fertig war, kam er zu mir.

Ich beobachtete, wie er tief Luft holte, dann ausatmete, sich auf dem Fell neben mir niederließ und eine Decke über sich breitete. Ich versuchte, mir Hylli vorzustellen. Die schmutzigen Pfade, die sich wie Flussarme um das Dorf schlängelten. Dachte an die Art, wie das Sonnenlicht dort alles frisch wirken ließ. Die Vögel, die über dem Fjord schwebten und mit gespreizten Flügeln herabschossen, um sich aus dem Wasser einen Fisch zu schnappen.

Ich schlotterte vor Kälte und schob die Hände unter der Decke zwischen die Schenkel, um die Wärme in der Mitte meines Körpers zu sammeln. Ich erschauderte. Aber nicht allein wegen der Kälte. Es ging um die Herja. Es ging um Hylli. Es ging darum, was ich am Fjord vorfinden würde.

Vor mir im Schmutz bewegte sich etwas, und ich öffnete die Augen. Fiske blickte über die Schulter, seine Augen wanderten über meine Decke. Dann rutschte er rückwärts auf mich zu und verringerte den Platz zwischen uns.

Ich wartete, dass sich seine Atemzüge wieder verlangsamten. Dann schob ich mich näher an ihn, bis mein Körper an seinen geschmiegt war und ich die Wärme spürte, die von ihm ausging. Ich legte meinen Kopf an die warme Stelle, wo seine Schulter das Bärenfell berührte, und schaute auf das geflochtene Leder seiner Panzerweste. Dann folgte ich mit den Augen jedem einzelnen der Lederstränge, bis meine Lider so schwer waren, dass ich sie nicht mehr offen halten konnte. Fiskes Oberkörper hob und senkte sich mit jedem Atemzug. Zu den Geräuschen seines regelmäßigen Atems, der klang wie die Brandung des Meerwassers, das den Fjord küsst, schlief ich schließlich ein.

32. KAPITEL

Die erste Leiche, die wir auf unserem Weg fanden, lag halb begraben unter frisch gefallenem Schnee. Ihr langes Haar war um ihren Kopf gebreitet, und die glänzenden Pelze, die sie trug, waren im eisigen Wind erstarrt. Sie war eine Herja gewesen.

Danach fanden wir vor uns im Wald immer mehr frosterstarrte Leichen, und Fiske drehte sich zu mir um, damit er meinen Blick einfangen konnte. Wir befanden uns kurz vor Möor, dem ersten und größten Dorf der Riki.

Als wir den Abhang des Berges überwunden hatten, tauchte als Erstes die Spitze des Ritualhauses vor uns auf. Ein Teil des Dachs war eingestürzt, der Rest rauchgeschwärzt, aber es stand noch. Die Häuser der Dorfbewohner hatten nicht so viel Glück gehabt. Fast alle waren nur noch ein verkohlter Haufen Holz. Ein paar Riki hatten bereits damit angefangen, sie wiederaufzubauen, hobelten Holz für die Wände, und die Geräusche ihrer Werkzeuge, die über das Holz kratzten, drangen bis zu uns empor.

Als wir den Pfad zum Dorf hinabkamen, unterbrachen sie ihre Arbeit, und wenige Minuten später tauchte eine Gruppe von Riki aus dem Inneren des Ritualhauses auf. Die riesigen geschnitzten Türen, die denen in Fela glichen, öffneten sich schwungvoll, und ein weißhaariger Mann führte die Menschen zu uns. Quer über sein Gesicht verlief eine tiefe Scharte bis über die Augen, die ihm bestimmt von einem Schwert zugefügt und bereits genäht worden war. Die anderen Männer waren ebenfalls zusammengeflickt, ihre Gesichter und Körper zeigten das Abbild eines Überfalls. Den Riki in Fela war es nicht annähernd so ergangen wie den Menschen in Möor.

»Vidr«, rief der Weißhaarige aus und machte halt, um auf uns zu warten.

»Latham.« Vidr sprang von seinem Pferd, ergriff seine Hand

und zog ihn an sich, um ihm freundschaftlich auf den Rücken zu klopfen.

Auch die anderen von uns stiegen von den Pferden, und um nicht aufzufallen, mischte ich mich unter die Gruppe. Wenn die Riki in Möor näher hinsahen, würden sie merken, dass ich keine von ihnen war. Aber als ich mich so umschaute und sah, was von dem Dorf übrig geblieben war, dachte ich zum ersten Mal, dass meine Herkunft vielleicht überhaupt nicht mehr wichtig war.

Fiske nahm die Satteltasche von seinem Pferd, die Inge mit Heilmitteln und Verbänden gefüllt hatte. Und wir folgten Latham und seinen Gefährten zum Ritualhaus. An der Tür bückten wir uns unter einen herabgestürzten Dachbalken hindurch und betraten den dunklen, verrauchten Raum. Mir stockte der Atem.

Von Wand zu Wand war der gesamte Boden bedeckt mit Riki-Kindern, die auf Decken lagen oder auf Hockern saßen. Ein paar wenige Habseligkeiten waren hier und dort verstreut. Wie kleine Vögel in einem Nest waren die Kinder zusammengesunken und drängten sich dicht aneinander. Sie waren schmutzig, und an ihren Körpern klafften unversorgte Wunden. Ihre Heilerin war entweder tot oder mit noch schwereren Verletzungen beschäftigt.

Auf dem Altar war ein Körper aufgebahrt, der von dem Tageslicht, das durch das eingestürzte Dach drang, beleuchtet wurde. Es war ein Mann. Er war in einen blauen Umhang gehüllt, der am Hals mit einer aufwendig gebogenen Schmuckspange geschlossen war. Er war gesäubert worden, und seine Hände ruhten ordentlich gefaltet auf der Brust, auf der Ketten aus Holzperlen lagen. Der Tala von Möor.

»Wann sind sie gekommen?« Vidr sah sich im Raum um und dachte vermutlich das Gleiche wie ich. Fela hatte noch Glück gehabt.

»Vor fünf Tagen. Mitten in der Nacht.« Lathams Stimme klang hohl und heiser. »Sie drangen wie Geister aus dem Wald.«

In der verrauchten Luft wurde die Stille unerträglich. Die Riki waren vor Schreck immer noch leichenblass, und die Unsicherheit sprach aus jedem ihrer Worte. Genauso war es gewesen, als ich noch ein Kind war und die Herja über Hylli hergefallen waren.

Vidr blickte zu dem Mann auf dem Altar.

Zögerlich nickte Latham. »Er ist gestern an Wundbrand gestorben.« Dann zog er einen Hocker von der Wand heran, setzte sich und bot Vidr ebenfalls einen Platz an. Ich versuchte, näher zu treten, um zu lauschen. »Wir sind das fünfte Riki-Dorf, das in den vergangenen zwei Wochen überfallen worden ist. Ihr wart das sechste. Und sie werden zurückkehren.«

»Wie viele Menschen habt ihr verloren?«

»Einhundertachtundvierzig.«

Plötzliches Schweigen. Fela hatte bloß vierundfünfzig Menschen verloren. Aber Möor war viel größer. Wenn die anderen Dörfer ebenfalls in solch hoher Zahl Verluste zu beklagen hatten, besaßen die Riki keine Möglichkeit, die Herja zu bekämpfen. Meine Gedanken schweiften zurück nach Hylli. Wenn die Herja in der Lage waren, so etwas in den Bergen anzurichten, was hatten sie dann am Fjord hinterlassen? Die Dörfer dort unten lagen viel schutzloser. Viel zugänglicher. Ich schluckte schwer, das Zittern drängte wieder an die Oberfläche.

Vidr setzte sich, nahm das Bärenfell von seinen Schultern und legte es über seinen Schoß. »Wir haben erfahren, dass sie zuerst die Aska angegriffen haben, bevor sie den Berg hinaufkamen.«

»Die Aska?« Latham richtete sich auf, und sein schiefes Gesicht wirkte überrascht.

»Wir wissen noch nicht, wie es ihnen ergangen ist, aber einer von uns wird nach unten reiten und schauen, was aus ihnen geworden ist.« Vidr blickte zu Fiske.

»Sie sind zu viele, Vidr. Ich weiß nicht, wo sie alle hergekommen sind.«

»Doch, das tust du.« Vidr beäugte den Mann, und die umstehende Gruppe von Riki erschauderte.

Schon immer wurde hinter vorgehaltener Hand über die Herja geflüstert. Niemand wusste, wo sie lebten oder wohin sie sich zurückzogen. Seit Langem ging die Sage, dass sie nicht vollständig menschlich seien. Dass sie mehr Geister als fleischliche Wesen waren und dass sie den Zorn eines wütenden Gottes erfüllten. Wenn das wahr war, gab es vielleicht nichts, was wir tun konnten, um sie zu besiegen.

»Mit den anderen Überlebenden treffen wir uns in Fela. Sie sollten in ein bis zwei Tagen eintreffen.«

»Wenn sie da sind, entscheiden wir, was zu tun ist. Gemeinsam.« Vidr beugte sich vor, um Latham in die Augen zu schauen.

»Wir werden kämpfen müssen.« Doch in Lathams Miene war nichts von dem grimmigen Ausdruck eines Riki-Kriegers zu erkennen.

Während sie weitersprachen, ging ich um die Gruppe herum und fand einen Weg durch das notdürftige Krankenlager im Ritualhaus. Die in Decken gewickelten Riki-Kinder schauten mich mit ihren schmutzigen Gesichtern an. Manche hielten in ihren Händen Schalen mit kaltem Essen. Das Feuer in der Mitte des Raums loderte, die Hitze breitete sich um uns aus. Ich blieb stehen, als Fiske zu mir kam.

Er hatte die Anspannung, die seinen gesamten Körper ergriffen hatte, sorgsam versteckt. Doch ich konnte sie in seinen Augen erkennen. Die Nachricht, derart viele Riki verloren zu haben, war ein Schlag für ihn. Und es mit den Herja aufzunehmen bedeutete den sicheren Tod. Er dachte an Inge. Und Halvard. Iri.

»Wann brechen wir nach Hylli auf?«, fragte ich.

»Morgen früh. Bis dahin werde ich so viele Kinder behandeln, wie ich nur kann.« Er sah sich im Raum um. »Aber ich bin nicht meine Mutter.«

Ich begab mich am Feuer vorbei zur anderen Seite des Altars, wo sich ein Kessel mit Wasser befand. Ich setzte ihn auf die Kohlen im Feuer und widmete mich zuerst dem Mädchen, das ganz in meiner Nähe war. Als ich mich auf eine Bank nah am Feuer hockte, sah sie mich argwöhnisch an. Nachdem das Wasser warm war, säuberte ich ihr Gesicht, putzte den Schmutz und die Asche aus ihrem Haar und von ihrer mit Sommersprossen übersäten Haut, während sie mich aus Augen, die die Farbe von frisch geöltem Riki-Leder hatten, anstarrte. Ihr langes blondes Haar, das ihr auf den Rücken fiel, war ein einziger wirrer Knoten.

Fiske nahm ihr Bein in die Hand und betrachtete die tiefe Furche in ihrer Wade. Die Wunde sah aus wie das Werk einer Axtklinge, und sie war immer noch offen, rot und an den Rändern entzündet. Während Fiske die Verletzung schloss, wusch ich die Haut des Mädchens und kümmerte mich darum, dass kein Schmutz in die Wunde kam. Langsam zog Fiske die Nadel durch die Haut und hielt das Ende des Fadens zwischen den Zähnen. Das Mädchen weigerte sich, ihre Tränen zuzulassen, und verfolgte stattdessen, wie Fiske das Fleisch mit den Händen zusammenschob. Als er fertig war, ging er zu dem nächsten Kind. Ein blonder Junge, dessen Arm in einer notdürftigen Schlinge steckte. Ich folgte Fiske nach und nach durch den Raum, säuberte die Gesichter der Kinder, und Fiske kümmerte sich um jegliche Wunden, die die Kleinen von dem Überfall davongetragen hatten. Mein ganzes Leben hatte ich noch keinen Gedanken daran verschwendet, dass Riki auch kleine Kinder waren. Ich kannte nur die bösen Gesichter der Riki-Kämpfer in der Schlacht. Aber nun besaßen sie eine Geschichte. Namen. Seelen.

Njord.

Idunn.

Aila.

Frigg.

Ich blickte in ihre Augen. Sie waren jung und verängstigt, aber stark, genau so, wie man es ihnen beigebracht hatte. Sie bissen die Zähne zusammen und ertrugen die Nadelstiche und den brennenden Schmerz entzündeter Wunden. Hinter dem Schleier von Tränen und trotz ihrer kindlich rosigen Nasen waren sie hart wie Feuereisen.

Ich strich ihre Haare aus den Gesichtern und flocht sie zu Zöpfen. Fiske lächelte, ohne mich anzusehen. Seine Augen ruhten auf der Platzwunde an der Schulter eines kleinen Jungen.

»Was ist?«, fragte ich.

Er blickte auf und deutete mit dem Kinn auf die Kinder. »Jetzt sehen sie aus wie Aska.«

Und Fiske hatte recht. Beinahe hätte ich gelacht. Ich hatte noch nie sehr gut mit Haaren umgehen können, aber Aska-Zöpfe gingen mir leicht von der Hand. Seit Kindertagen hatte ich sie geflochten. Die Kinder scharten sich um uns. Sie hatten die Arme vor der Brust verschränkt und beäugten uns vorsichtig.

Wie kleine Kämpfer. Wie Iri und ich es gewesen waren. Wie wir es immer noch waren.

33. KAPITEL

Während Fiske mit Vidr und Latham sprach, wartete ich draußen und war schon auf mein Pferd gestiegen. Die Sonne war gerade erst aufgegangen, und das Dorf lag noch still da, aber ich war bereit und hatte schon gepackt, bevor wir uns zum Schlafen hingelegt hatten. Ich spürte, wie es mich nach Hause zog. Hylli streckte die Finger bergauf und griff nach mir. Rief mich zum Fjord. So etwas hatte ich noch nie gefühlt. Die Aska waren in Schlachten und bei Überfällen gestorben, aber zu keiner Zeit hatte ich angenommen, dass mein Volk ausgelöscht werden könnte.

Fiske stieg auf sein Pferd, ritt den Pfad entlang an mir vorbei, um uns zurück auf den Weg zu führen. Vidr schaute uns nach, der Wind blies sein Haar über das Gesicht. *»Ǫnd eldr!«* Seine Stimme hallte bis in den Wald.

Obwohl ich es immer noch nicht durchschaute, kannten die Pferde den richtigen Weg. Für gewöhnlich orientierte ich mich an auffallenden Punkten in der Landschaft, aber da alles unter einer hohen Schneedecke lag, war das nicht möglich. Fiskes Blick wanderte in die Baumkronen und zu den Felsvorsprüngen des Berges, aber nicht auf den Boden. Die Sonne ging immer weiter auf, und der Weg führte steiler bergab. Die Pferde rutschten, ihre Beine zitterten und brachten an den kahlen Stellen des Grunds Steine ins Rollen. Fiske lehnte sich im Sattel zurück, um das Gewicht zu verlagern und das Gefälle und die Bewegung auszugleichen. Und ich tat es ihm gleich, während wir die tückischsten Abschnitte unseres Abstiegs bewältigten. Als wir es geschafft hatten, öffnete sich die Aussicht auf das Tal weiter unten, wo sich jenseits der weißen Fläche weites Grün erstreckte.

Es wurde wärmer, der Schnee begann zu schmelzen, und der Boden wurde matschiger. Als der Weg wieder steiler wurde, führten wir die Pferde am Zaumzeug und machten dann eine Pause, damit sie sich erholen konnten. Ich ging zum Rand des Abhangs und blickte über die Baumspitzen. Das schneebedeckte, hügelige und flaumige Dach des Waldes vor mir wirkte wie aufgewühlte Wellenkämme im Meer.

»Was, meinst du, wird passieren, wenn die Riki die Herja angreifen?«

Fiske zog den Sattelgurt seines Pferdes fester. »Ich denke, wir werden unterliegen.« Nichts in seinem Tonfall verriet Furcht.

»Trotzdem werdet ihr kämpfen?«

Er schaute mich missbilligend an. »Natürlich werden wir kämpfen.«

Ich sah, wie ein Adler über die Baumkronen schwebte, leise nach links und dann nach rechts flog. »Aber, wenn ihr doch nicht gewinnen …«

»Wenn wir nicht kämpfen, töten uns die Herja trotzdem. Wir sterben im Kampf, oder wir sterben im Versteck. Wofür würdest du dich entscheiden?«

Er kannte meine Antwort so gut wie ich. Ich würde niemals in einem halb niedergebrannten Dorf in Deckung gehen und darauf warten, dass die Herja zurückkamen, auch wenn es meinen Tod bedeutete. Dennoch gefiel mir der Gedanke nicht, dass Iri sich in einen aussichtslosen Kampf begab. Die Vorstellung, wie Inge und Halvard von den Herja ermordet würden, konnte ich nicht ertragen. Fiske starrte mit leerer Miene in den Himmel, als würde seine Seele den Körper verlassen. Bei dem Anblick fröstelte ich.

»Die Riki könnten sich irgendwo neu ansiedeln.« Ich deutete auf den Horizont und hinter den Fjord. »Jenseits des Tals.«

»Im Aska-Gebiet?« Fiske neigte zweifelnd den Kopf zur Seite.

Ich zuckte die Schultern. »Die Herja sorgen für Veränderung. So oder so würden sich die Aska und die Riki, wenn sie im selben Tal lebten, nicht bekämpfen. Die Herja wären der größere Feind.«

»Der gemeinsame Feind«, verbesserte er mich.

Ich verschränkte die Arme vor der Brust. Ich hatte schon den gleichen Gedanken gehabt, aber ich konnte es mir nicht vorstellen. Ich konnte mir keine Welt vorstellen, in der die Aska und Riki auf der gleichen Seite standen.

Nicht das seit Urzeiten auf dem Schlachtfeld zu findende Gewirr von braunem und rotem Leder, von Bronze und Eisen. Sondern ein *gemeinsamer* Kampf.

»Und wenn wir die Herja besiegt haben? Was dann?«, fragte ich und beobachtete, wie der Adler zurückkehrte, seine Flügel zur Seite neigte und auf uns zuflog.

Fiske war mit dem Festgurten des Sattels fertig und strich dem Pferd durch die Mähne. »Ich weiß es nicht.«

Wir saßen wieder auf, und damit die Pferde nicht ermüdeten, ritten wir den weiteren Abstieg langsamer als zuvor. Die Anspannung, das Tier im Griff zu behalten, war so stark, dass ich zitterte, und während ich hoffte, nicht den Hang hinunterzurutschen, biss ich die Zähne so sehr zusammen, dass mein Kiefer schmerzte. Als wir uns an der Böschung befanden, schaute ich kurz zurück und sah, wie der schneebedeckte Berg hinter uns aufragte. Ich konnte die Kraft des Schnees, der in der Höhe des Berges lag, spüren, als würde er nur darauf warten, über uns hinwegzurollen. Und ich stellte mir nur für einen Augenblick vor, wie es wäre, unter ihm begraben zu sein. Mich nach und nach der Kälte hinzugeben und wie ich angesichts des Todes aufgab und die Augen schloss. Wie in der Nacht, als Thorpe mich im Wald zurückgelassen hatte. Wie an jenem Tag, als Iri sterbend in der Erdspalte lag. Doch mittlerweile war irgendetwas an dieser Vorstellung beinahe angenehm. Sie bedeutete, sich nie wieder Fragen stellen zu müssen. Sich nie wieder zu fragen, ob die Aska überlebt hatten. Ob ich es nach Hause schaffen oder was mit Iri geschehen würde. Und was für ein Band scheinbar zwischen Fiske und mir geknüpft war, das sich langsam enger zusammenzog.

Als die Sonne wieder sank, die Welt in blaues Licht tauchte und die Kälte strenger wurde, ritten wir in einen weiteren Wald. Dort war es still, und außer dem Atem der Pferde und ihrem Hufgetrappel war nichts zu hören. Dann kamen wir aus dem Dickicht, und auch außerhalb des Waldes war es nun fast dunkel.

Fiske verließ vor mir den Schutz der Bäume, und als er von seinem Pferd stieg, war seine Gestalt in weißes Mondlicht getaucht. Ich versuchte, nicht auf seine Umrisse vor dem eisigen Nachthimmel zu achten.

Ich ritt zwischen den Bäumen hindurch, und mein Pferd kam auf den Kieseln am Rande eines riesigen, zugefrorenen Sees zum Stehen. Die Eisoberfläche erstreckte sich in beide Richtungen wie mattes schwarzes Glas. »Wie kommen wir um den See herum?« Auch ich stieg vom Pferd, ging dann zum Ufer und stampfte mit dem Absatz meines Stiefels auf das dicke Eis ein.

»Gar nicht.« Fiske nahm die Satteltasche und schwang sie sich auf den Kopf, sodass sie über seine Schulter hing. »Wir laufen darüber.«

»Darüber?« Ich starrte Fiske ungläubig an.

»Darüber.«

Der Berg thronte über uns, als würde er uns beobachten. »Es gibt keinen Weg, der um ihn herumführt?«

»Doch, aber das würde einen ganzen weiteren Tag kosten.« Daraufhin kümmerte sich Fiske um meine Satteltasche und zog an den Lederriemen, mit denen sie am Sattel befestigt war.

Ich blickte auf den See. »Und wenn wir hineinfallen?«

»Das werden wir nicht.« Er lächelte, und als ich merkte, dass sich wieder heiße Röte in meinem Gesicht ausbreitete, schaute ich schnell weg.

Fiske warf mir meine Tasche zu, und ich schob sie über die heile Schulter. Dann drehte er die Pferde zurück in Richtung Berg und gab ihnen einen Klaps auf die Hinterteile. Sie rannten los, und ihr Hufschlag klang wie ferner Donner aus dem dunklen Wald.

»Sie kennen den Weg zurück.« Fiske trat auf das Eis. Es ächzte unter seinen Füßen, und mein Herz machte ängstlich einen Satz. Ich atmete tief ein und schluckte, richtete die Augen auf die andere Seite des Ufers, die unsichtbar im Dunkeln lag. Dann folgte ich Fiske in einem schrägen Winkel, so wie es mir mein Vater beigebracht hatte, um nicht zu viel Gewicht auf eine Stelle des Eises zu bringen. Während wir auf der Oberfläche weiter vorankamen, schleifte ich mit den Stiefeln den Puderschnee fort, sodass glattes und glänzendes Eis zurückblieb.

Der Wind pfiff um unsere Köpfe, und als ich schließlich keuchend nach unten schaute, blieb ich abrupt stehen. Ich drehte mich auf dem Absatz um mich selbst und riss die Augen auf. Dort, wo der Wind den Schnee fortgetragen hatte, spiegelte sich in scharfen Umrissen und Farben der Nachthimmel auf dem Eis. Strahlend helle Sternenketten wirbelten umeinander, und ein riesiger runder und gefleckter Mond blickte zu mir herab.

Er hing direkt über seiner Spiegelung im Eis. Als wäre der Himmel in sich gefaltet. Und wir stünden auf dem Mond. Als würde die Welt auf dem Kopf stehen.

Vollkommen fasziniert berührte ich meine Lippen mit den Fingerspitzen, und meine Augen wanderten über das Eis. Fiske hielt an und schaute zu mir. Er hatte einen Daumen in den Lederriemen gehakt, der quer über seine Brust verlief. Das sich im Eis spiegelnde Mondlicht strahlte eine Seite seines Gesichts von unten an.

Er blickte zum Mond. »Es hält nur noch ein bis zwei Wochen. Das Eis wird trüb, während es schmilzt.«

Ich kauerte mich auf die Eisfläche, drückte eine Hand dagegen und sah, wie es sich rund um meine Finger eintrübte. Als ich die Hand wieder hob, waren ihre vagen Umrisse als gefrorener Abdruck immer noch zu erkennen. »Als wir klein waren, bin ich einmal beinahe im Fjord ertrunken. Ich bin im Eis eingebrochen.« Ich betrachtete mein Spiegelbild im Eis. »Iri und ich haben versucht herauszufinden, wie weit wir hinausgehen können, und als ich hörte, wie das Eis knackte, schaute ich auf in sein Gesicht, und im nächsten Moment gab der Boden unter mir nach.«

Fiske kam einen Schritt auf mich zu.

»Es war so dunkel. Ich konnte kaum etwas sehen. Doch dann fanden mich Iris Hände, und er zog mich hoch und warf mich zurück auf das Eis.« Ich erinnerte mich, wie das Wasser damals ausgesehen hatte. Es hatte ein dunkleres Blau als jemals zuvor. »Ich weiß nicht, wie er es geschafft hat, nicht selbst hineinzufallen. Ich war so wütend auf ihn, dass er sich derart tief über die Eiskante gebeugt hatte.« Meine Worte rissen mittendrin ab.

Früher hatte er mich einmal so sehr geliebt, dass er für mich in eisiges Wasser gesprungen wäre. Doch dann war er fort gewesen.

»Wir tun Dinge, die wir tun müssen.« Fiske unterbrach das kurze Schweigen. »Wenn er das nicht getan hätte, wärst du gestorben.« Er zögerte einen Augenblick, bevor er weitersprach. »Wenn ich dich nicht in dieser Nacht in Aurvanger mitgenommen hätte, hätte dich dieser Riki getötet.«

Ich stand auf und blickte Fiske ins Gesicht. »Ich weiß.«

»Wenn ich den Pfeil nicht in deine Schulter geschossen hätte, hätte jemand anderes dir einen Pfeil ins Herz gesetzt. Wenn ich dich nicht als Dýr genommen hätte, wärst du in einem der anderen niedergebrannten Bergdörfer gelandet.«

»Ich weiß«, sagte ich erneut.

»Ich würde es wieder tun«, entgegnete er. »Alles.«

Doch immer noch nagten diese Dinge an mir. Nur einen Moment später und Fiskes Schwert hätte mein sicheres Ende bedeutet. Und, wenn ich gekonnt hätte, hätte ich ihn in jener Nacht, ohne nachzudenken, getötet. Aber jetzt kam mir der Gedanke vor, als wäre ich in dem Eis unter uns gefangen und würde ins Dunkel hinabsinken.

Ich blickte ihn an. »Warum bist du mit mir gekommen?«

Er ließ den Riemen an seiner Brust los und trat unruhig hin und her.

»Warum bist du hier?«

Und als sich schließlich unsere Blicke trafen, schaute mich Fiske offenherzig an. Seine Augen luden mich ein.

Erschrocken wich ich zurück.

Ich öffnete den Mund, um etwas zu sagen, aber es kam nichts. Die Worte blieben mir in der Kehle stecken, hatten sich fest an meine Luftröhre geklammert. Plötzlich war ich mir wieder der eisigen, undurchsichtigen Tiefe unter uns bewusst und erwartete jeden Moment ein winziges Knacken, das uns sofort nach unten riss. Das nur darauf wartete, uns zu verspeisen. Als die Angst mich erfasste, fühlte ich mich auf einmal bleischwer, mein Herz raste, und das Blut pochte wild in den Adern. Es war furchterregend – dieses Gefühl. Als würde etwas an mir zerren. Denn wenn einer von uns in die Dunkelheit fiel, würde es der andere auch tun.

Ich ging um Fiske herum und machte mich schneller als zuvor auf den Weg ans andere Ufer. Zu festem Boden und in Sicherheit. Der See murrte unter meinem Gewicht. Knurrte. Hungrig. Ich schloss die Augen und versuchte, nicht hinzusehen. Die Tiefe in mir selbst war unter der Oberfläche fest verschlossen. Ich hielt die Augen stur geradeaus gerichtet und ließ Fiske inmitten der beiden Nachthimmel stehen. Der Mond und die Sterne umkreisten ihn. Er war das einzig Warme und Lebendige auf dem Eis. Das Einzige, das ich fühlen konnte.

34. KAPITEL

Wir blieben nicht mehr stehen. Weil ich nicht konnte.

Wir durchquerten mitten in der Nacht den Wald, während der Himmel dunkler und wieder heller wurde und über uns die Wolken dahinzogen. Jenseits des Tals verschwand der Mond, und die Sonne ging hinter dem Berg in unserem Rücken auf.

Ich blieb vor Fiske. Und als ich spürte, dass wir dem Fjord näher kamen, wurden meine Schritte schneller. Wir erreichten das Tal, und der Wald war nicht mehr so dicht. Die Bäume wurden lichter, standen weiter voneinander entfernt, und der Boden ragte aus dem Schnee. Die Baumkronen ließen Sonnenlicht hereinströmen, und es fiel auf ein Meer von frischem grünen Gras, das so hell leuchtete, dass ich bei dem Anblick blinzeln musste. Das war das erste Auflehnen gegen den Winter, und es würde in den kommenden Wochen seinen Weg bergauf nehmen.

Wir blieben im Schutz des Waldes und mieden das freie Tal. Ich konnte den Fjord schon riechen. Der kühle, salzige Geschmack breitete sich auf meiner Zunge aus und bettelte, doch zu vergessen, wo ich war und was ich vorhatte. Forderte mich auf, die Nacht, in der ich Iri gesehen hatte, und den Schmerz in meiner Schulter und den Überfall zu vergessen. Die Herja zu vergessen. Ich lief den Pfad, den ich bereits mein ganzes Leben gelaufen war, durch das Tal zum Fjord, und es fühlte sich an, als wäre nichts davon je geschehen.

Doch die Erinnerung bahnte sich ihren Weg, sie kroch hinterrücks in meinen Verstand, während sich vor uns das Land auftat und zu dem Steilufer führte, von dem man auf mein Dorf sehen konnte. Das Gras wurde weniger, stattdessen trat ich auf von der Sonne gewärmten Felsboden. Als meine Füße ihn berührten, blieb ich stehen. Sie hielten mich fest auf dem Grund, während vor mir ein erstes Stück blaues Meer auftauchte. Es lag ruhig und klar unter einem grauen Winterhimmel. Fiskes Schritte näherten sich, und er blieb wartend neben mir stehen.

Dann blickte ich auf meine Stiefel, holte tief Luft und ging geradewegs den Abhang hinunter. Als ich über die Anhöhe kam, öffnete sich vor mir der Ausblick immer weiter, bis ich schließlich das Ufer des Fjords sehen konnte. In meinem Kopf war ein Warnton zu hören. Es war zu leise hier.

Ein weiterer Schritt und das Dorf kam in Sicht. Mein Zuhause. Und mir stockte der Atem.

Hylli war nichts als Asche. Zerstörung und Gemetzel.

Ich rannte los, meine Füße rutschten über die losen Steine auf dem Hügel, und gleichzeitig suchten meine Augen die zerstörten Dächer ab. Das Dorf wirkte verlassen, und in der Ferne war dort, wo einst das Ritualhaus gestanden hatte, nur noch ein schwarz verkohlter Fleck zu erkennen.

Um das Gleichgewicht zu halten, streckte ich beim Laufen zuerst die Arme nach rechts und links. Dann aber schlug ich wegen des immer stärker werdenden Verwesungsgeruchs die Hände vor die Nase. Ich stolperte dem Ende des Weges entgegen und sprang über die in der Nachmittagssonne modernden Leichen.

»Aghi!«, schrie ich. Doch das donnernde Pochen in meinen Ohren ließ mich kaum meine eigene Stimme hören.

Ich lief noch schneller und flog geradezu an den ausgebrannten und eingestürzten Behausungen vorbei. Als ich zu unserem Haus gelangte, krümmte ich mich vollkommen außer Atem und legte die Hände auf die Knie, um wieder Luft zu bekommen. Vom Haus stand kaum noch etwas, es ragten nur noch Teile von Wänden aus dem Boden. Meine Brust hob und senkte sich unter der Panzerweste, und meine Augen brannten.

Auf der Schwelle der Haustür lag eine zerbrochene Tonschale.

Als Fiske den Fuß des Pfads erreicht hatte, betrat ich unser Haus, sah mich um, und wieder stockte mir der Atem. Um die Feuerstelle war noch mehr zerbrochenes Geschirr verstreut, und meine Pritsche lag auf der Seite. Meine Decke war halb verbrannt und nass, weil Wasser aus dem Loch im Dach tropfte. Fliegen tummelten sich über einem Eisenkübel, in dem sich bis zum Rand verdorbenes Essen befand.

»Eelyn.« Ich hörte hinter mir Fiskes Stimme.

Aber ich beachtete ihn nicht, sondern nahm den Tisch und stellte ihn wieder auf die Beine. Dann sammelte ich die Scherben vom Boden auf. Während mein Verstand raste, stapelte ich die Bruchstücke des Geschirrs ordentlich in meiner Hand.

»Eelyn«, sagte Fiske erneut, diesmal lauter. »Das Werkzeug und die Waffen sind weg, und die Leichen draußen, das sind Herja. Die Aska sind fortgegangen.«

Ich legte die Scherben sorgsam in den Kübel, wedelte die Fliegen beiseite und richtete meine Pritsche auf. Ich nahm die Decke in die Arme. Meine Mutter hatte sie gewebt, als sie nur wenig älter war als ich jetzt. Nun löste sie sich auf, war nur noch ein Knäuel, und das rote und gelbe Muster war kaum noch zu erkennen.

»Wenn es so schlimm war, dass sie geflohen sind, dann ist er tot«, würgte ich hervor. Aus meiner Kehle drang ein erstickter Laut, und ich drückte das Gesicht in die nasse Decke und schluchzte. »Sie sind tot«, weinte ich. »Sie sind alle tot.«

Fiskes warmer Körper schloss sich um mich, und als seine Arme mich hielten, brach ich zusammen. Ich taumelte, ballte die Hände vor der Brust, denn es fühlte sich an, als hätte man mir das Herz herausgerissen. Und die kleine, zerbrechliche Hoffnung zerstört, die mich auf dem Weg vom Berg hinabbegleitet hatte. Den Glauben daran, dass die Aska stark genug waren.

Doch sie waren fort.

Fiske zog mich enger an sich, und als ich mir meinen toten Vater vorstellte, gaben meine Beine nach. Wie er auf dem Opferstein verbrannte. Wie sein Bart Feuer fing. Sein Fleisch schwarz wurde. Und wenn er tot war, dann waren wir alle tot. Denn er war der Stärkste von uns, und ohne ihn hatte meine Welt alles verloren, was sie zusammengehalten hatte.

Fiske sprach sanft in mein Ohr. »Die Aska-Leichen wurden verbrannt. Das Dorf wurde verlassen. Es muss Überlebende gegeben haben, Eelyn.«

Ich konnte nicht daran glauben. Diese Möglichkeit fand keinen Weg in meinen Kopf. Mein Herz war gebrochen, und der Schmerz verzehrte jede Faser meines Körpers. Er ließ keinen Platz für einen solchen Gedanken. Fiske strich die Haare aus meinem Gesicht. »Wo könnte ein sicherer Ort sein? Ein anderes Aska-Dorf?«

Ich schloss die Augen und versuchte nachzudenken. Ich wusste, wohin sich die Aska in solch einer Lage aufmachen würden, aber es wurde von mir erwartet, es niemandem zu verraten, der nicht unserem Volk angehörte. Es war ein Geheimnis. Und ich war noch nie zuvor dort gewesen. Ich schaute in Fiskes Augen, und er blickte mich fragend an. Er forderte mich auf, die Oberhand über meine wahnhafte Verzweiflung wiederzuerlangen. Fiskes Augen leuchteten mir wie Fackeln im Dunkeln den Weg.

»Virki.« Ich wischte mir mit dem Ärmel meiner Tunika über das Gesicht. »Sie würden nach Virki gehen.«

35. KAPITEL

Fiske sorgte für ein Feuer im Haus, und ich sammelte die Trümmer meines Zuhauses zusammen und stellte sie zurück an ihren Platz. Sollten wir hier jemals wieder leben, würde das Haus neu aufgebaut werden müssen. Das allermeiste war zerstört. Aber auch wenn ich dieses Heim nie wiedersehen würde, war es mir jetzt ein Bedürfnis, die Sachen an die gewohnten Stellen zu rücken.

Als ich fertig war, nahm ich die Felldecke von der Pritsche meines Vaters und roch daran. Kräuter und Erde und das Meer. Meine Augen begannen zu brennen, und ich blinzelte und presste die Lippen aufeinander, um die Tränen zurückzuhalten.

Ich hockte mich auf den Steinboden vor dem Feuer. Fiske kam und setzte sich neben mich. Dann reichte er mir den letzten Rest unseres Brotes. Ich nahm es und drehte es unschlüssig in den Händen. Fiske beugte sich näher zum Feuer, streckte die Hände in Richtung Flammen und verschränkte dann die gewärmten Handflächen miteinander. Im Feuerschein wirkte er jedes Mal verändert. Nun war sein Gesichtsausdruck barsch. Ganz so wie bei unserem ersten Zusammentreffen in Aurvanger. Doch das schien lange her. Damals hatte dieser Ausdruck in mir den Wunsch geweckt, gegen ihn zu kämpfen, aber diese Absicht existierte nicht mehr. Sie war von mir abgefallen.

»Was, glaubst du, wäre geschehen, wenn du mich in jener Nacht getötet hättest?« Ich zupfte an der Kruste des Brots.

Kauend richtete Fiske den Blick vom Feuer auf mich. »Ich weiß es nicht. Ich weiß nicht, ob Iri je davon erfahren hätte. Vielleicht hätte ich nie erfahren, wer du bist.«

»Was, wenn er es erfahren hätte? Was, wenn er nicht rechtzeitig gekommen wäre?«

»Ich denke, er wäre niemals bereit gewesen, mir zu vergeben.« In seiner tiefen Stimme schwang Furcht mit.

»Er ist wie du.« Plötzlich wollte auch ich unbedingt die Dinge verstehen, die er nicht aussprach, und drehte mich zu ihm.

Erneut veränderte sich der Ausdruck in seinen Augen. Er blickte auf das schmale Stück Steinboden zwischen uns. »Wie meinst du das?«

»Familie bedeutet dir alles.«

Fiske biss vom Brot ab.

»Wie viele Menschen hast du bisher getötet?«, fragte ich.

Jetzt wandte er mir das Gesicht zu, und fast wollte ich mich wieder wegdrehen. »Ich weiß nicht.« Er zog das Axtfutteral über seinen Kopf und legte es auf den Tisch hinter uns. »Wie viele Menschen hast du denn getötet?«

Obwohl ich die Antwort kannte, versuchte ich, darüber nachzudenken. Ich hatte keine Vorstellung von der Zahl. Statt zu antworten, zuckte ich mit den Schultern. »Wer war dein erstes Opfer?«

Die Stimmung zwischen uns kippte – der Raum schien kleiner zu werden.

»Ein Mann, in meiner ersten Kampfsaison.« Fiske kratzte sich das Kinn. »Ich hatte an der Seite meines Vaters gekämpft, und er hatte ihn zu Boden gebracht. Dann hielt er den Kopf des Mannes hoch und befahl mir, die Kehle durchzuschneiden. Und das tat ich.« Wieder blickte er mir fest ins Gesicht.

»Wie alt warst du damals?«, fragte ich leise.

»Zwölf. Und du?«

»Elf.«

Er fragte nicht nach, um wen es sich gehandelt hatte und wie es passiert war, und dafür war ich dankbar. Denn es war das einzige Mal gewesen, dass ich jemanden tötete und dabei etwas anderes empfand als reinen Überlebenswillen. Ich hatte Angst gehabt. Und ich war deswegen tief beschämt gewesen.

In jener Nacht war ich in unserem Zelt eingeschlafen, während mir heißen Tränen über das Gesicht strömten, aber mein

Vater sagte nichts. Er hatte vorher mit mir für die Seele meiner Mutter gebetet, und dann hatte er sich neben mich auf die Kante meiner Pritsche gehockt, bis ich eingeschlafen war. Am nächsten Tag tötete ich vier Menschen. Am darauffolgenden Tag drei. Und ich hatte niemals wieder Tränen darüber vergossen. Aber ich konnte sie jetzt fühlen – die gleichen Tränen wie die, die mir damals als junges Mädchen über das Gesicht gelaufen waren. Sie waren frisch und rein und entsprangen demselben Ort in meinem Inneren. Heiß auf kalt.

»Was ist los?« Fiske schaute mich fragend an.

Eine Träne rollte über meine Wange, und ich versteckte sie nicht. »Es ist ein seltsames Gefühl«, flüsterte ich.

»Was meinst du?«

»So allein zu sein. Ich habe mich noch nie derart gefühlt.« Ich blickte mich in meinem dunklen Zuhause um. »Sogar in Fela hatte ich noch die Aska.« Ich schniefte. »Ich habe jeden Tag ertragen, um hierher zurückzukommen. Aber nun sind alle einfach … weg. Ich fühle mich wie …« Auf einmal schämte ich mich und unterdrückte den nächsten Schluchzer.

Fiske lehnte sich näher zu mir. »Wie was?«

Meine Augen wanderten über sein Gesicht. Den Schmutz an seinem Kinn. Die dunklen Wimpern um seine blauen Augen. »Wie eine Flamme, die langsam erlischt.« Meine Stimme wirkte dermaßen dünn, dass man sie förmlich entzweibrechen konnte. »Als würde ich nach und nach verschwinden.«

Im Raum war es ganz still. Die Stimmung zwischen uns schien alles aufzusaugen. Fiskes Blick fiel auf meinen Mund, und das Lodern in meinem Herzen breitete sich in meinem ganzen Körper aus. Es fand jede dunkle und noch so verborgene Stelle und entzündete dort ein Feuer.

Ich versuchte zu atmen, aber es ging nicht. Ich befand mich unter Wasser, gefangen unter der Oberfläche des zugefrorenen Sees. Als Fiske sich bewegte, bekam ich schlagartig wieder Luft, und das Geräusch meines Atems hallte so laut in meinen Ohren, dass jeder Gedanke verschwand, wie eine sich zurückziehende Kampftruppe. Ich spürte Fiskes Körperwärme bereits, bevor seine Lippen meine berührten, und erstarrt versuchte ich, das Gefühl festzuhalten. Dieses stechende Pochen unter der Haut.

Langsam hob ich die Hände und öffnete die Augen, um Fiske anzusehen. Mit den Fingerspitzen fuhr ich über sein Gesicht. Er löste seinen Mund von meinem und schaute mich an, als wäre er nicht sicher, ob ich noch da war.

Sein Atem berührte mich.

An einer Stelle, von der ich nicht wusste, dass ich dort etwas empfinden konnte.

An einer Stelle, von der ich nicht wusste, dass sie existierte.

»Fiske.« Ich sprach seinen Namen mit einer Stimme aus, die nicht meine war, und mein Tonfall hing nun in der Stille zwischen uns.

Er presste die Lippen fest aufeinander. »Was?«

Ich zögerte. Zwar hatte ich mit diesem Gedanken schon einmal gespielt, aber bisher versucht, ihn aus meinem Kopf zu verbannen. Doch nun fühlte ich mich wie am Rand einer Klippe und spähte in die Dunkelheit hinab. Sie lockte mich. Sie schrie meinen Namen.

Und ich sprang.

Meine Lippen fanden wieder seinen Mund. Sein Atem berührte mich wie Wellen im Sturm – sie schlugen über mir zusammen und zogen mich unter Wasser. Ich krallte mich in seine Panzerweste, und er zog mich weiter zu sich. Ich rutschte über den Steinboden, um ihm näher zu sein.

Die klaffende, blutende Wunde in mir schloss sich.

Ich ließ zu, dass Fiske sie auslöschte. Ich ließ zu, dass er sie heilte.

Seine Lippen strichen zur Mulde an meinem Hals, und als er dort einen Augenblick innehielt und nur der Atem seine Brust bewegte, kam die Ruhe in mir zurück. Der Moment dauerte lange genug, um ihn neu zu entfachen. Diesen Schmerz.

Ich ließ mich gegen seine Brust sinken, der Schmerz war so schwer, dass ich keine Luft bekam. Er schlang die Arme um mich, und ich drückte mein Gesicht an seine Schulter. Ich weinte. Ein tiefer, inbrünstiger Schrei stieg in mir auf und drängte hinaus. Allein Fiske hielt mich zusammen und sorgte dafür, dass ich nicht in meine Einzelteile zersprang. Und ich weinte, bis ich nichts mehr fühlen konnte. Ich weinte, bis ich nichts mehr denken konnte.

Der Mond ging über meinem zerstörten Zuhause auf, und auch ich brach zusammen.

36. KAPITEL

Ich wachte in die Felldecke gehüllt auf der Pritsche meines Vaters auf. Über dem Fjord kreischten die Seevögel, und der Verwesungsgeruch der Leichen strömte erneut in meine Nase. Das brachte mich schnell zurück in die Gegenwart. Zurück nach Hylli.

Ich setzte mich auf, warf die Beine über den Rand der Pritsche und stellte sie auf den Boden. Mein Gehirn hämmerte gegen meinen Schädel. Ich rieb mir das vom Weinen geschwollene Gesicht und sah mich im Haus um. Es war leer.

Die Sonne stand bereits mitten am Himmel und sandte ihre Strahlen durch die offenen Dachbalken, die in einen Schleier aus Staub und Asche gehüllt waren. Schnell legte ich meinen Gürtel um und streifte mir die Lederriemen meiner Schwertscheide über die Schulter. Dann verließ ich das Haus und lief mit um den Körper geschlungenen Armen den Pfad hinunter zum Steg.

Der schmutzige Boden wandelte sich in Kiesel, und als ich das Wasser erreichte, brach das vertraute Geräusch meiner Stiefel auf den schwarzen runden Steinchen die Stille des Dorfes. Ich atmete die klare Meeresluft ein, die über das Wasser wehte. Dann bückte ich mich, schaufelte Wasser in die Hände und spritzte es mir über das Gesicht. Ich fuhr mir mit den Händen durch das Haar und blickte zum Horizont.

Am Ufer war das Wasser grün, und dort, wo es tiefer wurde, ging es in Blau über. Ich schloss die Augen und öffnete sie wieder. Einfach unverändert. Der gleiche Fjord. Das gleiche Ufer. Doch dann blickte ich zurück zum Dorf. Und die Wahrheit drang wieder in meinen Verstand. Nichts würde je wieder sein wie zuvor.

Der leichte Wind trug auf einmal ein spritzendes Geräusch zu mir. Ich blickte auf und sah Fiske. Er stand auf dem Steg am anderen Ende des Ufers und zog ein Netz voller Fische aus dem

Wasser. Er hatte das Messer zwischen den Zähnen. Seine Arme stemmten sich gegen das Gewicht des Netzes, und er lehnte sich weit zurück, bis er es auf den Steg gehievt hatte. Die Fische glitzerten wie Kristalle, während sie im Sonnenlicht ihre Flossen hin und her schlugen.

Als Fiske zu mir schaute, wurde ich rot. Ich konnte immer noch die Wärme seiner Lippen auf meinen spüren. Mich an seine Berührungen erinnern. Mich an das Gefühl erinnern, so klein zu sein, dass ich in Fiske verschwinden konnte. Es traf mich wie ein Pfeil ins Herz.

Ich ging am Ufer entlang zum Steg und beobachtete, wie Fiske vier Fische aus dem Netz holte und die restlichen zurück ins Wasser warf. Dann kam er mir auf halbem Weg entgegen und blieb, mit dem Messer in der einen und einem Eimer in der anderen Hand, vor mir stehen.

Der Wind wehte ihm eine lange Haarsträhne ins Gesicht, und ich fing sie auf und hielt sie in Höhe meiner Schulter fest. »Ich möchte mich entschuldigen.« Ich blinzelte gegen das Sonnenlicht.

Fiske sah mich an. »Für was?«

Ich schaute auf das Wasser und suchte nach Worten. »Für letzte Nacht.«

Er lächelte, und wieder wurde mein Kopf ganz heiß.

»Ich …«

»Wie lange brauchen wir nach Virki?«, unterbrach er mich und bewahrte mich vor dem beschämenden Ende meines Satzes.

»Wenn wir sofort aufbrechen, können wir morgen da sein.«

Fiske nickte und blickte über mich hinweg zum Dorf. »Dann lass uns losgehen.«

Ich hätte ihm sagen sollen, dass er nicht mitkommen musste. Dass er bereits jede Schuld, die er meinte bei mir zu haben, doppelt beglichen hatte. Doch innerlich fühlte ich mich so schwach, dass ich mich nicht verstellen konnte.

Ich wollte nicht allein sein. Ich wollte nicht, dass Fiske verschwand.

»Danke.«

Erneut nickte er bloß, und ich drehte mich um, in den Wind, und als wir losliefen, sah ich, wie sich Fiskes Schatten neben meinem bewegte. Wir kletterten die kleine Anhöhe vom Ufer hinauf und begaben uns wieder auf den Pfad zurück zum Haus. Als ich mich am Eingang etwas bückte, um hineinzugehen und unsere Satteltaschen zu holen, lief mir ein Schauer über den Rücken. Der Schrei gefror in meiner Kehle, als vor meinem Gesicht eine erhobene Pfeilspitze auftauchte. Im Dunkeln des Hauses sah ich einen Schimmer von leuchtend rotem Haar und hörte das Knarzen eines Bogens, der gespannt wurde.

Mýra.

Sie zielte auf Fiske.

»Nein!«, keuchte ich und warf mich nach vorne. Ich raste genau in dem Augenblick in sie, als sich ihre Finger von der gespannten Bogensehne lösten.

Der Pfeil traf, und ich krabbelte über Mýra, um zu sehen, was er getroffen hatte. Fiske stand mit aufgerissenen Augen in der Tür und hielt den Eimer mit den Fischen vor sich. Der schwang hin und her, weil ihn der Pfeil getroffen hatte.

Ich konnte sehen, wie es in Fiskes Kopf arbeitete und dass seine Hand zum Schwert an seiner Hüfte ging.

Mýra schob mich brutal beiseite, und ich rollte in die von Steinen umgebene Feuerstelle. Der Muskel in meiner Schulter schien sich vom Knochen gelöst zu haben, und ich stöhnte auf, während Mýra mit ihrer Axt in der Hand aufsprang. Asche wirbelte in der Luft, als sie knurrend die Waffe schwang und versuchte, Fiske am Hals zu erwischen. Er warf sich zur Seite, wich aus und fiel gegen die Wand. Das Haus erzitterte.

»Mýra!« Ich versuchte, mir ihr Bein zu schnappen, aber in der Aschewolke um uns herum konnte ich kaum sehen oder atmen.

Sie beachtete mich nicht, holte erneut Schwung, doch Fiske stieß sich von der Wand ab, war schnell hinter ihr und drückte ihr mit dem Arm die Kehle zu. Sie ließ die Axt fallen, wehrte sich gegen seinen Griff, während er sie zur gegenüberliegenden Wand zerrte. Sie schlug mit den Armen um sich, und ihr kleiner Körper stemmte sich gegen Fiskes Kraft.

»Halt!« Ich schubste ihn, aber er ließ sich nicht umstimmen. »Lass sie los!«

Dann sah er mich aus den Augenwinkeln kurz an und löste langsam seine Hände von Mýras Hals. Stattdessen ballte er nun die Faust um den Griff seines Messers und hielt ihr die Klinge an die Kehle.

Mýra erstarrte und blickte von ihm zu mir.

»Fiske.«

»Wer ist noch hier?« Er beugte sich über sie, und die Klinge drückte in ihre Haut.

Mýras Augen schossen zurück zu mir, und sie biss die Zähne zusammen.

Ich streckte behutsam die Hand aus und legte meine Hand auf Fiskes. »Lass sie los.«

»Wer ist sie?«

»Sie ist meine Freundin.«

Als Fiske das Messer senkte, sah mich Mýra mit aufgerissenen Augen an, und bevor ich bei ihr war, liefen ihr bereits Tränen über das Gesicht. Sie warf die Arme um mich und weinte bitterlich in mein Haar. Ich hielt sie fest und blickte über ihre Schulter zu Fiske. Er stand im Halbschatten und schob das Messer zurück in den Gürtel.

»Wieso bist du hier?« Mýras Worte stolperten übereinander. »Was machst du denn hier?« Sie schob mich von sich und schaute mich eingehend an. Das um ihre Augen verschmierte *Kol*, hinterließ auch Spuren auf ihren feuchten Wangen.

Ich knabberte unschlüssig an meiner Unterlippe und überlegte, wie viel ich ihr erzählen sollte. Wie viel sie wohl verstehen konnte. »Ich bin in Aurvanger gefangen genommen worden. Und ich bin zurückgekommen, als ich hörte, was passiert ist.«

»Wie hast du es vor der Schneeschmelze vom Berg heruntergeschafft?«

Ich deutete mit dem Kinn zu Fiske.

Sie fuhr sich mit den Händen über das Gesicht, und ihr Atem beruhigte sich. »Warum?«

All das war gleichgültig. Ich richtete die Augen fest auf sie, wappnete mich und spuckte den nächsten Satz geradezu aus: »Ist er tot?«

»Nein.« Mýra nahm meine Hand und drückte sie. »Er lebt. Er ist in Virki.«

Ich schaute zu Fiske. Ein Lächeln breitete sich in meinem Gesicht aus, und ich beugte mich vor, legte die Hände auf die Knie, um das Gleichgewicht zu halten. »Wie viele? Wie viele haben überlebt?«

Mýras Miene wurde ernst, und Stille legte sich über das Haus.

»Die meisten sind tot. Aus unserem Dorf haben vielleicht vierzig überlebt. Und einige wurden gefangen genommen.«

Ich sank auf den Steinboden, um das Schwindelgefühl aufzuhalten. In Schlangenlinien drehte sich die Welt verschwommen und farblos um mich. Ich schüttelte ungläubig den Kopf und versuchte, Mýras Worte zu begreifen. »Deine Familie?«

Sie machte ein versteinertes Gesicht und antwortete nicht.

Ich stand auf und ging zur Tür, denn ich brauchte unbedingt frische Luft.

Mýra folgte mir nach draußen. »Was machst du mit einem Riki, Eelyn?«

»Ich muss nach Virki.«

»Was will *er* hier?« Sie schubste mich, und ich wich vor Schmerz aufstöhnend aus. »Was ist?« Sie zog mich zu sich, riss den Halsausschnitt meiner Tunika auf und betrachtete die eiternde Wunde an meiner Schulter. »Ein Pfeil?«

Ich nickte.

Daraufhin untersuchte sie die Rückseite meiner Schulter, und auf einmal hielten ihre Hände inne. »Ist das …?« Ihr Blick klebte an dem Brandmal an meinem Hals. »Haben sie …?«

Ich schlug die Augen nieder, die Scham war zu überwältigend.

Sie drängte sich an mir vorbei und baute sich vor Fiske auf, als er durch die Tür kam. Sie stieß ihn fest gegen die Brust. »Was hast du *getan*?«

Ausdruckslos blickte er zu Boden. Seine Gestalt überragte Mýra.

»Warum hilft er dir, Eelyn?«, widmete sie sich nun wieder mir.

»Die Herja sind in die Berge gekommen.«

Ich lehnte mich gegen den Baum, der neben unserem Haus stand. Der Baum, auf den Mýra und ich als Kinder geklettert waren. »Sie sind überall.«

Sie dachte angestrengt nach. Die Handflächen aneinandergedrückt, presste sie die Daumen gegen die Unterlippe.

»Die Riki haben viele Menschen verloren. Zu viele.«

»Gut«, murmelte sie, und ihr Blick schoss zu Fiske.

Er spannte den Körper an, und sein Mund bildete nur noch eine schmale Linie.

»Sie werden uns alle töten, Mýra. Uns *alle*. Ich muss zu meinem Vater.«

Sie blickte immer noch zu Fiske, der stumm im Türrahmen stand. »Was ist mit *ihm*?«

»Er kommt mit mir.«

»Nein.« Kopfschüttelnd machte sie einen Schritt rückwärts. »Ich werde ihn nicht nach Virki führen. Er wird daraufhin nur mit dem Rest der Riki zurückkehren und uns auslöschen!«

»Nein, das wird er nicht. Die Riki sind zu schwach. Sie können nicht kämpfen.« Ich schluckte schwer. »Jedenfalls nicht allein.«

Mýra starrte mich fassungslos an. »Das ist nicht dein Ernst. Die Aska werden niemals mit ihnen zusammen kämpfen. Und Sigr wird niemals Frieden mit Thora zulassen.«

»Sogar dann nicht, wenn es bedeutet zu überleben? Die Herja werden zurückkommen. Sieh doch nur!« Mit ausgestrecktem Arm deutete ich auf das ganze Dorf. »Die Schneeschmelze kommt, Mýra. Und dann werden sie zurückkehren!«

»Vegr yfir fjor.« Sie biss die Zähne zusammen, und ihre Nasenflügel bebten. »Wir können ihnen nicht trauen, Eelyn. Das weißt du.«

Ich warf einen Blick zu Fiske. Auch wenn ich ihm vertraute, würde ich seinem Volk doch nie trauen. Nicht wirklich. »Ich weiß.«

Fiske reckte das Kinn und blickte mich an.

»Gut. Nimm ihn mit. Sobald wir Virki erreicht haben, werden ihn die Aska sowieso töten.« Mýra schaute uns beide noch einmal an, dann machte sie auf dem Absatz kehrt, warf sich ihren Bogen über die Schulter und begab sich allein auf den Weg.

37. KAPITEL

Wir wanderten hintereinander am Rand der Steilküste entlang. Der Wind fegte in Böen über das Kliff und schubste uns auf dem Weg in Richtung Süden vor und zurück. Ich drückte meinen schmerzhaft pochenden Arm an den Körper. Aus der Wunde trat Blut und sickerte in meine Tunika.

In der Ferne wurde Hylli immer kleiner, und die Bäume wurden wieder dichter. Langsam erreichten wir den Küstenwald, in dem die meisten der anderen Aska-Dörfer angesiedelt waren. Diesen Weg waren Mýra und ich schon oft gegangen, unterwegs mit meinem Vater nach Utan und Lund, um Fisch gegen Dinge einzutauschen, die Hylli benötigte, wie Holz und Kräuter, die es nur im Wald zu finden gab.

Während wir gingen, blickte sich Mýra nicht nach mir um, sondern straffte entschlossen die Schultern. Ihre eine Hand war um den Griff ihres Messers gelegt, die andere steckte in der Sehne ihres Bogens. Sie würde nicht zögern, Fiske zu töten, und ich war mir nicht sicher, ob ihre Treue zu mir den Hass auf die Riki überwog. Als wir noch jung waren, hatte sie ihren Vater verloren. Er starb an Fieber. Und am Tag, als ich Iri verloren hatte, verlor sie ihre Schwester. Nun hatte sie auch noch alle anderen an die Herja verloren. Und ich hätte da sein sollen.

Ich wollte mir nicht vorstellen, wie sie dem Verbrennen der Körper zugesehen und die rituellen Worte gesprochen hatte. Ich wollte nicht daran denken, wie sie das letzte Familienmitglied in ihren Armen gehalten hatte. Ich kannte Mýra so gut wie mich selbst. Ich wusste, wie sie an jedem einzelnen Teil ihres gebrochenen Herzens festhielt und sich weigerte, in Einzelteile zu zerspringen. Und sie musste sich alldem allein stellen, weil ich nur an mich selbst gedacht hatte. Ich hatte sie in Aurvanger allein zurückgelassen. Genauso, wie ich Iri allein gelassen hatte.

Ob sie mir je vergeben würde oder nicht, ich konnte mir das niemals selbst verzeihen.

Wir erreichten die Bucht, die wie ein Halbmond in die Steilküste gemeißelt schien. Die Wasseroberfläche war an den Rändern immer noch leicht mit Eis überzogen. Fischschwärme bewegten sich darunter wie Rauchwolken.

Seitdem wir Hylli verlassen hatten, hatte Fiske keinen Ton von sich gegeben. Seine ganze Aufmerksamkeit galt dem rutschigen, steinigen Untergrund, auf dem seine Füße kaum Halt fanden. Dies hier war nicht sein gewohntes Gelände, genauso wenig, wie der verschneite Berg meines gewesen war. Als der Wind kräftiger wurde, zog ich die Kapuze meines Umhangs über den Kopf. Und als die Sonne unterging, sah ich, wie Nebel über den Boden landeinwärts kroch. Unter uns krachten die Wellen unerbittlich auf die Klippen, und als wir nichts mehr erkennen konnten, hielten wir an und schlugen unser Lager in der Nähe des Waldes auf.

Mýra beobachtete, wie Fiske die Bäume durchkämmte und Feuerholz sammelte. »Wie konntest du ihm nur von Virki erzählen?«, flüsterte sie wütend.

Ich holte den Fisch aus meiner Tasche und wählte meine Worte sorgsam. »Warum warst du heute in Hylli?«

»Ich bin zurückgekommen, um nach den Sachen meiner Familie zu suchen. Nach dem, was noch von ihnen geblieben ist.«

Ich holte tief Luft. »Iri lebt, Mýra.«

Ihre Hände erstarrten am Griff ihrer Axt, und ihr Blick schoss von den Bäumen zu mir. Sie schaute mir fest ins Gesicht. *»Was?«*

»Er lebt. Er hat die ganze Zeit bei den Riki gelebt.« Die Bedeutung dieser Sätze wurde mir selbst erst langsam bewusst, als ich sie laut aussprach. Mýra davon zu erzählen war das eine. Den restlichen Aska davon zu berichten war etwas anderes. Iri war in Hylli geliebt und bewundert worden, aber für das, was er getan hatte, würden die Aska ihm nach dem Leben trachten. Und auch mein Ansehen hatte er beschmutzt. So wie das meines Vaters.

»Wie? Warum?« Mýra erhob sich.

»Als wir ihn in Aurvanger zurückließen, war er nicht tot. Die Riki haben ihn gefunden. Sie haben ihm das Leben gerettet. *Fiske* hat sein Leben gerettet.«

»Nein, ich habe ihn doch gesehen. Wir haben ihn gesehen.« Sie stellte sich vor mich und blickte mich wild an.

»Es ist wahr.«

»Und was? Ist er jetzt einer von denen?«

»Ja.« Zum allerersten Mal glaubte ich es auch wirklich selbst.

»Man kann doch sein Blut nicht verleugnen, Eelyn! Man kann doch nicht all die Aska vergessen, die die Riki getötet haben!« Mýras Stimme klang heiser, und ich merkte, sie dachte an ihre Schwester.

»Wir können gar nichts ungeschehen machen.« Und das war das Schrecklichste daran.

Fiske trat mit einem Bündel Holz unter dem Arm aus den Bäumen und begann, Feuer zu machen, während Mýra ihn aufmerksam beobachtete. Ihr wütender Blick klebte geradezu an ihm, aber Fiske beachtete sie nicht.

Dann schulterte sie ihre Axt und sagte: »Ich werde die Wache übernehmen.«

»Nein, schlaf, ich werde das übernehmen«, entgegnete ich und stand auf.

»Damit er mir die Kehle durchschneidet?«, schnaubte sie und holte die Holzfiguren ihrer Schwester und ihres Vaters unter der Panzerweste hervor. »Du bist ein Dummkopf, wenn du glaubst, ich *schlafe* dermaßen nah bei einem Riki.« Und damit drehte sie sich um, verschwand in der Dunkelheit und ließ Fiske und mich allein zurück.

Fiske kümmerte sich um das Feuer, als hätte er nicht gehört, was Mýra gesagt hatte. Doch als sie fort war, erhellte sich seine Miene.

»Sie traut dir nicht.« Ich reichte ihm ein weiteres Holzscheit. »Kein Aska wird dir trauen.«

Hinter uns im Dunkeln konnte ich leise hören, wie Mýra betete.

Fiske nahm die Axt ab, damit er sich mit dem Rücken gegen einen Baumstamm setzen konnte. »Traust du mir?« Sein Gesicht war verschlossen. Undurchschaubar, wie immer.

»Ja.« Er hob den Blick und schaute mir direkt in die Augen. So wie in Hylli. »Aber ich weiß nicht, ob uns die Aska anhören werden.«

»Glaubst du, das ist das Ende?« Er blickte auf seine Hände.

»Das Ende wovon?«

»Das Ende von allem. Den Riki. Den Aska.« Die Worte hingen zwischen uns in der Luft und verbrannten im Feuer.

»Denkst du das wirklich?«

»Nein. Ich denke, du wirst sie überzeugen.«

Die nächtliche Stille wirkte auf einmal brüchig, sie drohte zu zerspringen. Denn ich war mir nicht so sicher wie Fiske. »Woher willst du das wissen?«

Er lächelte und verzog einen Mundwinkel. »Weil du Feuer im Blut hast.«

Das waren Inges Worte über mich gewesen, die ich nachts vom Dachboden belauscht hatte, als Fiske Halvard erklärte, ich sei gefährlich.

»Vertraust du mir, Fiske?«

»Ich bin hier, oder nicht?«

Plötzlich durchströmte mich die Erinnerung an seine Lippen auf meinen. Seine Hände, die mich in der Dunkelheit gefunden hatten und über den Steinboden schoben. Ich ballte die Hände, um dem Bedürfnis zu widerstehen, Fiske sofort berühren zu wollen. »Und wenn sich die Aska mit den Riki zusammenschließen und wir gemeinsam die Herja besiegen? Was dann?«

Fiske nahm seine Axt und schaufelte damit ein Holzscheit näher an die Flammen. »Dann ändern sich die Dinge.«

»Welche Dinge?«

Erneut lehnte er sich zurück an den Baumstamm. Seine Augen wanderten über mein Gesicht, und mit sanfter Stimme antwortete er: »Alles«.

Wir gelangten über die Anhöhe. Nun waren wir vom Fjord so weit entfernt, dass wir ihn durch den Wald nicht mehr erkennen konnten. Wir kämpften gegen die steile Steigung an, dann spähten wir über die Kuppe auf die ferne Lichtung. Es war alles ruhig. Still.

»Wie viele Aska?« Ich behielt die Bäume im Auge.

»Mindestens zehn. Hagen dürfte dabei sein«, erklärte Mýra.

Ich kannte Hagen seit Kindertagen. Ich hatte an seiner Seite gekämpft. Und ich wusste, was er davon halten würde, einen Riki in unser Lager mitzubringen.

»Nimm seine Waffen.« Mýra deutete zu Fiske.

Er wich zurück. »Nein.«

»Wenn die anderen sehen, dass du bewaffnet bist, werden sie dir einen Pfeil verpassen, bevor wir die Möglichkeit haben, mit ihnen zu sprechen.« Ich streckte die Hand aus.

»Ich werde ohne Waffen kein Aska-Lager betreten.«

»So wie ich, als ich gefesselt und mit einem Pfeil im Arm nach Fela gezerrt worden bin?« Ich sah ihn stirnrunzelnd an. »Sie werden dich nicht töten. Ich lasse das nicht zu.«

»Zumindest nicht sofort. Zunächst werden sie dich foltern.« Mýra lachte spöttisch. Ich wandte ihr das Gesicht zu, und sie lächelte mich boshaft an. »Und *danach* erst werden sie dich töten.«

Ich legte die Handfläche auf Fiskes Panzerweste und schob ihn zurück. »Mein Vater ist da unten. Ich kann mit allen reden.«

Fiske blickte auf meine Hand an seiner Brust. Er zog die Schwertscheide von der Schulter und legte den Gürtel ab. Dann wickelte er die Lederriemen um die Futterale, bis sie ein festgeschnürtes Bündel ergaben. Kopfschüttelnd überreichte er es mir.

»Ich werde als Erste gehen.« Mýra blickte sich suchend in den Bäumen um, bevor sie aufstand, über die Kuppe ging und langsam und mit den Händen an ihrem Gürtel in den Wald lief.

Mit meinem gesunden Arm hielt ich Fiskes Waffen. Wir warteten einen Moment, bevor wir Mýra folgten.

Doch im letzten Augenblick hielt mich Fiske auf und legte den Arm um meine Taille. »Wenn sie …« Er schaute mich an, zog mich zu sich, und seine Hand strich über die weiche Haut über meiner Hüfte. Ich wusste, was er als Nächstes sagen würde. »Ich muss zu meiner Familie zurück. Wenn das heißt, ich muss Aska töten, um aus Virki fort- und zurück auf den Berg zu kommen, werde ich es tun. Verstehst du?«

Ich betrachtete ihn eingehend von oben bis unten. Fiske brauchte keine Waffen, um zu einer Bedrohung meines Volks zu werden. Und wenn er erst einmal in Virki war, gab es kein Zurück mehr. Denn er konnte danach alle Riki zu den leicht verwundbaren Aska führen. Mein Volk hing wie Herbstlaub an den Bäumen und wartete nur darauf, zu Boden zu fallen. Fiske würde tun, was er für richtig hielt. Und ich würde es genauso machen.

»Ich verstehe.«

38. KAPITEL

Vor uns in der Finsternis tauchte ein großer, glühender Feuerball auf. Als wir näher kamen, sahen wir, dass es viele kleine Fackeln waren, die sich in einem weiten Rund erstreckten. Der nächtliche Nebel schlug uns wie gefräßiger Atem entgegen, bis meine Füße in dem milchigen Schleier gänzlich verschwanden.

Mýra rief etwas, wir hielten an und warteten. Ich schaute angestrengt auf die Fackeln und sah, dass sich eine der Kugeln auf einmal bewegte. Ein Mann sprang aus einem Baum und blickte zu Mýra, die vor uns stehen geblieben war. Danach schaute der Mann zu Fiske und mir. »Eelyn?« Er blinzelte und hielt die Fackel in die Höhe.

»Ja, ich bin es«, antwortete ich.

»Wer ist das?« Er kam auf uns zu.

»Er ist ein Riki, Hagen.« Ich sprach die Worte so ruhig wie möglich aus. »Er ist allein, und er ist hier, um mit Espen zu reden.«

Doch bevor ich den Satz auch nur ausgesprochen hatte, zog Hagen sein Schwert und blickte sich argwöhnisch in den Bäumen um. Weitere Männer traten aus den Büschen um uns, und es folgte das Geräusch von Klingen, die aus ihren Futteralen gezogen wurden.

»Wir sind allein.« Ich hielt beschwichtigend eine Hand hoch.

»Untersuchen!«, rief er über die Schulter den anderen zu und schaute mich wütend an, während die Männer seinen Befehl ausführten. Sie schwärmten in den Wald aus, und das Flackern ihrer leuchtenden Fackeln umgab uns.

Hagen hielt sein Schwert bereit und suchte Fiske nach Waffen ab.

»Er ist nicht bewaffnet.« Ich hob die Arme höher, als die Männer zurück aus dem Wald kamen.

Fiske stand nah bei mir. Seinem wachsamen Blick entging keine Bewegung der anderen.

»Niemand da, Hagen«, rief einer der Männer.

Daraufhin schaute mich Hagen einen langen Moment mit malmendem Kiefer an. Schließlich hob er die Hand und legte sie auf meine rechte Schulter. Ich tat es ihm gleich, und wir blickten uns in die Augen. »Espen wird das nicht gefallen. Genauso wenig wie deinem Vater, Eelyn.«

Ich gab Fiske zu verstehen, dass er vorangehen sollte, und folgte ihm tiefer in den Wald, wo nach und nach das Rauschen von Wasser die Stille übertönte. Dann bewegten sich die Fackeln vor uns nicht mehr, und vor einer schwarzen Wand hielten die Schritte inne.

»Wir gehen runter.« Mýra löste sich aus der Gruppe der Männer und kam zu mir.

»Wo runter?« Ich begleitete Mýra zu der Stelle, wo die anderen standen, und erst als meine Füße die Kante berührten, bemerkte ich, dass wir uns auf einer steilen Klippe befanden.

Mýra reichte mir einen Strick. »Binde es dir auf diese Weise um.«

Ich befolgte sorgsam ihre Anweisung. Als die Knoten festgezurrt waren, legte Hagen die Schlinge seines Stricks in einen eisernen Haken, der im Boden befestigt war. Er warf den anderen Männern einen Blick zu, bevor er sich ohne weitere Warnung bückte und über die Klippe schwang. Mein Herz setzte einen Moment aus, während ich sah, dass sich der Strick zuerst straffte und dann wieder lockerte.

Als Nächste war Mýra an der Reihe. Sie ging rückwärts zur Kante, sah mir noch einmal in die Augen und verschwand. Ich schaute in die Tiefe, versuchte, sie zu finden, doch alles, was ich erkennen konnte, war bewegtes Wasser, in dem sich das Mondlicht spiegelte. Die Männer zogen die leeren Stricke wieder nach oben. Die nächsten zwei waren an der Reihe, und sie sprangen ohne Zögern von der Klippe.

Fiske legte seinen Strick um, und ich befestigte den Eisenhaken an meinem. Er bewegte sich rückwärts auf den Rand der Klippe zu und setzte die Absätze seiner Stiefel knapp auf die

Kante. Dann stützte er mit einer Hand meinen Rücken, während ich versuchte, meinen verwundeten Arm schützend an den Körper zu pressen. Ganz gleich, was ich tat, es würde wehtun.

»Bereit?«, flüsterte ich.

Fiske nickte.

Ich bückte mich, warf mein Gewicht, so weit ich konnte, zurück und fiel in die Tiefe. Der Strick wickelte sich vor dem Hintergrund des Nachthimmels wie eine Schlange auf. Das Licht der Fackeln oben auf der Klippe verschwand, und der Strick brachte mich in Schräglage. Doch in dem Augenblick tauchten die anderen auf, reckten die Hände und spreizten die Finger, um uns zu fangen.

»Eelyn!«

Dieser Ruf wand sich um mein Herz, während ich vor der Felswand baumelte und jemand nach meinem Stiefel schnappte, sodass ich mich drehte, bis mehr Hände mich bremsten. Dann sah ich, wie sich mein Vater den Weg durch die Menschenmenge bahnte.

Meine Hände zitterten, und obwohl ich immer noch an dem Strick hing, streckte ich schon die Arme nach meinem Vater aus. Ein Schrei löste sich aus meiner Kehle, und ich ruderte mit den Armen in der Luft, bis mich seine starken Hände fingen und zu sich zogen. Während ich losgebunden wurde, weinte ich an seiner Schulter, und er bebte, ein Schluchzer kam über seine Lippen. Ich drückte ihn fester an mich. Er hob mich hoch, und ein Stück meiner innerlich zerbrochenen Welt kam wieder in Ordnung. Als ich über den Kamm getreten und Hylli zerstört und verbrannt vorgefunden hatte, war ich mir dermaßen sicher gewesen, meinen Vater nie wiederzusehen. Aber hier war er, zurück von den Toten, wie Iri. Wie ich.

Er schob meine Schultern zurück, um mir ins Gesicht sehen zu können, und strich über mein Haar. Seine Tränen tropften auf den mächtigen, buschigen Bart und gingen in ein Lachen über, das tief aus seinem Inneren hervorsprudelte. Ich hatte meinen Vater bisher nur zweimal weinen gesehen. Als meine Mutter starb und dann, als Iri gestorben war.

Die Wahrheit verbrannte mich geradezu innerlich.

»Ich wusste, dass du lebst. Ich wusste, ich würde dich wiedersehen«, würgte er überwältigt hervor. »Die Riki haben dich gefangen genommen?«

Ich nickte und schniefte die restlichen Tränen fort. Doch er brauchte nur Sekunden, um zu sehen, wovon ich gehofft hatte, er würde es nie bemerken. Seine Hand strich von meinem Gesicht zum Hals, und er fuhr mit den Fingerspitzen über das Brandmal, das anfing zu vernarben.

Er atmete schwerer und blickte mich böse an. Brutal und wütend stürzte alles über mir zusammen. Denn noch nie zuvor hatte ich meinen Vater so gesehen.

Auf einmal hallten Rufe über die Felswand. Ich riss die Augen von meinem Vater und suchte Fiske. Aber in allen Richtungen sah ich nur Aska, die sich um uns drängten. Ich ließ meinen Vater los, reckte mich auf die Zehenspitzen und drängelte mich zwischen die Körper um uns herum, während lähmende Angst in mir aufstieg. Als ich die Menge durchbrochen hatte, fand ich Fiske, der mit dem Rücken zur Felswand von Menschen umringt war. Seine Arme hingen herab, und er pumpte die Fäuste. Ich hoffte, dass den anderen die Mordlust hinter Fiskes starrem Gesichtsausdruck verborgen blieb. Sein Blick schoss von rechts nach links, suchte nach mir.

Auch mein Vater hatte sich nach vorne gekämpft, und als ich seine Miene sah, versuchte ich, ihn aufzuhalten. Aber er befreite sich aus meinem Griff und ging zu Fiske.

»Aghi.« Ich rannte ihm nach, wollte mich ihm in den Weg stellen, aber er war zu kräftig. Meine Stiefel rutschten im Sand weg, und er ging einfach weiter.

Dann umklammerte er seitlich Fiskes Panzerweste und schleuderte ihn gegen die Felswand. Ein wildes Knurren kam aus seinem Mund, und er zog das Schwert.

Ich drängte mich, mit dem Rücken zu Fiske, zwischen die beiden und stemmte die Hände gegen meinen Vater. »Nicht!«

Er schnaubte wütend, und in seinen Augen leuchtete Hass.

Auf einmal tauchte hinter ihm Espen auf. Er hielt seine Axt kampfbereit in der Hand. »Was will er hier?«

»Hört zu, bitte«, flehte ich und spürte Fiskes Atem im Nacken. Sein Körper strahlte eine Anspannung aus, die sogar durch meine Panzerweste drang. »Er ist nicht hier, um zu kämpfen. Er hat mir geholfen, vom Berg herunterzukommen.«

Mein Vater machte einen Schritt zurück. »Was *will* er hier, Eelyn?« Er wiederholte Espens Worte, aber aus seinem Mund klangen sie blutrünstig.

»Die Riki …« Ich versuchte, es auszusprechen. Aber in ihren Gesichtern konnte ich erkennen, dass sie nur auf die Gelegenheit warteten, Fiske in Stücke zu reißen. »Sie sind alle überfallen worden. Wie Hylli.«

Die Menschenmenge verstummte, und die Aska blickten sich fragend an. Espen ließ die Axt sinken, lehnte sie gegen sein Bein und schaute zu meinem Vater. Sie wussten nichts davon.

»Die Herja sind in Fela eingefallen. Das Dorf hat Verluste erlitten, aber lange nicht so wie die anderen Dörfer. Bevor ich herkam, war ich in Möor. Es ist fast dem Erdboden gleichgemacht.«

»Sie werden zurückkommen, um uns endgültig zu vernichten«, wandte sich mein Vater an Espen.

Dessen Blick war nachdenklich auf die Füße gerichtet. »Wir haben Späher zum Lager der Herja geschickt. Sie sind mindestens achthundert Kämpfer.«

Mir wurde ganz mulmig.

»Eine ihrer Truppen überfällt die Bergdörfer. Trotz ihrer Verluste bestehen sie immer noch mindestens aus fünfzig Mann.« Als Fiskes Stimme zu hören war, schauten alle Köpfe auf.

Espen biss sich auf die Unterlippe. Er drehte sich um, und die Menschenmenge teilte sich, um ihm den Weg frei zu machen. »Nehmt ihn mit.«

Wir folgten ihm und schlängelten uns durch die Aska. Sie fauchten, fluchten leise und spuckten Fiske an, als wir vorbeigingen. Wir traten unter dem Felsüberhang hervor, und schließlich blickte ich nach oben. Die Klippe mit ihren scharfen Umrissen hing über der Sandbank wie ein Dach. Das Wasser strömte schnell und mit weißen Schaumkronen vorbei. Wir hielten uns an der Felswand, bis wir zu einer Reihe Hütten kamen, die aus gebogenen Ästen geformt waren und Grasdächer besaßen. Neben jeder einzelnen befand sich eine in den Sand gegrabene Feuerstelle, und der heulende Wind trieb den Geruch von Schlamm und nassem Stein vor sich her.

Espen wartete gemeinsam mit meinem Vater und den anderen Dorfanführern am Ende einer schmalen Böschung hinter einem langen Holztisch.

»Wie viele Aska haben überlebt?« Seit Langem schon fürchtete ich mich vor der Antwort.

Mein Vater wirkte, als wollte er vor Fiske nichts dazu sagen, und seine Augen wanderten zwischen ihm und mir hin und her. »Insgesamt sind in allen Dörfern zweihundertneunzig bereit zu kämpfen. Wie viele Riki gibt es noch?«

Ich schaute zu Fiske. Die Zahl war gering. Zu gering. All die Aska. Fort.

Er blickte mir in die Augen. »Wir sind nicht sicher. Als wir aufgebrochen sind, waren die anderen Dorfanführer noch nicht zusammengekommen. Ich würde sagen, insgesamt etwas weniger als dreihundert aus Fela und Möor. Zusammen mit den Überlebenden der anderen Dörfer vielleicht fünfhundert.«

Überrascht riss mein Vater die Augenbrauen hoch.

»Du sprichst also für die Riki?« Espen lehnte sich gegen den Tisch.

Ein wenig entspannte sich Fiske, aber er behielt die Schatten in der Nähe der Sandbank im Auge. »Ja. Die Anführer der Riki wollen, dass ihr euch mit uns zusammenschließt, um gegen die Herja zu kämpfen.«

Espen und mein Vater wechselten einen fragenden Blick.

»Die Herja sind für euch allein und für uns allein zu viele. Aber gemeinsam sind wir vielleicht imstande zu siegen.«

»Und dann?« Espen verschränkte die Arme vor der breiten Brust.

»Es liegt an euch, das mit den Riki zu besprechen. Ich gehöre nicht zu den Anführern.«

»Aber warum haben sie dann ausgerechnet dich geschickt?« Mein Vater hatte die Fäuste auf den Tisch gestemmt. »Woher sollen wir wissen, dass wir dir trauen können?«

»Das könnt ihr nicht wissen.« Ich trat vor und schaute meinem Vater in die Augen. »Genauso, wie die Riki nicht wissen können, ob sie uns trauen können. Aber wir brauchen uns gegenseitig. Wenn wir uns nicht zusammenschließen, sind unsere Völker verloren. Unsere Lebensform ist zerstört.«

Alle schwiegen.

»Ich habe Hylli gesehen«, fügte ich leise hinzu. »Wir haben keine andere Wahl.«

39. KAPITEL

Die Männer befragten Fiske noch die ganze Nacht, und es dauerte lange, bis ihr Gespräch zu Ende war. Ich konnte ihm ansehen, wie unwohl er sich fühlte, die gewünschten Antworten zu geben, aber er tat es trotzdem. Es ging vor allem um Dinge, die der Verteidigung der Riki gegen die Aska schadeten. Dinge, die jedoch besprochen werden mussten.

»Ich werde mitgehen.« Mein Vater war der Erste, der zustimmte.

Doch Espen wirkte unentschlossen. »Wir können dir keine Begleiter an die Seite stellen, Aghi.«

»Ich werde mit ihnen gehen.« Mýra stand Schulter an Schulter mit meinem Vater, ihr Blick war fest auf mich gerichtet.

Fiske befand sich mit dem Rücken zur Felswand, ein Stück entfernt vom Rest von uns. Er wollte niemandem die Gelegenheit geben, ihn unvorbereitet zu überrumpeln.

»Aghi, du wirst für die Aska sprechen«, willigte Espen ein. »Und wir treffen uns dann in Aurvanger.«

Unruhig fuhr ich mir durch das Haar. Seit Generationen trafen wir in Aurvanger aufeinander. Die Riki und die Aska. Um uns zu bekämpfen und Blut zu vergießen. Doch diesmal begegneten wir uns, um uns alle zu retten. Ich fragte mich, ob wir es auch schaffen würden, Seite an Seite zu kämpfen. Ob uns das schwächer oder stärker machen würde.

Nachdem man uns aus der Befragung entlassen hatte, führte uns mein Vater durch das Lager mit den Hütten und entlang der Felswand zu einer höher gelegenen, abgegrenzten Felszunge. Auf der Sandbank redeten die Anführer der Aska weiter im Schein der Fackeln. Sie steckten die Köpfe zusammen, aber ihr gereiztes Flüstern drang dennoch über das Rauschen des Wassers hinweg zu uns hinauf.

»Hier kannst du schlafen.« Mein Vater gab Fiske eine der

Webmatten, die er unter dem Arm trug. »Wir brechen im Morgengrauen auf.«

Und damit drehte er sich um, und ich folgte ihm um einen scharfkantigen Felsbrocken, der bis ins Wasser reichte. »Ich bleibe auch hier.« Ich schluckte und versuchte, selbstsicher zu wirken. Ruhig.

Mein Vater machte auf dem Absatz kehrt und starrte mich an. »Was?«

»Er kann hier draußen nicht alleine schlafen. Dann wird er morgen früh nicht mehr leben.«

Langsam wanderten seine Augen über mich. Er versuchte, meine Gedanken zu lesen. Er, Iri und Mýra waren die einzigen Menschen, die das konnten.

»Ich bin seit Tagen mit ihm unterwegs. Er ist keine Bedrohung für mich. Und sollte er es doch werden, kann ich auf mich selbst aufpassen.«

Er zögerte. »Was heißt das, *Svåss*?«

»Wir müssen dafür sorgen, dass er zurück nach Fela gelangt. Um mit den Riki zu sprechen.« Ich seufzte. »Vertrau mir. Bitte.«

Er streckte die Hand aus, und ich sah, wie sein Blick erneut auf die Narben an meinem Hals fiel, bevor er mich in die Arme schloss. »In Ordnung.«

Als er mich an sich drückte, wuchs das wütende Pochen in meiner Schulter. Ich lehnte mich an seine große Gestalt und atmete seinen vertrauten Geruch ein. Ich dachte an die Kampfsaison, wo wir in Aurvanger jede Nacht gemeinsam in unserem Zelt gekauert hatten.

Er löste sich von mir und reichte mir die andere zusammengerollte Matte. Dann machte er sich durch die Dunkelheit auf den Weg zurück zu den Hütten und blickte sich nicht mehr um. Er hatte mir schon immer vollkommen vertraut. Aber ich spürte, sein Vertrauen wankte und drohte Argwohn Platz zu machen. Ich ging zurück um die Felszunge und rollte meine Matte im

Sand aus. Die Stille, die Fiske und mich seit jener Nacht in Hylli umgab, war immer noch da. Jeder Blick und jedes unausgesprochene Wort hallte darin wider.

»Du solltest bei deinem Vater sein.«

Ich griff an meinen Rücken, wo ich Fiskes Messer unter der Tunika versteckt hatte. Ich zog es aus dem Gürtel und reichte es Fiske.

Er schaute es nur an. »Brauche ich das?«

»Ich hoffe nicht.« Wenn etwas geschehen und Fiske einen Aska töten würde, wäre ich dafür verantwortlich. Und es wäre das Ende jeder Hoffnung, gemeinsam gegen die Herja zu kämpfen.

Fiske näherte sich, doch statt das Messer zu nehmen, landete seine Hand auf meiner. Seine Finger umschlossen mein Handgelenk, und sofort raste mein Puls. »Du musst vorsichtig sein.« Dort, wo er mich berührte, entwickelte sich unter meiner Haut so etwas wie glühendes Fieber. »Wenn die Aska annehmen, dass du mich beschützt, werden sie dir nicht mehr vertrauen.« Sein Griff verstärkte sich. »Sie müssen dir aber vertrauen, Eelyn. Wir sind beide darauf angewiesen.«

Ich blickte auf seine Hand an meiner und dann in sein Gesicht. Vor meinem inneren Auge wurde das Bild jenes Moments in Aurvanger lebendig. Der Moment, als ich Fiske zum ersten Mal sah. Wie er mit gezogenem Schwert im Nebel stand.

»Warum bist du mitgekommen?«, fragte ich noch einmal flüsternd.

»Aus dem gleichen Grund, den du deinem Vater genannt hast, um hier zu schlafen.« Er näherte sich noch ein Stück, und erwartungsvoll spannte sich jeder Muskel meines Körpers an. »Du willst nicht wirklich wissen, warum.« Seine Hand strich von meinem Unterarm zu dem Messer in meinen Fingern. Er nahm es und steckte es sich hinten in den Gürtel. »Und im Augenblick ist das auch gleichgültig.«

Er hatte recht. Ich war noch nicht bereit, seine Antwort zu

hören. Ich war noch nicht einmal bereit, darüber nachzudenken. In meinem Kopf war kein Platz, um herauszufinden, was das allés bedeutete oder wohin es führte. Denn in den kommenden Tagen konnten wir alle sterben.

»Du hast ihm nichts von Iri gesagt.« Fiske blickte auf das Wasser, während ich mich auf der Matte ausstreckte.

»Ich konnte nicht.«

»Du wirst es ihm sagen müssen.«

»Ich weiß«, flüsterte ich leise.

Kleine Kinder schielten über den Felsen, als ich aufwachte und mich umdrehte. Ich blickte auf, und hopsend verschwanden sie, rannten zur Sandbank und wirbelten zum Spaß mit den Füßen den Sand auf.

Fiske bückte sich, spritzte Wasser in sein Gesicht und blickte rechts und links am Ufer entlang. Das Wasser floss heute Morgen ruhiger, und nun konnte ich erkennen, dass es sich um einen breiten Fluss handelte. Breiter, als ich je einen gesehen hatte. Auf beiden Seiten erhoben sich nah schmaler Sandbänke riesige, steile Felswände.

Ich setzte mich auf und beugte mich vor, sodass ich sehen konnte, dass der weite Überhang des Felsens in Wirklichkeit länger war als geglaubt und darunter jedes Stückchen Sand einen Nutzen hatte. Denn darauf befanden sich Schutzdächer, Netze, Feuerstellen und Arbeitstische. In den Felsen war ein großes Rechteck gemeißelt. Darin hingen nebeneinander in geordneten Reihen Bögen, Pfeile, Schwerter und Messer. Weiter unten waren kleine Holzboote festgemacht. Mehrere Seile, die von der Klippe herabhingen und einerseits an der Felswand und andererseits im Boden festgemacht waren, hielten sie davon ab wegzutreiben. Ein schwer zu findender Ort, und jeder, der versuchte, ihn anzugreifen, musste entweder den Fluss überqueren oder sich über die Klippe schwingen. Ein perfektes Versteck.

Doch dieser Gedanke war schmerzhaft. Die Aska *versteckten* sich. Ein starkes und entschlossenes Volk, das zum Schatten seiner selbst geworden war.

»Beeindruckend, was hier geschaffen wurde.« Fiske wischte sich das Wasser aus dem Gesicht und blickte hinauf zur Klippe. Er stand auf und reichte mir die Hand, um mir auf die Füße zu helfen.

Unten am Ufer der Sandbank lief eine Gruppe Frauen vorbei, die Schnüre mit Fischködern, die im Wasser hingen, hinter sich herzogen, aber uns nicht aus den Augen ließen.

»Wir sollten aufbrechen«, sagte ich mit immer noch schläfrig heiserer Stimme.

Als Fiske und ich um die Felszunge bogen, kamen vom Flussufer mein Vater und Mýra zusammen mit Hagen und zwei weiteren Männern auf uns zu. Einer der Männer – er trug einen langen, geflochtenen Bart – hielt uns lächelnd einen kleinen Laib Brot entgegen. Fiske machte keine Anstalten, ihn anzunehmen, also nahm ich ihn, brach ihn in zwei Hälften und reichte Fiske seinen Teil. Er zögerte, bevor er danach griff.

»Wie lange?«, fragte mein Vater.

»Zwei Tage. Vielleicht drei, kommt auf den Schnee an«, antwortete Fiske.

Hinter uns waren Espen und Hagen bereits damit beschäftigt, ein Boot von Seilen an der Felsdecke loszumachen.

»Wir werden uns in Aurvanger wiedersehen.« Mein Vater blickte mir kurz in die Augen und wandte sich dann den Booten zu.

Fiskes ganzer Körper sträubte sich empört.

Ich rannte neben meinem Vater her und sprach leise auf ihn ein. »Ich werde mit euch kommen.«

Er runzelte die Stirn und betrachtete mich. »Warum? Du bist doch gerade erst von dort gekommen. Du bist gerade erst nach Hause gekommen.«

»Das ist nicht mein Zuhause.«

»Mýra kommt mit. Du bleibst hier.«

»Ich kenne die Anführer. Ich kenne das Dorf. Du brauchst mich dort.« Ich hielt seinen Blick fest und versuchte, nicht zu viel preiszugeben. Aber er konnte mich durchschauen. Das hatte er schon immer gekonnt. Und was er auch in diesem Moment flüchtig erkannt haben mochte, es gefiel ihm nicht. »Bitte.«

Nachdenklich blickte er über den Fluss. Und dann über seine Schulter zu Espen. »In Ordnung.« Er entschied sich, mir zu vertrauen. Ich fragte mich sofort, ob es wohl das letzte Mal sein würde.

Fiske warf sich unsere Satteltaschen über die Schulter und folgte meinem Vater zu dem Boot. Hagen stand in knietiefem Wasser und hielt es fest, damit wir an Bord klettern konnten. Währenddessen knabberte Mýra innen an ihrer Wange und beobachtete mich. Ich kannte diesen Blick. Sie war besorgt.

Ich lächelte sie kurz an, trotzdem schien sie nicht beruhigt. Sie blickte fragend zu Fiske und dann zu mir. Es beschäftigte sie eine Frage, die ich nicht beantworten konnte. Denn ich konnte ihr nicht erklären, was ich selbst nicht verstand.

Mein Vater nahm ihre Hände und zog Mýra an Bord.

»Du musst nicht mitkommen«, sagte ich und machte ihr Platz.

Als das Boot sich ruckartig in Bewegung setzte, hockte sich Mýra an eines der Ruder. »Die einzige Familie, die mir noch bleibt, ist auf diesem Boot.«

Espen und Hagen schauten vom Ufer zu, wie wir in tieferes Wasser glitten. Espen sah noch einmal zu meinem Vater, und die beiden vergewisserten sich stumm einer Art Abmachung. Dann wanderte der Blick meines Vaters über mich hinweg auf den Fluss, und mein Herz stockte einen Moment. Ich konnte geradezu spüren, wie er sich von mir abwandte. Und ich wusste, er verheimlichte mir etwas.

Ich schaute zurück zu Espen und Hagen, aber sie waren schon fort. Fiske beobachtete meinen Vater. Auch ihm war nicht entgangen, dass uns etwas vorenthalten wurde.

Das Boot schwamm durch die Schlucht, und wir schauten hoch zu den Klippen über uns. Der Fluss streckte sich vor und hinter uns weit aus.

Mýra hielt ein Ruder im Wasser und steuerte gegen die Strömung an, um uns von den Felsen fernzuhalten, während mein Vater das andere Ruder führte und den Bug ausrichtete. Der Fluss machte viele Biegungen, dann erreichten wir seichteres Gewässer, und mein Vater stieg aus und zog das Boot in Richtung Land. Fiske und ich sprangen in das Wasser und halfen ihm, das Boot an das Ufer einer kleinen Sandbank unterhalb eines weiteren Kliffs zu zerren. Dann kletterte auch Mýra von Bord.

Felsen ragten seitlich aus der Steilwand der Klippe, und vor uns entrollte sich auf einmal eine Strickleiter. Ihr Ende klatschte in den feuchten Sand, und oben beugten sich drei Männer über den Rand der Klippe. Als Erster stieg Fiske hoch, und mein Vater hielt ihm die Leiter, während er Schritt für Schritt nach oben kletterte. Dann legte ich die Hände an die ausgefransten Stufen und setzte den ersten Fuß auf.

Noch immer wich mein Vater meinem Blick aus.

»Was hast du mit Espen abgemacht?«

Mýra kam vom Ufer zu uns und reichte meinem Vater eine Tasche. Sie schaute zwischen uns hin und her.

Mein Vater blickte hoch zum Rand der Klippe, wo Fiske gerade verschwunden war. »Unsere ganze Treue gilt den Aska, Eelyn. Das weißt du.«

»Sie weiß, Aghi.« Mýra stand hinter meinem Vater und straffte die Schultern.

Ich betrachtete suchend seine Miene. »Ja. Aber wir *brauchen* die Riki. Das verstehst du doch, nicht wahr?«

Oben erschien Fiskes Gesicht am Klippenrand.

»Los jetzt.« Mein Vater wies meine Frage und mich einfach zurück.

Ich zog mich die Leiter hoch und zuckte bei dem heftigen Schmerz in meinem Arm zusammen. Als ich oben angekommen war, packte mich Fiske an meiner Panzerweste und hob mich auf festen Boden.

Er schaute zu meiner Schulter. »Lass mich das ansehen.«

»Später.« Auch ich spähte daraufhin über die Klippe, um meinem Vater und Mýra beim Aufstieg zuzusehen.

Fiske neben mir sprach so leise, dass nur ich ihn hören konnte. »Ich werde dein Volk nicht nach Fela führen, wenn ich ihnen nicht vertrauen kann. Du musst ihm von Iri erzählen.«

Ich wusste, er hatte recht. Aber ich kannte meinen Vater. »Das bricht ihm vielleicht das Herz.«

Fiske fing meinen Blick auf. »Aber vielleicht stimmt es ihn auch um.«

40. KAPITEL

Wir folgten den Meeresklippen zurück Richtung Fela. Mýra und mein Vater gingen gemeinsam hinter uns und lehnten sich gegen den Wind, der vom Wasser herwehte. Fiske marschierte voraus, ohne sich nach uns umzublicken. Mein Vater und Mýra hatten nichts gesagt, als ich Fiske seine Waffen zurückgab, aber daran, wie sie ihn beobachteten, als er sich sein Schwert umgelegt hatte, konnte ich sehen, wie sehr es ihnen missfiel.

Der Berg wurde sichtbar, als der Nebel sich vom Land hob. Seine dunklen Umrisse ragten drohend über uns auf – er schien auf uns herabzublicken. Als ob Thora uns beobachten und belauschen würde. Fiske sah davor klein aus, und ich stellte mir vor, wie wir von dort oben wirken mussten: vier winzige Gestalten vor dem winterlichen Meer.

Ich zwischen Fiske und den anderen.

Zwischen Aska und Riki.

Wir schlugen ein Lager auf, bevor wir das Tal erreichten. Keiner sprach, während wir Feuer machten und unsere Umhänge auf dem Boden ausbreiteten. Die Nächte wurden zwar Tag für Tag wärmer, aber auf unserem Weg hinauf nach Fela würde es noch mal kälter werden. Allein der Gedanke an die Kälte ließ mich erschauern. Ich erinnerte mich noch gut an den bläulichen, nächtlichen Wald, der mich fast das Leben gekostet hätte, als Thorpe versucht hatte, mich dort umzubringen.

Vorsichtig ließ ich die Satteltasche von meinem Arm rutschen, um den Schmerz zu begrenzen.

»Lass mich das machen.« Fiske streckte die Hand aus, doch da trat mein Vater auch schon zwischen uns. Fiske ließ seine Hand sinken und deutete mit dem Kinn auf meine Schulter. »Es ist wieder aufgerissen.«

Mein Vater musterte mich, legte seine schwere Hand auf meinen Arm, und ich zuckte zusammen. »Was ist da passiert?«

»Ich habe einen Pfeil in die Schulter abbekommen, aber es heilt schon«, wimmelte ich ihn ab.

Fiske warf mir einen vielsagenden Blick zu. »Es heilt nicht. Lass mich mal sehen.«

Mein Vater sah ihn misstrauisch an. »Bist du ein Heiler?«

»Ich nicht, aber meine Mutter. Wir haben sie schon behandelt.«

Mein Vater blinzelte ein wenig und ließ mich nicht aus den Augen. Seine Mundwinkel zuckten und bewegten sich dann nach unten, während man ihm ansah, dass er überlegte. Das bisschen Vertrauen, das es zwischen uns noch gab, schwankte wie Halme im Wind. Schließlich nickte er, und ich öffnete die Panzerweste unter meinem Arm. Fiske zog sie mir über den Kopf und schob die Tunika an meiner Schulter auseinander. Die alte Wunde war von neuen Prellungen umgeben. Ihre Rückseite war noch geschlossen, aber die Vorderseite stark geschwollen, und Blut sickerte heraus.

»Setz dich hin.« Fiske holte seine Tasche. Als er zurückkam, stand mein Vater neben mir.

»Wie ist das passiert?«, fragte er.

Fiske richtete sich sehr gerade auf.

»Ich habe versucht zu fliehen, als sie mich nach Fela brachten. Da hat einer von ihnen auf mich geschossen.«

Fiske öffnete das Gefäß mit Salbe, das Inge uns mitgegeben hatte. Sobald mir der Geruch davon in die Nase stieg, konnte ich sie sehen, wie sie in ihrem Haus beim Feuer stand und in dem großen Eisenkessel rührte.

»Die Flüssigkeit muss heraus«, sagte er und beugte sich tiefer über mich.

Seufzend nickte ich, denn ich wusste, was das bedeutete. »Tu es.« Ich zog mein Messer aus dem Gürtel und gab es ihm.

Mein Vater neben mir spannte alle Muskeln an und trat noch einen Schritt näher.

Fiske hielt kurz die Klinge in die Flammen und drehte sie so, dass sich das Licht darin spiegelte. Als sie an den Rändern zu glühen begann, zog er sie weg und ließ sie in der Abendluft abkühlen. Dann nahm er den Schaft zwischen die Zähne und zog vorsichtig mit den Daumen an den Rändern der offenen Wunde. Ich kniff die Augen zu und spürte, wie die Flüssigkeit der Entzündung über meinen Arm lief. Der Schmerz breitete sich von der Schulter auf meinen ganzen Körper aus und brachte meinen Kopf zum Pochen.

»Halt das.« Er legte meine Hand auf den Stoff unterhalb der Schulter.

Als Nächstes stach er mit der Messerspitze in die Wunde und fuhr rasch damit nach unten. Ich biss die Zähne zusammen und atmete tief und geräuschvoll aus. Blut floss und lief über meinen Arm bis in den Stoff, während er meine Haut zusammendrückte, um so viel wie möglich von dem vergifteten Blut herauszupressen. Ich stöhnte, lehnte mich an das Bein meines Vaters und presste keuchend mein Gesicht dagegen.

Als Fiske fertig war, strich er Salbe auf die Wunde und verband sie fest mit einem frischen Tuch. Dann hielt er das Messer erneut ins Feuer, und mein Blut tropfte von der Klinge, während mein Körper heftig zitterte.

Sobald er sich von mir entfernt hatte, entspannte sich mein Vater. Er ging zum Feuer zurück und holte einen Streifen getrocknetes Fleisch aus seiner Tasche. Als er mir ein Stück davon hinhielt, nahm ich es, doch mir war zu übel, um zu essen. Ich saß ganz still und wartete darauf, dass der pulsierende Schmerz nachließ.

Die anderen aßen schweigend, während die Nacht hereinbrach. Alle starrten in das Feuer zwischen uns. Dabei wucherte jeder unausgesprochene Gedanke. Was auch immer mein Vater verschwieg, Mýra wusste es. Ich merkte es daran, dass sie einander nicht ansahen.

Als er zwischen den Bäumen verschwand, um noch mehr

Holz zu holen, stand ich auf. Mýra deutete meine Bewegung richtig und folgte mir in den Wald, während Fiske beim Feuer zurückblieb. Ich holte meinen Vater ein, bückte mich, um den dicken Ast aufzuheben, den er gerade mit seiner Axt entzweigeschlagen hatte. Ich presste ihn an meine Brust und wartete darauf, dass mein Vater die andere Hälfte Mýra auflud.

»Was ist los?« Er spürte mein Zögern.

Ich versuchte, mein Körpergewicht bis in die Füße zu spüren, um mich zu stabilisieren. Um mich irgendwie stärker zu fühlen. Als könnten die Worte, die ich gleich sagen würde, mich dann nicht umhauen. »Ich muss dir etwas erzählen.«

Er drehte sich um, lehnte sich gegen den nächstbesten Baum und hakte die Daumen in seine Panzerweste. Mýra stützte das Holz auf ihre Hüfte und wartete.

Ich schluckte, um das Brennen in meinem Hals zu vertreiben. »Iri lebt.«

Die Worte hallten in meinen Ohren wie ein kehliger Schrei. Sie echoten durch den Wald und wanden sich wie eine Schlange um uns. Das Gesicht meines Vaters wurde hart. Sein Atem stockte, und ich hielt seinen Blick fest. Indem ich dem standhielt, wollte ich ihm etwas zum Festhalten geben, während in seinem Kopf ein Sturm tobte.

»Er ist am Leben. Ich sah ihn an jenem Tag in Aurvanger.« Die Worte wurden kleiner, während sie nacheinander über meine Lippen kamen. »Er hat mit den Riki gekämpft.«

Mein Vater stieß sich von dem Baum ab und ließ die Arme hängen.

»Er war nicht tot. Als wir ihn in der Erdspalte zurückgelassen haben, war er nicht tot. Die Riki haben ihn mit nach Fela genommen. Ihre Heilerin nahm ihn bei sich auf.«

»Was meinst du mit ›nahm ihn bei sich auf‹?« Endlich hatte mein Vater etwas gesagt, doch seine Stimme klang gepresst und angestrengt. Zorn loderte hinter seinen Augen.

»Der andere Junge in der Erdspalte – das war Fiske. Er hat Iri das Leben gerettet. Sie brachten ihn nach Fela und machten ihn gesund und …« Ich seufzte. »Er hat sich ihnen angeschlossen.«

Mein Vater schaute über mich hinweg in den schwarzen Wald.

»Bei der letzten Schlacht habe ich ihn wiedergefunden, und er nahm mich gefangen, um zu verhindern, dass die Riki mich töteten. Er plante, mich bei sich in Fela zu behalten, bis das Tauwetter käme, und mich dann entkommen zu lassen.«

Er fuhr sich mit den Händen übers Gesicht und atmete hinein.

»Iri hat in den letzten fünf Jahren bei Fiskes Familie gelebt.«

Jetzt drehte er sich zu dem gelblichen Feuerschein zwischen den Bäumen um, wo Fiske bei unserem Lager saß.

»Warum ist er nicht mit dir gekommen? Warum ist er nicht zu den Aska zurückgekehrt?« Mýra stellte sich vor mich.

»Ich habe ihm geraten dortzubleiben.« Ich schaute auf meine Füße. »Weil ich Angst hatte, was mit ihm passieren würde, wenn ich ihn zurückbrächte. Ich wollte es euch zuerst sagen.«

Mein Vater begann, auf und ab zu gehen.

»Fiskes Familie ist zu seiner Familie geworden.« Ich hätte ihn nicht ansehen müssen, um zu wissen, was das mit ihm machte, weil ich es noch zu gut in Erinnerung hatte. Aber es gelang mir auch nicht, den Blick abzuwenden. Sein ganzer Körper reagierte. Er erstarrte von Kopf bis Fuß. »Ich verstehe es nicht«, sagte ich. »Aber er ist einer von ihnen geworden.«

Die Geräusche des Waldes umfingen uns, und mein Vater sah mich lange an, bis er seine Augen schließlich auf Mýra richtete. Die beiden wechselten wieder diesen vielsagenden Blick, doch diesmal biss Mýra die Zähne zusammen und schloss die Arme fest um das Holz. Aus dem fragenden Ausdruck in ihrem Gesicht wurde Wut. Sie sammelte das restliche Holz auf und machte sich auf den Weg zurück zum Lager. Mein Vater und ich blieben allein zurück. Ich stand da und wartete. Ich hatte nicht die geringste Ahnung, was er als Nächstes tun würde.

Doch als er die Augen, halb verborgen von seinen buschigen Brauen, wieder auf mich richtete, glitzerten sie feucht, und seine Nase war gerötet.

»Wir haben ihn zurückgelassen«, flüsterte er erstickt.

Ich nickte, und meine Tränen spiegelten sich in seinen. »Aber er lebt.«

41. KAPITEL

Ich träumte von dem Bären.

Ich stand mit den Füßen im Schnee auf dem Pfad, der sich um Fela schlängelte. Die Schneeflocken fielen vom Himmel, klebten aneinander und landeten in dicken Klumpen auf dem goldbrauen Pelz, der das Gesicht des Bären umgab. Er blickte mit den gleichen großen schwarzen Augen zu mir wie damals. Sie wirkten wie ein dunkler sternenleerer Himmel. Unendlich tief.

Sein Starren löste ein Prickeln aus, das sich auf meinem gesamten Körper ausbreitete, sodass ich zitterte, als ich die Hand hob und ausstreckte, um ihn zu berühren. Er schaute auf meine Finger, machte einen kleinen Schritt auf mich zu, bis ich seinen Atem an meiner Handfläche fühlen konnte.

Aber dann war er fort.

Ich drehte mich im Kreis, blickte mich in dem verlassenen Dorf um, doch der Bär war verschwunden. Nur seine Fußabdrücke waren wie in den Schnee gestanzt.

Ich holte tief Luft, öffnete die Augen, und derselbe Geruch von Kälte, den ich auch in meinem Traum wahrgenommen hatte, umgab mich. Ich blinzelte und stopfte meine tauben Hände zurück unter die Pelze. Fiske lag auf der anderen Seite des Feuers und hatte einen Arm unter den Kopf geschoben. Seine angespannten Gesichtszüge hatten sich im Schlaf besänftigt.

Dann hörte ich in der Nähe das Rascheln von leisen, langsamen Schritten, und meine Hand griff nach dem Messer. Ich verhielt mich ganz still, öffnete die Augen weiter, sodass sie sich auf die Dunkelheit einstellen konnten, während ein Schatten über mich und den Boden vor dem Feuer huschte. Als ich erkannte, was geschah, war es bereits zu spät.

Mýra stand mit erhobener Axt über Fiske.

»Nein!«, schrie ich, warf die Pelze von mir und schnellte nach vorne.

Als ich über das Feuer sprang, berührten die Flammen meine Beine. Fiske rollte sich schon zur Seite. Und Mýras Axt landete im Boden, wo sich nur Sekunden zuvor Fiskes Kopf befunden hatte. Mein Vater fuhr mit gezücktem Schwert hoch. Ich warf mich zwischen Mýra und Fiske und hielt das gezogene Messer in der Hand.

Mýra funkelte Fiske zornig an. »Geh mir aus dem Weg, Eelyn!« Erneut hob sie die Axt.

»Mýra.« Hinter ihr erklang die warnende Stimme meines Vaters.

Aber sie konnte ihn nicht hören. Nichts konnte sie erreichen. Ich ging auf sie zu, sie schwang die Axt und hätte mich beinahe an der Brust erwischt.

Fiske flog geradezu an mir vorbei, schnappte sich Mýras Handgelenk und hob sie am Hals in die Luft.

Ich krallte mich in seine Rückseite und riss ihn zurück. »Lass sie los!«

Er warf sie zu Boden, und sie landete auf dem Rücken. Nur einen Atemzug später war sie schon wieder auf den Beinen und wollte sich erneut auf ihn stürzen. Ich hielt sie an der Weste fest und schob sie in Richtung Waldrand. »Was tust du?«

Sie zischte durch die Zähne und schaute über mich hinweg zu meinem Vater. »Ich werde ihn töten, so wie man es von uns erwartet!«

»Was?« Ich blickte über die Schulter zu meinem Vater, und seine Miene verriet die Antwort. »Du wolltest uns hintergehen?«

»Uns?« Mýras Stimme klang gereizt.

»Wir haben mit ihm ein Abkommen, Mýra.« Ich schubste sie zurück.

Mýra wandte sich an meinen Vater. »Du hast gehört, was Espen gesagt hat.«

Bereit, sein Schwert zu schwingen, hörte Fiske von der anderen Seite des Feuers aus zu.

»Das war, bevor ich von Iri erfuhr.« Mein Vater schob das Schwert zurück in das Futteral.

»Was ist los mit euch beiden?«, brüllte Mýra und schaute von meinem Vater zu mir. »Sie sind *Riki*. Sie töten uns bei der ersten Gelegenheit, die wir ihnen bieten!«

»Nein, das werden sie nicht.« Ich zwang mich, das zu sagen. Denn ich wollte unbedingt daran glauben.

»Wenn wir in Virki bleiben, werden uns die Herja nicht finden. Dort werden wir sicher sein. Wir finden das Riki-Dorf und töten Fiske, damit er sie nicht zu uns führen kann. Dann erledigen wir die anderen und löschen sie aus«, fauchte sie und atmete wütend. »*Darauf* haben wir uns geeinigt. Und es ist mir gleichgültig, ob Iri am Leben ist. Er hat uns alle verraten!«

Wieder hob sie die Axt und machte einen Schritt auf Fiske zu. Gleichzeitig hob ich mein Messer. »Tu das nicht«, knurrte ich. Ich würde sie niemals verletzen. Eher würde ich sterben, als je zuzulassen, dass Mýra etwas zustieß. Aber ich konnte genauso wenig zulassen, dass sie Fiske tötete.

Sie riss die Augen auf, und ihr Blick bohrte sich in mich. »Um was geht es hier eigentlich?« Sie senkte die Stimme.

»Um unser Überleben!«, antwortete ich. Aber das war nur die halbe Wahrheit. Es ging um so viel mehr.

Ich beobachtete, wie Mýra nachdachte. Ich kannte sie zu gut. Ich wusste, was sie als Nächstes vorhatte, bevor sie es tat. Sie drehte sich auf dem Absatz, stürmte an mir vorbei und stürzte auf Fiske zu. Ich sprang sie von hinten an, wir fielen zu Boden und rollten in Richtung der Bäume. Ihre Axt zerriss meine Hose, kratzte mein Bein auf, und Mýra drückte mich auf die Erde.

Fiske pirschte sich an uns heran, aber mein Vater fing ihn ab und hielt ihn auf. »Nicht!«

Ich schaute in Mýras von Mordlust verzerrtes Gesicht. Diesen Ausdruck hatte sie sonst nur, wenn sie in einer Schlacht auf unseren Feind traf, und nun blickte sie mich auf diese Weise an.

Ich rollte zur Seite, schwang mich auf ihren Rücken und schlug mit der stumpfen Seite der Messerklinge auf ihr Handgelenk, damit sie die Axt fallen ließ. Sie warf mich ab und schleuderte mich zu Boden.

Ich verschaffte ihr nicht die Gelegenheit, die Axt erneut zu schwingen. Ich warf mein Messer, sah, wie es sich in der Luft drehte, dann an ihrem Gesicht vorbeiflog und in einem Baumstamm stecken blieb. Mýra erstarrte und blickte mich entsetzt an. Ihre Miene wechselte daraufhin schnell hin und her zwischen dem Mädchen, das ich besser kannte als irgendeinen anderen Menschen, und der totbringenden Kämpferin, die an meiner Seite gefochten hatte. Als sie die Augen zusammenkniff und mich ansah, erkannte ich das Schimmern heißer Tränen darin. Und dann rannte sie los. Sie ließ die Axt fallen, und kaum bei mir angekommen, schlug sie mir die Faust ins Gesicht. Mein Kopf kippte zur Seite, und ich stürzte mich auf sie und brachte sie zu Fall.

Ich schlug sie. Fest. »Was ist los mit dir?«, schrie ich und schlug sie noch einmal.

Sie trat nach mir, kämpfte, aber es nutzte nichts. All die Kraft und Wut, die aus ihr strömten, machten nun den Weg frei für etwas Zerbrechliches und Schwaches. Ihre Augen füllten sich mit Tränen, die ihr über die Wangen liefen. Mýra warf die Unterarme vor das Gesicht und zitterte.

»Mýra.« Ich zog an ihren Armen, um sie anzusehen, aber sie trat mich weg.

Als sie wieder auf den Füßen stand, stolperte sie schluchzend in den Wald.

»Mýra!« Ich berührte ihre Schulter und versuchte, sie zu mir zu drehen, aber sie riss sich schwankend los. Ich hielt sie an der Panzerweste fest und ließ sie nicht gehen.

Da wandte sie sich mir zu. Ihre mit *Kol* geschwärzten Augen waren rot und vom Weinen geschwollen. »Bist du jetzt auch eine von ihnen?«, fragte sie mit brüchiger Stimme. »Willst du wie Iri eine von ihnen sein?«

»Nein!« Ich schaute ihr in die Augen. »Ich bin eine Aska, Mýra. Ich will, dass unser Volk überlebt. Das ist alles.«

Sie fiel mir in die Arme, legte den Kopf an meine Schulter, und ich umarmte sie und drückte sie fest. Sie weinte, schmiegte sich an mich, und ich hielt sie. Mein Vater und Fiske bildeten vor dem Feuer zwei dunkle Umrisse, die uns beobachteten.

»Ich bin ganz allein«, schluchzte Mýra. »Du und Aghi seid alles, was ich habe.« Ihre Stimme wurde immer schwächer, war nur noch ein Flüstern. »Bitte verlass mich nicht. Bitte«, flehte sie.

Ich schob sie von mir, damit ich ihr in die Augen sehen konnte. »Du bist nicht allein«, erklärte ich, und die Gefühle schnürten mir die Kehle zu. »Und ich verlasse dich nicht. Niemals.«

Mýras Körper in meinen Armen wurde immer schwerer, und als ich sie nicht mehr länger halten konnte, ließ ich mich zu Boden sinken und zog sie auf meinen Schoß. *»Elska ykkarr«*, raunte ich in ihr Haar. *»Elska ykkarr.«*

Sie weinte, wie ich es niemals zuvor bei ihr gesehen hatte, und ihr Wehklagen hallte in den Bäumen. Sie weinte um ihre Familie. Um Hylli. Um die Aska. Um alles. Und ich weinte mit ihr.

42. KAPITEL

Mýra blieb weit zurück, während Fiske uns den Berg hinaufführte. Sie hatte seit Tagesanbruch noch kein Wort gesprochen und Fiske ebenso wenig. Ich ging zwischen den beiden und behielt sie im Auge, während der Schnee, durch den wir stapften, immer tiefer wurde.

Mein Vater bewegte sich schwerfällig durch den schneebedeckten Wald. Seine massige Gestalt schwankte vor mir von einer Seite zur anderen, während wir den steilen Pfad hinaufstiegen. Das Schweigen, in das er sich gehüllt hatte, war wie eine Last, die wir hinter uns herzogen. Ich wusste, dass er sich freute, weil Iri am Leben war, doch der Kämpfer, der in meinem Vater steckte, wollte ihn vermutlich töten. Darüber hinaus würden wir beide bis ans Ende unseres Lebens Schuldgefühle haben. Wir hatten Iri im Stich gelassen, und daran konnten wir nichts mehr ändern.

Der Weg auf den Berg war ein anderer als der, den wir hinunter genommen hatten. Fiske führte uns durch eisblaue Höhlen, als es erneut zu schneien begann. Das Eis, das uns umgab, wirkte wie in der Bewegung eingefrorene Wellen, und unsere Schritte hallten um uns herum.

Ich wusste, dass es nicht mehr weit war, als die Bäume lichter wurden und wir an eine Lichtung kamen, auf der gefrorene Schafgarbe stand. Die Blätter waren vom Frost welk und die Blüten spröde, genau wie beim letzten Mal. Ich strich mit einer Hand über die Blüten, als wir uns einen Weg durch sie bahnten, und musste daran denken, wie Halvard sich darin versteckt und mich beobachtet hatte, während ich auf allen vieren arbeitete. Eine Blüte pflückte ich und steckte sie in meinen Umhang.

Der Pfad, der ins Dorf führte, kam vor uns in Sicht, während der Wald schon dunkel wurde. Fiske ließ uns anhalten und hob die Hand. »Ich werde ihnen ein Zeichen geben. Sie wissen, dass wir kommen.«

Mýra blickte an ihm vorbei auf den Pfad.

»Unsere Waffen behalten wir.« Mein Vater umklammerte seinen Gürtel.

Fiske nickte, aber allen stand das Unbehagen ins Gesicht geschrieben. Auch ich hatte ein schlechtes Gefühl. Schließlich führte ich meine Familie ins Lager des Feindes.

»Ist Iri dort?«, fragte mein Vater und starrte in Richtung des Dorfs.

»Ist er.« Ich bemühte mich, die Stimme des Zweifels in mir zum Schweigen zu bringen.

»Ich will ihn sehen. Als Erstes will ich ihn sehen.«

Fiske nickte, ging ein paar Schritte voraus und pfiff. Wir warteten schweigend. Mein Herz pochte. Dann hörten wir einen Pfiff als Antwort. »Wir treffen uns im Ritualhaus.«

»Nein.« Mein Vater widersprach in scharfem Ton.

Ich schüttelte ebenfalls den Kopf. Mein Vater war ein abergläubischer Mensch. Um nichts in der Welt würde er einen Fuß in ein Ritualhaus für Thora setzen.

»Dann eben in meinem Haus«, lenkte Fiske ein.

Mein Vater und Mýra holten ihre Äxte aus den Futteralen und traten entschlossener auf, als wir weitergingen. Ich tat es ihnen gleich und tastete mit den Fingerspitzen nach der Axt auf meinem Rücken. Als wir schließlich in Sichtweite kamen, verlangsamte sich mein Schritt, und ich riss die Augen auf. Es war zwar dunkel, aber die Häuser leuchteten so hell wie kleine Feuer auf einem Serpentinenweg. Auf jedem freien Fleck lagerten weitere Riki. Das Dorf schien aus allen Nähten zu platzen.

Und alle waren bewaffnet. Kampfbereit.

Ich wurde noch langsamer, während Mýra und mein Vater ihre Schwerter zogen. Instinktiv legte auch ich die Hand auf den Knauf meines Schwerts, um verteidigungsbereit zu sein. So viele

Riki an einem Ort hatte ich zuletzt in Aurvanger gesehen, als man mich gefangen genommen hatte.

Wir hielten uns am Dorfrand und dicht bei den Bäumen, sodass wir nicht so leicht ins Sichtfeld gerieten. Fiske ging jetzt an der anderen Seite meines Vaters und zog ebenfalls die Axt von seinem Rücken. So bildeten wir vier eine Reihe, Schulter an Schulter, die Waffen gezückt. Dann drehten sich Köpfe zu uns, wie eine Bewegung auf einer Wasseroberfläche, während wir näher kamen. Sie schwiegen, doch ihre Augen funkelten.

Kalt wurden wir angestarrt, und ein wütendes Flüstern erhob sich, als wir den Hügel hinaufkamen. Ich spürte, den Kampfgeist in meinen Knochen und war jederzeit bereit, mich umzudrehen und meine Axt zu schwingen. Im Vorbeigehen hielt ich ihren Blicken stand und sprach wortlos zu ihnen.

Dass wir keine Angst hatten.

Dass ich sie töten würde.

Dass alles, was ich noch zu verlieren hatte, sich hier in diesem Dorf befand.

Fiske führte uns zu dem vertrauten Holzhaus am Dorfrand und pfiff erneut. Aus dem Dach stieg Rauch auf, und die Tür wurde geöffnet.

Inge stand da und presste ihre Handflächen vor der Brust aneinander. Das lange grauschwarze Haar fiel ihr offen wie Rabenschwingen über die Schultern.

»Fiske!« Halvards hohe Stimme brach das Schweigen.

Er rannte nach draußen und prallte gegen Fiske, den er auf Taillenhöhe umarmte. Fiske legte eine Hand auf seinen Kopf, behielt aber unsere Umgebung weiter im Blick. Danach schaute Halvard hoch, ließ Fiske los und lief zu mir. Ich hob meine Axt und drückte ihn mit dem anderen Arm an mich, während ich ein Lächeln nicht unterdrücken konnte. Ich holte die Blüte aus meinem Umhang und gab sie ihm. Er strahlte übers ganze Gesicht und lief damit zurück zu Inge und dann ins Haus.

Mýra und mein Vater beobachteten mich, und das Entsetzen schnitt tiefe, harte Falten in ihre Gesichter. Dann verzog mein Vater das Gesicht, weil er an mir vorbei ins Haus schaute, wo Iri an der hinteren Wand im Dämmerlicht stand. Er hatte die Schultern hochgezogen und bückte sich, um durch die Tür nach draußen zu sehen.

Mein Vater überlegte nicht mehr. Im nächsten Augenblick stapfte er mit schweren Schritten durch den Schnee. Inge trat beiseite, um ihn vorbeizulassen. Ich folgte und versuchte, ihn einzuholen, aber da war er schon beim Tor. Dann schob er sich an Inge vorbei durch die Tür. Ich betrat hinter ihm das Haus und blieb stehen. Das Herz schlug mir bis zum Hals.

Mein Vater hatte die Arme wie Stricke um Iri geschlungen und weinte an seiner Schulter, wobei sein Körper von Schluchzern geschüttelt wurde. Das Geräusch war im ganzen Haus und bis nach draußen zu hören. Iri erging es nicht anders. Er verzog weinend das Gesicht, während mein Vater ihn umarmte. Sobald Fiske und Mýra eingetreten waren, schloss ich die Tür, um die übrigen Riki auszusperren. Runa stand neben dem Feuer und beobachtete alles, während sie ihre Ellbogen umklammerte. Inge starrte die beiden Männer an.

Ich unterdrückte einen Schluchzer, der aus meiner Brust aufsteigen wollte. Mein Vater war ein stolzer Mann, und ich hatte mich gefragt, was in ihm die Oberhand gewinnen würde – sein Aska-Blut oder die Liebe zu Iri. Jetzt erfasste mich Erleichterung, entspannte jeden meiner angespannten Muskeln und beruhigte mein Herz. Jetzt wusste ich: Iris Verrat war nichts im Vergleich zu der Wahrheit, dass er zu uns gehörte. Und zu sehen, dass auch mein Vater das wusste, ließ es erst richtig wirklich werden.

Jetzt flüsterte er Iri etwas ins Ohr, doch das wurde durch die Haare gedämpft. Iri nickte, wischte sich übers Gesicht und versuchte, sich zusammenzunehmen. Er war etwas breiter gebaut als mein Vater, doch ihre große Statur war die gleiche. Hinter mir beobachtete Mýra alles mit den Augen einer Kämpferin, ihre Waffen immer noch fest umklammert.

»Eelyn«, hörte ich Inges sanfte Stimme neben mir, und lächelnd berührte sie mit einer Hand meinen Rücken. »Ich bin froh, dass ihr zurück seid«, flüsterte sie.

Ich atmete den Duft ein, den ich inzwischen mit diesem Ort verband: geröstetes Getreide und getrocknete Kräuter. »Das ist mein Vater Aghi«, sagte ich. »Und das Mýra. Meine Freundin.«

Inge nickte beiden zur Begrüßung zu, während Halvard um mich herumging und neugierig zu Mýra hochschaute. Mein Vater wischte sich mit dem Ärmel übers Gesicht und fand seine Fassung wieder. Sofort fühlte ich mich sicherer. Mit anzusehen, wie er die Beherrschung verlor, hatte mir auch Angst gemacht. Er blickte sich in dem kleinen Haus um, bis seine Augen auf Inge ruhten. Schweigend sahen die beiden einander an.

Als laut gegen die Tür geschlagen wurde, schob Inge den Riegel zurück und öffnete. Auf der Schwelle stand Vidr, hinter ihm die Tala, die ihre Augen sofort auf mich richtete. Sie traten ein, und wir anderen wichen an die hintere Wand zurück, während noch mehr Riki, die ich gar nicht kannte, nacheinander hereinkamen. Mein Vater schaute kurz zu mir, und ich sah, wie seine Hand die Axt fester umklammerte. Mýra ließ die Riki nicht aus den Augen. Aber auch ihre Gesichter waren voller Argwohn.

Vidr, der vor den anderen stehen blieb, musterte meinen Vater von oben bis unten. »Wir sind froh, dass ihr gekommen seid.«

Mein Vater ließ seinen Blick über die Reihe der Feinde schweifen. Das Schwert hing an seiner Seite. Auf den Wangen glitzerten noch Tränenspuren, doch er war trotz allem ein gefährlicher Mann. Das konnte jeder sehen.

Neben mir betrachtete Halvard immer noch fasziniert Mýra. Als er den Arm ausstreckte, um ihr Haar zu berühren, zuckte sie zurück und schob sich noch ein Stück weiter zur Wand.

»Willkommen in Fela.« Die Tala trat vor und brach das Schweigen. Sie hatte die vielen Halsketten um ihre Finger geschlungen. »Wir haben erfahren, dass die Aska von den Herja überfallen wurden. Wie ihr sehen könnt, haben auch wir schwere Verluste erlitten.«

Mein Vater antwortete nicht.

Vidr betrachtete ihn mit versteinertem Blick. »Das sind die Anführer unserer Dörfer – Freydis, Latham, Torin und Hildi.« Er zeigte auf ihre Gesichter in dem überfüllten Raum.

»Es gibt doch *sieben* Riki-Dörfer«, hakte mein Vater nach.

»Die anderen Anführer sind tot«, antwortete Freydis. Sie trug den Umhang nur über einer Schulter, der andere Arm war dick verbunden.

»Was wollt ihr von uns?« Mein Vater übernahm die Führung des Gesprächs, wie ich es schon oft bei ihm erlebt hatte. Er behielt immer alles unter seiner Kontrolle.

»Wir haben einen gemeinsamen Feind. Einen, der wahrscheinlich unsere beiden Völker auslöschen wird.« Vidr machte noch einen Schritt nach vorn. »Wir wollen, dass die Aska sich mit uns gegen die Herja verbünden.«

»Und danach?« Mein Vater offenbarte seine tatsächliche Sorge. Sehr bald würden sie herausfinden, dass die Aska schwächer waren als sie selbst. »Was soll die Riki davon abhalten, sich die Aska vorzunehmen, nachdem wir die Herja besiegt haben?«

Die Oberhäupter der anderen Dörfer sahen Vidr an, als wären sie auf die Antwort ebenso gespannt wie wir. »Ein Waffenstillstand. Keine Seite wird in der Lage sein weiterzukämpfen, nachdem wir es mit den Herja aufgenommen haben. Und selbst wenn es so wäre, werden wir uns nicht bekämpfen.«

»Damit enden Generationen von Schlachten einfach so?«, fragte ich mit Blick auf die Tala.

Stille dehnte sich aus, bevor sie schließlich antwortete: »Vielleicht haben die Götter einen neuen Weg für uns im Sinn.«

»Einen neuen Weg?« Die Skepsis in der Stimme meines Vaters entsprach Mýras Gesichtsausdruck. Wie versteinert stand sie neben mir.

»Wir verstehen das Verhalten der Götter ja nicht immer, oder? Aber wir wissen, dass die Herja – aus welcher Hölle auch immer – wieder hervorgekommen sind. Ich weiß nicht, wie es den Aska bei den Überfällen ergangen ist, aber von unserem Clan haben sie innerhalb von Wochen mehr als die Hälfte getötet. In einem Monat könnten wir ausgelöscht sein. Sie könnten auch vom Berg herabkommen und den Aska das Gleiche antun.« Eindringlich sah sie jeden von uns an. »Oder wir könnten uns verbünden.«

Mein Vater schien nicht überzeugt. Ich konnte den Zweifel in seinem Blick erkennen. Er vertraute nicht darauf, dass sie sich an den Waffenstillstand halten würden. Das glaubte ich auch nicht wirklich.

»Die Aska leben und sterben für ein einmal gegebenes Wort«, sagte er.

Vidr erhob die Stimme zur Rechtfertigung. »Das tun auch die Riki.«

»Wahrscheinlich sind die Riki, die meine Schwester getötet haben, gerade dort draußen«, murmelte Mýra.

»Zwei Söhne«, sagte Freydis tonlos. »Zwei Söhne habe ich in den letzten zehn Jahren in Aurvanger verloren. Ich will auch nicht mit den Aska um ein Feuer stehen, und ich will keinem Aska hinter mir im Kampf vertrauen müssen. Aber ich habe nur noch zwei Söhne.« Sie hob die Hand und zeigte auf die Tür. »Dort draußen.«

Inge zog Halvard an sich. »Kannst du deine Blutfehde aufgeben, Freydis?«

»Um sie zu retten? Ja.«

»Aber können die anderen das auch?« Ich sah erst die Tala, dann Mýra an. »Können *wir* es?«

Da griff die Tala an Vidrs Gürtel und nahm sich sein Messer. Mit einer schnellen Bewegung zog sie die Klinge über ihre Handfläche, die sich sogleich mit Blut füllte.

»Tala?« Vidr machte eine Bewegung auf sie zu.

Sie trat einen Schritt vor, sah erst meinen Vater an und streckte dann mir ihre Hand hin.

Ich wich gegen die Wand zurück. »Was tust du da?«

»Ich biete einen Blutschwur an.« Ihre Hand schwebte zwischen uns in der Luft, während das Blut zu Boden tropfte.

Alle starrten sie an, aber sie hielt die Augen auf mich gerichtet. Es war das Wertvollste, was sie anbieten konnte, und das wusste sie. Es war unmöglich, einen Blutschwur zu brechen, ohne das eigene Leben im Jenseits zu opfern. Und falls sich irgendwer gegen die Tala stellen wollte, müsste er sie töten. Mit so einer Tat war für ihn aber das gleiche schreckliche Schicksal besiegelt.

Ich zückte mein Messer, bevor noch irgendjemand widersprechen konnte, schnitt mir ins eigene Fleisch und ergriff ihre Hand. Lächelnd presste sie ihre Handfläche gegen meine.

Vidr beobachtete uns sichtlich besorgt. Die Tala hatte sich in eine verletzliche Lage begeben, als sie sich mit mir verbündete. Sollte er irgendwelche heimlichen Pläne gegen die Aska ausgeheckt haben, waren sie hiermit zunichtegemacht.

Die Tala wandte sich an meinen Vater. »Macht das, und wir stehen einander in der Schuld – in einer Schuld, die sich nie zurückzahlen lässt.«

Fiske schwieg. Er stand mit Iri und Runa hinter dem Tisch, auf dem sich Bündel frischer Salbei stapelten. Er sah mich nur an.

Ich wollte nicht weiter darüber nachdenken, was das alles bedeutete. Was so eine Zukunft bedeuten *konnte*. Die gleiche Last, wie sie schon seit dem Tag auf mir lag, an dem ich am Fluss dem Bären in die Augen geblickt hatte, drückte mich nieder. Ich bewegte meine verletzte Schulter. Nur um etwas anderes zu spüren, auch wenn es Schmerz war.

Der Raum kam mir plötzlich zu eng vor. Die Luft zu warm. Ich konnte nicht atmen.

Also bahnte ich mir einen Weg zur Tür und schlüpfte hinaus in die frische Luft. Ich atmete tief ein, während ich in Richtung Garten ging, wo Inge schon Reihen umgegraben hatte, um zu pflanzen. Ich zog meine Axt hervor und öffnete den Kragen meiner Tunika, um mehr Luft an meine Haut zu lassen. Der Baum am Waldrand war schon von zahlreichen Axtwürfen gezeichnet. Ich holte weit mit dem Arm aus und schleuderte die Axt durch die Luft. Mit einem lauten Krachen landete sie im Stamm.

Als ich hörte, wie der Türriegel bewegt wurde, drehte ich mich nicht um. Ihn zu spüren genügte. Das war etwas, das ich inzwischen gelernt hatte. Ich starrte auf meine Axt, die noch im Holz steckte.

»Sie brechen morgen im ersten Licht auf, um nach Virki zurückzukehren«, sagte Fiske hinter mir.

Ich ging zu dem Baum, riss die Axt heraus und befühlte die Klinge mit meinem Daumen. »Und was dann?«

»Dann kehren sie mit den Aska zurück. Wir treffen sie in zwei Tagen in Aurvanger.«

Ich presste den Daumen fester gegen das Metall. »Und dann sterben wir alle?«

»Vielleicht.« Er blieb auf Abstand zu mir. »Wirst du mit ihnen gehen? Zurück nach Virki?«

Ich schaute zum Haus, wo mein Vater wohl immer noch mit den Riki sprach. Wie sind wir hierhergekommen? Wie können wir jemals wieder fortgehen? Am liebsten hätte ich mein Gesicht in den Schnee gedrückt. Am liebsten hätte ich geschrien.

Er kam auf mich zu, nahm meine Hand mit dem Schnitt in seine. Als Nächstes drehte er sie um, wickelte einen Stoffstreifen darum und verknotete ihn. Ich atmete gegen das Gefühl an, wie Kerzenwachs zu schmelzen. »Tu es nicht.« Sein Satz traf mich mitten ins Herz.

Ich biss mir auf die Unterlippe, bis meine Augen feucht wurden. Nur um mich am Sprechen zu hindern. Ich fürchtete, was ich sonst sagen würde.

»Bleib bei mir und komm dann mit uns ins Tal. Wir treffen die Aska dann dort.«

Ich schloss die Augen, als eine Träne mir über das gerötete Gesicht rollte. Auf diese Weise versuchte ich zu fliehen. Mich der Situation zu entziehen und vorzugeben, ich hätte nicht absichtlich einen Weg eingeschlagen, der hierhergeführt hatte. Dies war kein Befehl. Es war eine Bitte. Eine, die ich meinte, nicht ablehnen zu können. Er hatte seine Familie zurückgelassen und hatte mich vom Berg hinunterbegleitet, als seine Clangefährten noch mit den Folgen eines Überfalls zu kämpfen hatten. Er hatte mich nach Hause gebracht, mir geholfen, meinen Vater zu finden. Jetzt war es an mir, eine Wahl zu treffen.

Ihn zu wählen, so wie er mich gewählt hatte.

Ich drehte mich wieder zu dem Baum mit den Axtspuren und hörte Fiskes Stiefel knirschen und dann, wie die Tür sich öffnete und schloss. Da kauerte ich mich hin, vergrub das Gesicht in meinen Händen und merkte, wie sich das Dorf um mich herumdrehte. Ich versuchte, mich zu erinnern, wer ich war.

Stark. Mutig. Unerschütterlich. Sicher.

Ich versuchte, sie heraufzubeschwören – diese Eelyn, die ihrem Volk den Vorrang vor allem anderen gegeben hätte. Ich suchte sie in mir, doch sie hatte sich verändert. *Ich* hatte mich verändert. Und das war bereits geschehen. Ich hatte keinen Einfluss mehr darauf.

43. KAPITEL

Sie redeten über Zahlen.

Die Anzahl der Aska.

Die Anzahl der Riki.

Die Anzahl der Herja.

Nach stundenlangen Gesprächen verließen die Riki-Anführer schweigend das Haus. Das Feuer knisterte, und die Feuerstelle trennte Iris alte Familie von seiner neuen. Ich schluckte schwer und fragte mich, zu welcher ich nun gehörte.

Mein Vater stellte Fragen, aber nicht zu viele. Er wollte nicht zu viele Antworten hören. Er wollte einfach glücklich sein, dass Iris Herz immer noch schlug. Aber wir alle wussten, dass sich Iri irgendwann würde erklären müssen.

Inge kletterte die Leiter herunter und brachte zwei Schlafmatten für meinen Vater und Mýra. »Deine Pritsche wartet immer noch auf dem Dachboden.«

Mir war klar, es würde nicht lange dauern, bis die beiden begriffen. Mýra war die Erste, deren Miene verriet, dass sie verstand. Mein Vater folgte. Und die anfängliche Verwirrung wurde schnell zu Abscheu. »Du warst ihre Dýr?« Mýra erhob sich und spuckte auf den Boden.

Seufzend fuhr ich mir durch das Haar. Ich war erschöpft. Ich wollte nichts mehr erklären. Außerdem gab es keinerlei Erklärung, die die beiden zufriedenstellen konnte. Niemals. Wenn ich Mýra gewesen wäre, hätte ich ganz genauso empfunden.

Mein Vater warf Inge einen kalten, strengen Blick zu und riss ihr dann die Matten aus den Händen. Daraufhin ging er nach draußen. Mýra lief ihm nach und schmiss die Tür hinter sich zu, sodass Inge zusammenzuckte.

»Es tut mir leid.« Sie machte ein trauriges Gesicht.

Ich antwortete nicht. Ich sagte nicht, dass alles in Ordnung war, denn das war es nicht. Stattdessen schnappte ich mir die frisch geschnürten Bündel Salbei vom Tisch und nahm eine Fackel von der Halterung an der Wand. Ich beugte mich über das Feuer, entzündete die Fackel und begab mich dann zur Haustür. Ich brauchte jetzt den weiten Himmel über mir, der den Wirbel aller Menschen und allen Tuns in diesem Dorf bedeutungslos machte.

Ich ging hinaus in die Dunkelheit und konnte die Menschen hinter den geschlossenen Türen und in den Bäumen wahrnehmen. Fela war zu einem Zufluchtsort geworden, in dem die Wut der Riki brodelte. In den Häusern leuchteten die nächtlichen Feuer, um die trauernden Familien zu wärmen.

Ich schluckte angestrengt.

Die toten Aska. Die toten Riki. Sie alle.

Bei der Anhöhe machte der Pfad einen Bogen, dann erreichte ich den Keller. Ich schob mit den Füßen den Schnee von der Tür, damit ich sie öffnen konnte. Dann steckte ich die Fackel in die Halterung an der Wand. Der Duft des süßen Salbeis ließ meine Gedanken abschweifen zu dem Tag, als ich zum ersten Mal Fiskes Haus betreten hatte. Und das Gefühl, das sich daraufhin in mir ausbreitete, konnte ich nicht verstehen. Ich wollte, dass in mir alles an einen sinnvollen Platz rückte. Ich wollte die Familie hassen für das, was geschehen war.

Doch dann wanderte ich weiter zurück in meinen Erinnerungen und stellte fest, alles hatte mit mir begonnen.

Ich war diejenige gewesen, die zugesehen hatte, wie Iri im Kampf zu Boden ging. Ich hatte ihn zurückgelassen. Und ich war es, die ihm in jener Nacht in den Wald gefolgt war, sodass die Riki mich gefangen nehmen konnten.

Ich hatte angefangen. Ich hatte meine Wahl getroffen.

Genauso wie Fiske, als er sich entschieden hatte, Iri das Leben zu retten.

Plötzlich knarrten die Türangeln des Kellers, und ich griff nach meinem Messer.

Fiske stand am Eingang. Er schloss die Tür hinter sich, sodass das Mondlicht nicht mehr hineinscheinen konnte und die Fackel an der Wand das einzige Licht spendete. Ich ballte die Hände um die Salbeibündel. Der wohlriechende Duft erfüllte immer noch meine Lunge. Fiske schaute mich an, und die gewohnte Härte fiel von seinem Gesicht ab. Ich konnte ihn wieder erkennen. So wie am Fluss. So wie in Hylli. Seine offene, sanfte Seite zeigte sich. Sie bewegte sich über den Boden des Kellers und berührte mich. Sie entzündete in mir ein Feuer.

Tränen traten mir in die Augen, aber ich versuchte, sie wegzublinzeln, weil ich Fiske sehen wollte. Ich wollte ihn spüren. Als könnte er meine Gedanken hören, kam er langsam näher. Die Spitzen seiner Stiefel berührten beinahe meine, als er mir den Salbei aus den Händen nahm und sich hochreckte, um die Bündel der Reihe nach an eine an der Wand gespannte Schnur zu hängen.

»Was hast du vor?«, flüsterte ich.

Aber er gab keine Antwort. Er schaute zu mir herab, legte die Hände um mein Gesicht und kam noch ein Stück näher. Dann fuhr er mit den Fingern in mein Haar und hielt es fest, bis ich den Kopf in den Nacken legte und tief einatmete.

»Es tut mir leid«, sagte er mit dunkler Stimme.

Ich schaute ihn fragend an. »Was tut dir leid?«

Er ließ den Kopf sinken, und seine Lippen schwebten über meinen. »Alles.«

Seine Finger schlossen sich fester um meine Zöpfe, und er küsste mich. Er tauchte tief in mich ein und füllte mich mit der Wärme, die der Winter gestohlen hatte. Fiske brachte die vom Frost erstarrten, erfrorenen Stellen in mir zum Schmelzen.

Seine heißen Hände strichen meinen Hals entlang, über die Schlüsselbeine seitlich zu meiner Taille, und er zog mich zu ihm hoch. Ich stellte mich auf die Zehenspitzen und versuchte, mich noch enger an ihn zu schmiegen. Versuchte, den breiten, düsteren Strom meiner Gedanken zu durchqueren. Sie fortzuspülen.

Er schob den Ausschnitt meiner Tunika auf, und als sein Mund zu meiner Schulter wanderte, stöhnte ich auf. Weil es wehtat. Mehr noch als die Wunde von dem Pfeil. Mehr als der Tag, an dem ich Iri verloren hatte. Eine vollkommen neue Art von Schmerz.

Fiske fuhr mit den Fingerspitzen über meine Haut, fuhr zärtlich über die Narbe zu dem Brandmal an meinem Hals, das noch von der Fessel zurückgeblieben war und nur langsam heilte. Er lehnte den Oberkörper zurück, und in seiner Miene lag wieder die gewohnte Härte.

Ich zog ihn an seiner Panzerweste wieder zu mir. Doch mit jedem Gedanken kehrte nach und nach seine Wachsamkeit zurück. »Ich gehöre dir nicht«, wiederholte ich die Worte, die ich an dem Abend gesagt hatte, als er mir die Fäden aus dem Arm entfernt hatte. Aber diesmal, um ihm die Last zu nehmen, die ihn bedrückte, und die Gedanken verstummen zu lassen, die ihn bewegten, welche es auch immer waren.

Außerdem wollte ein kleiner Teil von mir immer noch, dass dieser Satz wahr wäre.

»Doch, das tust du.« Er strich die Haare aus meinem Gesicht, um mich anzusehen. »Genauso, wie ich zu dir gehöre.«

Ich konnte nicht mehr fühlen, dass mir die Tränen über das Gesicht liefen. Ich konnte nichts mehr fühlen – außer unsere Berührungen. Wir blickten uns in die Augen, und ich griff nach den Riemen seiner Panzerweste. Dann öffnete ich sie, bis sie lose herunterhingen und ich meine Hände unter seine Tunika schieben und die Handflächen auf seine Haut legen konnte. Ich streichelte über seine Rippen. Fiske zitterte und atmete schwerer.

Ich schob die Zweifel und Unsicherheit in die hinterste Ecke meines Verstands. Dort begrub ich sie zusammen mit den Überzeugungen und Traditionen, die mich zu dem Menschen gemacht hatten, der ich war. Ich zog Fiske die Tunika über den Kopf und warf sie gemeinsam mit der Panzerweste auf den Boden. Dann strich ich über die Narben, die sich von seiner Haut in ungeraden Linien abhoben. Fuhr über die dunkelblauen Blutergüsse seitlich seines Körpers. Streichelte seine Umrisse. Er legte die Daumen auf meine Wangen und wischte die Tränen aus meinem Gesicht. Ich lächelte.

Dann öffnete er meine Weste, und ich hob die Arme, damit er sie zusammen mit meiner Tunika abstreifen konnte. Als mich Fiske erneut küsste, blieb beinahe die Welt stehen. Die Sekunden wurden länger und verschafften uns mehr Zeit. Ich spürte seinen Körper an meinem, alles, was sich zwischen uns befand, löste sich auf, und meine Seele entfaltete sich und verschmolz mit seiner.

Und ich ließ es geschehen. Ich gab mich ihm hin. Denn ich gehörte ihm bereits.

44. KAPITEL

Iri umarmte Inge und sah mich über ihre Schulter hinweg an. Er musste nicht fragen, denn ich wusste, was er dachte. Wir würden Runa sicher nach Aurvanger bringen, während er mit meinem Vater zu den Aska zurückkehrte.

Er ließ Inge los und streckte die Arme nicht nach mir aus. Es war nicht nötig, dass er aussprach, wie leid es ihm tat. Mir tat es genauso leid. Ich ließ mich von meinem Vater zum Abschied umarmen, während Mýra vor dem Haus mit Fiske sprach. Er überragte sie deutlich, aber sie stand breitbeinig da und sah ihm mit der wilden Entschlossenheit in die Augen, die ich von ihr kannte. So war Mýra. Klein, aber wild. Ich hatte sie schon Männer besiegen sehen, die doppelt so kräftig waren wie Fiske. Sie hätte ihn in jener Nacht auf dem Weg nach Fela töten können, genau wie er sie.

Mit gesenktem Blick kam sie zu mir, die Daumen in ihren Gürtel geschoben. Ich legte eine Hand auf ihre rechte Schulter, und sie tat das Gleiche bei mir.

»Tut mir leid«, sagte sie und streckte die Hand nach dem blauen Fleck in meinem Gesicht aus, wo ihr Faustschlag mich getroffen hatte.

Ich verzieh ihr nicht, weil das gar nicht nötig war. Ich verstand Mýra. Ich kannte die Furcht, alles zu verlieren und das Letzte, was man liebte, bedroht zu sehen. Wir waren Kämpferinnen. Und sie war bereit, für mich zu kämpfen, ebenso wie ich für sie. Daran würde sich nie etwas ändern.

Erst als sie den verschneiten Bergrücken hinuntermarschierten, wurde mir bewusst, was ich getan hatte. Da hatte ich in jedem wachen Moment versucht, zu ihnen zurückzugelangen, und nun schickte ich sie ohne mich fort. Wenn es eine letzte Gelegenheit gab, dann war sie jetzt gekommen. Doch meine Füße blieben wie angewurzelt stehen.

»Zwei Tage«, versuchte Fiske, das Unbehagen, das er mir ansah, zu lindern.

»Was hat sie zu dir gesagt?«, fragte ich und sah Mýra hinter dem Hügel verschwinden.

»Dass sie mich umbringen wird, falls dir irgendwas zustößt.« Er lachte. »Ich glaube ihr.«

Sobald alle aus unserem Blickfeld verschwunden waren, machten wir uns an die Arbeit. Ich hörte, wie Inge und Fiske sich unterhielten. Über Pläne, Vorräte. Den Weg nach Aurvanger. Dabei ignorierte ich das Gefühl, mein Herz werde den Berg hinuntergezogen. Lieber ließ ich Fiskes Stimme an mein Ohr dringen und die Stelle in meiner Mitte berühren, die noch ganz weich war. Ich erzitterte, wenn ich an seine Hände auf meinem Körper dachte. Wenn ich mich erinnerte, wie sein Mund auf meinem geschmeckt hatte. Ich konnte die Verbindung zwischen uns nicht auflösen. Und das wollte ich auch nicht.

Wir bereiteten alles vor, was Inge und Runa brauchen würden, um die Verwundeten zu versorgen. Wir kontrollierten Waffen, das Zaumzeug der Pferde, füllten Satteltaschen und packten Brot ein. Als wir damit fertig waren, gingen wir zu Runa und halfen ihrer Familie. Ihre Mutter würde zum ersten Mal seit zwanzig Jahren wieder kämpfen. Sie holte ihr Schwert aus einer staubigen Truhe im dunkelsten Winkel des Hauses. Ich setzte mich nach draußen vor das Haus und flickte ein Loch in ihrer Panzerweste. Als ich den anderen zusah, wie sie ihre Pferde beluden, fühlte ich mich zum ersten Mal regelrecht unsichtbar unter ihnen. Als hätten sie mich vergessen.

Am nächsten Morgen zogen wir in einer langen Schlange über den Weg, der ins Tal führte. Ich ging mit Halvard neben Inges Pferd. Fiske, der mit Vidr und Freydis vorausritt, schaute immer wieder zu uns zurück. Inge beobachtete sie aus den Augenwinkeln. Mir war schon aufgefallen, dass sie das nach dem Angriff getan hatte, als Vidr und die Tala Fiske zu argwöhnisch zu betrachten und ihn auszugrenzen schienen. Mir gefiel es auch nicht. Und schon gar nicht, was das im Kampf bedeuten konnte.

Wir lagerten im Wald, zusammengedrängt um kleine Feuer, die uns wärmen sollten. Fiske brach zum Auskundschaften mit einer Gruppe auf, zu der auch Latham gehörte. Die Herja lauerten nach wie vor weiter unten, am Fuß des Berges im nördlichen Tal. Der Schein ihrer Feuer ließ erkennen, welche Ausmaße allein ihr Lager hatte. Ich war froh, dass wir ihre Zahl von hier aus nicht sehen konnten. Genauso wenig wollte ich wissen, wie viele sie waren, wenn ich das Schlachtfeld betrat. Ich wollte kämpfen, wie ich es immer getan hatte. Ohne über Wahrscheinlichkeiten nachzudenken.

Inge, Halvard und ich schliefen Seite an Seite auf dem Waldboden. Mitten in der Nacht wachte ich auf, weil Fiske in der Dunkelheit unter meine Decke kroch. Er vergrub das Gesicht in meinem Haar und legte die Arme eng um mich. Ich träumte, bis er aufstand, um sich im allerersten Morgenlicht mit Vidr und den anderen zu treffen. Zum Abschied küsste er mich auf die Stirn, dann lauschte ich seinen leisen Schritten, als er tiefer im Wald verschwand.

Als ich mich umdrehte, sah ich Inge, die in ein Bärenfell gehüllt dalag und mich ansah. Ihre müden Augen waren halb geöffnet. Sie musterte mich über den schlafenden Halvard hinweg, und mein Herz zog sich zusammen. Ich erwartete, Furcht oder Missfallen auf ihrem Gesicht zu sehen, doch nichts von beidem war der Fall. Stattdessen streckte sie eine Hand nach mir aus. Als ich sie ergriff, hob sie das Bärenfell ein Stück an und zog mich näher an Halvard heran, dann stopfte sie das Fell unter mir fest. Bevor sie wieder einschlief, lächelte sie, und ich beobachtete, wie die beiden friedlich atmeten, bis das ganze Lager erwachte, um weiterzuziehen. Halvard streckte sich und suchte unter der Decke meine Füße.

Wir nahmen den langen Weg um den See herum, weil wir so viele waren. Ich behielt Runa im Auge und blieb dicht bei ihr, als wir durch den zweiten Abend marschierten. Kaum hatten wir das letzte Stück des Berges umrundet, konnten wir die Aska im östlichen Tal sehen. Sie hatten sich am Ende der Serpentinen gesammelt. Verglichen mit dem der Herja sah ihr Lager furchtbar klein aus.

Es waren die Letzten von uns. Die Letzten meines Volkes.

Fiske blieb am Abhang neben mir stehen und blickte zu ihnen hinunter. Lange harrten wir schweigend hier aus, während der Zug der Riki an uns vorbeizog und der Wind in Böen über uns hinwegfegte. Sein Heulen dröhnte in meinen Ohren.

»Was denkst du?« Fiske ergriff meine Hand.

»Ich denke, dass ich nicht mehr kämpfen will.«

Er drückte meine Hand fester. Das ganze Kämpfen wirkte jetzt so töricht. So viel Tod und Verlust und Trauer. Die Fehde zwischen unseren Völkern war nichts im Vergleich zu dem Leid, das uns heimgesucht hatte.

»Was wirst du tun?«, fragte er mit leiser Stimme. »Danach.«

Ich sah ihn an, aber sein Blick blieb auf das Lager gerichtet. »Mein Vater und Mýra sind in Hylli.« Es war die einzige Antwort, die ich ihm geben konnte. Ich versuchte, mir vorzustellen, wie ich nach Hause zurückkehrte und ihn in Fela zurückließ. Doch es war sinnlos, sich auszumalen, wozu es vielleicht niemals käme. Wir konnten schließlich beide im Kampf gegen die Herja sterben.

Er öffnete die Lippen, als wolle er etwas sagen, schwieg aber weiter. Er legte nur den Arm um meine Schultern und zog mich an sich.

Als wir das Tal erreichten, ging gerade die Sonne unter. Die Riki schlugen ihr Lager jenseits des Flusses auf. Unter den Anführern war man sich einig, dass man Schwierigkeiten am besten vermeiden konnte, wenn die Clans voneinander getrennt blieben. Die Aska standen am anderen Ufer und blickten zu uns hinüber. Nur waren sie diesmal nicht auf einen Kampf aus.

Ich überquerte den Fluss und lief den Weg zwischen den weißen Zelten entlang, auf der Suche nach meinem Vater und Iri. Hagen zeigte auf das Versammlungszelt, wo ich sie mit Espen ums Feuer sitzend fand. Iri stand auf und kam mir entgegen. Wie er so in voller Riki-Rüstung zwischen den anderen stand, war das ein seltsamer, ungewohnter Anblick. Doch so würde es auch in der Schlacht aussehen. Aska und Riki gemeinsam.

»Runa?«

»Sie ist bei Inge.« Ich nickte. »Wo ist Mýra?«

»Sie hilft Kalda, alles für die Verwundeten vorzubereiten.« Er deutete zum Zelt der Heilerin, wo Schatten sich im Feuerschein hinter dem Stoff bewegten.

»Vidr will sich am Morgen treffen. Heute Abend schlagen sie nur noch das Lager auf und bewachen den Rand des Tals, um sicherzugehen, dass die Herja nichts von unserem Standort wissen.«

»Uns bleibt nicht viel Zeit. Vielleicht ein Tag, bis wir angreifen müssen«, sagte Espen hinter ihm.

Mein Vater nickte. »Dem stimme ich zu.«

Die Sonne versank endgültig, als ich mit Iri zum Fluss zurückkehrte. Wir suchten den flachen Übergang, und als ich stehen blieb, drehte er sich um und wollte auf mich warten.

»Ich bleibe heute Nacht hier.«

Im Riki-Lager jenseits des Wassers flackerten schon die ersten Feuer. Wir standen Schulter an Schulter und schauten hinüber.

»Ich werde es Fiske sagen.« Seine tiefe Stimme war leise, behutsam.

Ich versuchte, in seinem Gesicht zu lesen, doch er schien die gleiche Absicht zu haben. »Ich weiß nicht, was ich tun soll.« Zwar hatte ich für mich schon eine Entscheidung getroffen, aber ich wusste nicht, ob auch mein Clan damit leben konnte.

»Doch, das weißt du.« Er sah mich eindringlich an.

»Ich kann die Aska nicht im Stich lassen«, flüsterte ich. »Nicht jetzt.«

»Vielleicht musst du das ja gar nicht.«

Doch dass Fiske unter den Aska lebte, wie Iri es unter den Riki getan hatte, das war etwas, das ich nie von ihm verlangen würde.

Ich blieb stehen und sah Iri nach, wie er den Fluss durchquerte. Als ich das Ufer mit den Augen absuchte, entdeckte ich Fiske. Als dunkler Umriss stand er am Wasser. Er schaute auf unser Lager, und ich fragte mich, ob er mich in der Dämmerung sehen konnte. Ob er spürte, dass ich ihn beobachtete.

»Eelyn.« Die Stimme meines Vaters drang an mein Ohr, und ich warf noch einen letzten Blick über die Schulter zu der Stelle, wo Fiske stand, bevor ich ging. Mein Vater und Mýra erwarteten mich in ihrem Zelt. Mýras Haar fiel ihr über die Schultern bis zur Taille. Sie sah noch genauso aus wie in unserer frühen Jugend. Ich setzte mich auf einen Hocker, und sie drückte meinen Kopf ein wenig zur Seite, bevor sie mit der Klinge ihres Messers über die geschorene rechte Seite meines Kopfes unter dem langen Deckhaar fuhr. Als sie fertig war, strich ich mit der Hand darüber.

»Was ist in Fela passiert?« Sie wischte die Klinge an ihrem Hosenbein ab. »Bevor du nach Hylli kamst?«

Mein Blick ging zu meinem Vater, doch der beugte sich tief über sein Schwert und schärfte die Klinge. »Was meinst du?«

»Du hast diesem Riki dein Herz geschenkt.« Ihr Ton verriet nicht, was sie davon hielt.

Ich würde es nicht leugnen. Mýra kannte mich fast ebenso gut wie mein Vater. Doch er war so klug, nicht nach Dingen zu fragen, die er nicht wissen wollte. »Du würdest es nicht verstehen«, flüsterte ich. Und dann schloss ich die Augen, weil ich mich erinnerte, dass Iri genau das Gleiche zu mir gesagt hatte.

Sie steckte das Messer zurück an ihren Gürtel und blickte auf mich herab. »Ich brauche es auch nicht zu verstehen.« Da streckte sie mir die Hand hin, und ich nahm sie. »Du bist am Leben und wieder bei uns. Das ist alles, was für mich zählt.«

Mein Vater und Mýra gingen beide auf die Knie, und ich kniete mich neben sie, bevor ich die Figur, die meine Mutter darstellen sollte, aus meiner Panzerweste holte. Neben mir hielt Mýra Figuren ihrer ganzen Familie in beiden Händen. Ihre Mutter, ihren Vater, ihre Schwester und ihren Bruder. Ich konnte mich noch gut an ihre Gesichter erinnern. Schwere Schuldgefühle schnürten mir die Kehle zu, sodass ich kaum noch atmen konnte.

Dann seufzte ich tief und wärmte mich am vertrauten Klang der Gebete. Ihre geflüsterten Worte schienen im Zelt zu schweben. Ich schwieg und lauschte nur ihren Stimmen. Mit geschlossenen Augen presste ich die kleine Figur an mein Herz, aber ich weinte nicht. Die Unruhe war fort. Denn ich war hier bei ihnen und wusste, dass Iri und Fiske sich auf der anderen Seite des Flusses in Sicherheit befanden. Genau wie Inge, Halvard und Runa.

Ich berührte das Gesicht der Figur meiner Mutter. Mit daraufgepressten Lippen murmelte ich dieselben Gebete zu Sigr, die ich schon seit dem Tag, als sie starb, betete.

Und dann tat ich etwas, das ich in meinem ganzen Leben noch nicht gemacht hatte.

Ich betete zu Thora.

45. KAPITEL

Alle, die nicht kämpfen konnten, machten sich in zwei unterschiedlichen Gruppen auf den Weg nach Virki. Es handelte sich vor allem um die Älteren und die Kinder. Halvard wurde der Obhut von Gyda übergeben, die ihr Baby auf den Rücken geschnallt trug. Er marschierte hinter Kerlings Pferd, und als sie die Talsenke kreuzten, blickte Halvard zu uns zurück. Er hatte nicht widersprochen, aber die Angelegenheit missfiel ihm genauso wie Kerling. Auch sie wollten kämpfen. Der Wille loderte in ihren Gesichtern

Ich half Inge, die das Verbandszeug vorbereitete, und wartete auf Fiske, aber er kam nicht. Und während sich die Riki in ihren Zelten einrichteten, wartete ich draußen. Der Geruch des Altarfeuers wehte vom Lager der Aska über den Fluss herüber. Sie verbrannten Opfergaben und baten Sigr um seinen Segen für unseren Kampf.

Erst nach Sonnenuntergang tauchte Fiske wieder auf. Er stand im Eingang des Zeltes und schaute mich mit müdem und erschöpftem Gesicht an.

Für die Schlacht flocht ich mir das Haar zu langen Zöpfen, die mir über den Rücken fielen. Dann kontrollierte ich ein letztes Mal meine Rüstung und Waffen und blickte kurz auf, um zu sehen, dass Fiske das Gleiche tat. Wie oft hatten wir beide dies wohl zuvor schon getan? Wie oft hatten wir uns darauf vorbereitet, gegeneinander zu kämpfen?

Ich strich Fiskes Haar zurück und band es zu einem festen Knoten am Hinterkopf. Dann holte ich das *Kol* aus meiner Satteltasche, und mit den Daumen trug ich die schwarze Farbe rund um seine Augen auf. Daraufhin hockte ich mich auf die Pritsche und schaute zu ihm, damit er mich anmalen konnte. Ich schloss die Augen und legte den Kopf in den Nacken, während seine schwieligen Finger über meine Haut strichen.

»Werden wir es schaffen?«

Seine Hände hielten inne, und ich öffnete die Augen. »Ja«, antwortete Fiske.

Aber ich war mir nicht sicher. Ich war bereits zu oft dem Tod nahe gewesen. Welche Gunst auch immer mir Sigr erwies, vermutlich war sie bald verbraucht. »Wenn ich morgen sterbe«, ich schluckte, »wirst du dich dann um Iri kümmern?«

Fiske nickte. Er würde niemals sagen, dass das schon nicht passieren würde, weil wir beide bereits genug Gefährten verloren hatten, um zu wissen, dass es tatsächlich passieren könnte. »Und wenn du nicht stirbst?«

»Was meinst du?«

Er blickte mir ins Gesicht und überlegte sich die Worte gut, bevor er sie aussprach. »Wenn du zurück nach Hylli gehst, will ich mit dir kommen.«

Ich nestelte an der Ecke meiner Decke herum. »Was ist mit deiner Familie?«

»Ich werde dorthin gehen, wo du hingehst.« Diesmal klangen seine Worte entschlossen.

Ich nickte und versuchte, gegen die Tränen, die in mir aufstiegen, anzuatmen. Ich wollte nicht weinen. Dann griff ich nach Fiskes Hand, und er kniete sich zwischen meine Beine. Er atmete tief aus und lehnte sich vor. Ich umarmte ihn fest und hielt sein Gewicht. »Ich habe nicht gewagt, dich zu fragen«, sagte ich mit leiser, brüchiger Stimme.

Er legte den Kopf an meine Schulter. »Du musst mich nicht fragen.«

Meine Lippen an seinem Ohr, lächelte ich. Denn Fiskes Herz und sein Tun waren eins. Er tat, was er für richtig hielt und woran er glaubte. Das war der Grund, weshalb er Iri in der Erdspalte nicht zurückgelassen und warum er mich zu sich nach Hause geholt hatte.

Fiske kletterte neben mir auf die Pritsche und verschränkte seine Beine mit meinen. Ich zog die Decke über uns und sah, wie er einschlief und in einen tiefen Traum fiel. Sein Gesicht entspannte sich, die Falten, die in seine Stirn gemeißelt schienen, glätteten sich. Ich küsste seinen Kopf und betrachtete ihn so lange, bis meine Lider zu schwer wurden, dass ich sie noch offen halten konnte.

Und dann schlief auch ich ein.

In der Ferne ertönte ein Pfiff, und ich öffnete schlagartig die Augen. Fiske saß bereits auf der Kante der Pritsche, rieb sich das Gesicht und zog dann schnell die Stiefel an. Ich richtete mich langsam auf, suchte im finsteren Zelt nach meinen Stiefeln, und nachdem ich sie übergestreift hatte, legte ich mein Schwert an. Ich kreuzte die Arme vor der Brust und hielt die Hände auf den Schultern, damit Fiske die Schnallen fest schließen konnte. Dann schob er die Holzfigur meiner Mutter nah an mein Herz. Ich hoffte, der Schmerz in meiner Schulter würde vergehen.

Während ich Fiske die Rüstung umlegte und alles zweimal überprüfte, machte sich der Rest des Lagers draußen bereit. Meine Hände fuhren ein drittes Mal zu den Schnallen von Fiskes Panzerweste, und da nahm er sie und wartete, bis ich ihn anschaute.

»Links, nahe des Stegs.« Sein Tonfall war immer noch wachsam. »Ich werde zusammen mit Iri dort sein.«

Ich nickte. Ich war mit Vidrs Plan vertraut. Er hatte Fiske zum Anführer einer der Gruppen bestimmt.

Fiske hob meine Hand, öffnete die Faust und drückte seine Lippen in meine Handfläche. Das warme Gefühl durchströmte und erdete mich. Dann fand sein Mund meinen, seine weichen und warmen Lippen verschmolzen mit mir.

»Qnd eldr.« Noch mit seinem Mund verbunden, flüsterte ich den Schlachtruf seines Volkes. Entfache das Feuer.

Fiske lächelte, nahm meinen Kopf in die Hände und küsste mich auf die Wange. *»Qnd eldr.«*

Dann duckten wir uns aus dem Zelt und begaben uns in die Düsternis vor der Dämmerung. Fiske drückte ein letztes Mal meine Hand und machte sich dann auf den Weg, fügte sich in die Reihen der anderen Riki ein, die sich in Stellung brachten. Als ich in die entgegengesetzte Richtung zu den Aska rannte, blickte ich mich nicht um. Jedes Volk hatte seine besondere Aufgabe, und wenn wir unser Ziel erreicht hatten, würden wir die Riki in Hylli wiedersehen. Diejenigen von uns, die es schafften.

Ich erreichte unsere Gruppe und sah mich nach Mýra um. Zuerst fand ich meinen Vater, und als ich näher kam, schaute er mir in die Augen. Er beugte sich vor, gab mir einen Kuss, und wortlos schob er mich an meinen Kampfplatz.

Mýra wartete bereits auf mich, und wir prüften erneut gegenseitig unsere Rüstungen.

Ihr Blick fiel auf meine Schulter. »Wie geht es?«

Ich ließ die Schulter kreisen, und es schmerzte. »Sie ist zu gebrauchen. Aber sie ist schwach«, gab ich zu.

Mýra nickte verständnisvoll und presste die Lippen zusammen. »Dann bleib auf meiner rechten Seite.«

Das bedeutete, sie würde mit ihrer Linken führen müssen, doch die war nicht ihre starke Seite. Aber in der Vergangenheit hatte ich schon Ähnliches für sie getan. So halfen wir uns gegenseitig. So überlebten wir. Und gemeinsam mit Mýra wieder an der Front zu stehen fühlte sich an, wie nach Hause zu kommen. Ein Zuhause, das niemals zerstört oder verbrannt werden konnte.

Ich wandte den Kopf in Richtung des dunklen östlichen Tals. Wir konnten den Wald, der uns von den Herja trennte, nicht sehen, aber er war da. Und wir kannten uns in diesem Wald aus. Wir hatten unser Leben lang darin gekämpft.

Ich griff unter meine Panzerweste und suchte nach der Holzfigur meiner Mutter, doch meine Finger fanden etwas anderes. Ich fischte es aus seinem Versteck neben meinem Herzen und hielt es vor mich. Daraufhin lächelte ich breit, und Tränen drohten mir in die Augen zu steigen. Was ich in den Händen hielt, war ein Taufr, ein steinerner Talisman der Riki zum Schutz derer, die sie liebten. Fiske musste ihn zusammen mit der Holzfigur heimlich unter meine Weste geschoben haben. Der Stein war schwarz und glatt. In seine Oberfläche waren zwei Wörter graviert.

Ala Sál. Seelenhüter.

Ich schob den Taufr wieder unter meine Weste.

Mýra hob ihren Schild, und ich zog mein Schwert und die Streitaxt aus ihren Futteralen. Das Gewicht der Waffen lag schwer in meinen Händen. Meine Clangefährten begannen zu beten, und ich fiel mit ein, während mein Blick in die Dunkelheit gerichtet war und mein Herz immer schneller schlug. Jeder Muskel um jeden Knochen erwachte und erweckte meinen Körper zum Leben.

Ich betete für meinen Vater und Mýra zu Sigr. Ich betete für Iri und Fiske zu Thora.

Erneut ertönte ein Pfiff, und wir liefen gleichmäßig los. Die Schritte auf dem Boden waren beinahe im Gleichschritt, und wir verschmolzen mit dem Wald vor uns, hielten aber die Reihen geschlossen, während wir in die Bäume eintauchten und wieder hinaustraten. Als wir auf Späher der Herja trafen, schlugen die Aska zu unserer Rechten sie nieder und warfen sie nacheinander auf den Waldboden. Als wir die andere Seite des Waldes erreichten, leuchteten über dem Herja-Lager immer noch die Sterne an einem klaren und frischen Himmel. Die Herja, die Wache hielten, waren genau dort, wo wir sie haben wollten.

Wir machten uns klein, schlichen abwärts und verteilten uns um die östliche Seite des Lagers. Und wir blieben nicht stehen. Wir bewegten uns vorwärts wie ein Vogelschwarm. Ich gab Mýra ein Zeichen, als ich ein Zelt entdeckte. Als Antwort reckte sie kurz das Kinn und folgte mir nach links. Mýra stellte sich auf die eine, ich auf die andere Seite des Zelteingangs. Im Mondlicht fing ich Mýras Blick ein, dann schlüpfte ich hinein, und meine Füße schlichen über den feuchten Boden.

Drinnen standen zwei Pritschen. In einer lag ein Mann, in der anderen eine Frau. Wir zögerten keinen Moment. Beide befanden wir uns über einem schlafenden Körper und hatten die Messer gezückt. Ich holte leise und tief Luft, drückte eine Hand auf den Mund der Herja-Frau und schnitt ihr die Kehle durch. Sie trat nach mir, und ich beugte mich vor, erstickte ihren Schrei, während sie sich unter mir noch etwas wehrte. Ich wartete, bis sie tot war.

Hinter mir stand Mýra bereits am Zelteingang.

Wir rannten zum nächsten Zelt, und auch die anderen Aska huschten in der Dunkelheit um uns herum. Mýra und ich töteten weitere sieben schlafende Herja, bevor der erste laute Schrei die Stille durchdrang. Ich erstarrte, war über einen noch warmen Körper auf der Pritsche unter mir gebeugt und lauschte über meinen schnell gehenden Atem hinweg, was vor dem Zelt vor sich ging.

Gemurmel.

Etwas stürzte um.

Der Pfiff. Sie wussten, dass wir da sind.

Ich machte auf dem Absatz kehrt, während das Lager in Gebrüll ausbrach und vom Zelteingang ein Mann auf uns zustürmte und seine Axt schwang. Ich riss den Arm über den Kopf und ließ meine Axt fliegen. Sie traf ihn in der Schulter, und er fiel auf die Knie, landete mit dem Gesicht voran und begrub meine Axt unter sich.

Auf dem schmutzigen Boden rutschend rannte ich zu ihm, rollte ihn zur Seite, um meine Waffe wiederzubekommen. Schon war ein weiterer Mann hinter uns. Mýra spießte ihn mit ihrem Schwert auf und schnalzte mit der Zunge in meine Richtung. Zeit, zu verschwinden. Ich sprang auf, bohrte einen Absatz in den Boden, um vorwärtszupreschen und zurück in den Wald zu den anderen Aska zu gelangen. Mein Schwert und die Axt schob ich wieder an ihren Platz und rannte los.

Hinter uns breitete sich die Aufregung im Lager der Herja schnell aus. Befehle wurden gebrüllt, laute Rufe waren zu hören und das Klirren von Metall. Ich sprang über einen leblosen Körper und sah mich um. Wir waren immer noch genug Kämpfer. Wir konnten es schaffen.

Wir verschwanden im Wald und hielten nicht an. Wir bewegten uns auf Hylli zu, sprangen leichtfüßig über Steine und Baumwurzeln, die weitverzweigt den Waldboden überzogen. Das vertraute Geräusch von Mýras Schritten begleitete mich, während wir schneller liefen.

Als wir das östliche Tal erreicht hatten, kam das Grollen der Herja näher. Und mit dem ersten Morgenlicht, das durch die Baumkronen drang, konnten wir sie in der Ferne sehen. Sie verfolgten uns.

46. KAPITEL

Ich stieß mich bei jedem Schritt heftiger vom Boden ab und beschleunigte mein Tempo. Meine Arme gaben mir zusätzlichen Schwung, während wir zu Fuß durch das Tal flohen. Hinter uns die Herja als unsortierter Haufen. Vor uns die Riki, die uns in Hylli erwarteten.

Fiske und Iri warteten dort.

Ich teilte mir meinen Atem sorgsam ein und hielt den Blick aufs Meer gerichtet. Ich konnte es im Wind schon riechen. Das war der Geruch von zu Hause. Als er mich erreichte, trieb er mich weiter an. Er trug mich.

Der Lärm der Herja hinter uns wurde lauter, und das Schwert an meiner Hüfte schlug mir schmerzhaft gegen das Bein. Doch ich rannte noch schneller, trieb mich weiter an. Und tief in mir fand ich sie wieder. Die Eelyn, die schon öfter gekämpft und überlebt hatte, als sie zählen konnte.

Ich holte jede Erinnerung an die Schlachten zurück und ließ sie vor meinem inneren Auge ablaufen. Iri an meiner Seite, in jeder Hand eine Axt. Mýra, die kehlig schreiend vor mir herlief. Ich erinnerte mich wieder daran, wer ich war – eine Aska-Kämpferin, die alles verloren hatte. Ein Mädchen mit Feuer im Blut. Ihr sagte ich, dass sie weiterlaufen musste.

Sie holten schnell auf und hatten uns schon fast erreicht. Da tauchten die verkohlten Dächer von Hylli auf. Die Aska bogen scharf nach rechts ab, auf die Klippen zu, über denen Seevögel im Wind kreisten. Ich legte den Kopf ein wenig in den Nacken und versuchte, meine letzten Kräfte wiederzubeleben.

Wir wurden nicht langsamer, sondern flogen auf die Abbruchkante zu, wo der blaue Himmel den Fels zu berühren schien. Dahinter tanzten weiße Schaumkronen auf dem Wasser. Der Schwung unseres einstündigen Laufs trug uns darauf zu. Meine Clangefährten verschwanden vor mir, während gleichzeitig Köpfe aus den Verstecken im Dorf auftauchten. Bogenschützen. Die ersten Pfeile zischten durch die Luft und beschrieben einen Bogen über uns, als Mýra und ich die Klippe erreichten.

Wir zählten unsere letzten Schritte und warfen uns nach vorn, wo es abschüssig wurde. Ich landete auf der Seite, rutschte den ersten Meter und griff mit den Händen hinter mich, während mein Körper über das lose Geröll glitt. Dann fielen wir. Der Wind peitschte um uns, und ich spannte meinen Körper an. Mit einer Hand umklammerte ich das Schwert an meiner Seite. Ein letztes Mal schnappte ich nach Luft und füllte meine Lungen. Das edelsteinblaue Meer kam immer näher.

Hart schlug ich auf die Wasseroberfläche auf. Blasen stiegen rund um mich empor, weil immer mehr Körper ins Wasser stürzten. Kaum war ich aufgetaucht, schaute ich mich nach Mýra um. Sie trieb bereits ans Ufer und versuchte, mit der Bewegung eines Arms voranzukommen. Ich strampelte in ihre Richtung. Meine Lungen brannten, und die Kälte des Wassers griff meine erschöpften Muskeln an.

Die Strömung zerrte an mir. Mýra rettete sich auf einen Felsen und krümmte sich dort zusammen, während noch mehr Aska über die Klippe ins Wasser sprangen. In wenigen Augenblicken würden die Herja folgen. Neben dem Dorf ragte ein Steg aufs Wasser hinaus, und ich suchte die Gesichter nach Fiske und Iri ab. Als ich sie entdeckte, hatten sie ihre Augen bereits auf mich gerichtet. Sie standen dort bereit, um im Wasser die Herja einen nach dem anderen zu erledigen. Ich seufzte erleichtert, als ich sie sah, riss mich dann aber zusammen und versuchte, mich zu konzentrieren. Eine scharfe Felskante schabte über meinen Rücken, als ich mich weiter Richtung Ufer kämpfte, wo Mýra versuchte, auf die Beine zu kommen.

»Mýra!«, rief ich, gerade als sie sich auf die Knie fallen ließ und ihren Arm umklammerte.

Bleich schaute sie zu mir hoch. »Er ist ausgerenkt. Mein Arm.«

Ich kniete mich neben sie, nahm ihr den Schild ab und tastete unter ihrer Panzerweste nach den Knochen ihrer Schulter. Endlich spürten meine Fingerspitzen die weiche Stelle an ihrem Oberarm, und sie zuckte stöhnend zusammen. Sie hatte recht, er war ausgekugelt. Ich zückte mein Messer und durchtrennte die Verschnürung der Weste unter ihrem Arm. Uns blieb keine Zeit. Ich riss die Weste über ihren Kopf, wobei sie aufschrie und den Rücken durchbog.

Um uns herum kletterten Aska aus dem Wasser und rannten auf das Dorf zu. Ich lehnte mich zurück und stemmte dann die Ferse meines Stiefels gegen die Rippen unter Mýras Arm, während die Wellen neben uns ans Ufer schlugen.

Ich nahm ihr Handgelenk in beide Hände, schaute ihr in die Augen und wartete, dass sie nickte. Sie holte tief Luft. »Mach!«

Ich setzte vorsichtig mein Gewicht ein, während sie einen tiefen Schmerzlaut von sich gab. Damit der Knochen zurück an die richtige Stelle im Gelenk rutschte, hielt ich weiter fest und zog gleichmäßig. Endlich knackte es, und Mýra riss nach Luft schnappend die Augen auf. Ihr Blick war allerdings hinter mich gerichtet.

»Eelyn!«

Ich ließ sie los und tastete rasch im Sand nach meinem Messer. Eine Herja-Frau stürmte auf uns zu. Das Wasser spritzte unter ihren Schritten. Ich sprang auf, warf mich ihr entgegen und stieß sie unter die Wasseroberfläche. Sie wehrte sich so lange, bis ich das Messer in ihren Bauch rammte und sich das Wasser um uns rot verfärbte. Die nächste Welle nahm ihren Körper mit, und ich schaute nach oben zur Klippe, über die weitere Herja herabstürzten. In einigen steckten schon Pfeile. Sie fielen wie Steine ins Wasser, manche mit den Armen und Beinen rudernd.

Mýra war schon wieder auf den Beinen, als ich zum Ufer zurückkam. Rasch hob ich ihr Schwert vom Boden auf, hängte ihr das Futteral um und befestigte es so, dass ihr Arm dadurch fixiert war. Schließlich drückte ich ihr noch das Schwert in die Hand, dann rannten wir Richtung Hylli, während immer mehr Herja ins Meer stürzten.

Ein neuer Schwarm von Pfeilen zischte weiter oben durch die Luft und traf die hinter uns liegenden Ziele. Wir nahmen den sanft ansteigenden Weg vom Ufer zum Ritualhaus. Mein Blick ging noch einmal zum Steg. Dort standen immer noch jede Menge Riki, doch Fiske und Iri konnte ich nicht mehr sehen. Als wir uns dem Hauptpfad durchs Dorf näherten, kamen die Herja, die uns nicht über die Klippe gefolgt waren, den Hügel herunter. Genau wie mein Vater es geplant hatte.

Ein Pfiff ertönte, und die erste Reihe von Riki stellte sich ihnen entgegen. Sie trafen am Hang lärmend aufeinander. Mýra und ich rannten an den verlassenen Häusern vorbei zu der Stelle, wo einst das Ritualhaus gestanden hatte. Die Herja würden hier hereindrängen. Und wir würden da sein, um sie zu empfangen.

Am Himmel ballten sich graue Wolken zusammen, und ich behielt Mýra im Blick. Sie rannte mit dem an ihren Körper gepressten verletzten Arm und dem Schwert in der Linken. Als wir unsere Stellung zwischen den anderen Aska erreicht hatten, ging sie kurz in die Hocke und versuchte, den Schmerz wegzuatmen.

Ich schob mich an den anderen vorbei und kauerte mich neben sie. »Alles in Ordnung?«

Sie nickte mit zusammengebissenen Zähnen. »Es geht mir gut.«

Ich schaute über die Schulter zurück Richtung Ufer, wo hinter einem Felsen eine versteckte Höhle lag, die ich kannte.

Als ich mich wieder zu ihr umwandte, starrte sie mich wütend an, und ihre Augen waren wie glühende Kohlen. »Wage nicht, es vorzuschlagen«, knurrte sie.

Sie würde mir nie verzeihen, wenn ich ihr raten würde, sich dort zu verstecken. Das wusste ich, weil ich genauso empfunden hätte. Sie würde sich niemals zurückziehen. Vor allem nicht, solange ich noch kämpfte. Also zog ich sie an ihrem linken Arm hoch, bis sie neben mir stand. Sie richtete sich gerade auf, atmete rasch und machte sich bereit.

Die Riki am Ufer steckten im Kampfgetümmel mit den Herja. Schwärme von Kriegern bedeckten den Sand fast vollständig. Über den Köpfen sausten Klingen, und Schreie übertönten das Rauschen der Brandung. Irgendwann konnte ich die Tala erkennen, die ihre Axt schwingend im Kreis herumwirbelte. Ihre jahrelange Kampferfahrung war unverkennbar. Als sie sich auf einen am Boden liegenden Herja stürzte, packte sie ihn bei den Haaren und schlitzte seine Kehle auf. Im Aufrichten schüttelte sie sein Blut von der Klinge und hielt nach dem nächsten Gegner Ausschau.

Ich blieb zunächst abwartend auf meinem Posten, doch als ein neuer Schwarm Herja den Hügel über dem Dorf herunterkam, lehnten wir uns in den Wind und rannten ihnen entgegen.

Ich hielt mit Mýra Schritt und erspähte mein erstes Ziel. Einen blonden Herja mit tiefen Dellen von Schwertklingen in seinem silbrigen Brustpanzer. Als er mich sah, suchte er meinen Blick und änderte seine Richtung. Er kam direkt auf mich zu und ich auf ihn. Grunzend stieß ich mich vom Boden ab, wirbelte mit der Axt über dem Kopf einmal im Kreis zur Seite. Als ich ausholte und meine Klinge seine Hüfte traf, hoben meine Füße kurz vom Boden ab, ich stürzte und rollte weg.

Ein Stiefel traf meine Schulter, sodass ich aufschrie. Mein Gegner lag mit ausgebreiteten Armen am Boden und starrte in den Himmel, während Füße an ihm vorbeitrampelten. Ich sprang zu ihm, riss meine Axt aus seinem Fleisch, und Blut schoss hervor. Sein Blick brach.

Mýra zog in der Nähe ihr Schwert aus einem Körper und humpelte weiter. Ihre rechte Körperhälfte mit dem verletzten Arm sank bei jedem Schritt tiefer herab als die linke. Zwei andere

Kämpfer hatten es auf uns abgesehen. Ich nahm mir den Schild von einer Leiche am Boden und stemmte mit erhobener Axt die Fersen in den Boden. Ich wartete, bis die erste Frau nah genug war, dann kauerte ich mich zusammen und brachte sie auf diese Art zum Stolpern. Sie flog über den Schild, ich holte aus und schlug meine Axt in ihren Rücken.

Mýra lag unterhalb des anderen Herja am Boden. Er wollte gerade mit seinem Schwert auf sie einschlagen.

»Nein!« Angst trieb mich an, als würde sich die Erde unter uns auftun.

Ich sprang über die verblutende Frau und ließ meinen Schild auf Mýra fallen. Sie kauerte sich darunter zusammen, und ich stellte mich dem Herja. Sein Schwert sauste zwischen uns nieder, bis es auf die von mir hochgerissene Axt traf. Die Wucht der Klinge war jedoch so groß, dass er mir die Axt aus der Hand schlug.

Das Messer in seiner anderen Hand kam mir gefährlich nahe. Ich versuchte noch auszuweichen, doch schon traf es mich unterhalb der Rippen. Ich riss den Blick vom unter meiner Weste hervorquellenden Blut los, breitete die Arme aus und packte den Herja um die Taille. Wir rollten über den Boden, bis er sein Schwert fallen ließ. Als ich auf dem Rücken liegen blieb, stand plötzlich Mýra mit dem Schild über uns. Sie hob es hoch und ließ es dann mit einem kehligen Laut auf den Kopf des Mannes niedersausen. Sein Schädel splitterte, und er rührte sich nicht mehr. Ich krabbelte rasch zu meiner Axt.

Unsere noch verbliebenen Kämpfer eilten zum Ufer, wo die letzte Gruppe von Herja auf den Felsen zwischen Meer und Dorf festsaß. Wir rannten dorthin. Ich ignorierte das Stechen meiner Wunde. Mein Herz schlug so schnell, dass ich den Schmerz kaum spürte. Mýra nahm sich den ersten Herja vor, der uns den Weg versperrte, ich den zweiten. Dann richtete ich die Augen aufs Wasser, wo Leichen in einem rot gefärbten Meer trieben und aneinanderstießen.

Aska, Herja und ein großer, breitschultriger Riki, dessen zu einem Knoten zusammengebundene Haare sich lösten.

Ein riesiges Loch tat sich in mir auf, und ich rannte ins Wasser, bekam den Körper zu fassen und drehte ihn um. Er war es nicht.

Ich griff nach einem anderen.

Und dann nach einem weiteren.

Mein Herz blieb beinahe stehen, und ich hörte das Kampfgeschrei um mich herum nicht mehr. Auch den Blutgeruch des Wassers, mit dem meine Rüstung sich vollsaugte, nahm ich nicht wahr. Ich suchte panisch und drehte immer mehr Leichen um, bis ein Schluchzer aus meiner Brust emporstieg.

Mýra bahnte sich einen Weg zu mir.

»Ich kann ihn nicht finden«, stammelte ich. Da tauchte hinter ihr ein Herja auf, und ich wischte mir rasch übers Gesicht, um wieder klar zu sehen. »Runter!«, schrie ich.

Sie gehorchte, ich riss das Messer aus meinem Gürtel und schleuderte es. Die Klinge bohrte sich in seinen Hals. Während er noch mit der Hand danach griff, schob ich mich schon weiter durchs Wasser.

»Eelyn!«

Ich hörte seine Stimme, und alles schien stillzustehen. Das Wasser. Die Schlacht. Der Wind. Ich schaute suchend zum Ufer, entdeckte aber zuerst Iri. Der schleuderte gerade seine Axt in einem Bogen und traf damit einen Herja am Ufer.

»Eelyn!«

Und da sah ich ihn. Fiske stand am Ufer, dicht bei der Wasserlinie, und schaute mich an, während seine Brust sich heftig hob und senkte. Das Schwert hing an seiner Seite. Rot triefend von Herja-Blut. Unsere Blicke begegneten sich, und ich ließ mein gerade noch gerecktes Schwert ins Wasser sinken. Mein Körper fühlte sich auf einmal schwach an. Schwer. Die Erleichterung löste jeden angespannten, schmerzenden Muskel. Und dann veränderte sich sein Blick. Er öffnete die Lippen, verzog das Gesicht. Ich kannte diesen Ausdruck und erinnerte mich daran. Damals, als wir Halvard an das Pferd gebunden gesehen hatten und Blut aus seiner Nase lief.

Ein Körper krachte mit seinem ganzen Gewicht gegen meinen, riss mich von den Beinen, und mein Schwert sank auf den Meeresboden. Ich war unter Wasser, die Sonne brach durch die Wolken und ließ das rötliche Wasser um mich wie einen rosafarbenen Schleier leuchten. Ich sah Beine neben mir, dann tauchten Hände ins Wasser, packten meine Kehle und drückten zu. Als ich schreien wollte, kamen nur Blasen. Der Mann war nur eine verschwommene Gestalt über mir, mit verzerrtem Gesicht und gebleckten Zähnen. Ich schlug um mich, strampelte, versuchte, irgendwo Halt zu finden. Doch da war nichts. Der Sand und der Fels schienen sich zu verschieben, während ich die Finger in seine Arme grub. Ich spürte, wie meine Kräfte schwanden.

Sosehr ich mich drehte und wand, um freizukommen, der Herja war einfach zu stark. Sein Griff zu fest. Und als ich aufhörte zu zappeln, sah ich meine Hände vor meinem Gesicht schweben, mein Haar in goldenen Strähnen vor meinen Augen. Die Gedanken schwanden langsam aus meinem Kopf, mein Gesicht entspannte sich. Ich richtete die Augen auf den Himmel, vorbei an der Fratze des Herja, während kaltes Meerwasser meine Lunge füllte.

Sonnenschein glitzerte auf seiner silbrigen Rüstung, und das grelle Licht wurde immer größer, bis ich nichts anderes mehr sah. Es verschluckte mich.

Etwas brachte mich im Wasser zum Schaukeln, die Hände um meinen Hals lockerten sich, dann wurde ich losgelassen. Ich blinzelte träge, da war der Mann auch schon verschwunden. Ich sah nur noch den schwankenden Himmel. Irgendwie tauchte ich aus dem Wasser auf. Dann konnte ich sein Gesicht sehen. Fiske. Sein kantiges Kinn bewegte sich, als er mich anschaute und schrie. Ich hörte ihn nicht.

Plötzlich ergoss sich das Wasser aus mir, das Salz brannte in Brust und Kehle. Er zog mich an sich, und ich hörte wieder. Das Meer, das Dorf, die Kämpfer. Er hob mich hoch, umfing mit den Armen meine Taille, während ich hustete und würgte. Ich schlang die Arme um seinen Hals und umklammerte ihn so fest, dass die Wunde an meiner Seite vor Schmerz brannte.

Er ließ mich wieder los, legte die Hände an mein Gesicht und drehte es von einer Seite zur anderen. Dann strich er über meine Arme, tastete meine Haut ab. Er suchte mich gründlich ab, bis er die klaffende Wunde unterhalb der Rippen fand. Ich schnappte nach Luft, als er die Haut vorsichtig auseinanderzog, um zu sehen, wie tief sie war.

»Es geht mir gut«, keuchte ich und zog ihn wieder näher zu mir.

Er presste die Handfläche fest auf die Wunde, sodass mein Blut zwischen seinen Fingern hervorquoll. »Dir geht es gut.« Er schien das fast zu sich selbst zu sagen.

Ich drückte meine Wange an seine, versuchte, ruhiger zu atmen, als er mich mit dem anderen Arm hochhob. So watete er mit mir ans Ufer. Mýra kam ebenfalls in unsere Richtung und hatte einen heftig blutenden Schnitt auf der Stirn. Hinter ihr auf dem Felsen stand Iri. Der endgültige Pfiff ertönte. Das Signal, das uns wissen ließ, es war vorbei.

Ich schaute zum Dorf. Zu meinem Dorf.

Es lag verstümmelt am Wasser. Leblose Körper bedeckten seine Wege und trieben in der Bucht. Aber Hylli stand noch. Bevölkert von den überlebenden Aska und Riki.

47. KAPITEL

Ich nahm Runas glänzendes, dunkles Haar in die Hand und kämmte es mit meinen Fingern. Wir waren in Inges Haus, und Runa saß vor mir. Sie schaute ins Feuer, und als ihr eine einzelne Träne langsam über die Wange lief, wischte sie sie mit dem Saum ihres Rocks fort.

Es war erst fünf Wochen her, dass ihre Mutter bei der Schlacht in Hylli gestorben war. Ich wusste, wie es sich anfühlte, die eigene Mutter zu verlieren. Und ich wusste, wie es war, eine neue zu finden. Ich blickte zu Inge, die uns gegenübersaß und für Runa einen Kranz aus jungen, wilden Frühlingsblumen flocht.

Die Reise zurück aus Hylli war lang gewesen. Als der Kampf beendet war, begaben wir uns zurück ins Lager der Herja, wo wir die gefangen genommenen Aska und Riki befreiten. Wir brachten die verwundeten Riki zurück auf den Berg, und die, die den beschwerlichen Weg nicht schaffen konnten, blieben unter der Obhut der beiden einzig verbliebenen Aska-Heiler in Hylli. Doch die Schneeschmelze setzte eine Woche früher ein, und als das Eis zu verschwinden begann, sagte Runa, dass sie nicht länger auf die Hochzeit warten wollte.

Ich flocht Runas Haar zu aufwendigen Zöpfen und befestigte sie auf ihrem Kopf. Inge schob den Kranz über das Haar, und die gelben und weißen Blüten schwebten wie Schmetterlinge um Runas Kopf. Sie trug das Kleid, das ihre Mutter bereits zu ihrer Hochzeit getragen hatte. Es war hellblau und an den Kanten mit Goldfäden gesäumt. Runa sah aus wie eine Göttin, als sie vor dem schneebedeckten Gipfel des Berges auf der Wiese stand.

In ihren Augen lag tiefe Trauer, aber ebenso große Liebe. Sie schaute zu Iri auf, während die Tala die heiligen Worte vorlas und die umstehenden Riki aufmerksam lauschten. Neben mir stand Fiske, und er lächelte. Als er bemerkte, dass ich ihn ansah, lehnte er sich zu mir, und seine Hüfte, die meine berührte, brachte mein langes Kleid an den Fesseln zum Schwingen. Dasselbe schwarze Kleid, das ich bereits zu *Adalgildi* getragen hatte. Es bedeckte beinahe alle meine langsam heilenden Wunden, aber es machte sie nicht ungeschehen.

Dann folgten wir dem Festzug zurück zum Ritualhaus, wo ein feierliches Essen vorbereitet war. Aber diesmal saßen mein Vater und ich an einem Tisch mit Inges Familie. Iri nahm unter dem Tisch meine Hand und beugte sich zu mir, um mir einen zärtlichen Kuss hinter das Ohr zu geben.

Wieder kam mir die Erinnerung in den Sinn, wie er ausgesehen hatte, als ich ihn damals in der Erdspalte in Aurvanger zurückgelassen und er mit aufgerissenen Augen in den Himmel gestarrt hatte. Und ich dachte an den verletzten Jungen, der neben meinem Bruder gelegen und in den Schnee geblutet hatte. Ich fragte mich, ob die Götter damals schon einen Plan verfolgten. Seit mich dieser Gedanke zum ersten Mal beschäftigt hatte, als ich in der Schlacht um Hylli im Fjord stand, dachte ich fast jeden Moment darüber nach. Wenn Iri und Fiske sich an diesem Tag vor fünf Jahren auf dem Schlachtfeld nicht begegnet wären, wäre Iri nie fort gewesen. Er wäre niemals von den Riki gefunden worden oder hätte ihre Liebe empfangen. Er hätte sich ihnen niemals angeschlossen, und ich hätte ihn in dieser Nacht in Aurvanger nicht wiedergesehen. Ich wäre niemals gefangen genommen worden oder hier gewesen, als die Herja einfielen. Die Aska hätten sich niemals mit ihren Feinden verbündet. Wir wären vermutlich alle tot oder hätten bloß als Schatten unseres einstigen Lebens weiterexistiert.

Und dabei ging es mir nicht um mich. Ich war nichts Besonderes. Aber Iri.

Als ich beobachtete, wie er sich im Ritualhaus um Runas kleinen Bruder kümmerte, spürte ich einen Kloß im Hals. Iri und seine Frau waren nun für Runas Geschwister verantwortlich. Und so wie Inge für Iri zu einer Mutter geworden war, so würde er die Vaterrolle einnehmen. Das alles war einfach zu viel für mein Herz. Die Gefühle fanden langsam einen Platz in mir. Den, der bislang ausschließlich vom Hass für die Riki besetzt gewesen war.

Doch nun gehörte ihnen mein Herz. Auf so viele Arten.

Das Wasser des Fjords verwandelte sich in strahlendes Blau, als wüsste es, dass wir nach Hause kamen. Doch immer noch war auch das Bild der rot schimmernden Spuren im Wasser während der Schlacht in meinen Verstand gebrannt.

Inge und ich hielten je eine Seite der Tür fest, während Fiske sie in die Angeln hob.

Als wir Inge erzählt hatten, dass Fiske mit mir nach Hylli gehen würde, hatte sie aufgelacht und gesagt, sie hätte das schon lange vor uns gewusst. Doch das Lächeln in ihrem Gesicht zeigte auch Einsamkeit und Trauer. Und es hatte noch Monate gedauert, bis sie zugestimmt hatte, uns gemeinsam mit Halvard zu begleiten und künftig zusammen mit uns am Fjord zu leben. Die Aska aus den anderen Dörfern kehrten zurück in ihre Heimatdörfer, und Hylli wurde leerer und besaß keine Heiler mehr. Und noch bevor der nächste Winter über Thoras Berg gekommen war, wurden aus dem einen Riki auf einmal drei neue Bewohner in Hylli.

Als wir uns von Fela auf den Weg machten, blickte sich Inge um und sah, wie nach und nach ihr Haus kleiner wurde. Je weiter wir bergab gingen, desto mehr spürte ich, dass zwischen Iri und mir alles noch offen war. Vielleicht würde es unser ganzes restliches Leben dauern, zu verstehen, was passiert war. Doch vielleicht hatten wir jetzt die Zeit dazu.

Wir errichteten unser Haus am äußersten südlichen Rand von Hylli, mit Blick auf den Fjord und auf einem Stück Land, auf dem bereits zuvor ein Haus gestanden hatte. Die verkohlten Umrisse auf der Erde zeugten noch immer davon, dass es vollständig verbrannt war. Ich erinnerte mich an die Familie, die dort gewohnt hatte. Ein alter Mann namens Evander und sein Sohn. Aber nun waren sie fort, ihre Seelen waren in *Sólbjǫrg* bei Evanders Ehefrau, die schon vor Jahren gestorben war.

Mýra hatte meinen Platz in meinem alten Zuhause eingenommen und lebte nun mit meinem Vater zusammen. Sie tat das auf eine Art, als wäre es nie anders gewesen, als hätte sie immer dorthin gehört. Mein Vater sah tatenlos bei der Arbeit zu. Die Wunde an seinem Bein, die er sich im Kampf zugezogen hatte, heilte nur langsam, und er stützte sich auf einen Stock, den er vermutlich für den Rest seines Lebens brauchen würde. Sein Zustand jagte mir nicht mehr denselben Schrecken ein wie vor dem Winter, denn vor uns lag ja keine Kampfsaison mehr. Niemals wieder.

Nahezu jeder Herja, der ins Tal gekommen war, war in Hylli niedergemetzelt worden. Die wenigen, die dem zunächst entkommen waren, hatte man später zur Strecke gebracht. Wir hängten ihre Überreste in die Bäume oberhalb der Klippen, aber im Traum erschienen sie mir immer noch im Wald. Ich träumte, wie sie tot im Fjord schwammen. Sollten noch irgendwo Herja existieren, hatte sie ihr Gott, welchem auch immer sie dienten, zurück ins Schattenreich befohlen.

Bei Sonnenuntergang hockte ich abends am Steilufer. Meine nackten Füße baumelten über dem Abgrund im Wind, der den Duft von Salz und Fisch über das Wasser trug. In meiner Erinnerung tauchten leblose Körper auf, die im Wasser trieben, aber ich schob den Gedanken beiseite. Ich schloss die Augen und dachte an das alte Hylli. Ein kleines Dorf am Rande des Fjords, das Zuhause von Sigrs Volk, das er in die Schlacht schickte, wenn die Kampfsaison gekommen war.

Aber so war das eben. Die Dinge hatten sich verändert und einen neuen Platz gefunden. Wie die beiden nächtlichen Himmel an diesem zugefrorenen See. Ein Himmelszelt schaute von oben herab und das andere aus der Tiefe hinauf. Ich öffnete die Hand und fuhr mit den Fingern über die Narbe in meiner Handfläche. Sie war das Zeichen des Versprechens, das mir die Tala gegeben hatte. Und sie hatte ihr Versprechen gehalten.

Ich hörte, wie sich hinter mir die Haustür öffnete, und kurze Zeit später fühlte ich Fiskes warmen Körper an meinem Rücken. Er hockte sich hinter mich, sodass ich zwischen seinen Beinen saß, dann legte er die Arme um mich. Er zog mich im Dämmerlicht an sich, schmiegte sein Gesicht an meinen Hals und atmete meinen Duft ein.

Wir beobachteten, wie Halvard unten am Ufer entlanglief, mit den anderen Kindern spielte und vor Freude laut kreischend Steinchen ins Wasser warf.

Mit Aska-Kindern.

»Es wird anders sein«, sagte Fiske. »Für ihn wird alles anders sein.«

Halvard würde aufwachsen, ohne für die Kampfsaison üben zu müssen. Er würde ohne Hass für die Aska aufwachsen. Jetzt lebte er mit ihnen zusammen. Er würde aus anderen Gründen als wir ein starker Mensch werden.

Ich hatte das Bild der jungen Eelyn vor Augen, die sich am Ufer in den Wind drehte und in der einen Hand ein Schwert und in der anderen eine Streitaxt hielt. Ich hatte diese Eelyn nicht verloren. Ich hatte sie nicht begraben. Ich hatte sie sich bloß in etwas anderes verwandeln lassen. Mein ganzes Leben lang hatte ich Iri um seine Offenherzigkeit beneidet, doch nun hatte sich auch mein Herz weit geöffnet.

Ich war dieselbe. Aber ich hatte mich verändert.

Wieder schloss ich die Augen, lehnte meinen Kopf gegen Fiskes Schulter und verschränkte meine Finger mit seinen. In Fiske und mir vereinigten sich die Riki und die Aska, die wir einst, voneinander getrennt, gewesen waren.

Nun gehörten wir zusammen und waren eins.

DANKSAGUNG

Ich kann mich gar nicht genug bedanken. Meine Worte sind nur ein schwacher, unvollkommener Ausdruck für das, was mein Herz empfindet.

An Joel, der mein wahres Ich sieht und meine Konstante im Leben ist – mein Nordstern. Du hast nie mein Feuer gelöscht. Danke, dass du mir nie gestattest, aufzugeben oder meine Träume nicht wichtig zu nehmen. Danke, dass du immer und immer wieder sagst, dass ich gut genug bin. Wenn noch jemand für den Inhalt dieser Seiten hier verantwortlich ist, dann bist du es. Ich liebe dich.

An meine Kinder, die kleinen Flammen der Fantasie, die stets unter meinen wachsamen Augen brennen und mich jeden Tag neu inspirieren.

An meine Familie, die wie Pech und Schwefel zusammenhält. An meinen Vater, von dem ich die Beharrlichkeit und Sturheit geerbt habe, mit jedem Tropfen Blut in meinen Adern für das, was ich will, zu kämpfen. Ich wünschte so sehr, ich könnte dein Gesicht sehen, wenn du auf mein Buch in deinen Händen blickst. Aber ich weiß, du schaust von oben zu. An meine Mutter, die mir beigebracht hat, was Stärke und Beständigkeit bedeuten. An meine Schwester, die die sanften und liebenswürdigen Züge geerbt hat, die mir fehlen. An meine Brüder, zwei der besten Menschen überhaupt, und an Rhiannon, die sich unsere Familie ausgesucht hat.

An Barbara Poelle, die meinen Text aus den unverlangt eingesandten Manuskripten herausgepickt und für mich Drachen getötet hat. Alle Worte sind zu wenig, wenn ich daran denke, was du für mich getan hast. Danke, danke, danke. Aus tiefster Seele danke ich dir.

An Eileen Rothschild, meine Lektorin, die wie eine Kämpferin für dieses Buch gefochten hat. Danke, dass du das Feuer entfacht hast. Du und alle bei Wednesday Books haben meinen

Traum wahr werden lassen. Ihr habt der Welt ein Fenster geöffnet, um in mein Herz zu sehen.

An Meghan Dickerson, Kristin Watson und Lizzie Provost, die mich schon immer nehmen, wie ich bin. Ihr habt mir gezeigt, was es heißt, sich selbst treu zu bleiben, und ihr habt mich wachsen lassen. Ich wollte immer so sein wie ihr, wenn ich einmal groß sein würde. Daran hat sich nichts geändert.

An Amy Sandvos, Angela Porras und Andrea Torres. Ihr seid meine Zuflucht, die ich immer und immer wieder gern aufsuche. Danke, dass ihr mich lieb habt.

An den stetig wachsenden Sandvos-Clan und meine lieben Freunde Bill und Ida Settlage, Rich und Melissa Lester sowie Clay und Emily Butler. Eure Unterstützung bedeutet mir alles.

An Stephanie VanTassel, die erste Freundin, die mir, ohne zu blinzeln, in die Augen sah und sagte, dass meine Geschichten veröffentlicht werden würden. An Stephanie Brubaker und Lyndsay Wilkin, die Rettungsinseln in der brutal wütenden See der Kreativität. Und an Candy Chand, die von einem Mädel, das nichts über diese Branche wusste, eine Einladung zum Mittagessen angenommen hat. An Natalie Faria mein Dankeschön dafür, den ersten Entwurf dieses Abenteuers gelesen und zugelassen zu haben, dass die Charaktere ihr Herz erweichten.

An die Autorengemeinschaft, die eine Fremde in ihre Arme geschlossen hat, besonders danke ich Renée Ahdieh. Ohne deine Hilfe und deinen Rat wäre ich von einigen Klippen gestürzt.

An meine hiesige Autorengang, die mich als ebenbürtig willkommen geheißen hat, als meine Unsicherheit auf dem absoluten Höhepunkt war: Stephanie Garber, Shannon Dittemore, Rose Cooper, Kim Culbertson, Jenny Lundquist und Joanna Rowland. Und vor allem Jessica Taylor, die mich unzählige Male gerettet hat. Danke, dass du mir so großzügig deine Zeit und deine Energie geschenkt hast – und am allermeisten dafür, dass du mir geraten hast, Barbara zu mailen.

An Stephanie und Tiffany Nordberg, die immer gewissenhaft auf meine Kleinen aufgepasst haben, während ich eine Welt und Charaktere geschaffen und in dieser Geschichte Stein auf Stein gebaut habe.

An die Lehrer, die erkannten, was in mir steckt, bevor ich es sah. Die, die vor den rauen Kanten, die mir ins Herz stachen, keine Angst hatten. Ihr habt mein Leben verändert. Ihr habt mir in der Dunkelheit mit leuchtenden Fackeln den Weg gewiesen. An Mrs. Zweig, meine Lehrerin in der dritten Klasse, und die Allererste, die mir erklärte, ich sei eine Autorin. An Abbie Jacobson, die mir beigebracht hat, dass Geschichten zu erzählen keine Regeln kennt. An Jay Garrett, der mich wie eine Intellektuelle behandelt und meinen Verstand gefördert hat.

Es gibt darüber hinaus so viele Freunde und Familienmitglieder, die mich ermutigt haben, und dafür bin ich euch ewig dankbar.

An Kristin Dwyer: Hier ist dein Absatz. Du hast an diesen hellfunkelnden Traum, der an meinen Nachthimmel leuchtete, geglaubt. Seufzend und kopfschüttelnd warst du rund um die Uhr für Eelyn und Fiske da und in diesen vierundzwanzig Stunden der Funken, der ihr Lauffeuer entfachte. Ich kann es kaum erwarten, meinen Absatz im Anhang deines Buchs zu lesen. Ich hoffe, dort ist auch eine Entschuldigung dafür zu finden, mich damals in der »Harry Potter World« vergessen zu haben.

Dark Elements

Gargoyles, Dämonen und eine atemberaubende Liebesgeschichte

Jennifer L. Armentrout
Dark Elements –
Steinerne Schwingen
€ 16,90, Hardcover
ISBN 978-3-95967-003-6

Nichts wünscht Layla sich sehnlicher, als ein normaler Teenager zu sein. Aber während ihre Freundinnen sich Gedanken um Jungs und erste Küsse machen, hat sie ganz andere Sorgen: Layla gehört zu den Wächtern, die sich nachts in Gargoyles verwandeln und Dämonen jagen. Doch in ihr fließt auch dämonisches Blut – und mit einem Kuss kann sie einem Menschen die Seele rauben. Deshalb sind Dates für sie streng tabu, erst recht mit ihrem heimlichen Schwarm Zayne, dem Sohn ihrer Wächter-Ersatzfamilie …

Dark Elements –
Eiskalte Sehnsucht
€ 16,90, Hardcover
ISBN 978-3-95967-004-3

Layla ist einsam! Sie vermisst Roth, den attraktiven Dämonen-Prinzen. Und ihr bester Freund Zayne, der sie über den Verlust hinwegtrösten könnte, bleibt dank ihrer seelenverschlingenden Küsse für sie tabu. Dass ihre sonst so fürsorgliche Gargoyle-Ersatzfamilie auf einmal Geheimnisse vor ihr hat, macht alles schlimmer. Schließlich entdeckt sie auch noch neue Kräfte an sich. Dann taucht völlig unerwartet Roth wieder auf. Aber bevor Layla die Zweisamkeit mit ihm genießen kann, bricht die Hölle los …

Dark Elements –
Sehnsuchtsvolle Berührung
€ 16,90, Hardcover
ISBN 978-3-95967-020-3

Roth oder Zayne, Hölle oder Himmel? Beide lieben Layla, und sie muss sich entscheiden. Dazu entdeckt sie eine neue Seite an sich, wenn sie sich verwandelt … Aber während sie noch mit ihrer Verwirrung ringt, droht ein höllischer Feind alles zu vernichten, was ihr wichtig ist. Hoffnungslos verstrickt in ein Gespinst aus Lügen und Geheimnissen, bleibt Layla nur die Flucht nach vorn – in einen Krieg, den sie unmöglich allein gewinnen kann …

www.harpercollins.de Harper Collins | ya!

Gena Showalter
Immerwelt - Der Anfang
€ 16,99, Hardcover
ISBN 978-3-95967209-2

Tenley ist eine ganz normale Siebzehnjährige, rebellisch und eigensinnig. Nur dass ihre Eltern darauf bestehen, dass sie sich – wie alle anderen – zu einer der beiden verfeindeten Seiten bekennt: Entweder gehört man zu Myriad, dem dunklen Reich der Schicksalsgläubigen, oder zu Troika, dem hellen Reich der Erkenntnis. Vertreter beider Reiche versuchen mit allen Mitteln, Tenley für sich zu gewinnen. Aber sie versteht nicht, warum ausgerechnet sie so wichtig sein soll. Außerdem bemüht sich aus beiden Häusern ein Junge um sie. Einer der beiden lässt Tenleys Herz höherschlagen. Doch was, wenn sie sich für das Reich des anderen entscheidet?

www. harpercollins.de Harper Collins | ya!

Amy Tintera
Die Legende der vier Königreiche – Ungekrönt
€ 16,00, Hardcover
ISBN 978-3-95967-131-6

Einst waren die vier Königreiche geeint. Nun herrschen Krieg und Zerstörung. Die Eltern von Emelina, der Prinzessin von Ruina, wurden vom König des Nachbarreiches Lera umgebracht und ihre Schwester verschleppt. Emelina will Vergeltung! Ihr Plan ist so grausam wie genial. Erst tötet sie die Verlobte von Cas, dem Thronfolger von Lera, dann nimmt sie deren Platz ein. Am Hofe des Feindes will sie den König und alles, was ihm teuer ist, auslöschen – auch Cas. Aber je mehr Zeit sie mit dem Prinzen verbringt, desto mehr will ihr Herz ihr Vorhaben vereiteln ...

www. harpercollins.de